Heimito von Doderer

Die Wiederkehr der Drachen

HEIMITO VON DODERER

Die Wiederkehr der Drachen

Aufsätze / Traktate / Reden

Vorwort von Wolfgang H. Fleischer
Herausgegeben von
Wendelin Schmidt-Dengler

VERLAG C. H. BECK

Die erste Auflage dieses Werkes ist im Jahre 1970
im Biederstein Verlag, München, erschienen.

Die Deutsche Bibliothek – CIP-Einheitsaufnahme

Doderer, Heimito von:
Die Wiederkehr der Drachen : Aufsätze, Traktate, Reden /
Heimito von Doderer. Vorw. von Wolfgang H. Fleischer.
Hrsg. von Wendelin Schmidt-Dengler. – 2., durchgesehene Aufl. –
München : Beck, 1996
ISBN 3 406 40408 1
NE: Schmidt-Dengler, Wendelin [Hrsg.]

ISBN 3406 40408 1

2., durchgesehene Auflage.

Druck und Bindung: Freiburger Graphische Betriebe, Freiburg
Gedruckt auf säurefreiem,
aus chlorfrei gebleichtem Zellstoff hergestelltem Papier
Printed in Germany

INHALT

VORWORT

„Der Essay ist das grammatische Stadium der Wissenschaft, durch welches allein sich diese legitimieren kann" – definiert Doderer. Dabei ist Grammatik für ihn „die Kunst des Schreibens schlechthin und also die Kategorie, unter welcher der Schriftsteller lebt", während eine seiner Chiffren für die Wissenschaft „dialektische Psychologie" lautet.

In Gesprächen weit häufiger als in seinen Schriften nahm Doderer Bezug auf seinen Lehrer der Psychologie, Dr. Hermann Swoboda, auf den wohl auch Doderers so innige Beziehung zu Weininger zurückgeht. Swoboda betrieb seine Psychologie unter dem Schlachtruf „Emanzipation von den Methoden der Naturwissenschaft." Seine wesentliche ‚Entdeckung' war die der menschlichen Periodizitäten von etwa 23-Stunden-Zyklen bis zur Lehre vom Siebenjahr: eine Lehre von der ständigen Wiederkehr psychischer Zustände mit der „Exaktheit der Astronomie"; seinen Werken waren Zyklusschieber beigelegt, mit deren Hilfe man die eigene Periodizität leichter berechnen konnte. Daran glaubte Doderer ebenso wie an eine von Swoboda in Aussicht gestellte wissenschaftliche Astrologie; an manchen Tagen verließ er, auf Grund seiner Periodizität, ungern das Haus und unternahm nichts Wichtigeres (man kann Erwägungen solcher Art in den ‚Tangenten' nachlesen, etwa p. 44, p. 491). Man mag darin vorläufig nicht mehr erblikken als einen charakteristischen Zug des Autors, einen Hang zu nicht additiv aus empirischen Einzelheiten entstandenen Anschauungen, der zu seiner stark fatologischen Sicht hin fortsetzbar wäre (wie aller Aberglaube, der laut Weininger bei genialen Männern am stärksten auftritt; Joyce und Picasso sind allerdings Beispiele dafür). In Richtung auf seine Fatologie ging Swoboda noch weiter: „Man stirbt nicht, weil man krank wird, sondern man wird krank, weil man stirbt" – wobei der Abfall der Kräfte nach dem geistigen und körperlichen Höhepunkt des Siebenjahrs erfolgt. Eine Parallele zur oft letalen Folge der ‚Menschwerdung' bei Doderer ist hier nicht zu übersehn (so warnte Doderer mit tiefer Sorge, mit je vorwegnehmender Traurigkeit einen jungen Mann, der „alles zu richtig" mache, vor einem frühen Tod) – ebensowenig wie die naheliegende Folgerung, daß Swobodas Lehre dem naturalistischen Roman eine „wissenschaftliche Begründung" für eine durchgehende Motivik – eben durch die Periodizität – böte. Doch so direkt sind die Bezüge gewiß nicht zu setzen, sondern sollen nur eine weitere Tendenz zur Fatologie markieren.

Wirklich unmittelbar in Doderers theoretisches Denken eingegangen ist Swobodas Erklärung der Erinnerungen: diese erfolgten periodisch und seien ausschließlich durch die Periodizität bewirkt, „freisteigend", bedürften also keiner Brücke in die Gegenwart, keiner Assoziation, die als spezieller Aspekt und als gegenwärtige Ursache die Erinnerung verändern würde; vielmehr ist das Absterben aller bewußten, d. h. immer irgendwie interessierten Erinnerung die wichtigste Voraussetzung für das ‚Freisteigen'. Von dieser Lehre, die – im Gegensatz zu jeder anderen psychologischen Erinnerungstheorie – die Möglichkeit wahrhaftiger und vollständiger Erinnerungen verbürgt, war Doderer so völlig überzeugt, daß sie zu einem entscheidenden, nach vielen Richtungen hin wirkenden Element seines Denkens wurde (im Repertorium spricht er sogar von „freisteigenden Wutanfällen").

Von zentraler Bedeutung ist hier die Wahrheit und Vollständigkeit der Erinnerung. Bei Weininger (dem „glorreichen", wie Doderer sagt) heißt es: „Der Apperzeption als der Aneignung ist das Gedächtnis als der Besitz, seinem Umfang wie seiner Festigkeit nach, proportioniert." Daß der bei Doderer so häufige Terminus ‚Apperzeption' von seiner intensiven Beschäftigung mit Weininger herrührt, ist kaum zu bezweifeln. Weininger impliziert seiner Wortwahl, daß er Kantianer sei, verwendet das Wort aber doch in recht vielfältigem Zusammenhang, vom Sinne Leibnizens, der den Begriff in die Philosophie einführte als Gegensatz zu den ‚kleinen Perzeptionen' (einen erweiterten Begriff davon bilden Weiningers ‚Heniden', für welches Wort ihm Doderer sehr „dankte") bis etwa zur Definition, daß ein Genie ein Mensch mit universaler Apperzeption sei. Das kommt Doderers Anspruch an den Schriftsteller recht nahe. Bei Kant heißt es: „Nun können keine Erkenntnisse in uns stattfinden, keine Verknüpfung und Einheit derselben untereinander, ohne diejenige Einheit des Bewußtseins, welches vor allen Datis der Anschauung vorhergeht und worauf in Beziehung alle Vorstellung von Gegenständen allein möglich ist. Dieses rein ursprüngliche, unwandelbare

Bewußtsein will ich nun die transzendentale Apperzeption nennen.“

Was bei Kant eine logisch notwendige Voraussetzung der Erkenntnis ist, wird bei Doderer zur Forderung nach einer Leistung, nach einer „existentiell verändernden Wahrnehmung“, nach einem „zu höchster Intelligenz gebrachten Gewissen“.

Hier sei kurz zu den Begriffen ‚Wissenschaft‘ und ‚Psychologie‘ zurückgekehrt; auch um gleich abzulehnen, daß Doderer mit Apperzeption nicht mehr als eine besonders sorgfältige und unvoreingenommene Wahrnehmung, eine positivistische Objektivität meint (seine Auseinandersetzung mit dem Positivismus ist in dem Essay „Unschuld im Indirekten“ deutlich genug ausgefallen); dazu hätte er nicht den aufwendigeren Begriff der Apperzeption benötigt.

Bei Weininger heißt es: „Die Psychologie nun, welche hier der Darstellung dient, ist eine durchaus philosophische“, wenn auch vom „trivialsten Erfahrungsbestande“ ausgehend; dem folgt wie bei Swoboda eine entschiedene Ablehnung aller empirischen Psychologie, zu der Doderer auch die „Seelenschlosserei“ etwa Freuds rechnet (auch seine erste Vorstellung von Freud stammt wohl von Swoboda, der 1900 Freuds Patient war!); kurzum: Doderer lehnte alle Psychologie – oder überhaupt (Geistes-)Wissenschaft – ab, „wenn sie nicht bezogen wird auf die Entelechie des Menschen“.

Die philosophische Psychologie Weiningers deckt sich mit der dialektischen Psychologie Doderers: es ist hier die Dialektik des Innen und Außen, des Jenseits im Diesseits, die zu einer ebensolchen Unreduzierbarkeit führt; es ist eine Lebensphilosophie, in der alles mündet: eben die „Wissenschaft vom Leben“ bei Doderer.

Wenn nun dies den Rahmen darstellt, innerhalb dessen der Begriff Apperzeption verwendet wird, so darf die Hinsicht auf die „Entelechie (das formende Prinzip, in gewissem Sinne: die Seele) des Menschen“, worin Kants ‚Bewußtsein‘ mit Doderers ‚Gewissen‘ zusammenfällt, von keinem trivialen Erfahrungsbestand mehr ausgeschlossen bleiben. (Doderer nennt Goethe einen „gewaltigen Apperzipierer“; man sollte dabei an die enorme Bedeutung des Begriffs der Entelechie für Goethe denken.)

In diesem Zusammenhang kann abkürzend auch der Begriff der ‚Wörtlichkeit‘ bei Doderer einbezogen werden; über Thomas von Aquin und die Analogia entis, die in Doderers Denken eine zentrale Stellung einnimmt. Ich erinnere mich eines Abendessens mit Doderer und H. Eisenreich, in dem beide zur Überzeugung vertraten, daß keinen (wahren) Roman schreiben oder überhaupt Kunst schaffen könne, wer nicht an Gott glaube (Weininger: „Es mag irreligiöse Dichter geben – sehr große Künstler können es nicht sein – “); ein häufiger Ausspruch Doderers lautete, daß jeder Romancier Thomist sei, ob er es nun wisse oder nicht; daß es keinen Roman gäbe ohne die Analogia entis; letztlich (etwa ‚Tangenten‘ p. 654) ist nur mehr die Pseudologie außerhalb der Analogia entis. (Den Begriff Pseudologie verwendet Doderer nie im bloß medizinischen Sinn (krankhaftes Lügen), sondern Pseudologie kennzeichnet die Scheinordnung eines – natürlich verlogenen – Modells einer Gegenwelt (zweite Wirklichkeit), im Gegensatz zur Analogie, der göttlichen Ordnung der wirklichen Welt. ‚Wirklich‘ ist also auch eine Leistung des Betrachters und gewinnt einen ethischen Aspekt).

Doderers Begegnung mit Thomas von Aquin (Auf den Wällen von Kursk, 1942) war ein schockartiges „Influenzieren“, durchaus in dem Sinn, daß er unbewußt ohnehin schon Thomist gewesen sei: Essentia est id quod per definitionem rei significatur. Wenn ‚definitio‘ ebenso das Wort ist wie jene „Hunderte von Seiten einer erzählenden Darstellung, die als ganzes eine einzige Metapher ist“, dann sind der Schriftsteller und der Philosoph die einzigen, welche die Wirklichkeit nicht nur zu erkennen vermögen (apperzipieren), sondern sie – per definitionem – überhaupt erst konstituieren; hier ist der Schritt anzusetzen von der noch vagen „Magie des Wortes“ zur „Wörtlichkeit als Kernfestung der Wirklichkeit“.

Die Essenz, das Wesen eines Dinges wird erst durch die Definition bezeichnet: sie existiert für uns nur als eben jene Bezeichnung, die in der Scholastik die Quiditas, die ‚Washeit‘ des Dinges heißt. Diese Quiditas definiert ein Zusammengesetztes, das ‚compositium‘ aus Stoff und Form, in seinem bezeichneten Zustand von ‚actu‘ und ‚potentia‘, Tat-Sächlichkeit und Möglichkeit, wobei, vereinfacht gesagt, eine Verschiebung dieser Verhältnisse zu allen andern ‚composita‘ führt, ebenso wie zur Festsetzung des ‚Einfachen‘ (Gott): per analogian, d. h. durch ein Schließen nach den Analogie-Gesetzen.

Wenn wir von hier zu Doderers so gründlicher Empirie zurückkehren, zur „Anatomie des Augenblicks", so gilt die „universale Apperzeption" aller Phänomene stets der „dinglichen Sprache Gottes", nicht einem losgelösten Einzelphänomen, sondern zugleich der ganzen Hierarchie, innerhalb derer sowohl es selbst als auch seine Wahrnehmung statthat. Auf diese Weise enthüllt sich auch der ethische Charakter der Apperzeption wie der des Wortes – indem sie eben zum Heil einer ‚analogen' Welt wirken –, wobei Doderer durch Gütersloh seit jeher darauf vorbereitet war, sein Handwerk unter diesem (philosophisch-religiösen) Aspekt auf sich zu nehmen. (Gütersloh: „Es darf ein Mensch, der des Wortes mächtig ist, keine Lage schweigend verlassen: dies fiele zu leicht, es gälte nicht vor dem Gotte.")

Aber: „Ich bin kein Philosoph." „Im Großen und Ganzen verbindet mich irgendeine Affinität mit der Philosophia perennis, mir leider mehr durch Glanz und Ruhm, als von eigenem Studium her bekannt...: es ist die dialektische Psychologie, die ein Schriftsteller in seinem privaten Laboratorium betreibt, zunächst für den Hausgebrauch, aber bei gewerblichem Bedarf wird er sich dann nicht anderswohin wenden müssen" (Tangenten, p. 456). Jenes Laboratorium war das Tagebuch, an dem Doderer ständig arbeitete, „mit den Mitteln der metaphorischen Definition eine zutiefst bedrohte Welt verteidigend – daß uns jenes Instrument (der Essayismus) beinah an die Hand wuchs". Bei dieser Verteidigung duldete Doderer keine Nachlässigkeit; jedem Essay ging ein gründliches Studium der bezüglichen Stellen in den wohlgeordneten Tagebüchern voraus, die jahrelange Entwicklung eines Themas wurde nochmals verfolgt, entscheidende Definitionen, ganze Absätze kehren immer wieder. Gerade was, eben durch jene wörtliche Wiederkehr, apodiktisch wirkt, ist das Zentrum jahrelang darum kreisender Überlegungen. Wenn Doderer bei der Arbeit an einem Essay seine Tagebücher, mit vielen Lesezeichen versehen, um sich breitete, tat er dies nicht ohne Stolz auf seinen ‚Werkzeugkasten', selbst bei jeder seiner Rezensionen, die vor allem eine Begründung des von ihm angelegten Maßes aus dem Gesamtkomplex seines theoretischen Denkens bringen; der eigentliche Bezug auf das Buch besteht dann hauptsächlich darin, daß es als Anlaß für solche Überlegungen ausgegeben wird (was seinen Grund auch darin hat, daß ein Großteil der Rezensionen aus Gefälligkeit entstand; Doderer bezeichnete jede Besprechung, die er schrieb, als seine „letzte", und wies als Begründung dessen auf seinen Essay zur „Ortung des Kritikers“ hin.) Besonders deutlich wurde der ständige Hintergrund des ‚privaten Laboratoriums‘ im Gespräch, wobei es manche als ‚unecht‘ oder die ‚Apodiktik‘ als diskussionshindernd empfanden, wenn es erst besonderer Stimmungen oder Getränke bedurfte, ehe Doderer aufhörte, „druckreif zu reden“ (wie das eine alte Bekannte einmal nannte). Daß er auf diese Weise die andern zu einem höheren Gesprächsniveau zwang, mögen manche davon ebenfalls als eine ungebührliche Belastung empfunden haben.

Eben da ist nochmals an das „zur höchsten Intelligenz gebrachte Gewissen“ zu erinnern: die Einheit des Bewußtseins ist mit der totalen Verantwortlichkeit des Künstlers zusammengefallen. Hierin sind Doderers so gerühmtes Geschichtsbewußtsein, seine umfassenden Kenntnisse auf vielen Gebieten, seine Erfahrungsfülle, seine liebevolle objektstolle Pedanterie im Umgang mit allem und jedem, genauso seine technisch akzentuierte Romantheorie in einem zu begreifen, bei ständiger Bewußtheit der Analogia entis. Und hier ist auch der Ort, wohin alle Drachen wiederkehren, mit ihrer Brut, vom Aquinaten angefangen mit allen Kategorien; nur auf dieser Ebene, wo noch keine Symptome (soziologische, sprachliche etc.) für Ursachen ausgegeben werden, ist auch Doderers ‚Konservatismus‘ zu diagnostizieren: „Wesentlich aber befinden wir uns mit den Toten in einem und demselben Wissen, mit welchem sie unseren verdienstlosen Vorsprung immer wieder einholen werden.“

Bei diesem Ergebnis eines über seine persönlichen Grenzen hinaus einheitlichen Bewußtseins und seiner Verantwortlichkeit haltend, mag man nun alles bisher Ausgeführte für rein arbeitshypothetisch nehmen – arbeitshypothetisch im Sinn einer ständigen Selbstüberprüfung und Selbstkonstituierung, der Bedacht, Affinität und Zufall die jeweils und persönlich geeigneten Mittel in die Hand gedrückt haben. Aber „vom Denken führt kein direkter Weg zum Schreiben“.

Ehe sich Doderer seine schwermütige Behutsamkeit dem Leben gegenüber angeeignet hatte, wider seinen ursprünglichen Charakter, mußte ein Maß gesetzt werden, das jedes Opfer ermöglicht und lohnt; wie etwa die Emigration aus der eigenen befangenen Persönlichkeit. Wenn dann nur vom Technischen der Kunst die Rede ist, so steht jene Einheit des Bewußtseins dahinter, die das l’art pour l’art nur als Konsequenz einer Kunstauffassung sehen kann, wie sie etwa Dilthey formuliert hat: „Die Kunst ist das Organ des Lebensverständnisses." Damit wird der Schriftsteller zur paradigmatischen Gestalt auf dem „Seins-Grund all' dieser Antinomien", der sein totales Thema ist. Die absolute Verbindlichkeit seiner Kunst, deren Innen und Außen, Substanz und Form, Inhalt und Technik zur selben dialektischen Einheit geworden ist, die in seinem Sinn die Welt konstituiert, wird zur Moral dieses Lebens (das macht die unüberbrückbare Entfernung des Künstlers vom ‚ausübenden Talent' aus.)

Tagebuch und Essay geben gewissermaßen die bare Münze dieser Moral aus; wie aktuell und paradigmatisch sie immer gemeint ist, zeigt etwa „Sexualität und totaler Staat". Doderer zögerte bis wenige Monate vor seinem Tod mit der Veröffentlichung dieser Arbeit, die er jedoch für die wichtigste seiner theoretischen Schriften hielt; bis dahin verweigerte er auch fast jedem die Lektüre des (längst abgeschlossenen) Manuskripts. Der Grund dafür war die Angst vor einem Mißverständnis, welches etwa einen Roman wie „Die Dämonen" auf das bloße theoretische Konzept – fast im Sinne von Rezept – beschränken könnte; doch Doderers Kunst war nie ein mit Fleisch eingekleidetes Gedankengerippe. Die Verbindlichkeit seines Konzepts liegt tiefer, auf jener Ebene, wo sich ihm das Leben – ‚analogisch' und nicht ‚pseudologisch' – immer wieder konstituierte. Was hier als das „grammatische Stadium der Wissenschaft" auftritt, war in allen Spielarten, als Plauderei beim Essen, beim Trinken, als Kommentar zu praktischen Anlässen aller Arten, als Gespräch mit oder über Kollegen das ständige Thema eines unerbittlichen Kollegs über Kunst, die aus sich heraus dazu zwingt, Paradigma zu sein; eine Aufgabe, die nicht mehr Kraft geben kann, als sie ständig verbraucht:

Wenn das Denken eines Schriftstellers das Ausmaß einer systematischen Weltsicht annimmt, die zugleich immer unerhört persönlich geprägt ist (was prinzipiell jede direkte Nachahmung und Fortsetzung ausschließt), muß dies seinen integralen Grund im Handwerk haben. Dessen bizarrste Anforderung ist seine Magie, das so unerläßliche und gefährliche Disponieren mit Schicksalsbegriffen, deren Begründbarkeit nach wie vor auf ihrer Glaubwürdigkeit beruht. So zwingt das Handwerk den, der es ernst nimmt, zu einer Übereinstimmung aller Grundlagen mit allen Ergebnissen (was ‚naiv' gerade in dieser Zeit endgültig nicht mehr glaubwürdig ist), zu einer Totalität, die als Anspruch nur schlechtes Gewissen verursachen kann, und als Tatsache zum Moloch eines Lebens wird; ja manchmal sogar – nicht hier – zum Moloch der Kunst, die, selten genug, einzig so gemeint werden kann.

Auch das ist selten genug und ein weiteres Paradigma, auf welches hier zu weisen war.

Wolfgang H. Fleischer

I

DIE WIEDERKEHR DER DRACHEN

In den ersten Maitagen des Jahres 1955 fing der Fischer Lucien Martiny in der Bai von Toulon einen riesigen Hummer und ließ sich mit seiner Beute photographieren. Dem Krebs hatte er die geradezu furchtbaren Scheren vorher zugebunden (wahrscheinlich unter Assistenz). Auf dem Presse-Photo hebt Martiny – ein hübscher und gutgewachsener junger Mann im Overall – das Tier zum Photographieren derart empor, daß er die Scheren links und rechts vom Gesicht hält, etwa in Augenhöhe, und der Krebs, den man von der Bauchseite sieht, mit ausgestrecktem Schwanze herabhängt. Es befindet sich so das Schwanzende des Hummers etwa in der Höhe der Knie. Nehmen wir für Herrn Martiny eine normale Durchschnittsgröße an, so ergibt sich für den von ihm gefangenen Riesenhummer gut ein Meter von den Scherenspitzen zur Schwanzspitze; also mehr als das Doppelte der Größe, welche diese Tierart gemeiniglich erreicht.

Ein paar hundert Meter oberhalb der Reichsbrücke zu Wien zog am 21. Juni des gleichen Jahres Herr Ernst Plank einen Wels (Silurus glanis L.) von 1,60 m Länge aus der Donau, dessen Umfang vorne 78 cm und dessen Gewicht 25 kg betrug. Die Zeitungen hoben hervor, daß Herr Plank aus Wels stammt. Der Wels soll allerdings noch zu Ende des vorigen Jahrhunderts in der unteren Donau und im Schwarzen Meer eine Größe von 3 m und 200 bis 250 kg Gewicht erreicht haben. Dennoch bleibt das von Herrn Plank gefangene Exemplar für die Donau bei Wien monströs.

Im Sommer des Jahres 1911 begegnete mir in einer sonst unbegangenen Schlucht unweit meines Elternhauses im Gebiete der Raxalpe, wo ich als Gymnasiast die Ferien verbrachte, eine Ringelnatter (Tropidonotus natrix) von derart ungeheuerlichen Ausmaßen, daß ich – sehr gegen meine damaligen Gewohnheiten! – jeden Fangversuch unterließ. Das Tier hing geradezu in Girlanden quer über einem eingerissenen Wildbach, und während es sich vorwärts schob, war der hühnereigroße Kopf mit den gelben Bakken längst am diesseitigen Ufer angelangt, während der Schwanz drüben noch kleines Geröll vom Steilhang rieseln machte. Vorsichtig geschätzt, hatte diese Schlange eine Länge von nahe an zwei und einem halben Meter.

Das sind drei Fälle von Großwuchs aus den unteren Klassen des Tierreichs, die ein Sammler solcher Sachen beliebig vermehren könnte. Bemerkenswert erscheint an den vorgebrachten Beispielen jedoch, daß sie alle aus zivilisierten oder mindestens bewohnten Gegenden stammen: Toulon ist ein Kriegshafen der französischen Marine, Wien eine Großstadt, und Prein an der Rax eine beliebte Sommerfrische im Hochgebirg.

Das Ungeheuer im eigentlichen Sinn, den diese Vokabel in unserem Bewußtsein (oder soll man hier gar sagen „Unterbewußtsein"?) auslöst, gehört den niederen Klassen des Tierreiches an, den Kaltblütern. Weder der Löwe von Nemea noch der Erymanthische Eber erreichen die Schrecklichkeit der Lernäischen Hydra. Und gerade in bezug darauf läßt Frank Wedekind den Herakles zu König Eurytos – der seine Ausschreitungen tadelt – sagen:

> Hast du die Welt von Drachenbrut befreit?!
> Wer solch Entsetzen ausstand, richte mich!

Frederik Adama van Scheltema begründet des Herakles und auch unseren Abscheu vor der „Drachenbrut" auf tiefsinnige Weise. Es würde sich, sagt er, „das vorerst stark vereinfachte, grob schematische Entwicklungsbild ergeben, daß das organische Leben von den ersten zentralgebauten Einzellern in einer senkrechten Achse bis zum senkrecht aufgerichteten Menschen aufsteigt, dagegen mit den Insekten und Reptilien den radikalsten Abfall von der mittleren Achse durchschreitet ..." Und weiterhin noch: „... Dazu kommen die bösen Augen, die Glätte, Kälte, Härte der Körperhülle, die den Gedanken einer allbeseelenden, alldurchflutenden Lebensmitte nicht aufkommen lassen." An anderer Stelle im gleichen Zusammenhange sagt der große Kunsthistoriker – der eine sehr ertragreiche Grenzüberschreitung in ein ganz anderes Fachgebiet hinein unternimmt: „Hier aber ergibt sich eine gute Übereinstimmung mit der Ansicht des Paläontologen, wenn er als klassisches Beispiel der ‚Typolyse', also der Formauflösung, eben die Saurier anführt, und auf ihr exzessives Wachstum, die Hypertrophie einzelner Organe wie des Halses, der Rückenpanzerung, auf Dornaufsätze, Stirnzapfen und dergleichen hinweist: schon im Perm gab es Reptile mit 60 cm langen Auswüchsen auf dem 4 cm großen Wirbelkörper."

Da haben wir ihn also, den Drachen, den Abfall vom Aufgerichtetsein, nicht etwa als zurückgebliebenen Rest und Seitenast einer Entwicklung, wie der Menschenaffe, sondern als Demonstration gegen diese: als Vorführung eines völlig anderen Formprinzipes oder Formlosigkeitsprinzipes, des zentrifugalen nämlich, gegenüber dem zentripetalen, auf die Mitte gerichteten, dem die Entwicklung der Säuger und schließlich des Menschen nach der Ansicht Adama's van Scheltema gehorsamt hat. In der christlichen Allegorik erscheint denn der Drache vielfach als fast identisch mit dem Teufel, dem abgefallenen Geist.

Nur in den unteren Rängen des Tierreiches, nur bei den Kaltblütern gibt es einen Großwuchs, der das bekannte und normale Maß derart übersteigt wie etwa Herrn Martiny's Hummer. Löwen, Tiger oder Nashörner von doppelter Größe, als diesen Tierarten eigentümlich ist, sind nie bekannt geworden. Nicht zuletzt wird solcher Großwuchs durch ein unbestimmbar hohes Lebensalter begünstigt (ein tafelbrauchbarer Krebs hat mindestens 25 Jahre) und schon gar bei den Reptilien. Es bedeutet dies, daß einzelne Exemplare, die in mehreren Kämpfen Sieger bleiben und denen es so gelingt, ihren schlimmsten Feinden, nämlich den Artgenossen, sozusagen über den Kopf zu wachsen, schließlich keinen ihnen gefährlichen Gegner mehr finden: und damit keine Grenze ihres Wachstums, sie sei denn naturkatastrophaler Art, wie Sturmflut oder Bergsturz.

An dem Punkte, wo wir jetzt halten, wird einer der Lehrsätze mittelalterlicher Zoologie erst verständlich und gewährt uns einen Sehschlitz auf unseren Gegenstand: Serpens, nisi ederit serpentem draco non generetur (eine Schlange, die noch keine andere gefressen hat, wird kein Drache). Der Drache gehört nach jener alten Anschauung zur dritten Ordnung der Schlangen, „deren Biß gefährlich ist auch ohne Gift“ (Avicenna). Im naturhistorischen Hofmuseum zu Wien kann man eine Anaconda sehen, eine südamerikanische Süßwasserschlange (Eunectes murinus), deren Größe so ungeheuerlich ist, daß sie von dem, was bei dem Wort „Schlange“ in uns anklingt, befremdlich abseits steht. Dieser in der Mitte zu riesenhafter Dicke wachsende Leib, der verhältnismäßig kurze Schwanz passen nicht mehr in unsere Vorstellung von einer Schlange. Es ist ein Lindwurm. Die ganze Gruppe der „Boidae“ hat rückwärts, beim Beginn des eigentlichen Schwanzes, zwei hornige Klauen.

Ein anderer Sehschlitz auf unseren Gegenstand hin, der es ermöglicht, diesen richtig zu orten, eröffnet sich dann, wenn wir die Tatsache fest in's Auge fassen, daß uralte Tierformen aus Weltaltern, da noch keineswegs Säuger lebten, geschweige denn der Mensch, heute noch vorhanden sind, ja, daß ein Geschöpf, welches wir aus Versteinerungen des Devon und Karbon kannten, in unseren Tagen lebend aus dem Meere gezogen wird. Es ist dies der weltbekannte Fall des Coelacanthus (Latimeria Chalumnae Smith) vom 22. Dezember 1938. Weitere Exemplare wurden in den Jahren 1952 bis 1954 erbeutet. Der größte war der erste: 140 cm bei einem Gewicht von 57,5 kg; doch war dieser schon weitgehend zersetzt, als er unter die Augen des Ichthyologen J. L. B. Smith aus Grahamstown in Südafrika kam. Der Fang geschah bei der Mündung eines kleinen Flusses, der Chalumna, die südwestlich des Hafens von East London in's Meer fließt. Das Stück wurde dann von Miss Courtenay Latimer für das Museum jener Hafenstadt erworben (daher der Name Latimeria Chalumnae Smith), Smith wirkte nun überall unter den eingeborenen Fischern auf Festland und Inseln durch Flugblätter, Abbildungen und Aussetzung von Belohnungen; aber erst ein am 24. September 1953 gefangenes Exemplar gelangte in besserem Zustand unter die Augen der Fachleute, vornehmlich dadurch, daß der Fischer, der es in den Gewässern der Komoren-Insel Anjouan überwältigt und gefangen hatte – Houmadi Hassani hieß er – sich noch in der gleichen Nacht an den französischen Stationsarzt Doktor Garrouste wandte, der sofort die nötigen Konservierungsmittel einspritzte und das kostbare Exemplar in Säcke einschlug, die mit der gleichen Flüssigkeit getränkt waren. So gelangte es mit Flugzeug in das wissenschaftliche Institut von Tananarive auf Madagaskar. Drei weitere Stücke wurden im Februar 1954 gefangen. Nun war man schon auf Schnelltransporte dieser Art eingestellt; Professor J. Millot konnte jetzt in Paris ein guterhaltenes Exemplar untersuchen. Im gleichen Jahr veröffentlichte er seine Ergebnisse und die zahlreichen photographischen Unterlagen (J. Millot, „Le troisième Coelacanthe", 1954).

Dieser Coelacanthus ist ein Quastenflosser (Crossopterygier). Wir Laien würden sagen, er habe eine Art stummelförmiger Beine, an denen erst die Flossen sitzen. So stellt er denn auch ein frühes Übergangs-Stadium zu den Lurchen oder Amphibien dar und steht jenen Fischen nahe, die man „Dipnoer" nennt, weil sie sowohl durch Kiemen wie durch Lungen zu atmen vermögen. Das kleinste Exemplar wurde 1954 gefangen. Es maß immerhin noch 109 cm.

Es gibt auch Fälle des plötzlichen und sogar massenhaften Erscheinens urtümlicher Formen, die nicht weithin bekannt werden. Im Spätsommer 1897 gab es in der Wiener Vorstadt Hernals nach einem starken Regenguß ein ungeheures Aufsehen: alle Lachen wimmelten von Krebstieren, die aber mit dem Krebs, wie ihn jeder kennt, kaum was gemein hatten: unter einem einzigen großen Schild, ohne Sonderung von Kopf, Brust und Hinterleib, marschierte das auf vielen Beinpaaren. Die Geschöpfe waren nur wenige Zentimeter lang. Sie wurden von den Buben zu Hunderten gefangen. Es handelte sich hier zwar nicht um ein ausgestorbenes Tier, wohl aber um eine urzeitliche Form des Krebses, die schon aus der Steinkohlenformation und der Trias bekannt ist. Seine Eier können jahrelang im Trockenen liegen. Der Sturzregen erweckte sie dann plötzlich zum Leben. Dieses eigentümliche, zur Ordnung der niederen Krebse (Entomostraca) gehörende Geschöpf heißt Kiefenfuß (Apus cancriformis). Nach jener Invasion in der Vorstadt Hernals verschwand er gänzlich. Erst 55 Jahre später, also 1952, konnten von Zoologen vereinzelte Stücke nach mühevollem Suchen in den Ziegelteichen am Wienerberg gefangen werden.

Der dritte und eklatanteste Fall von Entdeckung eines ganz urtümlich anmutenden Wesens ist der des Drachens von Komodo.

Er verdient wahrlich diese Bezeichnung, welche ihm sein Entdecker, Doktor Douglas Burden vom Naturhistorischen Museum in New York, damals zubilligte („The Quest for the Dragon of Komodo", 1927, in „Natural History").

Der Drache von Komodo ist ein Großwaran, wie es solche im Alttertiär (Oligozän) bis nach Europa herein gegeben hat. (Varanus Cayluxi, in den Phosphoriten von Quercy). Diese Periode ist durch sehr mildes Klima bezeichnet. Die gesicherte Größe bei älteren Exemplaren aus Komodo muß mit 3,65 m abgegrenzt werden (Wolterstorff). Noch größere Exemplare könnte man wohl im bergigen und zerklüfteten Innern von Komodo – die Insel liegt zwischen Soembava und Flores – als wahrscheinlich vermuten. Der Colonel Ouwens, Kustos am Zoologischen Museum zu Buitenzorg (Java), der 1912 das Tier als erster bestimmt und Varanus Komodoënsis benannt hat, gibt die Größe mit 7 m an. Der Kopf ist schlangenartig, die Kiefer durch dehnbare Bänder verbunden, daher der Rachen beim Schlingen höchst erweiterungsfähig; die Zunge sehr lang und gespalten. Der Körper ist mit

Schuppen bedeckt, nicht mit Schildern wie bei einem Krokodil; sehr zum Unterschied von diesem ist Varanus Komodoënsis ein höchst bewegliches Landtier; er läuft schnell auf hochgestellten Beinen mit gestrecktem Schwanz. Gereizt bläst er sich auf, zischt und richtet sich empor. Gebiß und Krallen sind die eines Großraubtiers. In der Wut speit er seinen stinkenden Mageninhalt gegen den Feind. Man sieht: er leistet alles, was von einem Drachen billig verlangt werden kann, bis auf das Feuerspeien und Fliegen, das schon der alte Albertus Magnus für Unsinn gehalten hat; in bezug auf das Fliegen äußert jener in bemerkenswerter Weise, es sei nicht einzusehen, wie ein so langgestrecktes Tier in der Luft die Stabilität zu halten vermöchte. Der Komodo-Drache ist von altem, bestem Saurier-Stamm; unter seinen Vorfahren befinden sich die Aigialosauriden, die ihn mit dem meeresbewohnenden schlangengleichen Mosasaurus verknüpfen, dem Urbilde des chinesischen Drachens, der in China bezeichnenderweise stets als Wasser- oder Sumpftier gedacht worden ist.

Was bedeutet nun dieses Überleben, Überdauern und Wiederkehren uralter Formen?

Es ist ein verborgenes Lebensgesetz, das sich hierin andeutet, ohne dessen Wirken, nach unserer Ansicht wenigstens, weder die eigene Biographie, noch die geschichtlichen Abläufe, noch auch die Erdgeschichte von uns überhaupt aufgefaßt werden könnten. Es ist das Gesetz von der „Symbiose der Zeiten“, wie es A. P. Gütersloh nennt: daß nämlich nichts, was war, durch nichts, was inzwischen geschehen ist, sich abhalten läßt, zu sein. Anders, und sozusagen massiv, formuliert: Jede einmal ausgespielte Karte bleibt auf irgendeine Weise im Spiel. So in der Erdgeschichte, so im geschichtlichen, so in unserem persönlichen Leben: auch hier staut sich das Volk des Gewesenen in dichtem und buntem Gedränge hinter den Kulissen der jetzt eben gespielten Szene und in den Gängen zwischen jenen, bereit, hervorzubrechen und die Bühne zu überschwemmen, alle Handlung an sich zu reißen. Und im Lichte dieses heutigen Tags wimmeln plötzlich alle spiegelnden Lachen des eben gefallenen Regens von urtümlichem Getier aus einer ganz anderen Zeit.

Ein dritter Blickpunkt auf unseren Gegenstand hin wird gewonnen, wenn wir die zunehmende Tendenz der Prähistorik und Anthropologie nicht außer acht lassen, das Alter des Menschengeschlechts und seiner Vorformen immer höher anzusetzen, wozu fast jeder der in den letzten Jahrzehnten gemachten Funde das Seine beigetragen hat: zuletzt der „Oreopithecus" des Basler Universitätsprofessors Dr. Johannes Hürzeler, den zwei italienische Bergleute, Azelio Guistarini und Enzo Baccalini, fast 200 m unter Tag mit ihren Spitzhacken aus einem Braunkohlenblock freilegten. Der Basler Professor hatte für dergleichen Prämien ausgesetzt. Der Direktor des Bergwerkes, Ingenieur Paolo Pertini, wurde herbeigeholt. Um zwei Uhr früh verständigte er den Schweizer Gelehrten telephonisch von dem Funde. Der Kopf – freilich das Wichtigste – wurde erst 48 Stunden später nach mühevoller Arbeit gehoben.

Es besteht ein „Trend" in den Funden und ihrer wissenschaftlichen Deutung, der die Menschwerdung in unvorstellbare Zeitenfernen zurückschiebt: und daher immer näher heran an Perioden, da die Erde großreptilische Ungeheuer keineswegs als Seltenheit trug. Vom Mesozoikum hier zu schweigen – Hörbiger, der Schöpfer der Glazialkosmogonie, hält sogar für möglich, daß die Menschheit eine dunkle Erinnerung an die mesozoischen Riesendrachen bewahrt hat – auch das soviel spätere Diluvium zeigt reptilische Großformen, Warane von 10 m Länge (Megalania Prisca, Familie der Megalaniden von Queensland) als Zeitgenossen der großartigen Höhlenkünstler, wenn auch in einem anderen Erdteil. Das klimatisch milde Alttertiär hat sie auch hier in Europa gesehen. Dem Mittelmeer näher mochten einzelne da und dort, wohl auch auf den Mittelmeer-Inseln, bis weit in geschichtliche Zeiten hinein überdauert haben. Der Mensch ist dem Drachen gegenüber gestanden: er kennt ihn aus Erfahrung. Der Drache ist nicht nur ein Symbol, wie das 19. Jahrhundert stets gerne glauben wollte. Und er ist auch keine phantastische Deutung von aufgefundenen fossilen großen Knochen. So entsteht keine derart spezifische Gestalt. Schon lange vor Dacqué, im 19. Jahrhundert, hat Le Roux de Lincy dargetan, daß alle Sagen von konkreten, lebendigen Gestalten ausgehen, nicht von totem Material (Introduction au livre des légendes, Paris 1836). Den Drachen hat die Menschheit aus der Erfahrung.

Noch einmal unser Objekt durch die drei gewonnenen Sehschlitze anvisierend – die immer bestehende Möglichkeit exzessiven reptilischen Wachstums; das manifeste Überleben uralter Formen bis auf den heutigen Tag; die immer weiter in die Tiefe der Zeiten sich entrückende Menschwerdung – erkennen wir als erstes, daß die Gestalt des Drachens sich nicht mehr in ein Indianer-Territorium der Phantasie und Symbolik verweisen läßt.

Handelt es sich also um eine bestimmbare Tierart mit bestimmten Merkmalen?

Gerade das nicht, so sehr es die Autoren der Alten geglaubt zu haben scheinen: Plinius (im 8. Buch, Kapitel 14), Strabo, Pausanias und Philostratus (um 244 n. Chr.). Der letztere weiß gar zu melden, daß es in Indien drei Gattungen von Drachen gäbe: erstens die im Sumpf lebenden; sie haben einen schwarzen Rükken und weniger Schuppen; zweitens die Drachen des ebenen Landes; sie sind feuerfarben, die Schuppen glänzen silbern; drittens, die Drachen im Gebirge; sie sind die größten und haben goldfarbene Schuppen. Nur die Drachen der Ebene und des Gebirgs haben Bärte. Die im Sumpf leben, tragen keine. Alles das ist in dieser Form wahrscheinlich Unsinn, dem aber bestimmt irgendwelche konkrete Erscheinungen zu Grunde liegen. Mit Recht wird bemerkt, daß der Ausdruck draco (griechisch δϱάκων) bei den Alten ganz ebenso auch für eine gewöhnliche Schlange verwendet wurde. Doch lautet die ursprüngliche griechische Form der früher von uns zitierten Regel „serpens, nisi ederit serpentem . . .“ etc. „Ὄφις εἰ μὴ φάγε ὄφιν, δϱάκων οὐ γενήσεται“ (Ophis ei me phage ophin, drakon u genesetai). Hier schon heißt doch die Schlange anders als der Drache.

Nein, eine bestimmbare, in vielen Exemplaren vorhandene Tierart ist der Drache nicht; und schon deshalb allein hat für ihn beim alten Linné kein Platz sein können, es sei denn als Drächelchen von Spannenlänge, mit richtigen seitlichen, von den vorderen Gliedmaßen unabhängigen Flügeln (Draco volans), eine harmlose Baumeidechse. Doch sagt sie uns vieles, was Linné gar nicht meinte . . . Er war ein Genie der Synopsis und Klassifikation. Aber es ist bezeichnend, daß er auch auf seinem ureigensten Gebiet, der Botanik, niemals irgendeine wesentliche Entdeckung gemacht hat. Wahrscheinlich waren ihm solche unerwünscht.

Können wir zu einem Begriff, einer Definition des Drachens gelangen (und nicht etwa „Sagentier von ungeheurer reptilischer Gestalt . . .“ oder etwas dergleichen, wie man es in einem Konversationslexikon aus dem 19. Jahrhundert noch finden kann)?

Man muß festhalten, daß der Drache ein Ungeheuer ist, ein Einzelfall, und kein bestimmbares Tier. Der Drache ist die Verwirklichung der stets und auch heute vorhandenen Möglichkeit exzessiven reptilischen Großwuchses bis zur Gestaltveränderung, oder auch das Wiedererscheinen, die Wiederkehr uralter Formen, die überlebt haben, und heute nicht mehr als Vertreter einer Tierart, sondern als Monstra wirken. Ein Komodowaran, der im bergigen Innern der Insel die Größe der ihm nahe verwandten und ausgestorbenen Megalania Prisca erreichte, wäre eine Kombinierung der beiden Möglichkeiten, wäre ein echter Drache. Gerade bei Varanus Komodoënsis zeigen die älteren Exemplare von drei bis vier Meter eine starke Veränderung der äußeren Erscheinung, durch außerordentliche Verbreiterung des Leibes in der Mitte und lappige Falten, so daß alle eidechsenhafte Schlankheit verschwindet. Ähnliches konnten wir schon bei der Anaconda im Museum sehen.

Die Ungetüme des Mesozoikums, die Diplodocen, Stegosaurier und Ceratopsiden bildeten die damalige normale Fauna der Erdoberfläche. Sie lebten zum Teil sogar in Herden. Sie waren keine Drachen. Heute wären sie es, wenn einer oder der andere von ihnen wieder erscheinen würde, wenn sie die Erdalter überdauert hätten.

Auch dieser Fall ist nicht ganz auszuschließen, und die Nachrichten darüber sind ernsthaft, und vor allem, sie sind älter als jener einstmalige Film nach einem Roman von Conan Doyle, der die Drachen unter die Leute gebracht hat.

Auf Grund von „Eingeborenenmärchen“ wurden in Afrika das Okapi (eine kurzhalsige Giraffe) und das Zwergflußpferd entdeckt, letzteres vor noch nicht fünfzig Jahren. Tierfänger der Firma Hagenbeck (Hamburg-Stellingen) berichteten zuerst von Erzählungen der Eingeborenen, die, alles zusammen genommen, einen Brontosaurus beschrieben. Der Hauptmann, Freiherr von Stein, Leiter der deutschen Kongo-Expedition von 1913/14, hat hierüber viele genauere Nachrichten gesammelt. Es ist der Erste Weltkrieg gewesen, der hier, ebenso wie in Komodo, die Forschungen unterbrach und die Sachen in Vergessenheit geraten ließ.

Immer wirksam war das geheime Gesetz von der Symbiose der Zeiten; die eine dauert noch, die andere hat schon begonnen. Sie übergreifen einander. Es gibt keine totale Vernichtung. Der letzte Krieg sogar hat uns dies gelehrt. So hat auch jene Katastrophe, welche wir am Ende der Sekundärzeit aus ihren geologischen und paläontologischen Spuren erschließen – darunter Massenablagerungen des großen Saurier-Sterbens – die Großreptilienfauna des Mesozoikums nicht ohne jeden Rest aus der Welt geschafft. Hörbiger nimmt das Überleben einzelner widerstandsfähiger Landsaurier an, die dem primigenen Menschen noch begegnet sein könnten, unvorstellbaren Schrecken hinterlassend. Hier beginnt die Tradition der Drachengestalten – in allen Sagen immer ganz vereinzelt auftretende Wesen! – der Kämpfe mit den Drachen und der Berichte davon.

Was nun Afrika betrifft, so war es im späten Sekundär von großen Mengen der Großsaurier belebt, wie die Funde beweisen (Tendaguru). Der Hauptblock des afrikanischen Kontinents ist seit damals unverändert geblieben, auch hinsichtlich des tropischen Klimas und der Lebensbedingungen, die es gewährt. Dem Freiherrn von Stein wurde in Kamerun ein frischer gewaltiger Durchbruch im Uferdickicht eines Flußarmes von den Eingeborenen gezeigt, der eben von jenem brontosaurushaften Wesen verursacht worden sei, wie sie sagten. Das plötzliche Ende seiner Expedition 1914 verhinderte Herrn von Stein daran, dieser Sache weiter nachzugehen.

Was aber hätte uns wesentlich die Wiederkehr der Drachen zu sagen, gesetzt, sie träten da und dort ganz unmißverständlich und unbestreitbar aus der Tiefe der Zeiten hervor? Sind wir im Kreise gegangen? Ist die Großstadt nichts als eine letzte Metastase des Urwaldes, in dessen direkte Grundbedeutung sie zurückkehren soll, überwachsen und überwildert, wie einst die großen Städte Mittelamerikas dem Urwalde wieder anheimfielen? Es ist eine alte Meinung, daß die Erscheinung von Chimären und Ungeheuern einen Wechsel der Zeiten anzeigt. Werden sich die Nachkommen des motorisierten Neandertalers unserer Zeit, der heute wohl fährt, ja, in Schwärmen durch die Straßen rast, dem aber morgen schon niemand mehr das Fahrzeug wird konstruieren können, dereinst wieder von den Wäldern umfaßt sehen und den wiedergekehrten Drachen gegenüber?

Der Positivismus des 19. Jahrhunderts, in seinem Bestreben, konkrete Unterlagen der Drachensage zu leugnen, verfällt dabei in einen mitunter weit hergeholten Symbolismus. So kann man lesen, bei der Erklärung der von Herakles besiegten vielköpfigen Hydra, im wasserarmen Argos: „Die zahlreichen in den Bergen entspringenden Bäche führen nur im Winter das Wildwasser ins

Meer, im Sommer versiegen sie oder verschwinden bald in Klüften, um erst unweit des Meeres wieder hervorzubrechen. So bedeuten die nachwachsenden Häupter der Lernäischen Schlange solche wiederhervorbrechende Quellen, welche bei Lerna in der südwestlichen Ecke der Ebene von Argolis Sümpfe bildeten, die Herakles, der Repräsentant vordringlicher Kultur, lange vergeblich zu bewältigen strebte." (Meyers Konversationslexikon 1889, Artikel „Argos".) Hier fällt einem des alten Vischer vortreffliches Pseudonym ein, unter welchem er seine Parodie auf die Goethe-Forschung veröffentlichte: „Faust. Der Tragödie III. Teil. Von Deutobald Symbolizetti und Alegoriowitsch Mystifizinsky." Die Erklärung, daß es sich bei der Lernäischen Hydra um einen großen Kopffüßler gehandelt habe, der bei einer Überflutung in die dem Meere benachbarten oder mit ihm noch in Verbindung stehenden Sümpfe geraten war oder überhaupt als eine Art „Reliktenfauna" dort hauste, hat hier nicht nur die Einfachheit, sondern auch die Wahrscheinlichkeit voraus. Übrigens finden sich sogar, wenn auch selten, Parallelen oder Berührungen zwischen dem Drachen und den Kraken, als deren Kombination ja die Lernäische Schlange erscheint. So etwa Drachen, welche die Menschen an sich saugen (Bächtold-Stäubli, Handwörterbuch des deutschen Aberglaubens II, 387). Daß Chinas Besiedler und erster Dynastiegründer Jü sich die von ihm besiegten Drachen – oder war es nur einer, aber mit 9 Köpfen? – in eine Art Stromregulierung hat umdeuten lassen müssen, versteht sich nach der gegebenen Probe von selbst. Dennoch geht die Form des Drachens im alten chinesischen Staatswappen auf ein konkretes Vorbild zurück, wie wir schon wissen. In China trägt übrigens der Drache keine nur negative Wertung, wie in der christlichen Allegorik. Er gilt als Hort der Kraft und der Gesundheit, was leider zur Folge hatte, daß die chinesischen Apotheker seit jeher alle aufgefundenen fossilen großen Knochen – die man sämtlich für Drachengebein hielt – zu heilsamen Pulvern zerrieben. Auch in Japan ist der Drache mitunter helfend – zum Beispiel in dürren Jahren beim Regenzauber – und wohnt in feuchten Tälern: wie in China hat er auch hier noch immer die Beziehung zum Wasser.

Adrien Jean Victor Le Roux de Lincy (1806–1869) steht im 19. Jahrhundert allein da mit seiner konkreten und anschaulichen Auffassung der Sagen-Grundlagen. Friedrich von Tschudi hingegen, liebenswert auch als Stilist (1820–1886, der letzte in der

Reihe der Autoren aus dem Glarner adligen Gelehrtengeschlecht), berichtet zwar etwas von den vielen Schweizer Drachensagen – nicht ohne zu bemerken, daß die Schweiz eigentlich ein schlangenarmes Land sei – hält aber zugleich alles offensichtlich für reinen Unsinn. Es ist nun sehr merkwürdig, daß er zuletzt doch ein Faktum überliefert: nämlich die Auffindung eines „Stollenwurmes", ein dem „Tatzelwurm" verwandtes Geschöpf von 3 bis 6 Fuß Länge mit zwei Füßen, das Bergleute bedroht haben soll, an der Erdoberfläche aber nur bei großer Trockenheit und vor Eintritt des Regens erscheint. 1828 fand ein Solothurner Landmann in einem vertrockneten Sumpf ein solches Tier. Er wollte es dem Professor Franz Joseph Hugi bringen (1796–1855, Gründer der Naturforschenden Kantonalgesellschaft und der Naturhistorischen Museums zu Solothurn). Aber kaum hatte der Bauer sich von seinem Funde wegbegeben, so fraßen diesen die Krähen bis auf das Skelett ab (womit bewiesen erscheint, daß der Finder nicht durch irgendeinen seltsam geformten Strunk getäuscht worden war und daß es sich um ein rezentes Tier handelte). Das Skelett wurde später nach Deutschland gebracht, angeblich nach Heidelberg. (F. von Tschudi, Das Tierleben der Alpenwelt, 1854, Seite 116.)

Da haben wir ihn also, einen kleinen zweifüßigen Lindwurm, nach den von Albertus Magnus abgelehnten Flugdrachen wohl das fragwürdigste aller dieser Geschöpfe. Und doch kann man unmöglich darüber hinweggehen, daß es, genau so wie jene fliegende Baumeidechse, in miniaturer Form existiert und den Zoologen wohl bekannt ist: als „Handwühle" (Chirotes canaliculatus, Kalifornien und Mexiko), wie der Name schon sagt, ein in der Erde lebendes Tier, von der Art einer Blindschleiche, jedoch mit zwei Füßen vorne, die ihm beim Graben mit vier bekrallten Zehen helfen. Die Handwühle ist nur 20 cm lang. Aber die Form ist einmal da, sie ist nicht symbolisch, sondern konkret: und bloß die Dimension fehlt noch. Es wird der „Stollenwurm" als „dick" angegeben. Auch die Handwühle ist überall gleich stark, sie zeigt keine Verjüngung des Körpers.

Der heute auf Java und Sumatra im Fallschirmfluge oder flatternd von Baum zu Baum gelangende kleine Draco volans ist ein perfektes Miniaturmodell des Sagendrachens: wesentlich dadurch, daß seine bekrallten Vorderfüße frei sind und nicht zum Spannen der Flughaut dienen, wie das bei den fossilen Flugsauriern der

Fall war, sowohl bei den kleinen Formen (Ramphorhynchus, Pterodactylus) wie bei den großen (Pteranodon). Sie alle spannten die Flughaut mit dem enorm starken und bis zur Länge des ganzen Körpers entwickelten Daumen. Also im Prinzip so wie die heutigen Handflügler (Chiroptera), zu denen auch unsere gewöhnliche Fledermaus gehört – nur ist bei diesen gerade der kurze Daumen von der Funktion des Flughautspannens ausgeschlossen, das hier von den übrigen vier verlängerten Fingern bewirkt wird.

Wir haben keine fossilen Reste von großen Flugsauriern mit freien vorderen Extremitäten. Ebensowenig von zweifüßigen Lindwürmern. Aber diese Formen existieren doch heute in der Natur, wenn auch klein. Man muß es zur Kenntnis nehmen, mit einem raschen Seitenblick auf die dem Reptiliengeschlecht innewohnende Neigung zu exzessivem Großwuchs. Draco volans hat sogar einen Bart, wie des Philostratos famose indische Drachen. Es ist ein langer, spitz zulaufender häutiger Kehlsack.

Anders als der Positivismus des 19. Jahrhunderts verhält sich in bezug auf unseren Gegenstand die humanistische Gelehrsamkeit, ganz anders auch die aufgeplusterte und absurde Wissenschaftlichkeit des Barock. Von den Humanisten ist es vor allem der Vater der Tierkunde Konrad Gesner, auf den hier der Blick fällt. Aber mit wenig Ertrag. Denn im Kapitel „De Dracone" („Vom Drachen") muß Gesner sich freilich von seinem besten Teil, der guten Beobachtung und trefflichen Charakterisierung, verabschieden. Was bleibt, ist eine unübersehbare Fülle von Exzerpten aus – in der Hauptsache – antiken Autoren. Das Bestreben Gesners – unter der Voraussetzung, daß der Drache eine Tierart sei wie andere auch – zu einer Spezifikation und Klassifikation zu kommen, scheitert an der Widersprüchlichkeit der Gewährsmänner, die für ihn Autoritäten bleiben, besonders wenn sie dem klassischen Altertum angehören. Und die Einteilungsprinzipien – Drachen ohne oder mit Füßen oder Flügeln und dergleichen mehr – werden angesichts der Fülle von gegensätzlichen Überlieferungen undurchführbar. Nicht viel anders ergeht es dem barocken und krausen Athanasius Kircher, der in seinem mächtigen Folianten „Mundus Subterraneus" („Die unterirdische Welt") unseren Gegenstand in mehr als extenser Manier traktieret, und in der zweiten Ausgabe des Opus (Amstelodami 1678) noch ausführlicher als in der ersten (1664), weshalb wir hier nur auf die zweite Bezug nehmen: sie enthält auch eine eigene Abhandlung über ein Drächelchen (Dracunculus) mit Flügeln und zwei Füßen, das er im Museum des Kardinals Barberini gesehen und genau untersucht hat; das Gebiß sogar mit einem Vergrößerungsglas. Es ist unmöglich zu sagen, was es mit dieser Zweifüßigkeit auf sich hatte. Denn die anatomischen Daten, welche Kircher anführt – ihm lagen Skelette und Haut vor – könnten zum Teil auch auf den uns bekannten Draco volans ungefähr passen: so die Zahl der echten und falschen Rippen und der Wirbel des Schwanzes (von dem ein kleines Stück abgebrochen war, wie Kircher bemerkt). Wie immer – Kircher verzweifelt da schließlich in systematischer Hinsicht und schreibt: „Denique ad quodnam animantium genus referendum sit, disceptabo ... Hoc animal polymorphon monstrosum". („Welcher Gattung von Lebewesen es zuzuschreiben sei, kann ich zuletzt nicht mehr sagen ... Dieses Tier ist vielgestaltig und monströs.") Schließlich geht Kircher sogar ganz davon ab, im Drachen eine eigene Tierart zu sehen, und liefert eine Entstehungsgeschichte der „Dracones", die an Monstrosität und Unappetitlichkeit kaum zu überbieten sein dürfte und sich zudem fast wie ein Rezept zur künstlichen Erzeugung von Drachen liest. In den Nestern oder Horsten der großen Raubvögel, meint er, putrifizieren die verschiedensten Reste herangeschleppter Nahrungstiere, warmblütige Tiere, Schlangen, und viele andere. Diese Kadaver enthalten aber noch tierischen Samen. Dessen Vermischung in der Fäulnis lasse dann den Drachen entstehen ...

So geht es einem barocken Gelehrten, wenn er sich vor Gelehrsamkeit schon nicht mehr auskennt. Aber Kircher ist doch in seinen Überlegungen oft recht vernünftig, ja skeptisch, und einmal zitiert er gar des Plautus Wort: „Besser ein Augenzeuge als zehn mit Ohren." Das hindert ihn nicht, die Alten ebenso auszuschreiben wie Gesner und aus neueren oder zeitgenössischen Berichten jeden Unsinn mindestens wiederzugeben. Es verhielten sich fast alle Gelehrten damals so. Bei einem klafterlangen Drachen, dem sieben Köpfe am Körper entlang gewachsen sein sollten, tritt allerdings auch Athanasius Kircher sozusagen in den Streik.

Da in den Wust sammelnder barocker Gelehrsamkeit bei Athanasius Kircher und anderen Autoren seiner Art alles nur erreichbare Anekdotische mit eingeht – wenn auch da und dort unter

Kritik und Protest – so kann es geschehen, daß in diesen oft tief hinab führenden Grottengängen der Seltsamkeit an einer überraschenden Biegung der Wahrheitscharakter eines Berichtes aufleuchtet: eine zunächst mehr mit dem Instinkt – wie ein solcher sich etwa bei lange getriebener historischer Quellenforschung ausbildet – als mit dem kritischen Verstand erkennbare Qualität.

Die Alten hielten Indien und Äthiopien für Länder, in welchen der Drache besonders häufig sei. Zu Kirchers Zeit stand die Schweiz längst im Rufe eines Drachenlandes. Hier wird denn offenbarer Unsinn hingenommen (Kircher bezieht ihn zum Teil aus des Johannes Cysatus „Beschreibung der Vier Waldstätten"), wie die Geschichte von dem Luzerner Böttcher, der im Gebirge in ein Drachenloch gefallen war, lange mit den Ungetümen zusammen darin hauste und schließlich, als die Drachen im Frühjahr endlich ausflogen, am Schwanze des einen hängend die Freiheit wiedergewann (s. Kuoni, Sankt-Galler Sagen). Selbst da gibt es jedoch Einzelheiten, die irgendein konkretes Herkommen andeuten: so etwa, daß die Drachen während ihrer Zurückgezogenheit keine Nahrung aufnahmen, sondern nur eine salzige Lake ableckten, die an den Wänden der Höhle herabsickerte; der Böttcher tat desgleichen und blieb so am Leben. Auch des Drachentöters Winkelried Kampf enthält Spuren konkreter Kerne: das Untier wurde damit beschäftigt, die Lanze zu zerbeißen und zu zerbrechen; derweil gebrauchte Winkelried das Schwert.

Aber mitunter findet sich offenbar Unmögliches neben dem fühlbar echten Bericht. Der hochgelahrte Kircher stand in Korrespondenz mit Christoph Schorer (von Solothurn). Dieser schreibt ihm, er selbst habe in Luzern vom Pilatus einen feurigen Drachen aufsteigen und über den See fliegen sehen und die Gestalt des Tieres dabei genau ausgenommen (also ein „testis oculatus", um mit Plautus zu reden). Pater Athanasius scheint das zu akzeptieren und fügt gleich anschließend eine weitere briefliche Mitteilung Schorers hinzu: ein Jäger namens Paul Schumperlin habe 1654 am Sankt Jakobstag (25. Juli) auf dem Fluhberg (2097 m, Schwyzer Alpen) einen Drachen vor dem Eingang einer Höhle erblickt: mit Schlangenkopf, der doch dem eines Pferdes nicht ganz unähnlich gewesen sei, mit vier Füßen, der Körper etwa einen Fuß hoch über dem Boden, Hals und Schwanz gleich lang. Das Tier zog sich bei Annäherung des Menschen in die Höhle zurück.

Diesen letzten Bericht habe ich immer für wahr gehalten (trotz der Unglaubwürdigkeit Schorers mit seinem feurigen Flugdrachen!), und konnte mir das leisten, da ich kein Zoologe vom Fach bin. Das Hochgebirge, innerhalb dessen ja stets nur einzelne Routen begangen sind, steckt voll von Geheimnissen. Die Alpen waren zu des Jägers Schumperlin Zeiten sozusagen noch garnicht entdeckt, so wenig wie die Tiefsee, deren phantastische Proben uns erst die neuere Forschung geliefert hat. Unter den zahlreichen veröffentlichten Berichten über den „Tatzelwurm" – eine große deutsche Zeitung ließ sich zu Anfang der dreißiger Jahre dies Steckenpferd angelegen sein – gibt es auch einige, die noch weit mehr Wahrheitscharakter zeigen als die Erzählung vom Jäger Schumperlin. Insbesondere der Bericht eines Herrn Paul Resag aus Potsdam, der im Juni 1930 Gelegenheit hatte, ein solches Tier in aller Ruhe durch einige Zeit zu beobachten, auf einem etwa 1 m breiten Weg, der über eine mit hohem Grase bestandene Waldlichtung führte, eine Stunde zu Fuß von Traunkirchen am Traunsee: „Plötzlich sah ich mich nun auf Schrittlänge einem Tier gegenüber, wie ich es noch nie erblickt hatte. Es lag ruhig mitten auf dem Weg, sonnte sich oder schlief. Nach dem ersten Schreck betrachtete ich es eine Weile, ohne mich zu rühren, und kann es somit heute noch genau beschreiben. Seine Länge betrug 50 bis 60 cm, die Breite etwa 20 cm" (eine sehr gedrungene Echse also!), „die Höhe vielleicht 6 bis 8 cm. Die vier Beine glichen genau denen eines Krokodils, überhaupt der ganze Körper, nur in verkleinertem Maßstab, abgesehen vom Schwanz, der rund und nicht sehr lang war. Die Haut, in der Farbe graugrün, schien wie weiches Leder und bildete dort, wo die Beine am Körper saßen, Falten. Über den Rücken zogen sich drei kräftige rote Querstreifen, die in der Mitte unterbrochen waren. Der Kopf sah ungefähr so aus wie der einer Eidechse, viermal vergrößert. – Der Anblick war so angsterregend, daß ich mich nach kurzer Zeit schleunigst auf den Heimweg machte."

Es ist zu bedauern, daß Herr Resag allein war und keinen photographischen Apparat mit sich führte. Schon der Erzherzog Johann von Österreich hatte, fast ein Jahrhundert früher, für einen Tatzelwurm dreißig Golddukaten Prämie ausgesetzt; auch die Naturforschende Gesellschaft zu Bern bot eine hohe Belohnung, nach ihr angeblich noch die Universität zu Leipzig. Doch sind all diese Belohnungen nie realisiert worden.

Berührten wir mit der Lernäischen Schlange schon den Rand des Begriffsfeldes, wo das Gebiet ganz anderer Ungetüme und ihrer Schrecken beginnt, so verliert sich mit dem letzten Bergdrachen unserer Tage, dem „Tatzelwurm", alles in einen verjüngten Maßstab: und doch wirkte auch dieses Tier noch angsterregend, wie uns Herr Resag berichtet hat. Nach einer dritten Seite des Feldes, des „Drachenfeldes" – so heißt auf einer der schmükkenden Illustrationen in Kirchers Folianten die Umgebung der Höhle – nimmt der Drache, als Hausgeist-Drache, koboldhafte, ja, alraunische Züge an und führt überaus putzige Namen: Tragerl, Stutzli, Geldhühndl, Koberchen. Manchmal fährt er noch feurig aus dem Haus; aber mit einem Reptildrachen hat er nichts mehr gemeinsam. In der Schweiz heißt er dann auch „Drak" – eine scheinbar niederdeutsche Form, die aber auch im oberdeutschen Sprachgebiet vorkommt – und keineswegs von Draco abzuleiten ist. Die englische Form ist „mandrake" und erweist sich als volksetymologische Entstellung von Mandragora (Alraun) (Bächtold und Stäubli II, 392). Der Alraundrache, der „Drak", tritt auch als kleines Männlein mit roter Kappe und Jacke auf, ja, als Kätzchen, Kälbchen oder Huhn. Er ist Geld-Drache, wenn er dieses vermehrt (letze Degeneration des Siegfried-Drachens als Schatzhüter!), Butter- oder Milch-Drache, wenn er solchen Vorrat nicht ausgehen läßt...

Ein Begriff kann abgegrenzt und gewissermaßen verteidigt, ein Wort aber, wenn sein Bedeutungsinhalt vertrocknet ist, von ganz anderen Bedeutungen besiedelt und ausgefüllt werden, wie ein leeres Schneckenhaus von anderen Wesen.

So nähern wir uns denn noch einmal dem Kern der Sache – der hier wie überall nie durch das Begriffliche, sondern nur durch innige Ausschöpfung des Wortsinnes getroffen werden kann: hebt man diesen vorsichtig auf, dann kann man ganze Wurzelbärte von Bedeutungen sehen, die daran hängen. Schon daß der letzte Vergleich uns überhaupt in die Feder kam, weist auf den Wald, genauer noch, auf den Wald des Gebirgs, den finsteren Hochwald, von Steintrümmern da und dort, ja, schon von Felsen durchsetzt, die aus dem nahen Gewänd des Berges einst stürzten und nun hier moosig verrotten. Im Kalk oder tuffigen Sandstein höhlen sich Grotten und Schlüfte.

Das östliche Österreich etwa ist ein zum Teile urtümliches

Land, wo man zwei Bahnstunden von Wien schon durch felsige Waldschluchten klettern und kriechen kann, die jahrelang kaum eines Menschen Fuß betritt. Serpens, nisi ederit serpentem... Wie, wenn mein Tropidonotus-Lindwurm von 1911 Glück gehabt und überlebt hat? Wer vermöchte diesen Fall auszuschließen? Seit damals hätte er 47 Häutungen hinter sich. Jener Hummer von Toulon ist einen Meter lang geworden. Dann fing ihn Herr Martiny. Zweifellos wäre er sonst noch weiter gewachsen. Es gab für ihn kaum einen Gegner mehr, so wenig wie für meinen Tropidonotus.

Ich war seiner oder seinesgleichen immer gewärtig, wenn ich durch die Schluchten schloff, durch's Gestrüppe brach, durch eine Verengung mich zwischen den Kalkfelsen durchzwängte, während das Geröll unter meinen genagelten Schuhen rutschte und mit seinem Staube eine Art schweflicher Geruch sich erhob. Manche Höhle sah dunkel auf mich herab aus der Wand, da und dort ringelte sich eine Wurzel, weit weg entsandt von Bäumen, die, am Absturze stehend, einen nähern Halt zu finden nicht vermochten.

Uns alle bewohnt Linné mehr, als wir ahnen. Er hat (sehr zum Unterschiede von Brehm) eine Art von zoologischem Totalitarismus geschaffen, innerhalb dessen nicht sein kann, was nicht sein darf, um mit Christian Morgenstern zu reden. Ebenso, wenn heute in irgendeinem zivilisierten Menschen die uralte Gespensterfurcht sich regt: statt zu wirksamer Beschwörung auf jeden Fall innerlich bereit zu sein, beruft er sich mehr oder weniger bewußt auf den Positivismus des 19. Jahrhunderts, welcher dekretiert hat, daß es so etwas einfach nicht gäbe.

Hat man sich von dem unbewußten Linnéismus befreit, dann erst gewinnt die wilde Natur um uns wieder ihre Vielfältigkeit und Plastik, überflutet ein starres System und stürzt mit Katarakten in die Abgründe ihrer wahrhaft unbegrenzten Möglichkeiten.

Darum: bereit sein in der einsamen Waldschlucht! Plötzlich ist er da, gleitet der grünbraune Hals aus dem tuffigen Loch, rollen die Steinchen und Steine, rauschen die durchbrochenen Gebüsche gepeitscht auf. Jetzt Stille. Zwei Meter über dem Boden erhoben schwebt das spähende Haupt, fädelt die Doppelzunge zwischen den Kiefern hervor. Es nützt nichts, zu protestieren (im Namen des 19. Jahrhunderts), rasch zu denken, so etwas gäbe es nicht, man sähe nicht recht, man träume. Besser, du deckst dich hinter dem nächsten Block. Ziehe einen scharfen Pfeil aus dem Köcher und lege ihn sorgfältig auf. In solchen Gegenden geht man immer mit schon gespanntem Bogen. Konventionelle Waffen zu führen – etwa ein Gewehr – ist in der Drachenschlucht zu verabscheuen. Ich bevorzugte einen Doppelreflexbogen amerikanischer Provenienz von 55 Pfund Spanngewicht und hatte außerdem nur einen scharfen Dolch am Köchergürtel. Angesichts aller dieser Nebenumstände muß ich es als besonderen Glücksfall betrachten, daß mir nie ein Drache begegnet ist. Denn ich hätte sicher geschossen, dann aber diesen Aufsatz zu schreiben wahrscheinlich keine Gelegenheit mehr gehabt.

II

ZUM FALL GÜTERSLOH

DER FALL GÜTERSLOH

Ein Schicksal und seine Deutung

Vorrede zur Neuausgabe 1960

„Der Fall Gütersloh", ein dreißig Jahre altes Buch, tritt hier neuerlich an seine Leser heran, und vielleicht sind sogar welche darunter, die es schon damals gelesen haben, als es neu war. Sie sind inzwischen auch dreißig Jahre älter geworden. Dies gilt gleichermaßen für den Gegenstand dieser Seiten, der ihnen drei Jahrzehnte weit entschritten ist; und auch der Verfasser hofft sie weit genug hinter sich gebracht zu haben. Ein teilnehmender Freund beider aber wird vielleicht den wendenden Punkt gerne noch einmal aus der Nähe betrachten, den sie beide damals durchlaufen haben. Daß er in irgend einer Weise ein exemplarischer war, scheint der erste Verleger des Buches, Rudolf Haybach, damals zu erkennen geglaubt haben. Ob mit Recht, das kann man nicht einmal nach dreißig Jahren schon wissen.

Eines jedenfalls hat A. P. Gütersloh, als Beschriebener, dem Verfasser, als Schreibendem, in jeder Weise demonstriert: daß nämlich die entscheidenden Gefechte und Geschäfte, welche die Jugend eines Künstlers erfüllen, nie auf einer bloß psychologischen Ebene zur Lösung und zu ihrem Resultat gebracht werden können. Kein Problem ist ja auf der Ebene lösbar, auf welcher es angetroffen wird. Der entscheidende Sprung aus den Schlägereien des eigenen Innern – wo sich Pack schlägt und Pack verträgt und beide an dem gleichen Packen der gleichen irdischen Last zerren – jener Sprung wird nicht vollzogen durch Analyse und ihre Deskription, sondern nur durch die praktische Manövrierung einer neuen Dimension: es ist die der Mechanik des Geistes. Erst hier wird die Selbsterkenntnis mächtig, und ihr bisher ohnmächtiges Subjekt und Objekt verblaßt. Und hier auch schlägt sich zum ersten Male das Auge auf zum Erkennen der äußeren Welt, deren Einheit mit der inneren sich zum ersten Male und mit der größten Selbstverständlichkeit darbietet, indem beide einander einfach übergreifen: Wirklichkeit entsteht. Diese ist dem Psychologisten unzugänglich. Er sitzt am Ende nicht einsam da, sondern nur verlassen. Ist aber die Ebene von der empirischen und analytischen Psychologie hinüber zur Mechanik des Geistes, welche wir die dialektische Psychologie nennen möchten, einmal gewechselt, und dieser Wechsel immer wieder, hunderte und tausende Male, durchlaufen worden, dann rollt endlich, wie eine goldene Kugel, dem Schriftsteller das Resultat solcher Übung auf den Tisch: die Mechanik des äußeren Lebens. In ihr sind auch die Schlägereien unserer Jugend enthalten, und nicht, wie wir vermeinten, die ganze Welt in jenen.

Das also war es, was Gütersloh einen jungen Schriftsteller zu lehren hatte. Und es faßt sich zusammen in einer seiner einfachsten und doch tiefdringendsten Thesen: die Tiefe ist außen.

Damit war der Psychologismus im Roman für ihn und auch für seinen einzigen Schüler, den Verfasser dieser Zeilen, überwunden. Nicht freilich die fragwürdige Kunstform des Romans selbst. Die „Überwindung des Romans und der profanen Gesellschaft" bleibt noch der Zukunft vorbehalten.

Von den hier angedeuteten Positionen versuchte dieses Buch eines damals noch jungen Autors einige auszuführen. Sie haben sich bewährt; und wenn das nicht so wäre, dann hätten diese Blätter nicht aus irgend einem Keller, darin sie verloren und vergessen lagen, den Weg wieder an die Helle dieses Tages gefunden. So sehr glauben wir an die unwidersprechliche Dialektik der äußeren Tatsachen, so sehr glauben wir an das facta loquuntur, so sehr glauben wir an die Mechanik des Lebens, die ihre Gelenke und wendenden Punkte im Außen hat wie im Innen: so sehr glauben wir an eine Einheit dieser beiden Welten, welche auseinanderfallen zu lassen nie etwas anderes ist, als ein Zeichen unserer Abgefallenheit und Schwäche, daß wir eben jenes Wiederauftauchen dieser Schrift für eine vorläufige Bestätigung der vom Lehrer und vom Schüler einstmals gewonnenen Positionen halten.

Zwei Wege in's Leben

Ein Kind ist geboren, und eine neue Welt ist damit möglich geworden. Sie erscheint zunächst in seltsamer und einzigartiger Weise deformiert, übernah und mit dementsprechend verschobener, ja verquollener Perspektive. Allmählich baut aber das kleine Geschöpf in sie hinaus, wobei es zunächst nie wagen wird, über die Grenzen dieser selbstgeschaffenen Anschaulichkeit zu gehen und seine eigenen krausen, aber sehr dichten Vorstellungen, die es etwa irgend einem aufgeschnapptem Worte unterschiebt, gegen einen Begriff einzutauschen, über dessen feststehende Bedeutung die Erwachsenen übereingekommen sind.

Wäre dieses Kind nun in die Lage versetzt, gemachsam an seiner Weltschöpfung weiterzuschaffen, und den chaotischen Okeanos, der die Grenzen der bekannten Welt umspült, immer weiter hinauszudrängen – nie aber so weit, daß nicht jeder Punkt des bereits eroberten Gebietes in beziehungsreichster Weise besessen und einverleibt wäre, und dies kraft eben jener seltsamen Tugend, die es noch zurückhält, Unanschauliches auf dem kurzen Wege zum zweifelhaften Eigentum, zum Eigentum dem Namen, nicht dem Wesen nach, zu machen – wäre und verbliebe unser Kind in dieser seiner idealen Lage: so würde es sich eine Welt schaffen, deren Grenzen genau denen seiner Befähigung entsprächen.

Bei den meisten Kindern entstünde auf solche Weise das Weltbild eines Idioten. Gleichwohl, es wäre immer noch ein Weltbild von seltener Reinheit, in der wir jede schwindelhafte oder seichthin angeflogene Beziehung nach außen angenehm vermissen würden. Auch wäre die durchaus schöpferische und bis in's letzte organisch gewordene und gewachsene Entstehung dieser Welt nicht zu verkennen.

Indessen läßt man den Kindern keineswegs Zeit zum autochthonen Ausbau ihres Gesichtskreises. Denn man nimmt mit gutem Grunde an, daß dieser Ausbau wohl nicht so bald, ja wahrscheinlich niemals, bis zu einer wirklichen Eroberung und zu einem giltigen, lebensgerechten Bilde vorschreiten könnte, einem Bilde, das seinen Schöpfer am Ende allerdings ebenso fähig zum Fortkommen machen würde, wie es jene sehr bald sind, die in Kürze ein fertiges und orientierendes Schema übernahmen. Man läßt also den Kindern lieber nicht Zeit, da weder Eltern noch Erzieher so verschroben sind, zwanzigjährige Idioten züchten zu wollen, sondern man dringt noch lange vor der Schule mit bewährten Fertigformen der Sprache, Anschauungsweise und aller anderen Gebiete an den kleinen Gott heran, alteriert und irritiert seinen Schöpfungsprozeß, dessen sehr zweifelhaften Wert für's Leben die Erwachsenen kennen. Und allmählich wird so Bresche auf Bresche gelegt, der Okeanos des annoch Beziehungslosen dringt mit vielen Namen herein – und siehe da! man lernt bald mit ihnen umzugehen, und es erwachen spezifische Fähigkeiten zu ihrer richtigen und geschickten Kombination, es erwachen die Talente. Die erste kluge Äußerung, von Vater und Mutter freudig belacht und stolz weitergegeben, sie zeigt an, daß unser Kind seine Eltern angenommen hat und zu ihren Gunsten nunmehr auf die eigene Weltschöpfung verzichtet.

Manche allerdings schaffen unter der schon glatt geschlossenen Kruste noch ein Weilchen insgeheim weiter, bis etwa das erwachende Geschlechtsleben sie in eine überraschende und, wie sie gerne zugeben, wirklich echte Beziehung zur Außenwelt gesetzt hat. Eine Beziehung, die durchaus aus ihrem Innern zu entspringen schien, dennoch aber, seltsam genug, in manchen Augenblicken als ein Fremdes, Herantretendes erlebt ward. Gleichwohl vernichtet der stumpfe Stoß hier spielend alle noch vorhandenen Reste des Unfertigen.

Ganz Vereinzelten jedoch wird das Kindergelöbnis auch dadurch noch nicht völlig zerschlagen. Sie mühen sich heimlich weiter und gehen durch ein Leben, von dessen Gegebenheiten sie sich in seltsamer Weise wie durch einen stets noch vorhandenen leeren Raum getrennt fühlen. Und sie taugen darum oft recht wenig. Gleichwohl gehört ihre Sympathie im Grunde doch nicht jenen, die sie jetzt billig zu Vorbildern erwählen sollten: jene nämlich, die rechtzeitig und in der gehörigen Art fertig wurden.

Man kann auf diese Weise innerhalb unseres zivilisierten Lebens tatsächlich zwei physiognomische Völker unterscheiden. Wir dürfen dabei nur unseren Blick nicht durch die vielen Übergangsformen allzusehr einnehmen und verwirren lassen. Weitgehend reine Typen jener einen Art, mit fertig übernommener Welt, sind überaus häufig anzutreffen. Typen der anderen Art aber, mit der Möglichkeit zu einer eigenen, sind überaus selten. Das eine Volk ist groß, das andere verschwindend klein. Beide trennt, ungeachtet aller erdenklichen Übergänge, wie wir wissen, ein sehr gründlicher Unterschied. Und zwar ist dieser Unterschied einer des geistigen Typus, kein charakterieller. Denn Charaktere aller Arten sind unter beiden Völkern anzutreffen. Es leuchtet wohl ein, daß die Minderheit höchst selten in einigermaßen ausgeprägten Gestalten erscheint, meist nur in allen möglichen mehr oder weniger übel geratenen, verschwommenen oder verschrobenen

Vorstufen. Während dem gegenüber das zahlreichere Volk tüchtige Vertreter in großer Menge stellt, und zwar Vertreter in allen Kategorien erfolgreicher menschlicher Tätigkeit, wo ohne viel Spintisierens das Erforderliche geleistet wird.

Fassen wir aber den anderen Typus in's Auge, so zeigen sich hier doch wahrhaft überraschende Möglichkeiten. Daß Einer den Faden, der von seiner Kindheit herführt, noch ein Stück weiter in's Leben spinnen kann, sahen wir schon; auch, wie er dort verloren wird oder immer trübsäliger in den Staub sinkt. Daß ihn aber Einer aufnehme und den damals unterbrochenen Schöpfungs- und Ordnungsakt noch einmal versuche, inmitten einer überkommenen und bewährten Welt, dies wird nur damit zu erklären sein, daß jener zu seiner Zeit unterbrochene Vorgang doch weiterhinaus abgezielt war als in anderen Fällen, daß jenes damalige autonome Vordringen in's Chaos eine größere Anfangsgeschwindigkeit hatte als die übliche, die so bald erlahmt.

Jetzt aber, im neuerlichen Beginne des Aktus, ist dieses finstere Chaos mit seinen seltsam verschobenen Perspektiven alsbald wieder da. In ihm verloren scheint die innerste eigenste Zelle, in der allein noch ein Lichtschein liegt, ein schwacher und flackernder, der kaum diese Höhle eines zivilisierten Wilden beleuchten kann, geschweige denn die umliegende Welt. Waren in dieser da und dort schon Stützen und Hilfsbauten gewachsen, nun werden sie abgebrochen und verlassen, es sei denn, der Versuch zur Neuaufrichtung der Autonomie wäre durch den sogleich folgenden heilsamen Schrecken auch sogleich wieder im Keime erstickt worden. Wo solchem Schrecken aber ein unbändiger und zäher Wille widerstand, dort wird der lange Weg in's Leben, der große Umweg beschritten und durch all seine Stationen der Narrheit und unwürdigen Leiden begangen werden. Diesen Narrheiten, diesen Leiden aber liegt allemal die gleiche Dissonanz zu Grunde: jene nämlich zwischen der sich immer klarer erweisenden Unfähigkeit, Unanschauliches auch fürderhin auf dem kurzen Wege sich zum zweifelhaften Eigentume zu machen, seien es nun Gedanken oder Praktiken, und dem noch so verschwindend kleinen Gebiet eroberter und bereits in beziehungsreichster Weise besessener und einverleibter Punkte, ein Gebiet, das noch lange nicht in's äußere, tätige Leben so weit vorgetrieben ist, daß es auch nur einen Teil davon giltig umfasse. So rückt mit einem Abstande, an dem, würde er nur klar sichtbar, jederzeit der Grad noch vorhandener

Qual und Spannung präzise abgenommen werden könnte, die eigene Nachschaffung hinter der unwirklich und schemenhaft gewordenen Welt her. Also, daß ein Leben gelebt wird, wie in zweien Stücken zerbrochen, und wie ein zusammengesetztes Wort, das einen Widerspruch ergibt, oder wie ein Name, der aus einem heimatlich vertrauten Zunamen und einem seltsam fremdländischen Vornamen besteht und also beim Aussprechen in der Mitte entzweibricht, so gleichsam den Bruch darstellend, der in solchen Fällen durch jenen ganzen Abschnitt des Lebens geht, den der große Umweg für sich beansprucht. Der Bruch, das ist die Stelle, wo der eigene Boden aufhört und der Okeanos des annoch Beziehungslosen beginnt, dessen Praktiken aber gleichwohl, wenn auch mit dem steten Gefühle der Unsicherheit, geübt werden müssen, da der bisher voll besetzte Raum sich noch lange nicht deckt mit jenem viel größeren, den das äußere Leben unversehens und wie im Schlafe schon lange vor dem zweiten Aufbruch gewonnen hatte. Darin aber liegt der sehr verhängnisvolle Unterschied gegenüber der Kindheit.

Diesen Narrheiten, diesen Leiden aber schwebt allemal das gleiche Ziel vor: dem Maß der Kindheit wieder zu genügen, diesem seltsam unerbittlichen Scheidemaß zwischen Fremd und Eigen, an dem während all dieser schlimmen Jahre auch nicht der beste und wohlmeinendste Rat vorbeipassieren konnte, ohne schließlich doch als Fremder entlarvt zu werden. Dieses peinigende Maß, unter dem das Leben so lange stand, unter dem es so lange entzweibrach! Dieses in hunderterlei Arten von stets neuem und überzeugendem Dilemma oft unversehens verlorengegangene, durch Bastarde aus Fremd und Eigen ersetzte, endlich immer wieder gesuchte, endlich immer wieder am Grunde des Denkens vorgefundene Maß: so viel Boden zu gewinnen, um es am Ende auch über dem äußeren Leben als bewußt gesetztes emporhalten zu können und dies rechtens tun zu dürfen – dies ist das Ziel aller Leiden und aller Narrheiten des Umweges in's Leben. Dieses Leben selbst aber, ein Leben von nunmehr verzehnfacht erhöhter Wirklichkeit, beginnt ja erst seinen eigentlichen Aufgaben ungehindert entgegenzueilen, da man endlich klar bewußt unter das unerbittliche Maß der Kindheit tritt, zu sehen was einem da noch fehle, und auf befestigtem Boden die Mittel zu erwägen, den noch klaffenden Raum während des verbleibenden Restes der Jahre zu füllen.

Man erkennt wohl, daß hier eher Hunderte fallen und auf dem Wege bleiben werden, ehe denn einer von ihnen dahingelangt, sein Kinderreich im Geiste zu befestigen. Zudem tritt noch, daß in dunkel-vertrackter Weise das eigentliche Gesetz ihres Lebens sich bei solchen Menschen häufig und immer wieder zwischen sie und ihre lebenstauglichsten Kräfte stellt, zwischen sie und ihre Talente oder Begabungen, oder wie man spezifische Fähigkeiten sonst benennen will. Denn jenes Gesetz erlaubt, wie wir nun wissen, niemals, Gegebenes auf kurzem Wege zu ergreifen und zu verwerten, wobei ohne viel Spintisierens das Erforderliche geleistet wird. Vielmehr gilt es hier, auch einem eigenen Talente gegenüber, sich dieses erst im Sinne eines solchen Lebens wirklich anzueignen – und da mögen wir denn bei diesem Anlasse erkennen, daß derlei spezifische Fähigkeiten nicht in der innersten Wesenszelle des Menschen beheimatet sind, da sie ja von ihm gewissermaßen als ein Fremdes erst angetroffen werden; daß sie also in einem mehr nach außen zu gelegenen Wachstumsringe des geistigen Individuums ihren Ort haben. Darum aber bleiben sie auch, jenem unerbittlichen Gesetze nach, noch lange draußen im Okeanos des annoch Beziehungslosen liegen und von seinen Fluten umspült, wohl in's Auge gefaßt, aber immer wieder unerreichbar; nur bei Ebbe als Inseln hervortretend, oder späterhin bereits als Landzungen den wenigen festen Boden da und dort hinaus verlängernd. Bis endlich der allgemeine und allseitige Fortschritt auch sie erreicht und einbezieht und wirklich in den Besitz ihres Herrn überliefert, der dann sogleich von ihnen einen vielfachen und unbeschwerten Gebrauch machen wird.

Damit aber befinden wir uns nahe an dem Punkte, wo unser zweiter, so sehr gefährdeter Typus von durchaus chaotischer Herkunft, in Ansehung seiner Lebensfähigkeit dasselbe vermag wie jener Andere, der Sohn und Angehörige eines so viel zahlreicheren physiognomischen Volkes. Denn der in der Kindheit unterbrochene und später wieder aufgenommene autochthone Ausbau seines Gesichtskreises ist in der Tat bis zu einem giltigen, lebensgerechten Bilde vorgeschritten.

Wenn wir jetzt, wie früher, die vielfachen Übergänge und Zwischenstufen zugunsten der beiden eigentlichen Typen gern aus den Augen lassen, so bietet sich dem Blick nunmehr noch eine dritte und überraschende Form, die zum Anlaß und Ausgangspunkte dieser Schrift wurde. Daß nämlich Einer, auf dem vollen

Marsche zur Erfüllung der ursprünglichen Parole seiner Kindheit begriffen, und auch schon die äußeren Ringe seines Ego allmählich in Besitz ziehend, dabei in einem derselben auf spezifische Fähigkeiten stieß, die wie schlagende Wetter hochgingen, oder wie Gas, auf das der Mineur mit dem Bohrer geraten ist. Die Überraschung drohte, Zielrichtung und Continuität dieses Lebens verwischend, den Betroffenen an einen Ort zu reißen, wohin er seinem Wesen nach noch nicht zuständig war. Es ist der Punkt des Zusammentreffens, den unsere Betrachtung eben vorhin erreichte, wo also die rechtzeitig und in gehöriger Art fertig Gewordenen seit langem schon standen, im freien Gebrauche ihrer spezifischen Fähigkeiten, die ihnen von allem Anfang an zum Schicksal geworden waren und ihrem Leben inzwischen längst die feste Form gegeben hatten. Während er selbst doch diese Fähigkeiten gleichsam als deren Fatum erreichte und einholte, ihnen seinerseits zum Schicksal werdend. Diese Verfassung aber und den gewählten Weg zu verteidigen, wandte er seine Waffen gegen die Talente. Denn sie traten hier, sehr paradigmatisch, in der Mehrzahl auf. Wir meinen den Fall des Dichters und Malers Gütersloh.

Damit sprechen wir von einem Künstler, was bisher, es sei ausdrücklich angemerkt, nicht im Besonderen der Fall war. Daß auch Künstler unter unseren beiden früher betrachteten physiognomischen Völkern zu finden seien, wurde als Selbstverständlichkeit stillschweigend angenommen. Und, was hinsichtlich der Bedeutsamkeit ihrer Hervorbringungen zu erwarten sei, je nachdem sie dem einen oder dem anderen Volke angehören, dies versteht sich wohl am Rande. Der Künstler ist ein Fall unter vielen möglichen Fällen spezifischer Begabung. Allerdings sei eingeräumt, daß seinem Spezificum unter Umständen eine allgemeinere Bedeutung zukommen kann, als dem anderer Kategorien des Talentes. Wie denn auch letzteres, das Talent, die Begabung, oder mag man's sonst benennen wie man will – kurz: das natürliche Geschenk – innerhalb seiner Erscheinung besonders im Vordergrunde steht.

Es würde also, unserer ganzen bisherigen Anschauungsweise nach, zwei Arten von Künstlern geben. Solche nämlich, denen ihr Talent zum Schicksal wird und die sich aus dieser einen Ecke her ganz begreifen lassen. Und solche wieder, auf der anderen Seite, die gleichsam ihrem Talente zum Schicksal werden. Die höchst sonderlichen Umwege, die ein solches Talent von der zweiten Art mitunter geht, bevor es zu allgemein verständlichen und objektiv einigermaßen giltigen Lösungen gelangt, zeigen gleichsam schon den schweren Druck an, der auf ihm lastet. Diese Verschlingungen und Umwege aber lassen sich gar nicht begreifen, wenn man auf dem eigentlich künstlerischen Gebiete verbleibt. Vielmehr muß man hier einen diesem Gebiet gegenüber transcendenten Standpunkt wählen. Also etwa eine Seelenforscher-Warte im persönlichen Leben jenes Künstlers beziehen? Nein, dies überlasse man den Kunst- und Literarhistorikern, die uns seit jeher schon und immer wieder auf Brücken zusammengebastelter biographischer Mosaiken bis zu jenem Punkte führen, von dem aus wir nun „das Werk aus dem Leben des Mannes begreifen" sollten. Wenn wir's dann nur könnten!

Nicht im „persönlichen Leben" des Künstlers liegt der point d'appui, jener dem Gebiet der Kunst gegenüber allerdings transcendente Punkt, den wir für die richtige Angel solcher Betrachtungen halten. Er liegt vielmehr im ewigen Kern der Person, er liegt dort, wo sich die ureigene Art des betreffenden Menschen erzeigt, zu sittlichen Normen zu gelangen, alles das neu schaffend, was von Anderen bereits vorgefunden wird. Bei dieser Arbeit zieht er allerdings sein Talent immer mehr als Hilfe heran und er wird dabei diesen seinen Fähigkeiten das Äußerste abfordern. Aber so wie seine Lage dem Sittlichen gegenüber eine von vornherein nur ihm eigene, noch nicht dagewesene und höchst vertrackte sein wird, ebenso wird es mit seiner Lage allem Künstlerischen gegenüber beschaffen sein, vor allem auch gegenüber den eigenen diesbezüglichen Fähigkeiten. Da diese zunächst als Werkzeug bei noch höchst persönlichen Schlichtungen dienen müssen, treten sie uns in überraschender Gestalt und fast unverständlich gegenüber. Erst mit erreichter Freiheit und Höhe der Person darf das Talent sich „natürlicher" gebärden, und so wird denn aus dem seltsam und pittoresk gestalteten Gerät etwas, das bereits in schlichter Weise, und immer mehr, dem Meißel ähnelt, den Jedermann in den Händen der großen Meister gesehen hat und kennt. So wiederholt ein solches Wesen sinnbildlich alle Geschichte, die vom Keimhaft-Unförmlichen immer wieder zu umrissener und benennbarer Gestalt drängt, von der fruchtbaren, aber an sich wertlosen Verschwommenheit zur klar umrissenen Form, die des Todes ist, da sie den lebenden Stoff zur Gänze in Schärfe der Kontur umgesetzt hat.

Ihnen allen, diesen Freilegern und Befestigern des eigenen Kernes höchster Personalität, diesen Gebrauchern des Talentes, ihnen allen gegenüber tritt – gleichsam unschuldsvoll – jener „gamin de génie", der, die Kunst oder was es sonst sei (die Wissenschaft, den Sport) als gegebenes Turngerät für adäquate Fähigkeiten vorfindend, sich fröhlich in die Seile schwingt, überlegene Talente in überlieferter Form, mit entsprechendem Beischuß von „Eigenart" entfaltend. Bald ist er allen vertraut und allen eine Freude.

Von der anderen Art her aber kam, wenigstens ursprünglich, jener Mann, den wir mit gutem Grunde zum Substrat dieser Schrift erwählt haben: Albert P. Gütersloh, der durch sein Vorhandensein den „Fall Gütersloh" in die Welt gesetzt hat, einen höchst irritierenden Fall nicht ohne ernstliches Ärgernis und zugleich von einzig dastehender paradigmatischer Bedeutung. Denn bei Gütersloh ist bereits von Talenten in der Mehrzahl zu reden und vielleicht hängt es gerade damit zusammen, daß er dieser Seite des Lebens gegenüber besonders in Harnisch geriet. In ihm hatte sich gewissermaßen die ganze Partei der „Talentierten" versammelt und geschlossen formiert, die „Ruhm und Nahrung schaffenden Talente". Ihnen gegenüber galt es, Herr der Lage zu bleiben, daß sie nicht Einem zum Schicksal würden, der, mit heraufkommenden Mannesjahren, immer mehr entschlossen war, ihnen seinerseits zum Schicksal zu werden. Es ist bekannt, daß Gütersloh sowohl als Maler wie auch als Schreibender zu Geltung gekommen ist. Die Gefahr einer Zersplitterung blieb ihm, durch einen in garkeiner Weise zu ergründenden Gnadenakt, völlig fern, er war Zeit seines Lebens so wenig ein schreibender Maler, wie ein malender Dichter. Gleichwohl wurde, nach Anschauung des Verfassers dieser Schrift, die Duplizität Mithelferin zur Katastrophe auf der einen Seite.

Daß für Gütersloh die einer Alleinherrschaft auf möglichst glatter und rascher Bahn zustrebenden Talente in dieser Form zeitweise schlechthin zum „bösen Feinde" seiner ureigenen Welt wurden, zeigt klar, daß die Anlage seiner Person dieser Form des Lebens elementar widerstritt. Sein zeitweises Zusammengehen mit Franz Blei – dem er, offenbar eines Spiegelbildes oder Vorbildes benötigend, die eigene Produktivität andichtete, nur um sie ebendort glorreich gebändigt und überwunden zu sehen, wo derart Stoßkräftiges in Wahrheit gar nie zu bannen war – das zeitweise Zusammengehen mit jener sehr faszinierenden Persönlichkeit also bedeutet nichts weiter, als ein Sinnbild für den immer mehr penetrierenden Willen zur eigenen Lebensform, der den plötzlich und erfolgreich vordrängenden, mit allen äußeren Gaben der Natur bedachten „gamin de génie" wie einen Fremdkörper auszustoßen sich anschickte. Der „Fall Gütersloh" oder „Der Krieg gegen die Talente" brach an.

Sie hatten harte Prüfungen auszustehen in der Folge. Besonders dem Dichter Gütersloh wurde mit großer Macht an den Leib gerückt. Der Maler Gütersloh konnte sich noch eher halten: er rechtfertigte sich dem immer peinlicheren Gerichtshof gegenüber hartnäckig und verstockt als harmloser Handwerker, als Ausüber eines „schmückenden und sanften Gewerbes, das ein Hausgärtlein von Horizont um sich hat". Es gelang dem Maler Gütersloh auf solche Weise, bedingt entlassen zu werden. Der Dichter dagegen befand sich noch lange danach in Untersuchung: und zwar wegen Verdachtes der „berufsmäßigen Tiefe". Da ergreift irgend Einen die Fiktion einer Aufgabe, der von den Mitteln zu ihrer Erfüllung noch nicht weiß. Aber die Welt hat schon einen Namen für diese Aufgabe bereit und hat viele Menschen in den hellichten Tag gestellt, die in aller Öffentlichkeit einer solchen Aufgabe obliegen: sei es, daß man sie Forscher nennt, oder Maler, oder große Künstler auf der Geige, oder Dichter, oder welches Fachwort sonst über sie gestülpt sei. Ihre Tätigkeit ist Einrichtungsgegenstand innerhalb einer sozialen Welt. Wem von den Freunden der Jüngling seine Ziele verrät, der weist auf jene und sagt, so zu werden wie sie, eben das sei das Ziel.

In diesem Augenblicke aber begibt sich für den jungen Menschen ein sehr großes Unglück. Neben das Namenlose in ihm tritt ein fertiger Name, neben das eben erst ansetzende Ereignis in ihm eine längst schon bestehende Einrichtung, in der dieses Ereignis schon erfüllt scheint, durch die es schon als überflüssig erwiesen wird. Was ihm in diesem Augenblicke helfen kann, ist nur seine Verständnislosigkeit, die Verschlossenheit seines Geistes und seiner Sinne für all dies Hervorgebrachte. Welche Verschlossenheit allerdings die fürchterlichste Kehrseite hat: daß er sich nämlich für verworfen hält, da er nichts von alledem auch nur mit einiger Wärme erfassen kann, was doch Allewelt begeistert rühmt. Zugleich dichtet er dem Meere geistiger Erzeugnisse, das jetzt auf ihn, den sehr wenig Kunstbegeisterten einstürmt, Buch für Buch, Bild für Bild, die denkbar höchste Abkunft an, gegen welche gehalten der Keim in seiner Brust ihm zum schmutzigen Wurme herabgewürdigt wird. So geschieht es, daß Einer, der gezwungen wird, die Geschichte der Kunst kursorisch von ihren rohesten und dumpfsten Formen bis zur einigermaßen distinkten Gestaltung in sich selbst als handfestes Erleben während unwürdig-qualvoller Jugendjahre zu durchlaufen, zur gleichen Zeit ständig in die versteinernde Fülle der fertigen Formen starren muß, jede für eine Offenbarung haltend, die nur er, der Unwürdige, Ausgestoßene nicht begreifen kann, während doch alle die Menschen um ihn herum, wohlgeordnet und durchaus höherstehend als er, vertraut und des Verständnisses voll mit diesen Geheimnissen umzugehen scheinen.

Oder aber, es begibt sich in jenem vorhin bezeichneten Augenblicke etwas überaus Beglückendes für den jungen Menschen: er faßt in's Auge, scharf und klar, was man ihm da zeigt. Er sieht all diesen im Lichte der Öffentlichkeit Stehenden ein Weilchen auf die Hände, und später noch sorgfältiger. Er kommt sehr bald zu der Überzeugung, in einiger Zeit es mindestens ebensogut zu vermögen. Er vermag es auch, und damit ist schon über sein äußeres Leben mit entschieden. Den kaum Zwanzigjährigen schmückt der Erfolg. Diese so spröde Provinz des sozialen Lebens hat sich ihm ohne viel Mühe von seiner Seite geöffnet und schon schlagen die Schranken hinter ihm wieder zusammen, er ist drinnen, ein Gleicher unter Gleichen.

Wie aber, wenn jenen ersten Schreien des noch im selbständigen, primitiven Geburtsakt der Künste völlig Befangen schon der Widerhall von außen gewährt wird, sei es durch die Kräftigkeit dieses Schreiens oder durch andere, hinzugetretene, in Zeit und Umwelt gelegene Umstände? Gütersloh hatte das sechsundzwanzigste Jahr erst erreicht (1913), als in einem der ersten deutschen Verlage ein Werk von ihm erschien, dessen Widerhall groß war und das der Verfasser dieser Schrift vor vielen Jahren auf der anderen Seite der Erdkugel zu lesen Gelegenheit hatte. Dies und Ähnliches zwang in eine Bahn, mit der die Auseinandersetzung je härter ausfallen mußte, je fremder diese Bahn im Grunde dem war, der sie befuhr. Darum ist der „Tanzenden Törin“ nichts irgendwie Verwandtes mehr gefolgt. Man stelle sich unseren „gamin de génie“ vor, als sich der so rasch gewonnene und befreundete Boden unter seinen Füßen plötzlich wieder zu rühren begann! Hier taucht denn im weiteren Verlaufe Franz

Blei's langgestreckte Gestalt auf, deren Rolle wir schon angedeutet haben. Von da ab datiert im Grunde auch wohl die immer sorgfältiger werdende sensuell-descriptive Führung des Pinsels bei Gütersloh, der sich in steigender Schärfe eine Sprache gegenüberstellte, die in der grammatischen Präzision, in der Formulierung, nicht in der Darstellung, ihre Hauptaufgabe sah. Die Rollen zur Züchtigung der Talente waren verteilt. Dem „Belletristischen" in der Prosa war zuinnerst der Krieg erklärt, denn sie sollte von nun ab Missionsinstrument nach außen, Castigationsinstrument nach innen sein, und wurde als solches Instrument rein analytisch – eine schon in der „Törin" zart präformierte Möglichkeit. Daß diese Sprache, als Antipode aller brennenden Farben auf Gütersloh'schen Bildern, nicht eigentlich wissenschaftlich werden konnte, beweist den Fehler in dieser ursprünglichen Rollenverteilung, durch eine, aus solcher Ausgangs-Stellung, zwangsläufig erfließende Inkonsequenz. Auf diese Weise entstand: Güterloh's fulminante Kunst im Essay, in der „Novelle des puren Intellekts".

Das Phänomen

Das Phänomen im Falle Gütersloh ist die doppelte Möglichkeit des Ausdruckes, eines spezifisch malerischen und eines spezifisch dichterischen Ausdruckes, die beide in diesem Leben gleichen Rang nebeneinander behaupten. Denn nicht nur objektiv, in Ansehung der Bedeutsamkeit ihrer Hervorbringungen, halten die beiden Begabungen einander die Waage, sondern auch subjektiv, in Ansehung ihrer biologischen Wichtigkeit für den Träger nämlich. Jede von ihnen füllte dessen Leben ganz aus, so paradox dies scheinen mag, und niemals stießen sich die beiden im Raume und in der Zeit oder entzogen einander die Kräfte. Denn der Punkt ihrer Gabelung und Trennung, von dem an jede dieser Begabungen für sich allein in's Licht des Bewußtseins und in ihr Werk findet, lag und liegt bei Gütersloh in einem Bezirk, der allen Wirrungen der Dialektik verschlossen und nur der Gnade zugänglich bleibt. Von dort her trat jeweils als geschlossene Gestalt der Dichter, der Maler hervor. Jeder von ihnen beanspruchte durchaus ein ganzes Leben, enthielt es in sich und wies es im Werk aus. Welches letztere denn auch, beim Maler wie beim Dichter, sein eigenes Continuum hat, jedes auf seine Art den ganzen Umfang eines Schicksals umschreibend. Für die Kunstpsychologen müßte ein solcher Sachverhalt eine wahre Lust abgeben. Vielleicht könnte man dem Phänomen etwa durch Messung und Vergleichung des Blutdruckes beim arbeitenden Maler und beim arbeitenden Dichter näherkommen? Wir aber erwarten von solchen Methoden kein Heil, nehmen vielmehr die Erscheinung als schlichthin gegeben.

Wichtiger wie irgendeine psychologische Ergründung ist es, diesen exemplarischen Fall doppelter Ausdrucksmöglichkeit reinlich abzuscheiden von allen schreibenden Malern und malenden Schriftstellern. Das Gleichgewicht aber, das bei Gütersloh zwischen den beiden Möglichkeiten sich einstellt, macht noch nicht die gründliche Abgrenzung gegen jene Anderen aus, deren Schwerpunkt zumeist offensichtlich in einer eigentlichen Hauptbegabung liegt. Sondern das Wesen dieser Zweisprachigkeit offenbart sich erst am wendenden Punkt, wo die Zunge in der einen Sprache erlahmt und der anderen dadurch erst mächtig wird.

Gütersloh beschreibt diesen Vorgang in einem Briefe: „Heute wie damals ist mir mein Malen ein kampfloses Ändern des Ausdrucks, abhängend von der intellektuellen Ermüdung, welche die Pausen zwischen meinen Büchern so groß macht. Tritt diese ein, so habe ich das Bedürfnis, mich in der begriffslosen Welt der Gebilde und Farben zu erholen, dem acherontischen Schatten ähnlich, der den Fluren der Lebendigen sich nähert, seine bleiche Gestalt zu röten. Ich brauche Ihnen nicht zu sagen, daß die Prinzipe des Schöpferischen und seine Kräfte durch diese ‚Ermüdung' – wie ich den Zustand der Reizlosigkeit des Wortes nenne – nicht alteriert werden und durchaus nicht bei herabgebrannter Kerze das Wie und Was des Malerischen überlegt wird. Dieses gleicht vielmehr der neu aus dem Ozean tauchenden Insel, welche selbst aus der Erde einer untergegangenen gebildet ward. – Sich verwandeln heißt nicht: in die neue Gestalt auch das Bewußtsein und die Fähigkeiten der alten zu tragen – es heißt, bei gleichem Skelette, durchaus unvermögend zu sein, die eben verlassene Gestalt und ihre besonderen Kräfte zu beschwören. Das Andere wäre und ist Taschenspielerei. Wird bei der Verwandlung auch nur ein Minimum der früheren Potenz nicht mitverwandelt, so entsteht Dilettantismus und wir haben es nicht mit echter Verwandlung zu tun." Und in einem anderen Briefe sagt er: „Mir ist der pathologische Zugriff, der jetzt den Maler, jetzt den

Schriftsteller, den Einen ohne jede Deformation durch den Anderen, aus dem Wetterhäuschen der Nerven hervorgehen läßt, durchaus bekannt und ich füge mich, wie der Frühlingssonne oder dem Herbstnebel und anderen Imponderabilien. Die Unterwerfung unter einen für konstitutionell erkannten Zustand übte aber nur die zweiundvierzigjährige Physis, die das Wunder einer Änderung nicht mehr erwartet, sondern sich's in ihren Gegebenheiten, nicht gerade bequem, aber möglich gemacht hat. Die Seele jedoch fragt nach dem Grunde so ermüdenden Kreislaufs und weswegen eine Dezision nicht stattfindet? – Hier also liegt ein Widerspruch in sich selber vor, den ein bloßer Pathograph, ob nun aus der Kraepelin- oder der Freudschule, nicht aufzufinden vermöchte ... Ich durfte und mußte, als Schulfall, und überdies mit der lästigen Eigenschaft des Sokrates ausgestattet, jeden Athener beim Knopf zu fassen, also zu vorderst mich selber, mir die peinliche Frage stellen, weswegen bei so dezidiertem Geiste eine decisio gerade vor der offenbaren Gabelung der Wesenswurzel nicht möglich ist? Ich mußte antworten, daß in einem Liberal-Beiläufigen, wie literarische oder künstlerische Begabung ein solches vorstellt, jede sittlich normative Entscheidung ein Unding sei."

Wir hielten es doch für besser, nach vorausgegangenem Verzicht auf alle tiefschürfende psychologische Analysis dieser seltenen Duplizität, uns so genau es gehen mochte um's Phänomen zu erkundigen, wie Goethe gesagt hat, und so die Erscheinung wenigstens mit einiger Deutlichkeit zu beschreiben und zu umschreiben. Denn wenn wir ihr schon zerlegungsweise so ganz und gar nicht beikommen können, und auch von derlei brillanten und blendenden Manövern der Gehirnakrobatik herzlich wenig halten, so galt es doch Mittel zu finden, sie gestaltweis abzugrenzen. Nichts aber konnte hier besser dienen als die Darlegung von seiten des Betroffenen selbst, dem in seiner unter dem Druck der Lebensnotwendigkeit stehenden Auseinandersetzung mit seinem Phänomen, wohl am allerersten um eine genaue Description desselben zu tun war. Dadurch erscheint der hier von den Briefen gemachte Gebrauch gerechtfertigt.

Nun aber, per exclusionem gezeigt: was er nicht ist, kann noch durch kurzen Hinweis auf Beispiele verdeutlicht werden. Da kommt man und vergleicht Gütersloh mit Kokoschka, der „auch" irgendwas geschrieben habe oder mit dem Bildhauer Barlach, bei dem ähnliches vorgekommen sein soll. Wenn alle drei, Gütersloh,

Kokoschka und Barlach, etwa einmal gleiche Hüte tragen sollten – wahrhaftig, das wäre noch immer mehr Anlaß zu Vergleichen und ein besserer Anlaß als alles, was diese beiden letzten bedeutenden Künstler gelegentlich auch zu schreiben für nötig gehalten haben. Es war bei Gütersloh's rein ausgeprägter Duplizität von vornherein unwahrscheinlich, daß er über Malerei schreiben würde; und tatsächlich findet sich in seinen Büchern außer flüchtigen Erwähnungen fast nichts davon. Ein wahres Glück, denn sonst wäre die Konfusion möglicherweise noch größer geworden. Es haben vorlängst ebenso wie in unseren Tagen vortreffliche Maler über ihr Handwerk sich literarisch vernehmen lassen, Männer denen gegenüber ein Verdacht der Vorliebe für die Theorie aus Schwäche in der Praxis kaum bestehen kann. Auch gibt es gelegentliche literarische Erzeugnisse von Malern, kleine Schriften von großem Reiz, deren Autoren sich jedoch ihres Amtes und seiner Grenzen sehr wohl bewußt geblieben sind. Da versucht denn das Schriftwerk seinen ferialen Charakter garnicht zu verbergen.

Nun, wer einen Fall wie den Gütersloh's mit solchen im hellen Licht des Bewußtseins erfolgenden gelegentlichen, launischen oder zufällig veranlaßten Abzweigungen vom Hauptamt verwechselt, dem wird freilich die Verwechslung auch dort widerfahren, wo Einer weder schreiben noch zeichnen kann, jedoch beides ungescheut in der Öffentlichkeit übt.

Einen wirklich vergleichsfähigen Fall zu haben aber wäre für unsere Betrachtung wünschenswert. Ja so sehr, daß wir, in Ermanglung eines solchen der genügend bekannt wäre, uns versucht fühlen, ihn einfach zu konstruieren. Dabei aber geht es lediglich um ein Analogon hinsichtlich der echten Duplizität der Begabungen und keineswegs um ein solches hinsichtlich des Wertes oder der Bedeutsamkeit ihrer Produkte. Unter dem Wertmaß vergleichsfähig muß unser imaginäres Beispiel keineswegs sein; sondern rein naturgeschichtlich soll der Vergleich gestellt werden. Und so errichten wir unser Exempel, der Einfachheit halber, sozusagen gleich im Tierreiche des vielgstaffelten Gebietes der Kunst, in jener Reservation, wo das primitive Talent werkt. Wir denken uns da einen ländlichen Künstler, der etwa fähig wäre, wirkliche Lieder und Gedichte hervorzubringen, mit gleichem herzerfreuendem Geschick aber auch Dörfer, Menschen und Tiere seiner Heimat auf vielen bunten Bildern abmalt. Beides, die

Gedichte und die Bilder, spinnt er so wechselnd – und bei völlig „kampflosem Ändern des Ausdrucks" – mit natürlichen Unterbrechungen aus sich heraus, als Spur und Werk gleichsam zwei prächtige bunte Bänder hinter sich lassend, deren kräftige Bauernstickerei so wenig wie ein Mäander einen notwendigen Anfang, ein notwendiges Ende hat. Jeder Teil ist neu und anders und doch ersetzt jeder gleich das Ganze.

Mit solcher liebenswürdiger Wesensverfassung wäre gleichwohl ein heller und scharfer Verstand durchaus vereinbar. Dieser freilich hat im Werk sein Unterkommen nicht gefunden. Freunde kraft genialischer, jedoch unkontrollierter Redensarten werden entgegnen, daß dies nur zu begrüßen wäre. Wir sind anderer Meinung und bewerten diesen Umstand rein negativ. Da hier der vorhandene kritische Intellekt mit den vorhandenen Begabungen nie zu tiefst kollidierte – womit nicht etwa die sattsam bekannten „Zweifel an der eigenen Begabung" gemeint sind –, so konnten diese Talente an ihm nie ernstlich erkranken und ernstlich gesunden, und das Fazit war ein Verzicht auf Entwicklung. Nicht also die zum guten Ton gehörigen Zweifel an der eigenen Begabung meinen wir mit dieser Kollision, sondern etwas weit Umfassenderes. Den Versuch des Intellektes nämlich, die – als vorhanden erkannten, erwiesenen und anerkannten, also an sich selbst garnicht mehr angezweifelten – Talente sich zu integrieren, sie mit Haut und Haar zu verschlucken, oder falls dies nicht gelänge, ihnen zumindest in dem vom Denken disponierten Weltbilde ihren Platz anzuweisen. Da man nämlich ihrem in sich selbst versenktem zwecklosen und egoistischen Spiele nicht mehr länger zuzusehen gedenkt und das Hervorbringen von Wirken und Werten der „Kunst" als Ziel oder Zwecksetzung des Lebens schlechthin unsinnig erscheint. Die Talente reagieren auf solchen Generalangriff zunächst in ihrer Weise. Sie gebärden sich als rechte Naturgenies und versuchen, den Intellekt aus ihrem Bezirke auszuschließen unter sophistisch gewinnendem Protest gegen die zugemutete Beteiligung an weltanschaulichen Fragen ihres Trägers. Ist aber der Angriff des Denkens stark genug, so erkranken sie doch endlich an der Zersetzung, und das ist der Augenblick, da sie erstmalig, und von nun ab immer mehr, in die Lebensnöte ihres Trägers hineingezogen werden. Sie gewinnen viel größere biologische Bedeutung wie ehedem und ihre Hervorbringungen dementsprechend größere biographische Bedeutung. Damit hängt es auch zusammen, daß diese Hervorbringungen ein stufenweises Emporsteigen erkennen lassen. Und der sie von Stufe zu Stufe hinaufpeinigt, ist niemand anderer als der eingedrungene Intellekt, den sie nun ihrerseits zu assimilieren und sich zu integrieren vollauf beschäftigt sind. Denn da er hart nachrückt, wird von ihnen immer dichtere, präzisere, anschaulichere und umfänglichere Arbeit verlangt. Sie sind in die Knechtschaft des Lebens gekommen, als dessen beamtete Läuterer, und sehen sich nunmehr mit dem ganzen Organon der Person ihres Trägers verknüpft. Und eines Tages zeigt sich, daß sie den einst vermiedenen Intellekt sich nunmehr ihrerseits integriert haben, jetzt aber, gesundet, durch die ihnen eigene Lebenskraft eine weit stärkere Waffe zur Befreiung ihres Trägers vorstellen, als das reine Denken jemals für einen Menschen sein kann, der nicht als schöpferischer Philosoph geboren wird. Dieser ganze Akt „intellektueller Pubertät", wie ihn Gütersloh einmal benannte, aber hat bei den verschiedenen Künstlern auch verschiedene äußere Symptome. Beim Dichter etwa ist die Erscheinungsform eine sehr dezidierte: die Geburt der Prosa.

Diese Geburt erfolgt bei unserem imaginären Beispiele freilich nicht. Wir wollen nicht sagen, daß dieses immerhin Stoff zu einem Gütersloh hätte darstellen können, wir wollen die große Distanz, die zwischen unseren Parallelen liegt, nicht verwischen. Der Vergleich beansprucht seine Giltigkeit nur in Ansehung der hier wie dort erscheinenden wirklichen Duplizität als formal gleicher primärer Gegebenheit.

Betrachten wir nun deren Hervorbringungen ohne Rücksicht auf Wertung und sozusagen rein naturgeschichtlich, dann zeigt sich auch schon dem flüchtigeren Blick die viel größere Nähe zwischen Bildwerk und Dichtwerk bei unserem Primitiven, verglichen mit der ganz selbständigen Einzelart beider Zweige bei Gütersloh, wenn gleichwohl auch hier „die Ergebnisse dieser reichlich disparaten Tätigkeiten auf denselben Urheber hinweisen", wie er selbst sich ausdrückt. Denn, da hier den Talenten gegenüber die Forderung nach ihrer tiefsten Rechtfertigung mit einer Präzision auftrat, zu der es dort nie kommen konnte, so waren diese Talente auch in ihrem Existenzkampfe gezwungen sich weit klarer zu formulieren, und das heißt hier, es mußte sich jedes in seiner spezifischen Eigenart konstituieren. Also, daß der Dichter „Die begrifflose Welt der Gebilde und Farben" in weit höherem Maße aufgab, als dies alle anderen Dichter tun, und der Maler dem Dichten noch in viel weiterem Bogen auswich, als bei anderen Meistern seiner Zunft beobachtet werden kann. Auf solche Weise wies ihnen der disponierende Intellekt ihre Orter an. Und wohin es damit am Ende kam, das wird man noch sehen. Wollte man indessen sagen, es hätten eben hier und dort, bei unserem Primitiven wie bei Gütersloh, die beiden Talente einander beeinflußt, bei jenem direkt und bei Gütersloh sozusagen per exclusionem: so würde man damit sehr an der Oberfläche des Sachverhalts bleiben. Denn in beiden Fällen liegt die „Gabelung der Wesenswurzel“ zu tief, als daß die zu Fremdlingen gewordenen Zwillinge draußen im Leben und im Licht des geschäftigen Tages einander was abgucken könnten. Vielmehr machen sie nur, jeder in seinem Continuum und mittels seiner spezifischen Symbolik den Vorgang ganz darstellend, die Geschichte ihres Trägers mit; und so wie dieser sich klarer entwickelt und umschreibt, so auch sie, und wenn ihr Herr dessen eben unvermögend ist, so bleiben auch sie an dem Orte wo sie sind. Denn da sie noch keimweis beieinander im Dunklen schliefen, wurden sie doch beide schon vom gleichen Fatum tingiert.

Wir können das Analoge in der Geschichte beobachten, deren Kleinbild ja jeder geistig zeugende Mensch ist. Die einem Zeitalter gemeinsame geistige Essenz realisiert sich in sehr verschiedenen Kategorien, wie Staat, Recht, Wirtschaft, Kunst, Denken. Innerhalb aller dieser Kategorien, soweit sie constituierende Bedeutung für die Gesamtgestalt einer Zeit haben, zeigt sich der gleiche sinnvolle Wandel, und die Hervorbringungen innerhalb einer jeden ergeben in ihrem Continuum, wenn es sichtbar zu werden beginnt, allemal dieselbe symbolische Umrißzeichnung, deren offene Seite dieselbe Zukunft meint. Vom dunklen Schoße her läuft dies synchron, nicht im hellen Licht des gewordenen und vielgeteilten Lebens erst auf einander sich abstimmend. Darum fährt der dahinrollende Wandel auf vielen Gleisen zugleich und keines achtet des andern. Mit dem heraufkommenden zwölften Jahrhundert etwa erscheinen der geknickte Bogen und die freiere Säulenstellung in unserer Baukunst. Und sieh da! ganz zur gleichen Zeit geht's wie ein Knistern und Knicken durch die so ehrwürdigen sauberen Buchstabenreihen der schreibenden Mönche in den Klöstern, und in die seit der Schriftreform des großen Karl hübsch kugelig und sehr leserlich hinlaufenden Zeilen gerät da und dort und immer mehr eine neue spitzbogige Art hinein, die wohl dem Schreiber damals kaum merklich war und sich auch heute dem Betrachter von Handschriften aus jener Übergangszeit nicht sogleich verrät, er hätte denn geschulte Augen. Sollte da der Schreiber dem Baumeister was abgeguckt haben oder der Baumeister dem Schreiber? Wo keiner von beiden die neue Werkform noch recht begonnen hatte? Nein, sie traten beide zugleich und unwissend von einander unter's neue Gestirn und die schreibende Hand auf dem Pergament und die rißzeichnende Hand auf dem Brett waren in ihrem Blute doch zuinnerst vom gleichen Fatum tingiert.

So und nicht anders verhält sich's auch wesentlich in unserem Falle; und darum wäre für einen Biographen Gütersloh's die schätzungsweise Zeitbestimmung beim Schriftwerk ebensogut wie beim Malwerk möglich, oder umgekehrt. Beide tragen immer in ihrer Art die Stigmata des Abschnittes voll ausgeprägt, während ja beim schreibenden Maler oder beim malenden Schriftsteller nur der oder jener Abschnitt noch ein Plus an Illustration erhält; niemals aber kann das Nebenwerk mehr geben als eben Illustration zu einem continuierlichen Text, den man aus dem Hauptwerk wird herauslesen müssen. Hier, beim Hauptwerk ist die schätzungsweise zeitliche Einordnung einer Hervorbringungs in's Gesamtcontinuum wohl denkbar; dort aber höchst unsicher, es sei denn, daß man sich auf inhaltliche und andere Anhaltspunkte stützen kann, die nicht zur Sache gehören. Und das Continuum, dem man ein solches feriales Werk dann zuzuordnen hat, wird erst wieder aus dem Hauptwerk bezogen werden müssen. Ja, vielfach werden solche feriale Produkte in ihrer Glätte überhaupt jede wesentliche biographische Aussage verweigern.

Die Doppelnatur aber, von der wir hier sprechen, schreibt mit Pinsel oder Feder immer des Schicksals höchsteigene Handschrift. Wie aus dem Stand der Gestirne die Stunde erkannt wird, so hier aus dem Stand der Talente die jeweilige Spannung dieses Lebens, die, fühlt man nur beiden Adern den Puls, alsbald in den seltsamsten Interferenzen zwischen ihren Taktarten spürbar wird. Da haben wir zu Anfang dieses Abschnittes und in anderem Zusammenhang aus einem Briefe diesen Satz zitiert: „Heute wie damals ist mir mein Malen ein kampfloses Ändern des Ausdrucks, abhängend von der intellektuellen Ermüdung, welche die Pausen zwischen meinen Büchern so groß macht. Tritt diese ein, so habe ich das Bedürfnis, mich in der begriffslosen Welt der Gebilde und Farben zu erholen ...“ und nun stelle man sich einmal etwa einen Romanschriftsteller oder Novellisten im Stande der Unschuld vor, der diesen Satz liest. Sein Gesichtsausdruck wäre sicher der Kamera wert, wenn er da erfährt, daß seine Arbeit intellektuell und ihr Gebiet dem Wesen nach vorwiegend ein begriffliches sei. Er wird es übrigens nicht glauben und hat dabei ganz recht. Aber er wird daraus etwas anderes abnehmen können: in welcher einzigartigen exemplarisch-barbarischen Weise hier mit dem Dichter Gütersloh umgesprungen wurde, und was dieser Ärmste am Ende dabei zu beißen bekam. Sollte man aber diesen im Stande der Unschuld befindlichen Erzähler mit den Aufgaben eines Gütersloh-Biographen betrauen: er hätte kein gerüttelt Maß von Verstand nötig, um sehr bald dahinter zu kommen, aus welchem Abschnitte des Lebens eine Stelle, wie die eben zum zweiten Male angezogene, einzig stammen kann. Denn, wahrhaftig, hier zeigt der Stand der Talente haarscharf die Stunde an: nur mehr wenige Minuten fehlen auf zwölf, nämlich für den Dichter. Es muß sonach dieser Brief bereits nach dem Abschlusse eines gewissen Prozeßverfahrens geschrieben sein, das wir im nächsten Kapitel aus den Akten rekonstruieren wollen. Ja, vielleicht sogar schon geraume Zeit danach, als die aus dem einmal geschöpften Urteil sich ergebenden exemplarisch-barbarischen Maßregeln schon des längeren in Übung waren. Wir wollen diesen Prozeß, wie gesagt, rekonstruieren, ja vielleicht sogar revidieren. Schon nähert sich des advocatus diaboli langgestreckte Gestalt.

Der Prozeß

Vor der Eröffnung dieses Theaters der ratio will eine bis hierher stumme Frage endlich laut werden. Worin denn, so sagt diese Stimme, besteht das recht eigentlich Allgemein-Giltige dieses Falles Gütersloh? Haben wir nicht große und größte Künstler ihre Bahn durchmessen gesehen, ohne daß sie uns ein so seltsames Schauspiel, wie jenen Krieg gegen die Talente, dargeboten hätten!? Daß die Talente hier, im Falle Gütersloh, siegten, bändigt unseren Einwand wohl in einigem, wie wir gerne zugeben. Denn, wären sie unterlegen, noch vor der breiten und eigentlichen Verwirklichung: wahrhaftig, unsere Frage träte da schon etwas ungeschlachter und zudringlicher auf und wir hätten noch die Forderung nach einem Beweise für das Existierthaben dieser Begabungen im Hintertreffen, eine Forderung, die schwer zu erfüllen gewesen wäre. So allerdings, wie die Sachen nun einmal stehen, wird diese garnicht auftreten können, mundtot gemacht vom wuchtigen Aufzuge der Tatsachen. Das wollen wir einräumen. Gerade darum wieder aber sagen wir: es hängt offenbar doch alles am Talente! Hätten die Talente im Falle Gütersloh nicht gesiegt – auch diese deine kleine Schrift da wäre gar niemals entstanden, denn dir hätte dazu der greifbare Anlaß, der feste Boden gefehlt. Uns aber konnte es mitunter, bei manchem was du bisher vorbrachtest, fast so erscheinen, als wolltest du solchen Krieg gegen die Talente und diesen ganzen von Gütersloh exerzierten Prozeß als verbindliches Beispiel setzen und aufrichten für alle, die den rechten Weg werden gehen wollen?! Eben früher aber deuteten wir ja an, daß er ganz ohne alledem vielfach und mit Hinterlassung überragender Siegeszeichen begangen worden sei, begangen werde!

Ob ganz ohne alledem, bleibe zumindest fraglich. Jedoch der Einwand hier verdient es wohl, daß man zu seiner Erledigung tieferen Atem schöpfe, weiter aushole. Zunächst: als irgendwie verbindliches Beispiel kann der von Gütersloh exerzierte Prozeß allerdings nicht gesetzt und aufgerichtet werden. Denn erstlich nahm er seinen Ausgang von einer individuell bedingten und bestimmten, somit einzigartigen Lage des Lebens, noch dazu von einer Notlage, war also dunklen und zwangsläufigen Ursprungs und erfloß nicht aus freier Willkür. Zweitens aber bewegte sich das Verfahren selbst vielfach auf einer Ebene, die über das persönlich gebundene Leben – wo also auch der Psychologe noch dreinreden darf – nicht so weit erhaben war, daß jeder Schritt schon ein Paradigma bedeutet hätte. Nicht nur der Ausgangspunkt und Aufbruch waren zwängisch gegeben, notgeboren und dunkel, auch der Weg selbst war's noch. Wie also könnte man hier von einer Nachfolge, von einer imitatio auch nur im entferntesten sprechen! Eine solche erfordert ein Vorbild, dessen Fußspur schon nach jedem einzelnen Schritte sogleich zu bindender Norm sich erhärten könnte, ein Vorbild, dessen früheste, erste Wegstrecke schon so sehr in der Freiheit und im klarsten Lichte liegt, wie unserer höchsten Ziele noch keines. Und so können wir denn eine imitatio dieser Art nur in einem einzigen Falle denken, den wir alle ja stillschweigend bei diesem Worte auch meinen. Hier aber, wo ein Mensch aus schweren Banden nach seiner Freiheit rang, bezog er im Verlaufe dieses Ringens die verschiedensten Stellungen, deren jede unnachahmlich bleibt. Mit ihnen uns auseinanderzusetzen obliegt uns nicht, nichts davon kann für uns irgendwie verbindlich sein. Wenn aber derselbe Mensch, von sehr persönlichen Notständen ausgehend, in sehr persönliche Widersprüche verstrickt, für solche Nöte, solche Widersprüche eine Lösung findet, die nicht nur dem persönlichen Bedarfe genügt, sondern sich in paradigmatischer Weise über diesen Bedarf erhebt, auf eine nächsthöhere und schon unpersönliche Ebene, wenn sich zum selbständigen Organon schließt, was da und dort zerstückt im Chaos des Lebens umtrieb, zu einem Organon, das die frühere bittere Not zum bloßen Anlasse für sein Entstehen herabgewürdigt hat – dann allerdings müssen wir uns mit dieser neuegschaffenen Ordnung bündig und hart auf hart auseinandersetzen, mit Ja und Nein, mit Ablehnung und Annahme. Jedenfalls aber ganz ohne zu fragen, woher sie etwa komme! Denn um der Reinheit der Kategorien willen muß jenem schmutzigen Unfuge ein für alle Male abgesagt werden, der da, wo Mann gegen Mann, Ordnung gegen Ordnung, Weltbild gegen Weltbild, rational und sinnbildlich gestritten wird, mit einem pfiffigen und meuchlerischen Dolchstoße von rückwärts ad hominem argumentieren möchte, durch den psychologischen Hinweis auf die notige Herkunft des bekämpften Systems. Es löst sich die Vollendung von der Bemühung an einem sehr geheimnisvollen Wendepunkte, der zugleich der Grenzstein zweier Reiche ist. Bis zu diesem Grenzstein mag der Psychologe uns wohl noch begleiten dürfen. Aber dann lehnen wir entschieden ab, mit seiner Hilfe etwa „das Werk aus dem Leben des Mannes zu begreifen". Vielmehr erwählen wir von nun ab unser mehr oder weniger großes, jedenfalls aber erfahrungsmäßig fundiertes Wissen vom Wesen und den Wirkungsarten der Gnade als Führer. Und was die notige, ja die allernotigste Herkunft angeht: sie sei unser Ehrenschild, unser Wappen, unter dem wir in die Schranken reiten.

Daß also Einer hingehen möge und so tun möge wie Gütersloh: solche Meinung, solche Anempfehlung, solcher Unsinn sei uns ferne! Daß aber anderseits Einer sein Wissen um Gütersloh's Herkunft und Weg etwa dahin ausnütze, sich an der Forderung zur Disputation mit des Mannes paradigmatischer Gestalt vorbeizudrücken – das sei uns eben so ferne! Denn damit, daß einer etwa weiß, wie jener schwere Weg in die dissoziierende und analytische Prosa, jener Passionsweg des Dichters Gütersloh, schon in der „Törin" zart praeformiert erscheint – mit solchem Wissen ist noch garnichts getan und mit solcher kleiner Klugheit erfaßt man noch keine Gestalt und kein gottgewolltes Schicksal. Denn seinen irdischen Keim und bestimmten Wiegenort hat selbst das Erhabenste.

Die eigene Krankheit zu heilen, die sich beim Genius immer mit derjenigen seiner ganzen Zeit deckt, fand Einer ein Serum und zugleich die Mittel für dessen allgemeine Applikation. Se ipsum sanans repperit remedium malignitatis aevi. Das ist, in epigrammatischer Kürze, die Entstehung von Gütersloh's Stellungnahme gegen die heute alles überwuchernde Eigenbedeutung des Talentes und seiner Werke, jene Stellungnahme, die in der „Großen und Kleinen Geschichte" ihre ganze entwickelte Front zeigt. „So halte ich, mit ungenügenden Mitteln zwar und ein plumpes Schema für einen luziden Organismus setzend und nur stellvertretend, den spirituellen Menschen über der Zeit und über den geistvollsten Künsten, und gebe von einem Manne, der nichts als tätig scheint, paradoxerweise, das Bild eines Müßiggängers in der Thebais. Wie der Rigorist und der skrupellos Schaffende in einer Person sich zu vertragen vermögen, wie dieser und jener je zwölf Stunden desselben Tages für sich haben können, das allerdings scheint dem so viel gepriesenen starken, in Wahrheit aber von seiner einzigen Leistung ganz affizierten, modernen, also schwachen Menschen ein Wunder zu sein." So heißt es dort. Und zur vorläufigen besseren Illustration dieses Paradigmatischen mögen noch zwei Briefstellen herangezogen werden:

„Solange man aber Begabung für das Höchste nimmt, wie dies die Geniographen tun, wird man die nützliche Frage nie stellen können, die Frage nämlich, wessen Derivat Talent sei? Diejenigen unter den Künstlern, die sich diese Frage nach ihrer Herkunft nicht stellen, sind nicht wert, das ingenium zu haben, das sie vielleicht und trotzdem besitzen."

„Was sind also Begabungen?" (Außerhalb ihrer ‚Bedeutung' für den jungen Mann selbst und für die Verfasser von Literatur- und Kunstgeschichten, die es ja lieber mit absoluten Größen zu tun haben, was das Verfahren ad usum der Schulbuben vereinfacht!) Ich mußte antworten: „Herabgekommene Religion. Herabgekommene Idee. Verwischter Gott. Getrübter Persönlichkeitsbegriff."

Daß Einer, dessen Talente und Werke vor Aller Augen und außer jedem Zweifel sind, dahinkam, in dieser Weise die Dinge wieder an ihren Ort und in ihr richtiges Verhältnis zu rücken, das ist entscheidend. Und überdies Einer, dem die ständige und gewissenhafteste Arbeit im Bezirke der Kunst einen ersten und dringendsten Lebensbedarf bedeutet hat und bedeutet, wahrhaft Rigorist und skrupellos Schaffender zugleich! „Ja, diese Künste scheinen mir physiologische Reinigungs- und psychiologische Heilmittel ersten Ranges zu sein: aber nur dann, wenn man selbst sie bereitet und appliziert," heißt es in der „Großen und Kleinen Geschichte" und weiterhin: „Daß Einer der Praxis des Künstlers sich unterwirft aus keinem anderen Grunde, als weil sein Hauptübel der Geißel bedarf, weil schmerzvoller als das Leiden der wilden Tiere bei ihrer Domestizierung durch Orpheus das Schlagen der Leyer ist ..." Solches sind die Merkzeichen auf einem Wege, der die in der Welt und im Beiläufigen verirrten und eitel gewordenen Künste zurückführt auf ihren Urquell, den eigentlichen, den geistlichen Weg, die via spiritualis: und hier erscheinen sie denn unter den dienenden Mitteln als das vornehmste und erste, als vortrefflichstes Vehikel zu jenem Ziele, das jenseits aller Werke und immer über ihnen liegt. „Es gehört mit zu den schwersten Aufgaben ... dem Werke, dem wir unser Leben sowohl geben, wie danken, nur eine symbolische, nur eine stellvertretende Bedeutung zu vindizieren. Es bedurfte eines – ich möchte sagen dürfen – innigen Anblicks des Kreuzes, dieser Selbst- und Ansich-Bedeutung des Werkes Kehle und Augen zuzudrücken."

Mag man nun aber über die Stellungnahme, deren Umriß hier durch einige Punkte angedeutet wurde, denken wie man will, man mag ihr sogar in vielem – und das wollen auch wir noch tun! – polemisch gegenübertreten: außer allem Zweifel jedoch steht ihre überraschende und geradezu erlösende Wirkung, wenn man sie nun, losgelöst von Gütersloh, heraushebt und zum Ausgangspunkte nimmt bei der Betrachtung des Zustandes der Künste, wie er heute sich darbietet. Hier wird von der durch Gütersloh bezogenen Position aus glücklich ein Weg sichtbar, der aus dem Dilemma führt.

Dieses ist groß und verwirrend geworden. Hinter einem vortrefflich oder zumindest sehr klug und geschickt gearbeiteten

Werke von wirklichem „Niveau" und von nicht wegzuleugnenden Qualitäten taucht plötzlich die Physiognomie seines Urhebers auf – nehmen wir an, man hätte die Unvorsichtigkeit und Unschuld gehabt sie aufzusuchen! und da steht man denn einem so breitschlagenden Beweise widrigster und widergeistigster Personsverfassung gegenüber, daß einem Hören und Sehen vergeht vor solcher Intuition, die einem da über den Kopf haut. Und indem man sich jetzt bemüht, das so völlig zerrissene Band zwischen Autor und Werk wieder zu flicken – etwa gar durch die törichte Anstrengung, jenes widrige Gesicht doch wenigstens hintennach noch zwischen den Zeilen und aus ihnen erstehen zu machen, oder, noch einfältiger und umgekehrt dadurch, daß man es mit einigen „immerhin doch ganz ausgezeichneten" Seiten verdecken will – indem man sich also dermaßen bemüht, wird die Angelegenheit, angesichts der Fülle solcher Fälle, die der Tag herbeischwemmt, nur immer heilloser. Und es könnte auf solche Weise einer mit den schärfsten Brillen lesen und Silben klauben soviel er mag, und er wäre nicht einmal imstande auf seinem eigenen kleinen Bücherbrett eine Trennung zwischen Freund und Feind durchzuführen. Es sei denn, er rettete sich in das Sprüchlein: „Es kommt nicht auf die Person an, sondern auf die Sache, die Leistung! Mag der Autor sein, wie er will, von mir aus ein ganz widriger und niedriger Bursche; wenn nur das Buch, das Bild an sich gut ist!"

Wir sind aber der Meinung, daß derart harmlose und bestechend-einfache Lösungen gerade in einer Zeit, wie es die unsere ist, leider nicht mehr gestattet werden können, und – Hand auf's Herz! – auch niemand zutiefst befriedigen. Denn jenes sofort einsetzende erschrockene Bemühen, das zerrissene Band zwischen Autor und Werk nur irgendwie wieder herzustellen, kam zweifellos aus einem tieferen Instinkte für die Wahrheit. Einem Instinkte, dessen Urteil schon vorlängst die scholastische Philosophie im klaren Lichte des Denkens formuliert hat: „operari sequitur esse", das Tun (und somit auch das Werk) kommt aus dem Sein. Sehr einleuchtend! Wie aber nun hier, auch wenn wir gleich alles beiseite ließen, was die kalte Hand bloßer Routine hervorzuzaubern vermag!? Wie schließen wir diesen klaffenden Widerspruch? Sollen wir immer wieder, einem tieferen Instinkte für die Wahrheit gehorchend und zugleich von ihm so seltsam genarrt, durch genauere und immer genauere Prüfung der Werke dem Irrtume zu entrinnen trachten, um dann beim hundertsten Male zu erkennen, daß wir neuerlich und schon wieder einer Alertheit im Geistigen erlegen sind, die jeden Begriff übersteigt, jedes noch so kategorische Scheidemaß geschickt überhüpft?! Was ist zu tun in einer Zeit, da man in den Kreisen städtischer Literaten die Erzeugung von herrlichstem rustikalem Erdgeruche so gut versteht, daß nicht nur der Einfältige, sondern da und dort immer auf's neue selbst ein Wissender versichert, hier sei endlich wieder Einer aus dem Volke gekommen und das sei zum Freuen, diese kernige, holzgeschnittene Art! Und sie brachten's nicht nur im Schreiben, sondern auch in den Meinungen und im Gehaben fein heraus, wie man als echter „Kerl“ sich zu halten habe. Wieder andere schreiben eine ganz ausgezeichnet gepflegte weimar'sche Prosa, und zieht man den Nebel und Bausch von vielem Papier weg, dann blickt einen das kluge Gesicht eines Händlers an. Und so fort bis zu den geschäftstüchtigen Lyrikern und bis zu den Redakteuren, die wahrhaftig innig von der Liebe singen. Wohlgemerkt aber: sie singen's vortrefflich und die Verse sind gut, und die weimar'sche Prosa ist ausgezeichnet und der Erdgeruch überzeugend, und könnte alles garnicht besser sein. Eine Zeit der gamins de génie, die alles können, auch die Tiefe und die religiöse Innigkeit, zu der sie sogar sehr intensiv gerochen haben. Und neuestens ist schon der Eine oder der Andere dahintergekommen, daß man bei lyrischen Gedichten besser tut, nicht mehr direkt und expressis verbis von Gott zu reden, da dies schon abgebraucht ist, und eine gewisse Keuschheit und Herbheit der Sprache dem Autor mehr Respekt verschafft.

Beginnt man zu ahnen, welche Bedeutung dem Paradigma Gütersloh, als Richtpunkt für das Auge, hier zukommt?! Jener Verlegung des Schwerpunktes, und somit des Wertkriteriums, aus dem für unsere Zeit als beiläufig-liberal erkannten Bezirk der Talente und Werke viel weiter nach innen?! Wie, wenn wir uns entschlössen einzugestehen: ja, wir können dort draußen getäuscht werden und zwar immer auf's neue, und wir geben es hiemit glatt auf, in solchem Treibsande festen Grund legen zu wollen. Wir lehnen es ab, diesen Tummelplatz als autonomes Gebiet zu betrachten, dessen Wertmaß nur „rein künstlerisch“, also immanent, also nicht von wo anders her bezogen sein dürfe. Vielmehr verlegen wir unser Wertkriterium zunächst einmal in's vergleichsweise noch immer weitaus gesichertere Gebiet des Physiognomischen im höchsten Sinne. Und so wäre denn der Ausweg gefunden aus einer heillosen Sachlichkeit und einer pathetischen Liberalität, die da nur nach der Leistung urteilt, „ohne Ansehen der Person“. Solches ist im gegebenen Zeitpunkte nicht mehr am Platze, das muß nur einmal eingeräumt werden. Das Ansehen, id est Anschauen, Betrachten, Besichtigen der Person ist sogar sehr wichtig geworden. Und wenn ein bekanntes Berliner enfant terrible der Literatur schon vor Jahren geäußert hat, man sollte auf jedem Buchumschlage den Autor photographisch abbilden, aber nicht stilvoll und tiefsinnig, sondern von vorne und von beiden Seiten (wie im Verbrecheralbum), so muß zugestanden werden, daß der Mann dem Kerne der Sache einigermaßen nahe gekommen ist.

Los also von einer falschen Werkheiligkeit, die, wie sie einst im ausgehenden und absterbenden Mittelalter frömmelnd auf das bürgerliche Leben drückte und den Glauben dabei im Argen ließ, so heute die Künste jedes gnadenvollen Sinnes berauben möchte. Los von ihr, sei es auch um den Preis der Annahme einer zunächst paradox erscheinenden Stellung im Denken, sei es auch um den Preis der Aufgabe jener Sachlichkeit, die sich im milden Lichte der Objektivität gefällt. Des Heurismatischen dieser Position aber wollen wir uns doch immer bewußt bleiben, und daß sie im Wesen nichts anderes ist als ein Antidotum gegen das Gift der Zeit.

Mit alledem aber haben wir dem Satze „operari sequitur esse“ noch immer nicht die gebührende Geltung in diesem ganzen Wirrwarr verschafft! Wie löst sich der offenbare Widerspruch zwischen den geschilderten Tatsachen und der so einleuchtenden Thesis?

Eine historische Betrachtung führt uns zu dieser Lösung. Als ein Kontrapunkt zu der chaotisch und in’s Beiläufige zerflatternden Beschaffenheit unserer eigenen Zeit hebt sich aus der Vergangenheit – wie für harte Bergvölker, die in’s Flachland degenerierten, der blaue Saum einstiger Heimat weit dahinten noch erscheinen mag – das Bild einzelner gnadenvoller Epochen, die bis in ihr letztes Glied so sehr geformt waren, daß irgend ein Beiläufiges in diesem straffen Zusammenhalte seinen blassen Raum nicht mehr haben konnte. Pumpte doch der gewaltige Herzschlag mit dem nährenden Blut auch die Richtung für das innere Auge und das Wissen von der Verbindlichkeit der – wenn auch vielfach gebrochenen! – Norm bis in die schmutzigen Fingerspitzen selbst des Sklaven und Unfreien. Solche Zeiten haben immer nur kurz gewährt, ja, wenn man’s genau nimmt, meist viel weniger als ein Hundert Jahre: so etwa in Hellas, oder in unseren Ländern damals, als sie die hochstrebenden Dome bauten. Es scheint fast so, als hätte da die Gottheit – wie betroffen von der Harmonie, die ihrem Geschöpf entquoll und angesichts der fast majestätischen Art, in der es sich vor ihr aufrichtete – das Rad des Schicksals für eine Atempause unbeweglich in den Händen gelassen und vor der zerstörenden nächstenUmdrehung in einem tiefen und glücklichen Sinnen verweilt.

Wir finden diese glitzernden Erhebungen, die an den Horizont des Geschehens gespiegelt sind wie ein einzigartiges, nimmer wiederkehrendes Farbenspiel, das doch den sinkenden Abend schon so sehr in sich hat und ihn bald unverkennbar bedeutet – wir finden solche Erhebungen in nuce und als Kleinbild (dessen Sinnbildlichkeit aber zu beachten ist!) innerhalb des eigenen ablaufenden Lebens. Und zwar, in verjüngtem Maße, ebenso überaus selten, wie sie dort außen im geschichtlichen Zuge angetroffen werden. Da wachsen denn Mittel und Zweck zauberisch einander entgegen und was sonst durch Grübeln und Kniffe angestrebt wurde, das bringen hier Zufälle mühelos herbei, die sich ein seltsames Stelldichein in unserer armseligen Hütte gegeben haben. Das ganze aber ist zum Verschwinden bereit wie eine Seifenblase und verschwindet denn am Ende auch wie eine solche.

In das Geformtsein jener geschichtlichen Epochen sind denn auch die jeweils in ihnen sich entfaltenden Künste einbezogen, ja sie vor allem. Dem nährenden Kerne entsprudeln unaufhörlich, auf dem Wege zu seinem Ausdruck, neue Mittel, und diese verbleiben in jener geheimnisvollen und glücklichen Schwebe zwischen zwischen neuentdeckter künstlerischer Technik und bereits bindender Convention. Alles kommt aus dem Kerne, das Tun folgt ständig fließend aus dem Sein, und geradewegs nur aus diesem, so daß niemals ein gamin de génie hier von seitwärts in ein Fertiges einsteigen könnte, die Kunst, oder was es sonst sei, als gegebenes Turngerät für adäquate Fähigkeiten vorfindend. Vielmehr ist der Weg vom Kern zu den Mitteln der eigentlich selbstverständliche und nur auf diese Weise kann Einer überhaupt in den Besitz der Mittel gelangen. Sie sind auf dem kurzen Wege nicht zugänglich, nicht verwertbar. Aber – oh Wunder! – auch der lange Weg ist kein Umweg in's Leben, der in unwürdig-qualvollen Jugendjahren durchlaufen werden müßte. Denn dem Geborenen kommt die Welt schon so zauberisch-verwandt entgegen, als wär' sie von ihm geschaffen, ihm ureigen, und zwischen dem

Werdenden (dem Keim in seiner Brust), und dem Gewordenen (der Fülle fertiger Formen) klafft kein Widersatz, da alles dort außen sich im gleichen lebendigen Flusse befindet wie hier innen, ständig neu, von keiner Benennung noch einzuholen. So ist jeder, aus dem Kerne in die Mittel kommend, und jenen mächtig langen Weg wie mit einem Tigersprunge durchmessend, Schöpfer seiner eigenen Welt, und zugleich gamin de génie in der sprudelnden Mühelosigkeit dieser Schöpfung. Alle aber bilden ein einiges und einziges physiognomisches Volk.

Jedoch, schon spiegelt der Himmel, noch einmal bis zum Übermaße auflohend, den Abend, die Quellen rauschen sanfter und ihr herabgesunkenes Murmeln scheint da und dort schon auszusetzen. Die Fülle der Werke, die Fülle der Mittel verdeckt noch für lange Zeiträume jedwedes Nachlassen des nährenden Stroms, noch scheint die Rinde am Stamme einer solchen Kultur frisch und glatt anliegend und nur eine leichte Fortsetzung des jeweils letzten Wachstumsringes zu sein. Gleichwohl, ihr ist bestimmt zur festen Borke zu werden, die sich unweigerlich im Altern der Zeit von dem jetzt nicht mehr nachwachsenden, nicht mehr in noch größere Breite drängenden Stamme löst. Es entsteht ein Hohlraum, ein Luftraum zwischen dem Körper und seinem einst so vollkommen anliegenden äußeren Kleid.

Das ist die Zeit, da die absolute und zwangsläufige Verbindlichkeit des Weges vom Kern in die Mittel aufgehoben wird, da Einer nicht mehr – wenn auch kursorisch – sämtliche Wachstumsringe durchlaufen muß um dort außen überhaupt erscheinen, überhaupt etwas bewegen zu können. Vielmehr klaffen schon Risse, durch die man, mit mehr oder weniger großer Mühe, von seitwärts und außenher die Hand schieben kann, und siehe da, es bewegt sich vollkommen täuschend die Rüstung an einem Leibe, der längst in zunehmende Todesstarre verfallen ist. Das ist die Zeit, da die gamins de génie immer zahlreicher durch Seitenflügel in die verödeten Vorbauten des Geistigen dringen, da die wirklich guten Gedichte gemacht werden, die Liebe wahrhaft innig besungen, die weimar'sche Prosa vortrefflich produziert und der Erdgeruch überzeugend hergestellt wird. Das ist unsere Zeit.

Denn das „operari“ des gamin de génie folgt zwangsläufig seinem „esse“: dieses besteht wesentlich im Freigewordensein der Talente vom Diktat eines spirituellen Kernes, das für sie früher einmal verbindlich gewesen ist, ja durch welches sie eigentlich erst an's Licht gerufen worden waren. Nun aber sind sie, als verselbständigte Derivate, zu einer niegeahnten wuchernden Hypertrophie gelangt und dabei in einem solchen Grade verwandlungsfähig geworden, daß sie unter jeder spirituellen Attitüde (nur die Arten des Gehabens sind ja, mit einem Restgeschmacke des Seins, übrig geblieben) gleich gut sich in Erscheinung zu setzen vermögen. Und dies durch das Mittel der heute auf dem kurzen Wege zugänglichen Techniken der Kunst. Es besteht ja keineswegs mehr der absolute Zwang, den Ursprung dieser Techniken zu besitzen oder ihn, recapitulierend, als schließlichen Ausgangspunkt zu erreichen, um von ihnen überhaupt Gebrauch machen zu können. – Der endliche Effekt, der hier erzielt wird (und besonders in den westlichen Ländern) ist ein schlechthin grandioser, die Vortäuschung eine so vollkommene, daß auch der sicherste Instinkt in seinen Grundfesten erzittern muß. Gerade dieses Letztere aber macht ja die Bedeutung und Diskussionswürdigkeit der Erscheinung aus. Es versteht sich nun am Rande, daß hier ein Zusammenhang zwischen dem Physiognomischen des Werkes und dem Physiognomischen seines Urhebers nicht mehr mit Sicherheit erwartet werden darf.

Angesichts dieser ganzen Gefechtslage kann man es begreifen, daß Einer, um nur zunächst überhaupt zu einem geordneten Rückzuge zu kommen, sich zu jenem schweren und gefährlichen Schnitte entschließt, der da das ganze Gebiet der Künste als ein Liberal-Beiläufiges dezidiert abtrennt, der Werkheiligkeit (nicht aber der Heiligkeit der Mühe!) in's Gesicht schlägt und auch jenes prometheische Stürmen ablehnt, das, den Menschen über sich selbst hinaussteigernd, nur bedingungslos des Werkes Vollendung erstrebt und nicht so sehr, wie es scheint, die seines Schöpfers. Es ist, wie schon gesagt wurde, vor allem die „Große und Kleine Geschichte", in der diese Position ihrer ganzen Breite nach bezogen und besetzt gehalten wird. Dieses aber ist insoferne anfechtbar, als die Schrift – wie es denn dort expressis verbis heißt – sich vor allem an die jungen Menschen, ja an die ganz Jungen wendet, und geradezu als ein Sendschreiben.

Denn diese bedürfen des Prometheischen und der fanatischen Liebe zum Werke, das sie, gelingt es nur einigemale, schon noch dahinterführen wird, wie es mit alledem heute beschaffen ist. Und so werden ihnen, die mit dem blutigen Ernste des Dilettanten – des Dilettanten nicht in artibus sondern in spiritualibus – sich in's Geschirr legen, gewiß die Augen aufgehen. Denn zu wem will denn Gütersloh sprechen mit seiner Schrift? Etwa zu den griffigen und pfiffigen Talenten? Die werden wenig auf ihn hören und auch weiterhin, je nachdem, sehr viel Lyrik, Religiosität, oder auch original-echt amerikanisches Tempo erzeugen, in einem wirklich ganz ausgezeichneten „Reportage-Roman".

Nicht doch, die „Große und Kleine Geschichte" ginge jene an, die sich auf dem langen Umwege in's Leben befinden.

Ihnen aber darf eine Position nicht nahegelegt werden, die dem Werke nur eine symbolische, nur eine stellvertretende Bedeutung vindizieren will. Sie bedürfen einer mächtig im Winde knatternden und flatternden Fahne mit einer handfesten Stange daran und sie bedürfen eines Trompetenstoßes in die Ohren, eines brutalen Vorwärts-Diktates, das ihnen faßlich ist. Denn auf diesem Schlachtfelde der Jugend wird bei unaufgedeckten Symbolen gestritten: und zeigte man einem der Kämpfer selbst das tiefste – er würde es beiseite treten und geharnischten Fußes drüber hinwegstürmen, dem vorrückenden Gefechte nach.

Freilich, hier ist längst nur mehr von jenen die Rede, die stark genug sind für dieses Gefecht. Gerade sie aber werden, im Innersten beleidigt durch die vorzeitige Enthüllung des ihnen ja zutiefst von allem Anfange an vertrauten Sachverhaltes, das Buch in den Winkel fliegen lassen – und im übrigen zu ihrem allergrößten Nachteil.

Bei diesem Anlasse wird uns ein überraschender Aufschluß gewährt: daß nämlich, wer immer künftig als Urheber einer der Jugend zugedachten Sendschrift wird auftreten wollen, ihr nicht rein paradigmatisch wird kommen dürfen. Und, so sehr wir forderten, daß einer paradigmatischen Stellungnahme gegenüber ihre Herkunft als belanglos erachtet werde – ebenso fordern wir von dem, der zur Jugend spricht, daß er aller früher besetzten Stellungen und des ganzen durchlittenen Feldzuges wohl eingedenk bleibe, unbeschadet des Ortes, an dem er jetzt steht und der Forderungen, die er von dort aus erhebt. Oder aber, er rede nicht zu den Jungen, sondern zu Männern, die ihresteils wieder gerne seine Vergangenheit mustergiltig und vollkommen außer Acht lassen werden. Als Lehrer aber wird Keiner über die Notwendigkeit hinwegkommen, das nackte Letzte da und dort noch zu verhüllen. Was um so eher geschehen darf, wenn es, gekleidet in Blut und Leben, ohnehin im Unterrichte umgeht.

Die radikale Verweisung des ganzen Bezirkes der Talente und ihrer Werke in's Liberal-Beiläufige, diese spezifisch Gütersloh'sche Position, zeigt ihre bedenkliche Seite eben vor allem dort, wo sie der Jugend sich zukehrt, ja, fast möchte man sagen, sich gegen die Jugend richtet, und zwar geradezu in der Absicht, deren prometheischen Charakter zu brechen. Wer aber den in seinen Grundlagen früher angedeuteten geistigen Zustand unserer Zeit im Auge behält und mit ihm die erdrückende Fülle der Gefahrmomente für alle jene, die den unzeitgemäßen Umweg angetreten haben (sie aber sind in Wahrheit das Salz dieser Zeit und zwar ihr einziges!), der wird jenes Vehikel des Prometheischen ihnen gerne gönnen und ihren Werkfanatismus nicht gefährdet wissen wollen. Er wird für richtig halten, dem jungen Menschen zuzurufen: „Du spintisiere nicht, unter garkeinen Umständen" (dabei weiß niemand besser als er, der Lehrer, wie sehr der Jüngling grübelt und daß er's muß); „du treibe deine Kunst nüchtern, sachlich und regelmäßig, als hättest du Amtsstunden abzusitzen" (dabei weiß niemand besser als der Lehrer, wie wenig das im Grunde mit der Kunst zu tun hat); „du schau' nicht links und rechts und mache dir garkeine Sorgen um Geld oder Gott oder Liebe oder sonst was, du hast zu arbeiten, dadurch allein kommt schon alles in's rechte Geleis, du hast zu üben, sonst nichts, schreibe fleißig deine Prosa (zeichne fleißig dein Aktmodell, mache fleißig deine Fingerübungen auf der Geige), es kommt vor allem anderen darauf an, daß man in seinem Handwerke tüchtig werde und das Technische seiner Kunst beherrsche" (dabei weiß er, der Lehrer, nur allzugut, daß bei seinem Schüler der liebe Herrgott zunächst einmal tatsächlich durch den Götzen „Technik" vertreten und ersetzt ist und daß die Fingerübungen oder die Prosaexerzitien ohnehin einen stark kultischen Beigeschmack haben, bei jenen Leutchen auf dem großen Umwege nämlich, und der Lehrer beläßt sie wissentlich in ihrer weisen Einfalt). Kurzum: „Du hast dich nur um deine Arbeit zu kümmern." Und wenn dann das Bürschlein tüchtig glüht, ja recht prometheisch glüht: da blase der Lehrer noch kräftig in die Glut. Und wenn das Bürschlein in Schwierigkeiten gerät (durch Geld oder Liebe oder Gott, um einige der häufigsten Ausreden zu nennen), dann muß auch schon ein aufmunterndes Trompetchen bereit sein, ein faßliches und derbes, ein „Vorwärts!" oder „Hindurch!" oder „Dein Weg!" oder gar „Deine Mission!" (und bei alledem weiß doch der Lehrer sehr gut, daß er damit seinem Schüler nur ein Arsenal von Waffen sammelt, teils für's Leben überhaupt, teils aber, ja vor allem, für jenen scheußlichen, weil kalten Augenblick, wo schließlich einmal auch der fröhliche Dilettantismus in spiritualibus aufhört).

Ja, so ist's mit der Jugend auf dem Umwege, der seltenen, der köstlichen Jugend, die erbittert um sich schlagend in der von Blitzen durchzuckten Dunstwolke ihres geistigen Existenzkampfes steht, Mauern von Haß und Ablehnung um sich ziehen muß (wohlgemerkt: muß!) und auf manche harmlos vorbeisummende Fliege mit Kartätschen schießt.

Sie ist zu lieben. Sie ist das Salz der Zeit. Ihr Vehikel ist zu beschleunigen, nicht zu gefährden. Sie ist wohl in vielem lächerlich und abstoßend. Sie muß sich oft durch lange Zeit rechtens der Roheit, der Selbstsucht beschuldigen lassen (der Lehrer weiß, daß die Leute da Recht haben und Unrecht zugleich, aber er sagt davon nichts, sondern bläst nur auf dem Trompetchen das Signal: „Vorwärts, nicht drum kümmern!"). Sie ist verbohrt, diese köstliche Jugend, sie steckt voll fertiger Theoreme, sie ist fanatisch.

Sie ist groß. Das behaupten wir kecklich. Ihr Anblick ist gewaltig. Sie steht auf wankendem und weichendem Grund. Aber über ihrem Scheitel hat sie die festen Sterne, und sie weiß das.

Kaum mit dieser Tirade fertiggeworden, müssen wir auch schon einräumen, daß sie eine Argumentation zweiten Ranges darstellt: denn sie fällt aus in's Pädagogische, Exoterische, somit in's Soziale. Jedoch dieser Ausfall wurde durch einen ganz analogen in der „Großen und Kleinen Geschichte" hervorgerufen (das ist nämlich jene Stelle, wo das Buch prätendiert, ein Sendschreiben an die Jugend zu sein) und so hat sich denn der Urheber dieses Buches unseren Lobgesang auf die Jugend und die dabei mobilgemachten Argumente selbst auf den Hals gehetzt.

Jedoch, darüber hinaus sei noch einiges polemisch vorgebracht, und, wie wir glauben, wird es keine Argumentation zweiten Ranges sein. Denn die Abschnürung, ja recht eigentlich Preisgabe des ganzen Werkbezirkes – so darf die letzte Konsequenz der Gütersloh'schen Stellungnahme wohl bezeichnet werden! – könnte uns auch als eine einfache notgeborene Sanktionierung ex post erscheinen, in der jener Zustand der Entgeistung und Frivolisierung der Künste sozusagen zu einem gesetzlichen gemacht wird. In achtunggebietender, aber zugleich sublim-grotesker Weise, wandte Gütersloh dieses Gesetz auf sich selbst an, obgleich er außerhalb desselben stand: und zwar geschah dies unter der Form einer sehr entschlossenen und höchst feindseligen Wendung gegen alles „Belletristische“ des eigenen Schaffens, und bei dieser Wendung versuchte er nicht nur den Dichter, wie wir schon wissen, sondern sogar den Maler über den Haufen zu rennen.

Er machte sich also los vom Werke, „von der Eitelkeit des bewundernd sich selbst anschauenden Schaffens, um auf's Forum zu eilen“, so sagt er's in seiner Sprache. Er hielt für wahr, „daß wir Bildende nur Menschen bilden, weil wir keine Gesetze schaffen können“. Er begann also (wie er glaubte, ganz außerhalb der Kunst), einfach zu reden, zu enuntiieren, die Fragen nicht mehr gestaltweise und bei unaufgedeckten Symbolen darzustellen, sondern sie zerlegungsweise, in der Form von Abhandlungen zu traktieren. Damit meinte er sich schon aus dem Bezirke des Belletristischen wirklich hinwegbegeben zu haben, und zwar in eine Sphäre, die er offenbar teils für demagogisch im höchsten Sinne, teils für wissenschaftlich hielt. Sie war aber keines von beiden. Wissenschaftlich war sie schon deshalb nicht, weil der Dichter, den er zu solchen Aufgaben vergewaltigte, sich sogleich wiederum in eine Kunstform rettete, und zwar in die des Essays. „Im Essay wird, was schon klösterliche Fliese im System war, wieder in Assoziationen aufgelockert und als roter, sinnlicher Ziegel, als eine freischwebende Projektion schon tragenden Steines, auf einen idealen Haufen geworfen.“ Mit diesem Haufen aber hatte es um so mehr seine Richtigkeit, als ja bei dem Dichter Gütersloh jene Prämisse der klösterlichen Fliesen des Systems gänzlich fehlte, wie es einem Künstler auch durchaus angemessen ist. Nun aber bekam dieser unfreiwillige Volksredner und als Wissenschaftler verkleidete Dichter und Essayist Probleme von einer so überaus weiten Spannung zu bewältigen, daß die vielfach verschlungenen frischen und bunten Ranken seiner wahrhaft blühenden Sprache die Distanz zwischen den beiden Ufern freischwebend und hängend kaum mehr zu überbrücken vermochten, ohne in Verwirrung zu geraten, also, daß der Mangel gegründeter Zwischenpfeiler und einer festen, wenn auch kalten und nüchternen Brükkenkonstruktion sichtbar werden mußte. Ihr entlang hätten sich diese hängenden Gärten wohl besser über dem Abgrunde der Unübersichtlichkeit halten können.

Demnach also mußte das Fehlen der Systematik – dieses wesentlichen Kriteriums eigentlich wissenschaftlicher Arbeitsweise – zugleich auch die demagogische Wirkung aller so gemeinten Schriften Gütersloh's bis zu einem Grade herabsetzen, daß sie als solche praktisch garnicht mehr gelten konnten. Dies zeigte sich – um ein Beispiel zu nennen – auch bei vielen seiner in den Jahren 1918 und 1919 gemeinsam mit Franz Blei veröffentlichten Aufsätze.

Während er also vermeinte, daß sich seine beiden Personen, der Dichter und der Maler, „mit größter Dezision zu den Grenzen ihrer Begriffe" hin bewegten, schickte er jenen auf einen Weg, der für ihn in's Ungemäße münden mußte und orientiert war nach einer unzugänglichen, ja vielleicht ganz mißverständlichen Vorstellung von der Wissenschaft überhaupt. Sätze wie „Zum Betreiben der Wissenschaften gehört für mich auch das Üben der Künste" können in dieser Meinung nur bestärken.

Das Schicksalhafte hier war die einmal vollzogene Absage an's „Belletristische" und der damit verbundene geradezu apokalyptische Haß gegen jederlei Verschwommenheit: von dieser glaubte Gütersloh, daß sie ganz besonders auf dem belletristischen Terrain beheimatet sei. Sein ganzes Sinnen und Trachten aber stand nach erschöpfendster und genauester Deskription, Distinktion, Klassifikation. Dabei jedoch hat er als Schriftsteller – merkwürdig genug – das Gebiet des Künstlerischen nie wirklich verlassen, das Gebiet des Systematischen nie wirklich betreten. Er selbst wurde wohl paradigmatisch, sein Denken jedoch niemals systematisch.

Über alledem aber erhebt sich am Ende eine letzte Frage, die hier jedoch nur aufgeworfen und gestellt, nicht aber in irgendeinem Sinne beantwortet werden soll. Wer von uns, der die heutigen „Geisteswissenschaften" wirklich kennt und systematisch durchlitten hat, möchte so ganz leugnen, daß in vielen Fällen, zumindest in Ansehung der erschöpfenden Deskription aber wohl oft auch in Ansehung der Analysis, mit spezifisch belletristischen Mitteln präzisere Arbeit geleistet werden kann, als durch eine eigentlich wissenschaftliche Ausdrucksweise? Sind nicht in diesem Sinne oft wenige Seiten eines bedeutenden Prosa-Erzählers weit genauer und klarer als etwa die ehrlich-bemühteste phänomenologische Abhandlung? Was aber demagogische Zwecke im höchsten Sinne angeht: so halten wir dafür, daß auch hier der Belletrist mehr noch zu leisten vermag als ein Gebraucher direkter Rede, auch wenn dieser nicht durch das Fehlen der Systematik sich selbst verdunkelt.

Endlich also, nach Erledigung mancher sich noch dazwischen drängender Fragen, gelangen wir dahin, unser Theater der ratio zu eröffnen und allegorisch zusammenzufassen, was da und dort in einzelnen Erörterungen umtrieb, und zum Teile wohl nur zwischen deren Zeilen. Dem Allegorischen wohl mit einer gewissen Abneigung des Geschmackes gegenüberstehend, halten wir es hier allein deshalb für erlaubt, weil es der Gütersloh'schen Atmosphäre nahe ist, ja sogar für sie teilweise als bezeichnend gelten kann. Wenn wir aber bisher, möglichst dicht an das Substrat unserer Überlegungen herantretend, uns sogar vielfach in dessen eigenartige Terminologie haben fügen müssen, so mag's auf ein kleines Opfer in Dingen des persönlichen Geschmackes nicht mehr ankommen.

Fast Jeder hat, sei's im Wachen, sei's im Traum, dann und wann im ablaufenden Leben jene Augenblicke einer besonderen Helligkeit gehabt, da die nicht mehr abweisbare Wahrheit über die Schwelle des Innersten heraustrat, hinter sich großen Glanz ahnen lassend – gleichwie aus einem erleuchteten Saale durch die nur für Sekunden geöffnete Tür ein Block von Licht in die Finsternis vorspringt. Wenigen gelingt es, solche Zustände zu verlängern und bei solchem Scheine scharfen Auges die Runenschrift des eigenen Schicksals zu entziffern. Gerade unter einem solchen einfallenden und länger verweilenden Strahle aber müssen wir uns jetzt unseren Helden denken, zu einer sehr bestimmten Zeit seines Lebens, da die als Widersacher in ihm gegeneinander gestemmten kontradiktorischen Ideen nur des eben noch durch Fügung einfallenden Lichtes bedurften, um endlich ganz sichtbar aneinander zu treten, ja wie körperlich. Da ist es, als stieße er seine beiden rebellischen Knechte, den Dichter und den Maler aus, als triebe er sie aus, nahe am Zorne und weit nach geendeter Geduld. So steht er jetzt diesen Beiden gegenüber, in einem hellen und hochgelegenen Raum, der sich als traumhafte und bizarre Durchdringung von Werkstatt und Halle des Gerichtes uns präsentiert. Schon spricht er auf sie ein, aber auch jetzt und hier in kunstvoller Rede und mit geründeter Gebärde, nun gleichsam ein bisher bei sich Gedachtes in lauten Worten fortsetzend und bekräftigend: „Sowohl für den gemeinen, wie für den höchsten Verstand bleibt ihr zwei schaffenden Personen grundverschiedene, ja feindliche Naturen, die ihr auch seid, vorausgesetzt, daß ihr mit der größten Dezision euch zu den Grenzen eurer Begriffe hinbewegt."

Und, wie wir es anders nicht erwartet haben, beginnen beide Künstler daraufhin sogleich von ihrer „Entwicklung“ zu reden, wie um die Wette und übersprudelnd. Vor allem auch sagen sie, daß man ihnen zu dieser Entwicklung Zeit lassen müsse, denn sie hätten als Künstler eben ein Anrecht darauf.

Wir aber wissen, daß er sie nach diesem allen nicht gefragt hat. Denn auf dem Punkte, wo er hält und von dem aus er diesen Prozeß eröffnet, ist man längst nicht mehr verliebt in die Eitelkeit des sich selbst anschauenden Werdens, noch auch wirken mehr im Rückblick die psychologistischen Komplikationen samt den jeweils erfolgten éclats ihrer Lösungen als irgendwie epochal. Und fast ein Gleiches gilt auch schon vom technischen Glück und Unglück. Welchen tieferen Grund aber sollte er haben, von seinen beiden Kreaturen gewissermaßen eine klare Definition ihrer selbst zu verlangen, wenn nicht den, daß er ihre Daseinsberechtigung überhaupt erweisen oder anfechten will? Denn eine dezidierte Entscheidung zwischen ihnen liegt ihm völlig fern, da es für ihn einen sittlich-normativen Akt, der ihn dem Einen oder dem Anderen endgültig in die Arme werfen würde, nicht geben kann innerhalb eines Liberal-Beiläufigen, als welches literarische oder künstlerische Begabung sich ihm vorstellt.

Doch, sie merken schon was, und ihr Redefluß erstarrt. Der Maler aber, der gerade noch zu guterletzt das Wort „Recht“ im Munde führte, bekommt's zu hören:

„Ein solches wohl auch zu allen nachlässigen Träumereien eines kleinen sentimentalen Gotts?“

Nun aber begibt sich etwas sehr Merkwürdiges. Dieser Handwerker (als dächte er blitzschnell: „ah! so kommst du mir?!“) verändert sein Wesen rasch, als nähme er eine Maske ab. Und damit verleugnet er sein ganzes bisheriges mehr-weniger hochtrabendes Gerede als nicht ganz ernst gemeint, als bloßen Schnörkel und hübsche Arabeske, was beides immerhin auch zum Geschäfte gehört, aber nur so nebenher und in der freien Zeit. Und bald können wir staunend bemerken, wie er höchst unbefangen sich auf den festen und sicheren Grund einer sehr anschaulichen – man möchte fast sagen „massiven“! – Argumentation herabläßt. Aber wahrlich, solches paßt auch besser zu diesem durchaus lebensfrohen, gesellig-umgänglichen und keineswegs verstiegenen Burschen! Da erscheint er uns denn so unbeschwert, wie er ist. Auch seinem äußeren Aufzuge entspricht das: dieser ganzen Art, wie er hier eintrat, in seinem farbenfleckigen Kittel; Bleistifte, Kohle, Kreide, ja selbst ein ehrbarer Zollstab gucken aus den Taschen; ja, man sieht es ihm an, daß er seine Zeit nicht mit Spitzfindigkeiten verlieren will, weil er im Grunde meint, daß bei derlei am Ende doch nichts herauskomme. Nur will es uns, als außenstehenden Zuschauern, so erscheinen, als sei doch diese ganze Bescheidenheit, Bonhomie und Simplizität gerade heute etwas gar dick aufgetragen, eine Art Deckfarbe oder Schutzschicht, unter der sich etwas verbergen will?

„Nun, bei mir kommst du mit solchen Anspielungen durchaus an den Unrichtigen, mein Herr und Meister, da müßtest du dich schon anderwärts hinwenden", so spricht er jetzt, und zwar mit einem deutlichen Seitenblick auf den Dichter, was uns nicht recht gefallen will. „Ich, für mein Teil, in einem gesicherten, schmückenden Handwerke stehend, dessen Hervorbringungen nicht bedeuten, nur erfreuen sollen, bin wahrlich nicht der geeignete Zielpunkt für deine aphoristischen Angriffe. Meine Kameraden, die mit größerem Pinsel und einer Weltanschauung, welche den Kosmos um ihre Palette kreisen läßt, für die Museen von Morgen arbeiten und sich mit ihren Bildern nur vorübergehend im Privatbesitz aufhalten, gleichsam inkognito, können sich natürlich bei der dürftigen Absicht, unmittelbar zu erfreuen, ein Lächeln über die sorgenvollen Lippen der Zeit zu zwingen, nicht beruhigen. Sie müssen sehr weit zurück und sehr kühn nach vorwärts greifen und notwendigerweise bei diesem Griffe, der zwei Zeiten umspannt, gerade die Gegenwart ohne Berührung lassen. Sie aber ist's gerade, in der ich mit beiden Beinen stehe! Und, mit Verlaub, da du mich denn schon zwingst, dich daran zu erinnern: es ginge anders auch nicht gut ab. Du kennst (und jetzt lächelst du schon!) die sehr trivialen und alltäglich wiederkehrenden Forderungen dieser ‚Gegenwart', denen aber ein fleißiges Handwerk am ehesten gerecht wird. Und mehr will ich vom goldenen Boden nicht sagen."

In uns aber, die wir doch die tiefere Beunruhigung sehr wohl kennen, aus welcher der Meister dahin gelangte, mit seinen beiden Kreaturen überhaupt zu disputieren (denn auch die böseste Verwirrung fordert eben vor allem einmal, daß man sie bei Lichte besehe und die ineinander verschobenen Teile wiederum trenne und abgrenze!) in uns also „tut es innen einen großen Fall" wie wir da bemerken, daß er sich solchen Reden des Malers doch freundlich zuneigt. Solchen Reden, die (ursprünglich von seinem Herrn stammende Worte ganz selten fälschend!) in einer aus dem Zusammenhange gerissenen Betrachtung geschichtlicher Art mit gutem Hausverstande ein argumentum ad hominem unterbringen. Ja, soweit geht dieser Bursche! Aber, auch abgesehen, davon, woher bezieht er seine Beruhigungsmittel, durch welche es ihm jetzt anscheinend gelingt, ein Lächeln auch über die sorgenvollen Züge seines Herrn zu zwingen? Woher nimmt er diese – bei Gott! – Argumenta zweiten Ranges, diese Reden vom „gesicherten Handwerk"? Denn unser Raum in überscharfer Helle hier, dieses Theater der ratio, auf dem sich unsere Szene abspielt, bietet nirgends ein Requisit solcher Art, trotz des imaginären Charakters einer Werkstatt. Hoch über den stürzenden und entfliehenden Dachkanten der Stadt verweilen wir da wie in einer freischwebenden Zelle. Er aber hat es jetzt schon verstanden eine Art Atelier daraus zu machen, das, wenn auch das höchste, so doch immer eben das Stockwerk eines Hauses ist, dessen Fundament unten im städtischen und ständischen Leben gelegt wurde. Dort also, wo innerhalb der einander bedingenden und stützenden Gewerbe und Geschäfte niemand zu einer rationalen Rechenschaft darüber verhalten werden kann, warum er etwa sein ganzes Leben lang Schuhe oder Möbel erzeuge. Und, ebenso wie wir die Quelle der tieferen Beunruhigung kennen, wissen wir freilich auch, wodurch diese jetzt eintretende seichte Beruhigung möglich wird. Denn solche Argumente, wie der Maler sie hier aufführt, haben eine mächtige Anziehungskraft, ja Saugkraft für jeden Geist, der in seiner Hybris sich von den „natürlichen Örtern und Personen" gelöst und über diese sich erhoben hat. Ja, hier verbleibt sogar ein Rest von Sehnsucht. Denn nur das Gefühl ist's immer, was den Menschen unfrei macht, und nun wird es ausgelöst durch den Sirenenruf von der verlassenen sicheren Küste her, an die man in geheimen Träumen da und dort immer noch anlegt. Wohl gibt's im Geistigen manchen festen Punkt, von dem aus sich viele Forderungen jener sozialen Welt gleich mitbegründen und miterfüllen lassen. Innerhalb dieses Sozialen jedoch kann sich freilich kein Fußbreit Boden finden, wo auch nur ein einziges zulängliches Argument für die Existenzberechtigung jenes andern Reichs gedeihen könnte. So liegt's eben einmal in der natürlichen Ordnung. Und wenn der im Sozialen verankerte Mensch jenes Reich immerhin noch achtet, duldet, so tut er's aus liebenswürdiger Liberalität, und wir müssen's ihm jedenfalls danken. Denn die vier Pfosten seiner Wohlfahrt bleiben stehen, auch wenn längst jedweder Geist verraucht ist, ja vielleicht desto sicherer, und er hat wahrhaft keine tiefere Ursache zu einem Bedarfe solcher Art. (Setzen wir aber für das „Reich" den geläufigeren Ausdruck „Kirche" und für jenes „Soziale" den geläufigeren Ausdruck „der Staat" – so haben wir damit schon einen gesicherteren Ausblick gewonnen. Wohl kann aus und auf einer Kirche auch ein Staat entstehen, nie aber aus dem Staate eine Kirche.)

Darum letzten Endes also hätte der Maler, hier, und bei diesem Anlasse, so nicht sprechen dürfen, wie er's tat, darum also hätte sein Meister ihm, hier und bei diesem Anlasse, das Gehör nicht leihen dürfen, in der Weise nämlich, wie er's tat. Damit aber, daß Beides eben doch geschah, gelangt unser Prozeß zu einem jener dunklen und zweifelhaften Übergänge, die merkwürdigerweise fast jeder Weg in's Paradigmatische mehrfach aufweist. Der Maler hat den Angriff vonseiten seines Herrn zunächst erfolgreich abgeschlagen. Er vermochte dessen Inquistorenauge zu täuschen, zu umnebeln – und brauchte noch dazu im Innersten keinen einzigen seiner hochfliegenden Träume zu opfern. Jedoch er hat den Angriff nur auf den Dichter abgelenkt. Und so wurde ein dunkles Manöver zum Anlaß und Ausgangspunkt für einen denkwürdigen Leidensweg, den dieser gehen mußte.

„Ich könnte also", sagt jetzt der so glücklich getäuschte Meister, „mich etwa in der folgenden Weise formulieren oder festlegen, wobei nicht nur die malende, sondern auch die schreibende Hälfte meines Wesens mit einbezogen wäre:

Meinem Handwerke nach ein Maler, setze ich die Übung dieses schmückenden und sanften Gewerbes, das ein Hausgärtlein von Horizont um sich hat, hintan, um unbezahlte Zeit zum eindringlichen Aussprechen einiger Selbstverständlichkeiten, einiger Allgemeinheiten lebenswichtiger Natur zu gewinnen, denen Keiner, der da meint, auf sein Bild, auf sein Gedicht komme es an, nachlaufen will."

„Wenig bleibt von dir übrig", sagt da der Maler zum Dichter.

„Soll es denn mehr sein?" fragt der Meister. „Oder willst etwa du auch noch mir den Nachweis eines selbständigen Handwerks erbringen? Das dürfte dir doch schwer ankommen. Kann denn die Tätigkeit eines Schriftstellers gewerbsmäßig, berufsmäßig sein, wie die eines Malers?"

Seine Frage ist sänftiglich, zunächst. Denn, merkwürdig ist's in unserer Allegorie, daß hier Licht und Atmosphäre im Bilde ausdrücken wollen, was im Geiste geschieht. Als der Maler das Seine redete, siehe, da trübte sich der Raum, als dränge Rauch ein aus den zehntausend Schloten über den Dächern, oder als käme die Abenddämmerung wie Rauch geschwommen. Und mit solcher, seinem Handwerke und seiner Arbeitsweise seltsam widersprechenden, Trübung und Verwischung aller Kontur sank auch die zwischen unseren Personen im Raume liegende belebende Spannung herab, ja es schien für Augenblicke, als sollten sie im Dämmer versöhnlich wieder ineinander fließen und verschmelzen.

Jedoch zerreißt jetzt diesen Abendfrieden ein Blitz. Er kommt aus den kugelrund gewordenen Augen des Dichters. Wie durch Zauberkraft erscheinen die Figuren wieder an ihren Ort und in gehörigen Abstand voneinander gerückt, erscheint die Spannung wieder hergestellt, ja bis auf's höchste gesteigert.

Der Dichter zeigt sich uns als vom Maler physiognomisch recht verschieden. So gesellig-umgänglich dieser ist, ebenso sehr ist jener ein Einzelgänger. Den Maler als Ehemann oder Frauenfreund sich zu denken, ist fast selbstverständlich. Der Dichter läßt sich in solchem Zusammenhange kaum vorstellen. Sein Wesen ist durchaus mönchisch, einsiedlerisch, unfamiliär. Jetzt, da er scharf und im Ernste zu sprechen beginnt, erscheinen seine blanken „alles zu Kristall umsehenden Augen" (so hat sie der verstorbene Robert Müller einmal bezeichnet) wie die Mündungen einer Geschütz-Batterie, die nunmehr in's Gefecht eingreift, regelmäßig, gezielt und präzise feuernd. Die Nase aber, die sich etwas zuzuspitzen und vorzustrecken scheint, wirkt allein für sich schon wie eine blanke Argumentation ersten Ranges.

„Du hast dich da falsch definiert", so spricht er zu seinem Herrn, „nämlich so, wie es dir bequem scheinen mag und beruhigend. Jedoch, mit Regelmäßigkeit durch deine einander feindlichen Häuser zu ziehen, eben das gelte dir für höchstes Rechttun! Nicht aber das eine von ihnen zu einem Tusculum für Mußestunden umzufälschen."

Uns freilich fällt da auf, mit welcher Grandezza der Dichter gewisse schlagkräftige Argumente verschmäht und wie genau er sich innerhalb eines Rahmens hält, den er offenbar für diesen Anlaß als den einzig richtigen erachtet. Fast erheiternd nämlich kann es berühren, daß eben zu jener sehr bestimmten Zeit in des

Meisters Leben, in welche wir uns diese Allegorie verlegt denken müssen, der Dichter weit mehr Berechtigung gehabt hätte, als der Maler, seinem Herrn mit unzarten Deutlichkeiten zu kommen. Ja, wahrhaftig, es hätte ihm damals wenig Mühe gemacht, da draußen im gewerblichen und erwerbenden Leben ganze Herden von Argumentationen zweiten Ranges zusammenzutreiben und hier anzuführen. Denn er hatte sich durchaus als ein „Ruhm und Nahrung schaffendes Talent" bereits erwiesen, ja, sagen wir's gerade heraus, damals weit mehr als sein Bruder, der Maler. Während nämlich dieser nur ein noch wenig ausgebreitetes Werk aufwies, kam der Dichter von weiten Flügen schon heim, eine glanzvolle Reihe von Erfolgen hinter sich. Daß er sich dessen aber hier und jetzt garnicht erinnern will, erscheint ebenso bemerkenswert, wie bezeichnend für sein vom biederen Brüderlein recht verschiedenes Wesen.

Nun, sein Herr wiederholt jetzt jene sonderbare Fragestellung vom gewerbsmäßigen Schreiben. Da antwortet er denn:

„Der Unterschied, den du da zwischen meinem Bruder, dem Maler, und mir, so von außenher statuieren möchtest, ist keineswegs ein gründlicher, sondern nichts anderes, als das Produkt eines Denkfehlers. Unseres Charakters als Derivate bist du dir ja klar bewußt, klarer als irgendwer, und im Verfolgen dieser Klarheit – so sehe ich's immer mehr! – wirst du es noch dahin bringen, uns nicht nur als Derivate, sondern geradezu wie Präparate herauszuarbeiten und von unserem Nährboden abzuschnüren, um am Ende bei aufgedeckten Symbolen unfruchtbar zu verharren: es wäre denn, daß wir, durch die uns eingeborne Kraft, immer wieder von neuem dein Leben in eine ganze Form gießen könnten, ohne Sprung und theoretische Naht. Es wird uns ja gelingen, wie ich hoffe! Nun aber: unseren gemeinsamen Charakter als Derivate einmal vorausgesetzt, möchte ich gerne wissen, wo und wie du noch einen gründlichen Unterschied zwischen uns aufrichten könntest? Der Punkt unserer Gabelung, von wo aus jeder von uns Beiden für sich allein an's Licht und in sein Werk findet, liegt – dem Schöpfer sei dafür Dank! – so tief, daß er allen Bohrungen der Dialektik entzogen ist und nur der Gnade zugänglich bleibt, regungslos und noch wesenlos verharrend unter deren einfallendem Strahle, oder still verdunkelt, wenn sie ausbleibt. Von diesem Punkte an aber mißt sich die Strecke bis herauf in die letzte Erstarrungsform des Werks und in's Licht des geschäftigen

Tages. In der mehr oder weniger großen Sichtbarkeit dieser letzten Wegstrecke, in dem Grade von Bequemlichkeit, möchte ich sagen, mit der man sie samt ihren Einzelheiten auszunehmen vermag, allein darin besteht zwischen uns ein Unterschied. Denn was bei mir, nach erreichter genügender Deutlichkeit der inneren Gestalt oder Klarheit der Zerlegung, blitzartig und wie durch Kurzschluß im Prosa-Satze sich darstellt, die Spannung wie mit einem Schlage entladend – das geht bei ihm noch den langen und klapprigen Weg über Farbenreiben, Pinsel, Palette, Leinwandspannen, Skizzieren, oder wie seine Verrichtungen sonst heißen mögen. Es ist ein Weg, der hart auf die Probe stellt, ich will's zugeben. Aber freilich, er liegt im Lichte, da kann man zusehen, da kann man sich anhalten, das ist beruhigend, ja so sehr beruhigend, daß jener Schwindel möglich wird, den er jetzt eben aufführte: sein Tun vom Ursprung loszulösen und es am Ende von eben dort herzuleiten, woher auch der Schuster seinen Antrieb zur Arbeit nimmt. Ja, selbst auf solche Weise zu schaffen, wird ihm zu Zeiten möglich sein: denn die Fülle seiner Mittel und das ganze emsige und handfertige Geklapper und Geschmiere und Gepantsche der Werkstatt vermag für lange Zeiten noch jedwedes Nachlassen des eigentlich nährenden Stromes zu verdecken. Während, wenn ich vom Ursprung abreiße und mich der Geist verläßt, auch mein bescheidenes Werkzeug, die Feder, mir aus der Hand fällt: gottlob! Wie du weißt, ist's nicht bei allen so. Würde ich sie aber dennoch mit äußerer Gewalt weiterführen, wollte ich mich an sie anklammern, so wie jener an seine klecksige Apparatur (statt mich, wie ich's tue, in solcher Lage innerer disziplinärer Mittel zu bedienen, um wieder an meinem Ursprunge den Rückhalt zu finden) – es käme ein schöner Bofel zum Vorschein! Aus allen diesen Gründen erscheint mir auch – um dies nur nebenbei anzumerken – mein eigenes Wesen als durchaus aufrichtiger und eindeutiger, als das seine. – Wir haben also nunmehr den einzigen Unterschied aufgedeckt, den man folgerichtig zwischen uns machen darf, einen Unterschied, den man schwerlich als kategorischen wird ausgeben können. Du fragst nun nach dem äußeren Beruf. Auch hierin ist keiner von uns beiden besseren oder minderen Rechts. Denn ob Pinsel oder Feder: wir beide schreiben immer des Schicksals höchsteigene Handschrift (und ich vielleicht noch ausschließlicher als er). Da wir also, jeder für sich, die ganze Gestalt deines Lebens umfassen und jeder auf jeden letzten Winkel dieses Lebens vollen

Anspruch erheben, daß uns nichts entgehe, daß nichts außerhalb unseres Macht- und Sprachbereichs bleibe – so ist's nur natürlich, daß sich dieser innere Bestand auch in der äußeren Form deines Lebens kundgetan hat. Er mußte getan werden, der ‚Sündenfall in's Berufskünstlertum' (so nanntest du's einmal!), und vom Schreibenden ebensosehr wie vom Maler."

„Jedoch", so erwidert der Meister, „nur dem Eingriffe des Amateurs verdankt, zu einem gegebenen Zeitpunkte, eine akademische Disziplin, daß sie nicht zerschlagen wird wie ein hohler Topf –"

„Sie ist gerettet", so fällt ihm der Dichter in's Wort, „und kann's dem Retter doch nicht danken, dessen Erscheinung unerlaubt bleibt. Ich weiß, ich weiß! Und du mögest mir verzeihen, wenn ich, mit deinen eigenen Worten fortsetzend, dir in die Rede falle! Jedoch, es erscheint mir hoch an der Zeit, den seltsamen Gebrauch, den du von dem Worte ‚Amateur' machst, als eine schädliche, nur dem Eingeweihten nicht gefährliche Ausdrucksweise, aus dem allgemeinen Verkehre zu setzen. Du magst dergleichen selbst gefühlt haben, als du einmal, offenbar in der Absicht, dem schon sehr drohenden Mißverstandenwerden zu begegnen, sagtest: ‚Es scheint, als redete ich hier dem Dilettanten das Wort.' Und so stelle ich denn fest, daß eben jene Wesensverfassung, die du gerne mit dem Worte ‚Amateur' umschreibst, in Wahrheit die einzige ist, in der sich heute jemand befinden kann, auf den die Bezeichnung ‚Künstler' wirklich paßt. Denn in diesem deinem höheren Sinne ist jeder wahrhafte Künstler Amateur, und nur ein solcher Amateur wahrhaft Künstler. Einmal seinem Herkommen nach, das ihn verhindert hat, frühzeitig zunächst das fertige Handwerk als ein Fertiges in sich aufzunehmen. Denn er kam über den langen Umweg in's Leben, – damit ich ein uns schon vertrautes Bild gebrauche! Zum zweiten aber der weiteren Richtung seines Lebens nach, ‚das kein gewohnheitsmäßiger Erzeuger von Früchten ist', sondern über die Werke immer hinausdrängt. Diese aber ergeben in ihrem Continuum, wenn es sichtbar zu werden beginnt, eine symbolische Umrißzeichnung, deren offene Seite immer dieselbe imaginäre Zukunft meint: nämlich endlich einmal auch ohne den irdischen Haft- und Stützpunkt des Werks sich in der Schwebe halten zu können. Und in dieser äußersten Spannung – siehe, da bindet den Künstler die heraufdämmernde Kontur eines neuen Gebildes wieder an's Leben und an diese Welt. Und wieder zerschlägt er jauchzend alle aufgedeckten und fleischlos gewordenen Symbole. – Da er also im eben getanen Werk schon nicht mehr enthalten ist, so trifft man hinter ihm vorbei, wenn man gerade dieses zum Zielpunkt der Erörterung, des Lobes oder Tadels nimmt. Sondern seine Flugrichtung gilt's zu erkennen, und vorauszuzielen, so wie ein trefflicher Schütze den Vogel erreicht. Nicht auch, nachhumpelnd, sich durch's Werk überzeugen zu lassen: solche Menschen haßt der Künstler im Grunde seines Herzens, weil sie ihn so garnicht begreifen. Aber die liebt er, die seiner Physiognomie vertraut haben, ohne Werk, denn sie ist immer noch ein vollkommenerer Ausdruck seines Wesens und vielmehr noch sein ureigenstes Produkt als die feinste Arbeit. So ist freilich die Kunst eine zwängische Lebensform, und kein „Beruf", so ist sie freilich vor allem auch eine biologische Tatsache. Je mehr aber Einer das Werk verneint und je weiter weg davon er ausholt (ja, fast scheint's, in eine andere Richtung!), desto wuchtiger trifft der Schlag – kommt es nur noch einmal zum Schlage – in's innerste Mark des Lebens, in's innerste Wesen dieser Welt.

Fast unmittelbar danach aber, wie gesagt, findet man den wahren Künstler schon nicht mehr im Werke ganz enthalten, sei es nun, daß man es lobe, oder tadle. Und, siehe, hier zeigt sich ein psychologisches Kriterium, um den Dilettanten zu erkennen. Ihm nämlich geht es gerade nur um die Gewinnung eines solchen Produktes, um diese mit einer nicht allzugroßen und gefährlichen Ausbiegung aus seinem persönlichen Leben zu erreichende schöne Schlußform, deren er sich freut. Darum auch trifft man ihn wirklich, mit Lob und Tadel zu Besuch kommend, in dieser Schlußform hochbefriedigt hausend an. Und man wird besser tun, ihn zu schonen, denn er ist, seiner Wesensverfassung nach, begreiflicherweise empfindlich.

Und zwar, merkwürdig genug, in ganz ähnlicher Weise empfindlich, wie der gewerbsmäßige gamin de génie, dieser eigentliche Professionist, den nur der Zufall des Talents gerade in den Stand des Künstlers verschlagen hat. Auch bei ihm liegt ja der Schwerpunkt auf dem Endprodukt. Nur hat er wohl ein kühleres Verhältnis dazu, aber nicht weil seine Wesensverfassung sich etwa struktiv von der des Dilettanten unterschiede, sondern aus einem quantitativen Grunde. Denn sein Leben ist ein ‚gewohnheitsmäßiger Erzeuger von Früchten', er bringt sie serienweise hervor, sie haben für ihn nicht jenen solitären Ausnahmswert wie für den Dilettanten (dem sie Sinnbild bester, glücklichster Mußestunden sind!), und wem die eine nicht gefällt, dem mag vielleicht die fünfzehnte den Geschmack befriedigen. Man sieht bei alledem, daß der Unterschied zwischen dem wahren Künstler – und ich bitte dich bei diesem Anlasse, die von dir für ihn gebrauchte irreführende Bezeichnung ‚Amateur' wirklich und endlich ganz aus dem Verkehre zu setzen! – daß also der Unterschied zwischen ihm und dem Dilettanten ein gründlicher, wesentlicher und kategorischer ist, während auf der anderen Seite der Dilettant vom gewerbsmäßigen gamin de génie allein durch eben dessen Gewerbsmäßigkeit, durch die dementsprechend größere Quantität der Produkte, die dieser Gewerbsmäßigkeit entströmen, und die natürlicherweise sich hier einstellende weit höhere Fertigkeit im Technischen unterschieden ist. Durch alles das also, was in der allgemeinen Volksmeinung den ‚Künstler' vom ‚Liebhaber' trennt. So auch übt's der Sprachgebrauch. Du aber, ich bitte dich, stifte keine heillose Verwirrung in den Köpfen."

„Deine Belehrungen sind ja recht gut gemeint", erwidert jetzt der leicht gelangweilte Meister, „jedoch wollen wir diesem Exkurse ein Ziel setzen. Und so greife ich denn zurück, auf den Punkt, von dem wir ausgingen. Es wird nötig sein, sagte ich, daß ihr mit der größten Dezision euch zu den Grenzen eurer Begriffe hinbewegt, du sowohl, als auch dein Bruder, der Maler."

„Du sprichst von Begriffen", antwortet der Dichter, „also von logischen Gebilden. Möchtest du uns etwa gar das halsbrecherische Kunststückchen vorführen, uns zu definieren? O weh! Wie lauten die Bestimmungs-Stücke des Begriffes ‚Künstler'?"

„Deine spöttische Frage beweist mir nur recht deine Gesinnung. Freilich muß es für alle Ämter, also auch für die der Künstler, irgendwo eine letzte Definition geben, wenn auch nicht eine solche für Schuljungen, wie du das parodistisch meinst. Merkwürdig ist's, wie du zurückscheust – sei's auch nur unter der Form eines wenig gelungenen Scherzes –, wann immer dir die Forderung eines rein begrifflichen Erfassens nahegebracht wird. Jetzt aber hört mich Beide:

Dem wirklichen Zeichnen wie dem echten Schreiben – ich rede weder vom assoziierenden Stammeln bloß sensibler Skizzisten noch vom Harfengriffe des Lyrikers in die Scheinfülle von scharfen Träumen und unscharfen Wirklichkeiten – geht die begrifflich vollkommene Bewältigung des Gegenstandes voraus; und das, was dem dann folgt, was Beide dann tun, der Schriftsteller wie der Zeichner, ist in der Tat ein gleiches, ein innerliches Ablesen und ein äußerliches Notieren der zu starrer Form gediehenen Erkenntnisfrucht, worüber ihre verschiedenen Begabungen ein nur scheinbar Verschiedenes ausmachen."

Der Maler, erst verblüfft, dann belustigt, nimmt nun die Sache auf die leichte Achsel, hütet sich aber, was merken zu lassen, sieht tiefernst drein, wie eben einer, der wirklich belehrt worden ist, und vor dem sich die wahre Natur jahrelang dauernden eigenen Tuns spät, aber um so vollständiger enthüllt hat. Während er ein geradezu erschüttertes Gesicht macht, unser Handwerker vom goldenen Boden, denkt er etwa: „Man muß ihn reden lassen. Diese Definition hat er sogar irgendwo öffentlich schon bekanntgegeben, wie ich glaube. Beim Pinsel! Ich wußte nicht, daß ich, malend, eigentlich so etwas wie ein kleiner Immanuel Kant sei!"

Der Dichter aber ist, wie wir schon wissen, eine ehrliche, eine garnicht politische Natur. Also muckt er denn auf:

„Das nennst du eine Definition meiner Arbeitsweise?! Und du möchtest wirklich allen Ernstes behaupten, daß etwa mein ‚Prokop' oder ‚Der Lügner unter Bürgern' auf solche Weise zustande gekommen wären?!"

„Ich möchte eher sagen", antwortet der Meister, „daß sie auf solche Weise hätten zustande kommen sollen."

„O weh!" ruft da der Dichter, „das wird mein Tod. Soll ich in diesem Rausch der Abstracta, in den du offenbar geraten willst, untergehen?"

„Wenn es dir möglich ist, unterzugehen, dann sehr wohl." „Du sprichst nur vom Begrifflichen. Es scheint dir ja eins und alles zu bedeuten. Aber sage mir, worin sollte dann noch zwischen mir und einem Gelehrten ein Unterschied liegen?"

„Merkwürdig, daß dir um diesen Unterschied so bange ist! Aber ich weiß, woher diese Bangigkeit kommt. Von deiner Versessenheit auf's Belletristische kommt sie, und du teilst diese Versessenheit mit unserer ganzen Zeit. Keinen höheren Ehrennamen glaubt diese verleihen zu können, als den eines ‚Dichters', und sie geht damit so verschwenderisch um, daß man von solchem Ruhme, der in schlechte Gesellschaft und Geschichte bringt, lieber verschont sein möchte."

„Gleichwohl, ich kann's noch immer nicht fassen, meine Arbeit als eine begriffliche definiert zu sehen. Ist es nicht gerade meine

Aufgabe, über die Grenzen des zerlegungsweisen Denkens, wo die Wissenschaft bei noch gesicherten Kenntnissen haltmacht, gestaltweis erfassend hinauszudringen, um bei unaufgedeckten Symbolen nicht weniger klar zu reden, als sie?"

„Du willst mir entschlüpfen. Krampfhaft klammerst du dich an einen formal garnicht bestehenden Unterschied zwischen ‚produktivem' und ‚kritischem' Geiste, den du dir, ebenso wie die anderen Romanschreiber, zurechtgebastelt hast, wobei ihr euch alle in der Stille natürlich den höheren Rang gegenüber dem ‚Kritiker' zulegt. Jedoch, ‚so wie diesem Manne bei Gelegenheit eines Kunstwerkes zu angeblich objektivem Urteile gerinnt, was ihm immer schon den Mund zusammengezogen hat' – ich muß mich da, deinem Unverstand zur Hilfe, wieder einmal selbst zitieren! – ‚nicht anders schlägt sich bei seinem Widerspiele der Anblick einer Natur auf die schöpferische Blase. Beide erliegen nur ihren Affekten: der Eine in gerader, der Andere in übertragener Weise. Beide bewegen sich in ihren Kategorien wie Ahnungslose, Kühen gleich, die in Blumenbeete treten und Blüten fressen wie Gras. Beide sind – darüber mag ein Kritiker, der wie eine Emanzipierte seine Unfruchtbarkeit stolz zur Schau trägt, keiner Illusion sich hingeben – eben produktive Schriftsteller'."

„Ich danke für diesen Vergleich, und für die Gesellschaft, in die du mich da bringst, der du mich da gleichstellst. Auch möchte ich weit lieber eine redliche Kuh bleiben, wenn ich an das denke, was mir in den nächsten Jahren wohl bevorstehen mag. Ich merke bereits, wie sehr du der Welt der Gefühle und Affekte abhold bist, von denen du meinst, daß sie, so präzise sie immer auftreten mögen, dennoch den Tod der Verschwommenheit sterben müßten. Auch weiß ich, daß du dem Uranfange aus dem Chaos seinen Sitz immer mehr in der Vergangenheit anweisen möchtest, wie du selbst einmal gesagt hast, und – wenn es dir nur gelingen würde! – so nachdrücklich, so erfolgreich, daß an einem vorgeschrittenen Punkte die höchste und die niederste Leidenschaft, beide endlich als ein sagenhaftes Ereignis erscheinen könnten. Und du verachtest frevlerisch, was immer die Pythia, von Dämpfen benebelt, verkünden mag. Ebenso wohl auch jene mir so gesegneten Augenblicke, da die Welt sich wie aus Häuten schält, Farb' und tiefleuchtenden Glanz erhält, als sei's der Schöpfung erster Tag, da zarte Gäste in mich einkehren, vertraute Fremdlinge aus niebetretenen Provinzen meines eigenen Lebens."

„Ganz recht, so ist's, das alles verachte ich, und es gilt mir wenig! – In der heutigen Öffentlichkeit der Gestalter, Schöpfer und Schaffenden, wie sie sich selbst nennen mit wirklich göttlichen Titeln, die aus Ohnmacht ihrer Herrin, der Kirche, doch nur Freigelassenen, unter nichts als Gedichten, Dramen, Romanen, wie sie in tropischer Fülle blühen aus einer Zeit, wo das Beiläufige das Entscheidende umarmt, das Volk der erfundenen Figuren an unserer statt geführt wird an die Schlachtbank der Dezision, wo Helden also für uns leiden, wie Redner für uns reden in den Parlamenten und durchaus nicht anders ..."

In uns aber ist, noch während der Meister so den Anfang seiner „Rede über Blei" spricht, der tückische Entschluß gereift, zum effektvollen Abschlusse unseres allegorischen Disputes (denn am Ende muß doch wenigstens irgend etwas pro spectatoribus getan werden) klarbewußt einfach – kitschige Mittel in Gebrauch zu nehmen. Also wird dem Theatermeister hinter der Bühne der Auftrag erteilt, nunmehr blau-violettes Licht einzuschalten (von oben), während gleichzeitig aus geschickt und verborgen angebrachten Düsen ein feiner, aber höllisch-scharfer Geruch von Pech und Schwefel in den Zuschauerraum zerstäubt wird. Nun noch die Windmaschine in Tätigkeit gesetzt, daß es gruslig heule und pfeife! So, jetzt sind wir bereit: eine Versenkung öffnet sich, dem Meister und seinen beiden Geschöpfen gerade gegenüber, flammend-roter Höllenschein bricht aus ihr hervor, und nun steigt recht langsam, von oben blau-violett übergossen, von unten glühend beleuchtet, Elle auf Elle eine Gestalt an die Oberfläche, steigt und steigt, nimmt schier kein Ende! Lange dauert's, bis die Versenkung sich unter ihr endlich wieder schließen kann. Es blitzt fahl. Da steht er. Er ist's. Der advocatus diaboli. Nimmt sich gut aus. Das war doch einmal wirkungsvoll! Er erschien, als sei er zitiert worden.

Der brave Handwerker vom goldenen Boden tut jetzt das, was einfache Leute eben in solchen Fällen tun. Er schlägt ein Kreuz und flüstert beiseite: „Das ist ja der Gottseibeiuns in eigener Person! Weit haben wir's heute gebracht. Zugleich scheint mir's aber, irgendwie, daß ich ihn kenne!? Oh, das ist der Gefährlichsten Einer! Und welch' magisch-dämonisch-faszinatorische Beleuchtung!"

Der Meister aber, als hätte dieser merkwürdige und unheimliche Ankömmling ihm die Kräfte verdoppelt, begrüßt die Gestalt, die regungslos unterm breitrandigen Hute verharrt, mit einer schwungvollen Ansprache:

„In einer Zeit, deren Positives außerordentlich fragwürdig ist, erscheint unter den Habitués und Zwischenhändlern der geistigen Produktion dieses Volkes plötzlich ein Mensch, ein Nichtstuer mit reichen Gaben, deren jede ihren Kurs notierte und eine fette Rente trüge den Nutznießern, die sie in Schacher hätten, und hält die Hände auf den Taschen.

Nur ein außerordentlicher Respekt vor der zeitgenössischen Leistung vermöchte diesen vorsichtigen Besitzer und besten Kenner seines Vermögens zu bewegen, sich in einen Handel zu mischen, dessen schönste Erfolge nur schwer den Verlust eines gewissen Adels verschmerzen lassen, der in der kritischen Freiheit, nein zu sagen, in der schönen, ja vielleicht heiligen Möglichkeit besteht, die Unschuld seiner Feder unbefleckt ins Grab zu nehmen."

Jetzt aber kann sich der Dichter, vom ersten Schreck erholt, nicht mehr halten und platzt in zornigen Ausrufen los:

„Unschuld der Feder! Das muß ich mitanhören! Nun, jetzt weiß ich, woher der Wind weht, woher dieser ganze neunmal verfluchte Zauber kommt! Er hält die Hände auf den Taschen! Ein vorsichtiger Besitzer! Aber ein Besitzer, dessen Taschen leer sind. Ich lasse mir nichts vormachen! Und einen Solchen willst du mir zum Vorbilde setzen?!"

„Schweig!" ruft der neugestärkte Meister. „Versuche lieber, an dem Maßstabe, den ich vor deine Augen stelle, emporzuwachsen, indem du deinen Blick daran hinaufwandern läßt! Es ist Zeit für dich, denjenigen Akt zu setzen, der deine und jede Geschichte erst konstituiert, es ist Zeit den Entschluß zur Geschichte und den Abschied vom Gebiete des Mythischen zu vollziehen. Von jenem Gebiete, wo die Würde eines Halbgottes nicht leicht, aber an vielen Orten zugleich errungen werden konnte; wo die Pythia, von Dämpfen berauscht, prophetisch stammelte; wo der verzückte Sänger sich in Tiefen und Dunkel stürzte, ungeheuerliche Maße erstaunten Barbaren zu verkünden! Jetzt aber ist wahrhaft Hoffnung, am Ende auch jenem Uranfange aus dem Chaos – der in den Affekten sich in Erinnerung bringt und so zugleich mythisch und historisch ist – seinen Sitz immer mehr in der Vergangenheit anzuweisen und so nachdrücklich, so erfolgreich, daß an einem vorgeschrittenen Punkte die höchste und die niederste Leidenschaft, beide endlich als ein sagenhaftes Ereignis erscheinen können. Und somit auch das, was du deinen schöpferischen Trieb nennst!"

Jetzt entsteht eine wortlose lange Pause. Danach aber geschieht etwas Überraschendes. Zum ersten Male spricht der Dichter den Maler an, zum ersten und zugleich einzigen und letzten Male treten diese beiden ewig getrennten Personen in einen direkten Kontakt. „Mit Entsetzen", so sagt der Dichter, „erkenne ich den vor mir liegenden Weg. Du hast es verstanden, dich klug zu entziehen, und man wird dir nur hinsichtlich der Schärfe und Genauigkeit deiner Arbeit immer mehr nachspüren, und so etwa verlangen, daß jede deiner gemalten Blumen auch den Anforderungen, die für ein botanisches Lehrbuch gestellt werden können, entspreche. Jedoch, dies wird dir nicht tödlich an des Handwerks Kern gehn, und du wirst zunächst leidlich munter sein in deiner Werkstatt. Ich aber werde traurig sein in meiner Zelle. Glaube aber mir, dessen Geschäft es ja zum Teile ausmacht, die Zukunft zu deuten: nicht früher wirst auch du dich eines gesicherten, unbekümmerten und wahrhaft ungestörten Werktags erfreuen können, bis nicht der Fluch, der mich fortan belastet, zu Ende gelebt, gelöst und versöhnt ist."

Kaum hat er geendet, so versinkt unser Theater der ratio mit einem Schlage in Nacht, die chthonisch zusammenschlägt, jedwede intellektuelle Spannung aufhebend. Die Kreaturen stürzen zurück in ihren Herrn. Denn der einfallende und verweilende Strahl, unter dem unser Held während dieses ganzen Disputes stand, ist erloschen.

Der Maler Gütersloh

Den Punkt einmal erreicht, wo unsere Allegorie endete, obliegt uns nur noch die Aufgabe, die paradigmatische Wanderung beider Talente von dort bis zum heutigen Tage zu erzählen. Und zwar geschieht dies hier durch Absteckung der wichtigsten Wendungen beider Wege. Die Verbindung solcher Wendepunkte ergibt dann gleichsam je eine symbolische Umrißzeichnung, deren offene Seiten freilich dieselbe Zukunft meinen. Noch aber lebt der Gegenstand unserer Betrachtungen. Wir sind daher grundsätzlich verpflichtet, ihm einen ganzen, runden, uneingeschränkten Horizont unendlicher Möglichkeiten offenzuhalten und zuzubilligen, deren

Ergreifung, in einer oder der anderen noch ungeahnten Richtung, jederzeit unsere Vermutungen als falsch erweisen kann. Denn es sind eben Vermutungen, und nicht mehr, ebenso wie es sich beim Vorausbestimmen von Geschichte nur um Vermutungen handeln kann, die nicht einmal den Anspruch erheben dürfen, für wissenschaftlich zu gelten. Dies also bleibe Grundsatz, auch über den noch zu wagenden Versuch hinaus, wie ein Vogelschütze vorauszuzielen und die Flugrichtung anzuvisieren.

Da der Verfasser dieses Buches weder Kunsthistoriker noch Literaturwissenschaftler ist, kann es sein Geschäft nicht sein, mit mehr oder weniger esprit hinter dem dreinzureden, was ein Anderer geschaffen hat. Man wird also essayistische Auslassungen über Güterloh's Bilder und Schriften hier ganz vergebens suchen. Finden wird man nur die knappe Revue zweier Continua. [...]

Die beiden Continua sind, aus schon erörterten Gründen, getrennt aufzuzeichnen. Wer beiden Adern schon einmal ganz entlang gegangen ist – was man hier billig vom Verfasser wird fordern dürfen – der muß auch im Stande sein, gelegentliche seltsame Interferenzen zwischen deren Taktarten anzuzeigen. Es kann also geschehen, daß, unbeschadet des Grundsatzes strengster Trennung, der jeweils andere Künstler doch erwähnt wird.

Betrachten wir des Malers Continuum. Trotz seiner wenig sympathischen Haltung, die während des Gerichtsverfahrens zum Vorschein kam, wird ihm hier der Vorantritt gelassen, eben weil er jenen Prozeß zunächst eigentlich gewonnen hat. Jedoch werden wir (und, frei heraus gesagt, nicht ohne Befriedigung!) bemerken können, wie schwer und wie lange der Fluch des Dichters in der folgenden Zeit auf ihm lastete. – Im Zuge des Verfahrens hieß es einmal, des Malers Werk sei zur kritischen Zeit ein noch wenig ausgebreitetes gewesen (im Gegensatz zu dem des Dichters). Dies trifft wirklich zu. Als Aquarellist allerdings hatte er mit feinem Pinsel auf artigen kleinen Blättern, recht wie ein alter Mönch, schon ein Erkleckliches geleistet, und zwar zugestandenermaßen durchaus in der ironischen Absicht, Wichtiges en bagatelle zu behandeln. An Ölgemälden aber gab's noch wenig. Die ersten entstanden in der Pariser Zeit, nicht lange vor dem Kriege. Gütersloh hat uns, in einem kürzlich erschienenen Aufsatze, ein anmutiges Bild davon gegeben, wie dieser junge Künstler in der fremden Stadt erstmalig auf's Malen verfiel:

„Ich hielt darauf, unbeeinflußbar zu sein. Ich oder diese Stadt!

Das war mein Schlachtruf am Morgen. Der Zugereiste nahm es mit den Eingeborenen, der Provinzler mit der Metropole, der Spartaner mit den Athenern auf.

Da ich aber von innen heraus zu malen begann, wie von tiefverborgener, erlösender Blutung die Farben nehmend, konnte ich dem giltigen Reiz aller sichtbaren Dinge, gleichgiltig, welch verhaßte Ideologie er verschönte, nicht widerstehen. Wie der Statue Pygmalions, die zu Fleisch erschlaffte, war mir, oder wie nordischem Eise, das schmilzt und einer südlich krausen Traufe entsprudelt. Das Grün der Bäume, die unter mir ihre durchbrochenen Kuppeln wölbten, das Blau und Braun der Mansardendächer, welche den Triumphbogen verbargen, aber fühlen ließen, die zahllosen Kamine, die so auffällig mit dem besonderen, silbernen oder opalisierenden Himmel korrespondierten, die Staubwolken, welche an den fernen Kreuzungen der langen Straßen wie goldene Globen hin und her rollten, kurz, die Farben, die zum ersten Mal für mein Auge zu einer übernationalen, allgemeinen Sprache sich zusammenschlossen, lösten die geballte Faust des heroisch einsamen Ichs."

Das war 1911. Aus etwas späterer Zeit (1914) stammt das „Bildnis E. G.". Damit war er beim durchgeführten Porträt angelangt. Die Kriegszeit unterbrach des Malers Tätigkeit fast völlig, während der Dichter, wie wir noch sehen werden, durch die Soldatenbluse nicht behindert werden konnte. – Es kam die Nachkriegszeit und mit ihr – der Prozeß.

Nach diesem Verfahren hat der Maler zweifelsohne einen Aufschwung genommen. Ein zweites Selbstporträt entstand (1919; ein erstes, aus dem Kriege, ist verloren) und aus dem folgenden Jahre muß dreier Stilleben Erwähnung getan werden (eines mit dem Ball, dann jenes mit dem Papagei und endlich das dritte, mit der Geige). Die letzten Arbeiten zeigen den Maler handwerklich bereits sehr gefestigt. Keine von ihnen aber will eigentlich ein „Bild" sein. Sie sind beschreibend und analytisch, sogar sehr präzise. Aber einer eigentlichen Komposition mußte der Maler seit dem Prozesse ausweichen.

Zu jener Zeit erklomm der Dichter den ersten steilen Anstieg seines Leidensweges. „Die Rede über Blei" entstand. Die Stauung, unter der die eine Ader jetzt schmerzhaft pochte, drückte zurück bis hinter den Punkt der Gabelung, und nun wurde des Dichters Fluch zur Wirklichkeit. Der Maler verlor – ein bezeichnendes

Ressentiment! – die Gunst seines Herrn. Ja, während der Dichter sich auf den Höhepunkt seiner Abstraktionen hinaufmühte, machte sich eine immer schwerer überwindliche Abneigung gegen das Malen bemerkbar. Der Humor des Lebens aber wollte es, daß gerade damals, im Jahre 1923, ein Auftrag von außen zum bewußten Anstreben ausgesprochener Bildwirkung, also zur, seit dem Prozesse, so verpönten Komposition zwang. So entstand der Entwurf zum Franziscus-Gobelin. Diese Zeit hat ansonst dem Maler verhältnismäßig wenig Ertrag gebracht. Außer seinen gewohnten Aquarellen, die er nie aufgegeben hat, illustrierte er damals noch des Dichters Legende „Kain und Abel". Seltsam, diese Beiden einmal zusammen arbeiten zu sehen! Ein solcher Fall steht denn auch ganz vereinzelt da.

Inzwischen hatte der Dichter die Kimmung seines Weges hinter sich gebracht und blickte schon, in einer vorübergehenden Erschöpfung voll Herbstklarheit und Glück, in die neu aufgetane Landschaft seiner weiteren und erweiterten Zukunft. Der Maler aber konnte damals seinen bisherigen Arbeiten doch noch einiges anfügen, so etwa die „Bucht von Portorose" und das „Stilleben mit dem gelben Fächer".

Dann aber trat ein völliges Schweigen, trat eine Pause ein. Sie war in ihrer Art so sinnbildlich, so bedeutungsvoll wie jene, die am Schlusse des Prozeßverfahrens damals entstanden ist, bevor der Dichter seine Prophezeiung aussprach.

Wie an einem Vorfrühlingsmorgen ein irgendwo unter dem Dachvorsprunge noch geschützt verbliebenes Eisgebilde beim Aufrücken der Sonne und Tageswärme erst Geklimper von Tropfen, dann Geraschel, schließlich Gepolter und richtigen Lärm erzeugen kann – so begann hier, nach lange währender Stille, in der einen Ader die befreite Bewegung und schwoll unversehens zu größter Stärke an. Jedoch es war kein Stoß, der wieder abklingt. Es war ein Ergebnis. Es blieb in der Dauer. – Den Wendepunkt bezeichnet recht gut das Porträt „A. H." (Frühling 1927). Von da ab begann die malerische Produktion in größter Fülle und Breite zu fließen, so daß aus diesen letzten Jahren ein Vielfaches von dem vorliegt, was in allen früheren zusammengenommen entstand. [...] Ungehindert bricht allenthalben der Wille zum eigentlichen Bild jetzt durch. Die strenge Pflicht der Deskription gegenüber der sichtbaren Schöpfung restlos erfüllend, gelangt am Ende der Künstler doch immer zu klingender Form. Unter solcher

Gnade steht er. Also gibt er uns sein „Bild". Darin finden wir der Wirklichkeit genug getan, und doch ihr Kontradiktorisches versöhnt.

Die Große und Kleine Geschichte

Diesem Abschnitte, dessen Aufgabe es ist, das Continuum des Dichters Gütersloh aufzuzeichnen, geben wir den Titel nach jenem schon mehrmals angeführten Werke, so etwa, wie man einen Weg nach seinem Ziele benennen kann. Über dieses Ziel ist der Dichter zwar heute längst hinausgeschritten, in die gegenwärtige Richtung seiner paradigmatischen Wanderschaft. Jedoch, ihm nachzublicken, ja möglicherweise die noch vorausliegende Wegstrecke vermutungsweise ihrer Beschaffenheit nach abzuschätzen, wird nur von jener Erhöhung aus möglich sein, die er selbst vor nunmehr sieben Jahren erreichte.

Auch wir müssen also dahin finden und eine möglichst geschlossene Kurve zu gewinnen trachten, die notwendigerweise von den ersten Anfängen, noch vor dem Prozesse, ausgeht. Da ergibt sich denn das überraschende Bild eines reichen und vielgestaltigen Werks schon vor jener kritischen Zeit.

Die „Tanzende Törin" (entstanden 1909) bildete wenige Jahre nach ihrem Erscheinen vom Dichter aus gesehen kein Stück seines Continuums mehr, sondern den Anfangsnebel, aus dem es erst hervortrat, und war nicht nur Geschichte, vielmehr längst Vorgeschichte oder Urgeschichte geworden. Das Werk wurde nicht mit Unrecht als eine volle Antizipation des ganzen später aufgetretenen und in die Breite geratenen „Expressionismus" angesehen. Nur geriet dieser eben bei Gütersloh nicht in die Breite und in's Sterben, da der Dichter zu jener Expressionistenzeit längst schon andere Gestade bewandelte.

Es folgte 1913 „Die Vision vom Alten und vom Neuen". Wir geben hier den Anfang der Erzählung wieder:

„Es war der Sommer, da ich fünfzehn Jahre alt geworden war. Ich lebte auf dem Landgute meiner Eltern, unweit des Fleckens P . . ., wo ich Kameraden hatte schon von Kind auf und nun auch aus dem Internate. Nach dem sonntäglichen Amte wandelten wir höhere Schüler sehr würdig unter allerlei Volk auf der einzigen wirklichen Straße des Marktes hin und her, deren städtisches Aussehen uns seltsam beruhigte und stärkte, vielleicht, weil es uns wider die umgebende Natur und gegen einen bloßen Lebensablauf gleich dem der Bauern und Bäuerinnen da, die noch unsere Großväter waren, eine Karriere versprach und ganz in der Ferne Paris."

Der Satz schließt mit einem kleinen, lustigen Schnörkel, der sich spielerisch überschlägt: „... und ganz in der Ferne Paris." Das gehört schon in's laufende Continuum, denn es ist ein bezeichnender Zug in der Physiognomie des jungen Gütersloh. Im übrigen war mit der „Vision" bereits der Boden des Allegorischen betreten. Wir sagten früher, daß dieses Element der Güterloh'schen Atmosphäre überhaupt nahe sei. Dies gilt auch noch über den Prozeß hinaus und bis zur „Großen und kleinen Geschichte", deren Untertitel ja lautet: „Eine Lebensbeschreibung quasi un' allegoria". – Hierher gehört denn auch: „Innozenz oder Sinn und Fluch der Unschuld", entstanden 1914.

Das Buch ist ein allegorisch-phantastischer Roman, jenseits aller Psychologie; und zugleich – dies aber macht das Werk so merkwürdig! – durchaus innerhalb der Grenzen einer auf's höchste gesteigerten anschaulichen und genauen Deskription der äußeren Welt. So etwa bei der Darstellung einer vereitelten Hinrichtung:

„‚Öffnet das Tor des Turmes und bringet den armen Sünder!' Der um das Hochgericht versammelte Mensch tat tausend Schritte nach vorne. In diese Aufwallung traten die gepanzerten Brüste der Soldaten, käferhaft krachend. Kein zweiter Atemzug geschah.

Bedächtig stieg ein Mönch, der einen mächtigen Schlüssel trug, nieder die enge, wackelige Stiege des Blutgerüstes. Unten angelangt, winkte er zweien, schon bereiten Reihen der Scharwache, ihm zu folgen. In den Augen, die dem Mönche nachsahen, vergrößerten sich die Pflastersteine, die unter seinen Sandalen zerwichen, und jedes Haar seiner nackten, eckigen Beine wurde deutlicher und schwärzer geringelt. Das Aufschließen des Tores knarrte kalt über den ganzen Platz, und der Scharwache regelmäßiges Traben auf den Fliesen des unsichtbaren Ganges, der schwarz in die Öffentlichkeit gähnte, hörte man noch sehr lange. Jetzt, unter dem Drucke der großen Stille und der ausgedehnten Unbeweglichkeit der Richter und des Volkes bäumten sich die Pferde einiger Befehlshaber, entfiel dem einen und dem anderen ihrer Leute der Degen und rasselte, begleitet von der Schamröte des ihm nachhaschenden Besitzers, tief hinein in die glaszarte Verletzlichkeit gespannter Gerechtigkeit, meuterten Kinder gegen die Arme ihrer Trägerinnen und schrieen in der Farbe eines dünnen, sehr schmerzhaften Risses. Da, plötzlich, traf ein Schlag die Menge, die Soldaten und die Richter. Jäh in die Höhe ruckte das Blutgerüst. Von Knöchel zu Knöchel sprang im Gedränge der Funke, und, wie Gras im Winde einig sich beugt, bogen sich alle zum Turme, der selbst jetzt ein Hals war, der sich reckte, und erfaßten rasch den Mönch, der, atemlos in das Freie stürzend, wallender Kutte, ausgerenkt schlagender Arme und erhitzten Gesichtes über den Platz lief, dessen Steine winzig nun, nebensächlich, ja unsichtbar waren. Männergeschrei, verstärkt durch moderige Wölbung, scholl dem Ausfahrenden nach, und mit aufgehetzten Hahnenschritten, in der Umkehrung ihres Marsches, mühsam nur die Ordnung des Gleichmaßes bewahrend, übersetzte die dem Turme wieder enteilende Scharwache den leeren Raum, den der, das Blutgerüste schon anhüpfende, schnellere Mönch hinter sich ließ.

‚Er ist geflohen', wurde irgendwo gesagt." –

Im folgenden Jahre, 1915, mitten im Kriege, wurde „Der Lügner unter Bürgern" vollendet, der schon 1913 begonnen war. Nun wird es Zeit, dem Leser einen weiteren, wenn auch nicht gerade wesentlichen oder unentbehrlichen Schlüssel zur Geschichte unseres Dichters an die Hand zu geben.

Gütersloh schreibt in einem Briefe: „Ich bin im Jahre siebenundachtzig zu Wien als Sohn einfacher, mir aber höchst bedeutender Leute geboren. Im besten und edelsten Maße typisch für den kleinbürgerlichen, mir so liebenswerten ‚Nachsommer' Österreichs der franzisco-josefinischen Epoche, lehrten sie mich durch ihr einfaches Dasein die Fundamente und Requisiten des naturalistischen Romans, wie ich ihn schreiben will, kennen. Väterlicherseits aus dem Waldviertel, von der Mutter her aus dem flachen Oberösterreich stammend, einer großen Familie von Bauern, Handwerkern, Geistlichen und Offizieren zugehörend, wollte ich ursprünglich meines Vaters verfehlten Beruf, den priesterlichen, ergreifen, verfehlte ihn aber gleich ihm. Damit, durch die falsche Stellung zur Welt, der ich verfallen, bei durchaus sazerdotaler Verfassung, aber ohne Gnade, hatte ich meine und meiner Bücher Urprobleme ein für alle Male aufgeregt. Gleichgültig, welche Wege ich ging, bis ich zum ersten Schreiben (und Malen) kam: in der Welt lebend, konnte die sazerdotale Verfassung nur immer in der Opposition sein. Es mußte also zu einer Äußerung gegen die Welt kommen, und immer dort, wo sie in der Hypokrisie steht.

Das konnte 1909 etwa, mit den ersten Gedichten und der ‚Törin', gegen den ungeistigen Naturalismus zur unbewußten Mitschöpfung des sogenannten Expressionismus führen, 1913, inmitten des blühendsten Kraftboldtums, zur klassisch-realistischen Deskription eines ‚naturalistischen' Vorganges – ‚Der Lügner unter Bürgern'."

Wir geben nun eine Probe. Diesmal ist's keine vereitelte Hinrichtung, sondern ein Bruchteil aus dem Verlaufe einer am Ende doch nicht zu Stande gekommenen Verlobung.

„Und Rosette war schon Braut. Sie stand fest, aber innerlich locker da. Irgend eine Beherrschung hatte keinen Sinn mehr. Ein Zwang, der einem Mieder glich, öffnete sich vorne und erleichterte sie rundherum. Die neuen straffen Strumpfbänder gaben genau die Grenze an, bis zu welcher sie sich bekleidet fühlte. Ihr übriger Körper war satt jeder Hülle, hatte an ihr jäh sich übergessen. Und hatte sie ehedem wie Einer, der nichts tut, vom fallweisen Anblick seiner Begabungen beschuldigt wird, des Wogens ihrer Brüste sich geschämt, so gefiel ihr jetzt die Übertreibung, die dem Atmen des Weibes die Natur antut.

Sie hatte so sehr ihrer Mutter sich anvertraut, daß das Blut, das jetzt ihr Gesicht tief rötete, nicht wie sonst schmerzte und die Vorstellung mit sich brachte, es entblöße Heimliches. Plötzlich verband sie mit der Schamröte nicht mehr das Gefühl der Scham. Sie fühlte sich frei. Eine lebensgroße Empfindung ihrer selbst flog sie an und nahm prüfend einen Abdruck ihres Körpers."

Die Zeit vor dem Prozeß brachte überdies, neben dem Epos „Prokop" und einer im Jahre 1914 begonnenen und bis auf den heutigen Tag fortlaufenden Spruchsammlung – „Worte Kirills" – noch ein Werk hervor, dessen Titel allein schon ominös ist: „Der Rausch der Abstracta", ein Roman, entstanden 1912–1915.

Damit befinden wir uns denn, dem Geiste, wenn auch noch nicht der Zeit nach, in der gefährlichen Zone. In welchem merkwürdigen Zustande der Dichter diese, nach dem Prozeß, verließ, zeigt am besten eine Probe aus „Die Rede über Blei":

„Der Überwinder ist klein, wenn er die Magie der Schlange, wenn er den bösen Blick wider alles, was besteht, gegen eine Person oder ein Werk oder gegen eine einzige Epoche richtet. Was er da an der Zielrichtung verliert, an der Universalität seines alles zum Tode umfassenden Blicks – eines Auges von der Kälte und Klarheit Wassers in Granit – das gewinnt er an Ruchlosigkeit. Denn nichts verwandelt sich schneller in alle Laster, in alle bösen und faulen Freiheiten, in alle Verbrechen sogar, als die Kraft und Gabe der Überwindung, die nicht in heiliger und strenger Form gehalten wird. Nichts ist fürchterlicher als ein Asket und Mönch, der aufgehört hat, in Kontemplation und Gebet mit der Geduld eines Mäusleins an der Wurzel dieses Daseins zu nagen, und in der Figur eines Löwen wider die Welt seinen zarten Zwinger verläßt. Den süßen Geschmack des Nichtseins im Munde, wird diesem Löwen nach Blut das Maul wässern. Und den Strick seiner Lenden wird dieser Mönch um unsere Hälse werfen."

Man muß anerkennen, daß sich der Dichter seinen neuen und seltsamen Aufgaben gewachsen zeigte. Er betrieb diese Bekämpfung seiner selbst – und das ist „Die Rede über Blei" zum Teile! – mit edlem Anstand. Gleichwohl, man spürt noch die Mühe des steilen Anstieges, man spürt's noch, daß es ein Leidensweg ist.

Dieser führte zunächst auf eine Art Hochplateau. Soll man es für einen Versuch des Dichters nehmen, zu entkommen, daß er sich plötzlich in die dramatische Form warf? („Täubchen", Schauspiel, 1921). Mag das nun gewesen sein wie immer – die Elemente seiner Kurve blieben unveränderlich. Das Jahr dreiundzwanzig kam herauf und mit ihm der Höhepunkt seiner Abstraktionen.

Zunächst setzte die Arbeit an der „Apologie des Centauren" ein. Das ist ein Essay-Roman, der bis auf den heutigen Tag fortgesetzt wird und den Untertitel hat: „Szenen aus einem Schriftstellerleben". Also – neben den „Worten Kirills" – eine zweite bis heute durchlaufende Arbeit. Sie stand, ebenso wie ursprünglich die Legende „Kain und Abel", zunächst in einem engeren Zusammenhange mit der „Rede". Im Februar dieses Jahres aber begann Gütersloh, in einer Zelle des Sommerklosters der Salvatorianer, das zu Frascati, 45 Kilometer von Rom, in einem Seitentrakte der Villa Aldobrandini untergebracht ist, mit der Niederschrift der „Großen und Kleinen Geschichte".

Hier also entstand, in den Monaten Februar bis Juli, diese „Lebensbeschreibung quasi un' allegoria"[1]. [. . .]

Der Blick des Dichters, wenn er von den kalt fortlaufenden Zeilen seiner grazilen Handschrift sich erhob, konnte zur Villa Falconieri hinüberlangen, und am Horizont dieser glitzernden

[1] Es handelt sich um Güterslohs unter dem irreführenden Titel „Bekenntnisse eines modernen Malers" 1926 in Wien erschienene Schrift. (Anm. des Herausgebers.)

Erhebung seines Lebens ruhten bei klarem Wetter die Umrisse der ewigen Stadt, ruhte die ewige Kuppel. Im Frühlinge entstand das Werk. Was sich aber damals in seinem Schöpfer begab, jenes einzigartige, nimmerwiederkehrende Spiel von Gedanken und Bildern, das hatte schon einen gegen das Ende sich neigenden Lebensabschnitt in sich und bedeutete ihn unverkennbar, das war schon einer jener Herbste, wie sie den grundstürzenden Wandlungen eines Künstlers vorangehen, klare, hellhörige Herbste, da jedes blinkende Ding aus der Stube in die Ferne strebt.

„Meine Große und Kleine Geschichte. Eine Lebensbeschreibung quasi un' allegoria." Das ist die Gütersloh'sche summa summarum, und nicht, wie man heute noch oft hören kann, die „Rede". Das war der Punkt, wo er sich selbst einholte, wo er den beiden schon weit vorgestürmten Künstlern das Amt erst klarbewußt und somit rechtens zuteilen konnte. Dieses Buch ist wohl alles Erdenkliche zugleich. Einmal ein speculum unserer Zeit. Dann aber auch, durch das gründliche Erfassen des Begriffes von Geschichte schlechthin, der Spiegel einer jeden. Zugleich die Durchführung einer völlig neuen Art sowohl der Selbstbiographie, als auch der Geschichtsschreibung. Ja, fast ein speculum universale überhaupt.

Der Dichter, dem Ladungen und immer neue Ladungen der ratio zugeführt worden waren, hatte nun auch die letzte assimiliert, überwunden, und somit auch in seine Sprache restlos aufgelöst. Diese ist fähig geworden, solchen Stoff erklingen zu machen, als wär's ein Saitenspiel. Daß Einer zerlegungsweise so sprechen könne, daß ihm jede zerlegte Einzelheit wiederum zur Gestalt erwächst – das ist eine Unglaublichkeit, die man erst nach Lesung dieses Werks für wahr halten kann. Freilich, hier helfen uns Proben wenig. Nur um des Sprachlichen willen sei eine gegeben. Es ist – man denke zurück an den Prozeß! – die endlich gewonnene Definition des Künstlers:

„Denn gerade von ihm, dem aus größter Zeitentiefe Kommenden und über die Lerchenzone hinaus Verschwindenden, von diesem merkwürdigsten Rekapitulanten mit der größten Spannweite zwischen Herkunft und Entwerden, wird verlangt, daß er – solange er die Welt noch nicht aus seinem Vogelauge verliert und betend von der Ätherschwelle stürzt – daß er mit seinem kurzfristigen Menschendasein darstelle und vorstelle, wie Adel entsteht.

Damit habe ich die Funktion seines Standes bestimmt, worüber man immer mit feierlichen, nie mit genauen Worten redet. Daß Malereien oder Verse für die prometheische Invention des Erfinderadels, für die politische Tat des Schwertadels, für den späteren Raffakt des Geldadels stehen, weist in subtiler Weise eben auf dieses bloß Beispielmäßige der Erscheinung eines Künstlers hin, die in vorbildlicher Art nur die Rolle frisch entstandenen, noch nicht vererbten, geschwächten Adels zu spielen, nicht in wirklichem Adel zu versinken hat.

Wie man Schülern einen gefährlichen Versuch in seinen mathematischen Formeln demonstriert, die in fantasiebegabten auch die Pointe der Explosion hervorbringen, so macht es Natur mit dem Künstler. Sie nimmt das niemals unmittelbar schädliche oder unmittelbar nützliche Werk des Genius, diesen Formelschatz für alles Gefährliche und Wohltätige, zum Stoffe, worin sie nun als einen Kämpfenden, aus der Ungestalt und Vielzahl heraustretenden, den Künstler hin und her bewegt, auf seine Intensität in diesem Scheingefechte, auf die Anmut seiner Glieder noch im leidenschaftlichsten Ringen achtend, gleichwie auf die bewahrte Reinheit mathematischer Zeichnung. Denn hier soll für die anschauende Seele, für jenes seltene Auge, das des Lebens Gewirre vergrößert vor sich liegen sehen möchte, ein Unterricht im Zustandekommen von Geschichte mit seltener Lebendigkeit erteilt werden. Und schließlich enthält der Fall des Zustandekommens von Adel alle anderen Fälle, welche von hier aus erst als Abfälle oder Überwindungen oder als Indolenzen von masseschaffender trauriger Fruchtbarkeit sich charakterisieren. Er enthält auch den einzigen Bericht über jede erste Geschichte. Kurz: Die Geschichte des Adels ist die Geschichte selbst. Oder: Die Selbsterkenntnis des Künstlers ist schöpferische Bildung."

Danach aber wurden noch, wie Torpfeiler, zwischen die hindurch man in ein neues Blickgebiet tritt, zwei weitere Male aufgerichtet: „Die Rede über Amt und Würde des Dichters" und „Die Rede über den Künstler". Diese zweite ist, nicht lange danach, bei einem der sogenannten offiziellen Anlässe, von Gütersloh persönlich gehalten worden. Der Verfasser hier nimmt's als ein Sinnbild.

Nach diesen letzten und höchsten Folgerungen aus dem einst geführten Prozesse aber trat ein völliges Schweigen, trat eine Pause ein. Sie war in ihrer Art so sinnbildlich, so bedeutungsvoll wie jene, die am Schlusse des Prozeßverfahrens damals entstanden ist, bevor der Dichter seine Prophezeiung aussprach.

Wir haben schon erzählt, wie in der einen Ader die befreite Bewegung als ein in der Dauer bleibendes Ergebnis einsetzte. Erst im Jahre 1928, also nach fast dreijährigem Schweigen, wurde ein solches beim Dichter sichtbar. Jedoch auch hier mit der gleichen Kraft und Plötzlichkeit. Wie über Nacht sind die breitesten erzählerischen Massen in Fluß gekommen. Ein Roman wird entworfen, sofort durchgeführt, wächst Ring auf Ring und steht vor dem Erscheinen. Zugleich geht daneben ein wahrer Splitterregen jener kleinen Erzählungen nieder, die man heute „Kurzgeschichten" nennt. Es ist bezeichnend, daß der Dichter diese so rein erzählende, und gar nicht reflektierende, technisch überaus heikle Gattung ergreift, um sie immer auf's neue zu meistern. Woher aber, bei so strömender Fruchtbarkeit beider Adern, hiezu eigentlich noch die Zeit genommen wird, das bleibt auch dem Biographen dunkel.

Mit diesem Ausklang ist, nach der bereits erfolgten Rekonstruktion, vielleicht auch jene Revision unseres Prozesses schon vollzogen, die wir früher einmal in Aussicht gestellt haben. Daß beide Künstler letzten Endes als Sieger aus ihm hervorgegangen sind, steht jetzt wohl außer Zweifel. Ist das Verfahren damit aber etwa annulliert? Doch nicht! Denn sie waren Andere beim Betreten, Andere beim Verlassen dieses Gerichts.

Wir sagten früher einmal, die Duplizität der Begabungen sei bei Gütersloh eine Mithelferin zur Katastrophe auf der einen Seite geworden, nämlich auf der dichterischen. Wir sahen das später im tückischen Verhalten des Malers während des Prozesses versinnbildlicht. Ohne Ressentiment und sozusagen rein linear gesehen, stellt sich der Verlauf zusammengefaßt etwa so dar:

Ursprünglich schlugen, nach ihrer Gabelung, die beiden Adern, nur ihrer Natur folgend, nicht aber dezidiert, ihre eigenen Wege ein. Der Prozeß jedoch trieb sie weit auseinander, jede bis zu ihrer äußersten Grenze, und bis zur äußersten möglichen Spannung zwischen ihnen. Sie bewegten sich mit größter Dezision zu den Grenzen ihrer Begriffe hin. Diese erreicht, und nachdem sie sich gleichsam selbst eingeholt hatten, jede ihre spezifische Physiognomie als konsekriertes Amt empfangend, trat ein Nachlassen der Spannung zwischen ihnen ein, das aber nun, nach vollzogener bindender Definition beider Teile, gestattet werden konnte.

Wir glauben jedoch nicht – wenn nun am Ende noch der Versuch gewagt werden soll, vorauszuzielen – daß dieses Nachlassen der Spannung ein Hervortreten völlig neuer Bahnelemente bedeutet, so etwa, daß nun eine continuierlich bis zu einem Maximum fortschreitende Annäherung für die nächste Zukunft zu erwarten wäre. Vielmehr erblicken wir in diesem nunmehrigen Zurückweichen beider Adern von den äußersten Grenzen ihrer Polarität nur eine Reaktion auf's Vorhergegangene. Das Gleichgewicht aber, in das jetzt beide Talente gefallen sind, halten wir für ein constantes, und somit auch die Spannung zwischen ihnen für eine gleichbleibende.

Beide haben sich gestaltweiser Arbeit zugewandt, und allein das wirkt schon zwischen ihnen eine Analogie, ja Harmonie. Ihr natürliches Auf- und Absteigen wird wohl bemerkenswerte Interferenzen nicht mehr entstehen lassen.

Was wir jedoch erwarten, ist Breite: die ringweis vorschreitende völlige Eroberung der Außenwelt, epische Aufgaben etwa für den Dichter, und für den Maler auch größere, monumentale und dekorative Wirkungskreise. Alle unsere Prognosen aber stellen wir noch einmal ausdrücklich unter die am Beginne des vorigen Abschnittes betonte Einschränkung.

Traktat vom organischen Vergessen

Die folgende Betrachtung knüpft glossierend an zwei Stellen aus der „Großen und Kleinen Geschichte“ an, will also nicht mehr sein, als gleichsam ein dort an den Rand des Buches Geschriebenes.

„Große und Kleine Geschichte“, § 2, pag. 37: „Hier ist der Ort zu fragen, was denn ‚Sünde‘ sei? Wenn der Kater der Kätzin, der Jüngling dem Mädchen nachstellt – dies alles von hoch oben gesehen – der Geizhals über Wucherplänen hungernd brütet, der Mörder an seiner Türe lauert, Gift für diesen Mörder von eifersüchtiger Hand bereits in seinen Becher fällt: ist das Sünde? Von welchen göttlichen Aufgaben wird es durch solche selbstgestellte Aufgaben abgebracht, dieses millionenmal zu oft vorhandene Volk? Wozu, gesetzt, sie sündigte nicht mehr, wird sie frei, die misera plebs? Da mag man erkennen, daß erst vom Heiligen aus die Sünde ein diskussionswürdiges Substrat erhält. Daß die Sünden ebenso natürliche und an sich noch nicht verwerfliche Ausscheidungen, Begleitphänomene eines materiellen Lebens sind wie die Tugenden organische Bildungen eines spirituellen Verhaltens."

Ebenda, § 2, pag. 39: „Man opfert so, wenn man ein spirituelles Leben lebt, ein frühes Stadium seiner wie jeder Geschichte. Man blickt, gehorsam dem Befehl Gottes für Loth, nicht zurück und lernt und übt: organisches Vergessen".

Was ist „organisches Vergessen"?

Rational: eine der Wirkungsarten und Erscheinungsformen der Gnade.

Psychologisch: Schwächung und Aufhebung von Bahnungen infolge eintretenden Vorwiegens anderer.

Rational, im Einzelnen: der Entschluß zum spirituellen Leben (Dezision) ist ein bejahender, nicht ein verneinender Akt. Bejaht und dezidiert erwählt wird mit diesem Akte lediglich die via spiritualis. Nicht aber werden die „Tugenden" als Ziel gesetzt. Nicht aber werden die „Sünden" verneint. Beiden kommt keine Eigenbedeutung zu. Sie sind lediglich Derivate. Und zwar die „Tugenden" Derivate des spirituellen, die „Sünden" Derivate des materiellen Lebens. Eine erstrangige Eigenbedeutung fehlt ihnen ebenso wie den Werken des Talentes. (Von jedem Hinblick auf Soziales sieht dieser disziplinäre Traktat ab.) – Maximalfall der Dezision: volle Kehrt-Wendung zum Spirituellen. Begnadungsform: die Überzeugung wird restlos zur Eigenschaft. „Tugenden" und „Sünden" werden zu unanschaulichen, nicht mehr erfaßbaren Vorstellungen. Eigene „gute Werke" können als solche nicht mehr empfunden und gewußt werden. Sie erfließen automatisch aus ihrem rationalen Ursprung. Sie sind daher kategorisch verschieden von jeder vortrefflichen Handlungsweise, die einem edlen Charakter entspringt. Der empirische Charakter des „Heiligen" (von ihm sprechen wir hier!) ist irrelevant, da er im Stadium der Dezision untergegangen ist. Die „Tugenden" des Heiligen sind, als bloße Symptome seines Zustandes, auch ohne jede Menschenliebe denkbar. Ebensowenig wie „Tugenden" und „Sünden" kennt der Heilige an sich selbst die „Versuchung". Diese kann von ihm nur vor der Dezision erlebt werden. Nach der Dezision und in der neuen qualitas, in die er somit übertritt, wird sie ihm unzugänglich (über die Beunruhigung, die für ihn aus dieser Unzugänglichkeit entsteht, siehe „Große und Kleine Geschichte" § 2, Seite 37; über die rationale Herkunft der Talente, als Analogon zu jener der Tugenden, siehe ebenda § 12, Seite 101 ff). Der beschriebene Zustand des Heiligen nach der Dezision stellt nun den Maximalfall des organischen Vergessens überhaupt dar, das formal reinste Beispiel organischen Vergessens. Paradox könnte dem oder jenem erscheinen, daß der Heilige keine Versuchung kenne: worin bestünde dann sein Verdienst? Erstens gibt es in der Kategorie, unter welche der Heilige fällt, überhaupt kein Verdienst mehr. Zweitens ist die Frage unter Voraussetzung einer Eigenbedeutung der Tugenden (also auch der „Überwindungen") gestellt. Sie beruht demnach auf einem Denkfehler. Dieser Denkfehler geht allerdings auf eine sehr richtige Ahnung zurück, die nur bei ihrer Umsetzung in eine Denkoperation entgleist ist. Jene richtige Ahnung, die hier zu Grunde liegt, weiß davon, daß einen so sehr auf's Ganze abzielenden Aktus, wie die Dezision, nur ein Individuum in's Auge zu fassen befähigt ist, daß den vollen Umkreis des Menschlichen im Großen und Ganzen giltig umfaßt. Also ein in allen Teilen durchbluteter Mensch, der sozusagen im Besitze der ganzen Klaviatur sich befindet. Einem Historiker würde es sehr leicht fallen, nachzuweisen, daß alle überragend Großen unter den Heiligen des frühen und hohen Mittelalters durchaus vitale, ja überaus lebensstarke Typen waren. Von Franciscus Seraphicus hieß es, als er frühe im Geschäft seines Vaters, eines reichen Kaufherren, tätig zu werden begann, er sei „noch frecher als sein Vater". Und die recht kriegerische Jugend dieses selben Heiligen – der in sehr jungen Jahren schon zur Dezision durchbrach (24. Februar 1209) – ist bekannt genug. Darum also, aus einer an sich richtigen biologischen oder biographischen Anschauung heraus, wollen jene den Heiligen – diese höchste Form des ganzen, alles in sich befassenden Menschen – der Versuchung und der Möglichkeit zur Sünde nicht beraubt wissen. Und so halten sie diese, verkehrterweise, für constituierende Teile seiner Verfassung auch nach der Dezision. Jedoch da löst sich der Vollendete vom Bemühten, an einem sehr geheimnisvollen Wendepunkt, der zugleich der Grenzstein zweier Reiche ist. Wir aber mögen jetzt, an dem extremen, reinen Schulfall organischen Vergessens, wie wir ihn am Beispiele des Heiligen beobachten konnten, als Wichtigstes erkennen: daß vom Menschen nicht verlangt wird, er möge, der „Sünde" und „Versuchung" fasziniert in's schillernde Auge starrend, mit Anspannung seiner äußersten Willenskraft Enthaltung üben, um im ersten unachtsamen Augenblicke entweder von der „Versuchung" verschlungen zu werden, oder – ein weit größeres Übel! – von seiner eigenen Hoffart, ob solcher gelungenen Askese, „die unaufhörlich sittliche Toilette macht" (Gütersloh). Vielmehr wissen wir jetzt, daß (im Grunde) keinerlei „Nein" und keinerlei Absage erfordert wird, und keinerlei verbitternder, lebensfeindlicher und obendrein säuerlich-verlogener Verzicht. Sondern das rationale Wissen vom spirituellen Wege wird erfordert und dessen klarbewußte Ergreifung. Kommt es nur zu dieser, kommt es nur zu diesem „Ja" – oft nach den ersten Schritten schon wächst Einem da ein Gnadengeschenk organischen Vergessens zu und zerschneidet die Spannung zwischen ihm und allerlei Übeln, mit denen er bisher wie durch elastische Bänder verbunden war, die wohl ein gewisses Sich-Entfernen gestattet haben, um ihn aber dann um so schärfer zurückschnellen zu lassen. Wir aber erkennen jetzt in diesem Gnadenmittel des organischen Vergessens eine der wichtigsten Voraussetzungen menschlicher Entwicklung (und Entwicklung bedeutet immer Verwandlung und nicht Amputation an der Seele), ja vielleicht deren Ermöglichung überhaupt.

Psychologisch, im Einzelnen: Wir erwählen als Ausgangspunkt ein Individuum, dem von seinem gnadenweise eingeborenen Wissen um den spirituellen Weg in seinem gegenwärtigen und hier betrachteten Zustande nur eine ganz unanschauliche Vorstellung, eine dürre Norm verblieben ist. Das seelische Feld erscheint völlig von anderen Bahnungen beherrscht. Nun nehmen wir an, daß der innere Blick unseres Menschen hier auf die erwähnte Norm fällt, sei es auch nur durch die aus seinen Verstrickungen sich ergebende Unlust dorthin gelenkt. Die Norm wird dadurch um nichts lebendiger. Behält unser Mensch sie aber starr im noch trostlosen Auge, denjenigen Tätigkeiten sich zuwendend, die hier von Vorteil sind (Gebet, Arbeit), so befindet er sich bereits innerhalb der Möglichkeit, durch organisches Vergessen (und das heißt zugleich immer Anschaulich-Werden der Norm!) begnadet zu werden. Es besteht jedoch in dieser ersten und untersten Ausgangs-Stellung, die doch allemal mit einem gewissen „Sich-Losreißen" erreicht werden muß, die Gefahr, daß unser Individuum vom Betrachten und Bejahen des spirituellen Weges abkommt zu einem Verneinen seiner zeitlichen Übel, das sich in heroischer Überwindungsabsicht geradewegs gegen die eigenen „Sünden" richtet: jetzt wird etwa bewußte Enthaltung geübt und man sitzt ihnen feindselig gegenüber, jedoch von ihnen fasziniert und von dieser Spannung völlig eingenommen – ein Vacuum, da das positive, bejahende Moment fehlt. Bleibt es aber bei der richtigen, bejahenden Grundeinstellung, ja beginnt vielleicht das organische Vergessen schon zart anzusetzen und vorzuschreiten – so zeigt sich in dieser zweiten Gefechts-Stellung eine neue, für sie spezifische Gefahr. Es entsteht eine Illusion von Stärke, da der Mensch diesen leichten, ersten Eindrang des Gnadenmittels als Qualität seines eigenen empirischen Charakters deutet. Dazu tritt: Befriedigung, „gutes Gewissen“, ja Anspruch auf Erholung und Entspannung. Kann der Mensch in dieser Lage sein inneres Auge nicht sofort wieder in die Richtung der unendlichen Aufgabe lenken, deren sternweite Perspektive jedweder Befriedigung, jedem guten Gewissen, allen Gefühlen der Sicherheit und Ansprüchen auf „Belohnung“ (Entspannung) ein Ende machen würde, so fällt sein Blick alsbald auf die früheren Bahnungen, die ja neun Zehntel der seelischen Landschaft noch einnehmen. Sofort ist ein fruchtloses Spannungsverhältnis wieder gegeben. Angesichts dieses neuen Vacuums bleibt nur zu wünschen, daß die alten Faszinationen baldmöglichst siegen mögen, damit wenigstens wieder von vorne begonnen werden könne. Ob ganz von vorne, ist jedoch fraglich. Den Nachgeschmack der genossenen Begnadung doch noch im Munde, wird unser Individuum vielleicht diesmal etwas zeitiger aufbrechen, und nicht erst, bis die aus den Verstrickungen sich ergebende Unlust den Blick wieder einmal auf die verlassene Norm lenkt. Trotz des Rücklaufes bleibt also ein winziges Stück Weges gewonnen.

Konklusion, betreffend den jeweiligen Gnadenstand der Person: das organische Vergessen erfaßt in den hier unter der psychologischen Kategorie betrachteten Fällen immer nur einen Teil der seelischen Landschaft. In einem mehr oder weniger großen Gebiete derselben bleiben die früheren Bahnungen rezent, auch bei schon sehr vorgeschrittenen Individuen. Der disziplinäre Kunstgriff hat darin zu bestehen, daß man trotz dieses mit äußeren, disziplinären Mitteln zu compensierenden, sozusagen noch gnadenlosen Restes, den Schwerpunkt nie aus der Bejahung in die Negation (Enthaltung, Verzicht, Amputation) abgleiten lasse. Unter dem Fluch der noch notwendigen Disziplinierung und unter dem stets drohenden Irrtum, dieser fehlerhaft Eigenwert zu verleihen, steht Jeder, diesseits der vollen Dezision, so lange er lebt. (Die „Künstler“ entrinnen bekanntlich fallweise diesem Fluch, indem sie jeweils paradigmatisch gewordene Teile ihrer Person in den „Werken" aus der psychologischen Kategorie herausretten und in Sicherheit bringen, statt sie im Leben zu behaupten und in der Schwebe zu halten. Sie verfallen dafür meist dem Aberglauben von der Eigenbedeutung ihrer „Werke".) Der jeweilige Gnadenstand einer Person drückt sich demnach in dem jeweiligen Verhältnis zwischen noch notwendiger Disziplinierung (mit Eigenwert- und Negationsgefahr) und dem bereits eingetretenen Grade organischen Vergessens (mit zur Eigenschaft gewordenen Überzeugung) aus. Analoge Begriffspaare, jedes zwei verschiedene Kategorien, und somit den Gesamtstand einer Person umfassend, sind: Intensität – Quantität (räumliche und zeitliche der Leistung), Verwandlung – Verzicht, Erkenntnis – rationelle Lebensführung, und dergleichen mehr.

Kurzer Traktat vom Schicksal

Am Ende einer Schrift, die versucht hat, ein Schicksal zu umreißen und auszudeuten, wird man es verständlich finden, wenn der Verfasser mit wenigen Worten noch eine Richtung bezeichnet, von welcher er glaubt, daß in ihr die Möglichkeit einer Definition unseres abendländischen Schicksalsbegriffes überhaupt liegen könnte.

Denn wenn wir fragen „Was ist Schicksal?", so ist schon ausgemacht, daß wir nach einem Sinn gefragt haben und nicht die plane, unbefriedigende Antwort wünschen, Schicksal sei eben das, was Einem im Laufe seines Lebens alles zustoße, was ihm „geschickt" werde. Vielmehr scheint uns die Sache „inwärts" zu liegen. Da aber doch beide Constituenda – die äußere Chronik und ihre Sinngebung von innen – für den ganzen Begriff unentbehrlich sind, so fragt es sich zunächst, wohin der Schwerpunkt zu verlegen sei? Alsbald bemerken wir, daß bei der Erfassung verschiedener Lebensabläufe der Schwerpunkt einmal da, einmal dort hin verlegt werden muß, hier in den äußeren Lebensverlauf und seine Kausalketten, dort wieder in ein Ego, das jenen geradezu autochthon hervorzubringen scheint, so daß seine Kausalität wie eine Ausdrucksform der inneren Sinnfolge sich ausnimmt, gleichsam ihre Übersetzung in die Sprache des äußeren Geschehens. Es kann auch nicht übersehen werden, daß uns in diesem

Lager die markanteren Menschentypen begegnen, ja geradezu jene, die erst Geschichte ausmachen und ihre Zeitalter formen helfen. Betrachtet man solche Einzel-Leben näher, so stößt man bekanntlich sehr bald auf ein Netzwerk von im Grunde höchst seltsamen „Zufällen", die alle, wie sich zeigt, nur dazu gedient haben, eine innere Sinnfolge äußerlich darzustellen. Bei diesen Typen scheint also das Maximum von „Schicksal", wie wir es meinen, zu liegen, während das Individuum aus dem großen, bloß rassen- und klassenbestimmten Haufen das Maximum eines von außenher bedingten Lebens, mit sehr wenig „Schicksal", darstellt. Beide Extreme sind Grenzwerte, immer verbleibt noch ein unumgänglicher Rest des jeweils anderen Constituens.

Demnach erscheint unsere abendländische Vorstellung vom Schicksal, wie man sie unmittelbar antrifft, sobald man sich nur bei ihrer Beschreibung ungezwungen in der Richtung des geringsten Widerstandes bewegen will, als eine solche, die den Schwerpunkt der Sache nach innen, nicht nach außen verlegt. Diese Form der Anschauung aber ist bezeichnend für unseren Kulturkreis, der, will er's nun wahr haben oder nicht, immer noch auf den Fundamenten der mittelalterlichen Welt ruht, und Verfallserscheinungen im Geistigen überall dort zeigt, wo er diese Grundlagen verloren hat oder sie verlassen möchte. Die Grundform unserer Vorstellung vom Schicksal also ist die mittelalterliche, und das bedeutet, daß sie einen transcendenten Bezug birgt. Damit sinkt die Relevanz des äußeren Geschehens herab. Formelhaft reduziert, ist jedes solche „mittelalterliche" Einzel-Schicksal die Darstellung eines der unendlich vielen möglichen Wege zum Glauben oder Unglauben. Unter diesem Zeichen steht auch alles Äußere und Stoffliche des Lebensablaufes. Hinter den weitausholendsten, den abenteuerlichsten Fahrten des Ritters, mit ihrer Überfülle äußeren anekdotischen Materials, steht doch letzten Endes immer irgendwo dem Sinne nach – der Gral. Das Leben des Menschen ist eine der möglichen Irrfahrten auf dem Wege dorthin. Das Vorspiel des dritten Aktes im „Parsifal" ist eine allgemeine Darstellung aller nur möglichen spezifisch abendländischen Schicksale überhaupt.

Wir merken noch an: das Mittelalter ist – eine Kultur ohne Drama. Da denke man nun an die diesseitig eingestellte Antike! Und man erkenne eine der Voraussetzungen des Theaters.

Nicht Alle haben also ein „Schicksal", sondern nur Wenige. Wer aber eines hat, dessen Leben ist auch schon paradigmatisch, da es wiederum einen neuen möglichen Weg zum „Gral" (heiße er wie immer) oder zur Hölle (heiße sie wie immer) aufzeigt. Die Irrelevanz des äußeren Geschehens, der äußeren Lebenspositionen, aus denen Einer zu seiner Irrfahrt aufbricht oder die er im Verlaufe derselben erreicht, macht es möglich, ein solches Leben rein von seiner paradigmatischen Seite her aufzuzeichnen und zulänglich zu umschreiben, so daß auf Kapitel, wie „Erste Lehrmeister", „Frühe Einflüsse", „Bedeutung der Ehe für das Schaffen N. N.'s", und dergleichen, sowie auf alle Psychologismen, Anekdota und auf das ganze zusammengebastelte biographische Mosaik leicht verzichtet werden kann.

Einen solchen Verzicht hat auch der Verfasser dieser Gütersloh-Biographie geleistet, und er ist ihm wirklich leicht gefallen. Denn wenn Einer schon ein Schicksal trägt, wie unser Meister, und damit über sein persönlich gebundenes Leben als ein wandelndes Malzeichen menschlicher Freiheit hinausragt, dann möge man ihm auch die Ehre antun, vom Reste zu schweigen.

GÜTERSLOH UND ICH

Gütersloh legt in seinem Schreibzimmer Wert darauf, sich als Logiker zu bekennen, etwa auch meiner psychologischen Art des Denkens gegenüber, die jeden Begriff erst mit einer Aura von Zuständlichkeit umgeben muß oder ihn in eine solche Aura verdampft, um dann zwischen Zuständen dialektische Spannung zu etablieren. Sein Verfahren mag einigen Vorzug haben, jedenfalls führt man damit den Schnitt entschiedener und kürzer; aber für mich ist dies nicht applizierbar. Denn mein Schreibzimmer ist in meiner Wohnung das hinterste und letzte, und es führt von da keine Tür mehr weiter in ein anliegendes Maler-Atelier, wie das bei Gütersloh's Behausung der Fall ist; von dort rückwärts mag man zu Zeiten wohl mit einem rechten logischen Riesenhunger hervorkommen, wenn der Kontur Genüge getan ist. In meinem Arbeitszimmer jedoch müssen beide Appetits unter einem befriedigt werden.

VON DER UNSCHULD IM INDIREKTEN

Zum 60. Geburtstag Albert P. Güterslohs

1.

Man wird um den vorgeburtlichen Vorsprung nicht herumkommen, wenn man das Wesen des Genius anschaut. Das ist keine Sache für's Zwiebelschälen entwickelnder Psychologie, man könnte beim Zusehen nur weinen. Romanschriftstellern ist von solchen Personen als Sujets wärmstens abzuraten. Diese vermögen nie Figuren zu werden, denn ihr ganzes Leben bewegte sich auf die Liquidation ihrer eigenen Figur zu, ja auf deren Liquefaktion, Verflüssigung, und was als anekdotische Kruste übrigbleibt – ein brauner Frack, aus dem seitwärts Notenbüchlein hervorstehn, ein Wuschelkopf, ein Sturmschritt im Gewitter, eine Brille, zwei Bartkoteletten, ein Grab unter einer Orgel –, das verfolgt dann den mißleiteten Autor wie der irr gewordene Wind in den Gassen der Stadt einen Passanten verfolgen kann, mit alledem, was er spiralig steigend und fallend an Papierschnitzeln, leeren Büchsen und Kafka'schen Odradeks mit sich führt. Die Manen eines Sujets, das seine eigene Figur längst überstiegen hat, fluchen einem Autor, der sie umgekehrt wieder zusammenbasteln möchte. Nein, Romanschriftstellern ist abzuraten. Es bleibt am Schluß bei geronnener Transzendenz, um mit Georg Lukács zu reden. Denn anders hätte man den großen Mann, welchen man da leben läßt und beschreibt, nicht-groß machen müssen (aber der Zaunkönig brauchte ja den Adler und dessen geläufigen königlichen Namen, um sich hintauf setzen zu können!), und dabei träte der Bankrott genetischer Psychologie in Erscheinung, weil man nichts in der Hand behalten hätte, was dann durch eine Entwicklung zu gängeln gewesen wäre.

Denn diese ist, den vorgeburtlichen Vorsprung einmal eingeräumt, auf solcher Ebene überhaupt ein höchst sublimer Unfug, ein großartiger zwar, eine psychologische Fantasia, ein ausdrucksvoller Tanz um den heißen Brei, für welchen der Protagonist sowohl den Löffel zum Essen, wie die entsprechenden Lungen zum Blasen schon mitgebracht hat.

Das Genie – auch ein psychologisches Genie – ist eine wesentlich apsychologische Tatsache im Materiale der Psychik. Es agiert in solchem Material; und zwar in einem gewissermaßen fremden Interesse, nämlich in jenem der Geistes-Geschichte, welche durch das Auftreten des Genius einen ihrer Selbstheilungsprozesse akzentuiert. Gegen die – noch sehr wenig erforschte – Mechanik des Geistes wird, so scheint es, bei jeder entschiedenen und konsequenten Bewegung desselben immer auch gleichzeitig verstoßen. Diese Sache ist kifflicher, unbekannter und zugleich sozusagen nachgiebiger als unser Knochengerüst, das nur sehr begrenzte Verrenkungen erlaubt. Nun, Jeder verstieß, ob der nun ein mittelalterlicher Aristoteliker oder ein Verkünder des élan vital war. Die Ausrenker erfordern dann wieder die Einrenker, und, wie bei allem Leben, ist's auch hier das Großartigste, mit welchem Aufwande von Genie es sich krank macht, um sich dann ebenso kostspielig zu heilen: beide Prozesse noch dazu nicht selten unter derselben Haut (im selben Hautsack, wie Franz Blei seine eigene menschliche Person einmal benannt hat, nicht eben liebenswürdig, dafür aber bündig). „Se ipsum sanans repperit remedium malignitatis aevi." Sich selbst heilend, entdeckte er das Mittel gegen die Zeitkrankheit. Dieser Satz exponiert die wesentliche Biographie vieler bedeutender Geister, bedeutend, weil sie nicht selbst etwas waren oder sein wollten mit einer originalen oder nur originellen Psychik, sondern weil sie für etwas Anderes dastanden und es bedeuteten, nämlich eine Aus- und Einrenkungsoperation im Reiche der Ideen. Se ipsum sanans repperit remedium malignitatis aevi. Das sind jene Geister, welche Otto Weininger die „Sucher" nennt (in Gegensetzung zu den „Priestern"). Die entschiedensten von ihnen verdunkeln zuzeiten beinah ihren vorgeburtlichen Vorsprung und scheinen gleichsam aus einer Quelle freier Entschlossenheit zu entspringen, als ihr höchsteigenes Werk. „Mehr als das Werk erscheint dem Künstler er selber als seine Schöpfung."

Albert P. Gütersloh, der diesen Satz geschrieben hat, gehört jedoch solchem Typus garnicht an. Täuschungen haben in der Mechanik des Geistes ihren Wert und Ort. Hinter ihnen redet das Leben weiter und nie sein letztes Wort. Wir aber sind leider gezwungen, es ambulant zu bezeichnen. Denken und Urteilen erscheint so auf jeden Fall als vorzeitig und künstlich herbeigeführter Kristalltod noch plastischer Substanz. Daß Einer, der garnicht krank ist, eine Krankheit gleichsam adoptiert, meint, heilt – an sich selber heilt –, dabei aber im unteren Boden seines Seins gerade durch unberührbare Gesundheit des Geistes die nichtgemeinte viel wesentlichere Wirkung vollbringt: die runde Wirkung eines Gegenbeispiels (und welche ist unwidersprechlicher?) – ein solcher Sachverhalt kann sich erst auf der Höhe von Jahren herausstellen, die den Menschen nun nicht mehr als wechselnden Fries und als Hochrelief am Wandelgange der Zeit zeigen, sondern ihn loslösen von diesem Hintergrunde und bereits als eine Plastik vortreten lassen, um die man herumgehen kann.

1923 begann er – nicht ohne Faszination durch Franz Blei – seinen Feldzug gegen die Krankheit des Belletrismus, ja gegen die Talente überhaupt, deren Überwertung ihm als „herabgekommener Persönlichkeitsbegriff" erscheint, „unter nichts als Gedichten, Dramen, Romanen, wie sie in tropischer Fülle blühen aus einer Zeit, wo das Beiläufige das Entscheidende umarmt" (und die Gütersloh für seinen „Innocenz" den Fontanepreis gebracht hat, erheiternder Weise eben damals, als jene Zeilen aus der „Rede über Blei" in Druck gingen). Er brach also, kurz gesagt, mit dem Dichten (eine Ausrenkung für seine Natur) und ging zur Rede, zum Traktat, zur Enuntiation über. Viele „Gutgesinnte", denen das literarische Gewucher jener Zeit (wir aber sehen heute schon, daß sie reiche Zinsen angesammelt hat!) die Fenster verwuchs, hingen Gütersloh an und waren damit schon die Opfer eines fundamentalen Irrtums geworden. Ihr Start hat sich später als unrein erwiesen. Denn sie hofften desavouiert zu sehen, was sie nicht verstanden. Mittlerweile aber verwandelten sich die Händel unter den Händen Gütersloh's in das, worein sich alles verwandeln muß unter dem Griffe eines Schriftstellers, und erst recht eines solchen, der sich selbst das Dichten verboten hatte: in autochthone Sprache. Eine neue Sprache, man kann's geruhig behaupten: die Güterloh'sche Essayprosa. Sie redete jetzt, mochte er von was immer reden; und dies letztere wurde schließlich die Geschichtsphilosophie, ein Lehrbuch, das so nicht gemeint, gerade als solches längst hätte eingeführt werden müssen (die Ausgabe von 1926 ist fälschlich „Bekenntnisse" betitelt, eine neue ist zu erhoffen).

Von da ab bekennt dieser liebend-feindselige Sohn des neunzehnten Jahrhunderts seine wahre Rolle und zugleich das, was er sich, weit vom Stamme gefallen, unter Wissenschaft vorstellt.

Daß sie nämlich nur dann eine genannt werden könne, wenn sie Anwendungsfälle der Sprache herbeibringt, nicht nur ihr Theorem exemplifizierend, sondern das Vorhandensein jener an diesem beweisend: und so es selbst. „Ein Gedanke hat genau so viel Wert, als seine Sprache darauf legt, eine zu sein." Einen Bericht auch für glaubwürdiger zu halten wegen seines hohen artifiziellen Wertes – das ist eine quellenkundliche Anschauungsweise, der sich das Istituto Storico oder die Ecole des Chartes oder das Institut für Österreichische Geschichtsforschung oder jede andere aus dem Geiste des Positivismus erwachsene wissenschaftliche Forschungsanstalt hier oder in Übersee wahrscheinlich versagt hätte und wohl auch heute noch versagen würde. Im Grunde beginnt das neunzehnte Jahrhundert mit dem Satz Goethe's: „Jede Form, auch die gefühlteste, hat etwas Unwahres." Im Sinne Gütersloh's dürfte man entgegensetzen: „Jede Formlosigkeit, auch die gefühlvollste, hat etwas Unwahres." Und mit seinen eigenen Worten: „Die Sprache hat eine verflixte Tendenz zur Wahrheit in sich." So scheiden sich die Sphären.

Aus jenem Jahrhundert also, zu dessen von ihm selbst freilich nicht begriffenen Selbstverständlichkeiten es gehörte, das Wort für einen Transport von Inhalten zu nehmen, von denen jeder darin verfrachtet werden könne, wie eine Materie im Karren, aus diesem Jahrhundert, das seine wie bunte Flora unter schon überhangender Bergwand immer vielfältiger erblühenden Fachwissenschaften mit solcher Kärrnerei der Sprache bediente – von daher kam Gütersloh, ein unverständlicher Sohn für diese Zeit, welche er so sehr liebte und liebt, daß sie durchaus die für ihn reizvollste darstellt und seine erzählende Prosa sich mitunter in garkeiner andern Luft bewegen will. „Ich bin siebenundachtzig zu Wien als Sohn einfacher, mir aber höchst bedeutender Leute geboren worden. Im besten und edelsten Maße typisch für den kleinbürgerlichen, mir so liebenswerten ‚Nachsommer' Österreichs der franzisco-josephinischen Epoche, lehrten sie mich durch ihr einfaches Dasein die Fundamente und Requisiten des naturalistischen Romans, wie ich ihn schreiben will, kennen." Im „Lügner unter Bürgern" findet man dieses Instrumentarium, wenn auch in's Pariserische übertragen. Man könnte zu Zeiten die Empfindung haben, als stelle Gütersloh eine Literatur in die Welt, die es von rechtswegen damals hätte geben müssen, zeitgenössisch mit den „Briefen eines Unbekannten" des Herrn von Villers oder mit des

Barons Warsberg „Odysseischen Landschaften". Aber sie wäre damals ebenso unverständlich geblieben wie der Expressionismus – zu dessen Pionieren Gütersloh gehört hat. Es erregt eine seltsame Vorstellung, daß der gleichsam unerlöste Kern eines Jahrhunderts, und das ist beim neunzehnten seine katastrophale Sprachgeschichte, in einem folgenden Saeculum aufgenommen und entsühnt wird, von einem Kind jener Zeit, das alles mit ihr gemeinsam hatte, nur nicht die eine entscheidende Krankheit: Inhalt und Form getrennt zu denken, den Besitz von jenem ohne diese für möglich zu halten, und die letztere im Herzensgrunde für unerheblich.

Schaut man die Gebildeten des neunzehnten Jahrhunderts an, wie man sie gekannt hat und noch kennt, so zeigt sich als das ihnen Selbstverständlichste ihr Glaube, der Schriftsteller, sofern er nicht dichtet, vermöchte einen Gegenstand bewußt und direkt zu ergreifen, ohne davon selbst bis zur Entstehung einer sprachlichen Erheblichkeit ergriffen zu werden. Ein Schein-Ergreifen also, nur der Materie nach, die ohne den formalen Zündschlag nicht zur Existenz gelangen kann. Diese aber wurde im neunzehnten Jahrhunderte garnicht vermißt, und darauf kommt es an. In den Büchern jener Zeit steht viel drinnen. Nach dem Lesen weiß man nicht, was. Kein Gestalt-Erlebnis ermöglicht, daß sich Detail um seinen Gliederbau ordne. Wer Ranke's „Wallenstein und seine Zeit" gelesen hat, ist am Ende so kenntnisreich oder kenntnisarm wie vorher. Es ist die Epoche, da das schlichthin Unproduktive überall in die vielfältig entwickelten Kaders des Geisteslebens einsickern konnte. Eine im eigentlichen Wortsinn grammatische, eine schreiberische, sprachschöpferische Legitimation wurde nicht mehr verlangt. Es ist die Zeit, während welcher sich ein risikoloses wissenschaftliches Beamtentum in den Stühlen der Hochschulen festsetzt. In Frankreich hat sich wohl als Epiphonie oder Nachklang viel ererbte Form selbst über die Texte der „Questions Historiques" oder anderer Fachzeitschriften gelegt, eine Art Tortenguß, welcher den noch anerkannten Forderungen der Urgroßväter aus dem achtzehnten Säkulum genügte. In Deutschland jedoch brach die innere Gestaltlosigkeit offen an die Oberfläche durch, mit einer grauenhaft verkröpften „wissenschaftlichen Prosa", ohne jeden Schmelzfluß der Sprache – denn mit dieser war ja auch nichts mehr zum Erfließen gekommen –, einer Sprache, welche die Funktion eines Sackes erhielt, in den man möglichst viel hineinstopft, eines Kartoffelsackes mit all' seinen zufälligen Buckeln und Auswüchsen.

Ein grundlegendes Kriterium geistiger Betätigung war verloren gegangen.

Kein Zweifel, der Schriftsteller des neunzehnten Jahrhunderts scheint vielfach imstande, unter einem Zustand des Geistes zu schreiben, der einem grammatischen Menschen – und diesen umschreibt etwa der Satz: „Ecrire, c'est la grammaire révélée par un souvenir en choc" – die Feder in der Hand dorren ließe. Der Roman sogar, und nicht nur die wissenschaftliche Prosa, bot einer solchen Art unproduktiver Produktion gelegentlichen Unterschlupf, und bei den größten Autoren. Wahrscheinlich mit Recht hat Baudelaire von Honoré de Balzac gesagt, sein Stil enthalte „etwas Weitschweifiges, Durcheinandergeworfenes und Unfertiges".

Dem neunzehnten Jahrhundert war für seine Literatur das eigentlich grammatische Kriterium verloren gegangen. Man hielt für möglich zu schreiben, ohne die Schöpfung der Sprache mindestens zu rekapitulieren. Das Bewußtsein vom Sprachlichen als einer autonomen Kategorie war geschwunden, und der Aberglaube, man könne eine wissenschaftliche Materie besitzen und vermitteln, ohne sie formal existent und also im Nacherlebnis reproduzierbar zu machen, beherrschte Alle als eine Selbstverständlichkeit, innerhalb deren das Wort zum überladenen Transport wurde, zur Mitteilung, die sich immer zentrifugal auf irgendwen zubewegte, mehr Ausfall als Einfall, damit aber wesentlich politisch, und keine stabil in sich selbst ruhende Leistung von eminentem sittlichen Wert auf jeden Fall, wenn auch nie zu einem hörenden Ohr oder lesenden Aug' gelangend. Es war das Schicksal des Positivismus und sein Wagnis (aus dem aber auch seine stupenden Leistungen hervorgegangen sind), das Wissen gleichsam außerhalb des Menschen zu deponieren, es zu kapitalisieren, man möchte fast sagen: als „gesicherte Kenntnis". Im zwanzigsten Jahrhunderte folgte dem Wissen das nach außen verlegte Gewissen. Die unmittelbaren Folgen sind bekannt.

2.

Wie aber ist jene geheim ausgerenkte Mechanik des Geistes beschaffen gewesen, in ihrem Schnürboden sozusagen, unterhalb der aufgezählten bekannten Erscheinungen, welche ermöglichte, ein Unmögliches als Selbstverständlichkeit zu besitzen und zu praktizieren, nämlich die Trennung von Inhalt und Form? Die Funktion Gütersloh's – ein Jahrhundert beschreibend, zu welchem ihm die Distanz gesetzt ist von vornherein und durch eine seltene Art von Aussparung – müßte klarer werden, wenn wir genauer wüßten, was ihm zu diesem Jahrhundert (glücklich) fehlt.

Die Sprache verlor damals ihr stabiles Gleichgewicht, welches nicht gestattet, daß in ihren geheimnisvollen goldnen Schnitt zwischen Qualität und bewältigter Extensität irgendetwas eintrete, geeignet, diese optimale Schwebung zu stören, weder ein Formales noch ein Inhaltliches – und in dem Augenblicke, da man für diesen fundamentalen Sachverhalt (welcher Kunst und Wissenschaft nicht nur redensartlich verband) erblindete, wurde man zugleich sehend für eine Menge Gegenstände, die bisher garnicht gesehen und ergriffen worden waren, weil es auf einem geistes-mechanisch gemäßen Wege außerhalb des Möglichen lag, sich ihnen zu nähern: auf direkte Weise nämlich, indem man den Kurzschluß zu Inhalten herstellt, die an sich noch garnicht in's Leben treten können, da sie von der Form bisher nicht aufgerufen worden sind. Aber jetzt stürzte man sich, scheinbar dispensiert, auf Alles und Jedes, das nun eingeheimst wurde, in die früher erwähnten Säcke. Geschüttelt und gemischt enthielten sie bald die heute noch in Übung stehende Allgemeinbildung.

Es scheint demnach hier auf's Direkte anzukommen. In dem Worte selbst muß die Lösung unserer Frage stecken, wie der Schuß in der Patrone. Direkt bedeutet vollkommen gerade; das kommt im Leben, welches nur Kurven kennt, nicht vor; es bedeutet aber auch (als participium von dirigo) „gelenkt“: und das heißt, in den psychologischen Jargon übersetzt, „bewußt“.

Durch bewußtes Denken, das seinen Gegenstand genau dem Subjekte gegenüber in den Schraubstock spannt und im Kerne des Lichtkegels hält, gelangt niemand zur Sprache. Diese liegt keineswegs in der Verlängerung solcher Blickrichtung: sondern dorthin wird als idealisches Ziel die Vorstellung eines zu erreichenden endgültigen Resultates projiziert, vorausgeworfen, welches nicht mehr Anwendungsfall der Sprache werden kann, sondern seinerseits die Sprache (und im Augenblicke ist sie keine mehr) zweckhaft verwendet zu Fixierung und Transport gesicherter Kenntnis. Aber es kann nicht verschwiegen werden, daß diese sich dann bereits im labilen Gleichgewicht befindet, schon auf der schiefen Ebene der Mitteilung, nicht sehr entfernt von dem Absturz in's Handeln, das genau auf der gleichen Geraden, nur ein Stück weiter, liegt und welchem deshalb ein für das Denken repräsentativer Wert zugeschrieben wird, ja sogar der einer Probe. Daß man vollkommen richtig handeln könne, erscheint hier als glaublich.

Mit dem Grammatischen im eigentlichen Wortsinne hat dies alles nicht das mindeste zu tun. In den schwachen, schlechten Zeiten, wenn der Geist des Menschen nur Mulden durchschreitet, jedoch der Spalt sich nicht auftut, der den glühenden Schatz im Berge zeigt, liegt gleichwohl am Grunde einer flachen Senkung mitunter ein neuer Gedanke, fertig und sauber, man kann ihn einfach aufheben und wegtragen. Aber solch ein Kristall zeigt keine Rundung, die aus der Feder fließen möchte. Er glänzt neben ihr („bezeichnend und kommissarisch für das Nichts", wie Gütersloh meint), geht aber nicht in sie ein und setzt sie nicht in Bewegung: und gerade das vermögen jene leuchtenden, scheinbar unfertigen Winzigkeiten, die ihre Spitze beleben und sie auf's Blatt herniederziehen, „wo die Feder mehr uns führt, als daß wir sie führten". Wie oft wünschte sich da Mancher ein geordneteres Prozedieren und den Schriftsatz als ein längst Fertiges und wie eine Kopie auf das Blatt zu werfen! Wie oft wünschte er sich, bewußter zu besitzen, was ihn da trieb, was er da treibt, und verbot sich, der Feder zu folgen, und folgte ihr sodann doch. Es sind zwei Reiche, jener fertige Kristall und jene plötzlich aufglühende Spitze des uralten Zauberstäbchens. Und man könnte mit Plotinus an das unbewußte Denken glauben und im andern Falle mit ihm sagen: „So denken Verstand und Geist ohne Bild, und das Denken findet ohne die Einbildungskraft statt".

Ein Schriftsteller wird wohl an das unbewußte Denken glauben müssen (auch während einer Zeit, da er sich das Dichten verboten hat), denn allein die Erfahrung schon zeigt ihm, wie oft Beiseitegeschobenes oder lange Vergessenes, neuerlich auftauchend, sich bereits in durchgebildeter und vorgeschrittener Gestalt präsentiert. Aber vom Sog des bewußten Denkens, dessen Mechanik in keiner Weise der indirekten und kurvenreichen Organik des Lebens entspricht, nicht aus dem komplexen Leben hinaus und in die Schmach der Sprachlosigkeit gerissen zu werden – wie's dem vorigen Jahrhundert erging, in dessen Bahnelementen dieses jetzige obendrein noch gehandelt hat – vielmehr dem ständig und knifflich geübten bewußten Denken einen Platz anzuweisen, welcher den eminenten sittlichen Wert dieser anstrengenden Tätigkeit außer Zweifel rückt und sie zugleich stabil macht: dazu mußte Einer so tief im Indirekten beheimatet sein, in seiner Geistesmechanik so lebensgemäß beschaffen, dazu mußte Einer der Ausreckung der Kurve zur Geraden, der Ausrenkung des neunzehnten Jahrhunderts also, mit einer Unschuld im Indirekten gegenüberstehen, die unberührbar macht für die Kalkstaubwolken der Sterilität, welche unvermeidlich aus einer Zeit steigen, die andauernd in der Verlängerung ihres bewußten Denkens schrieb.

Um das Kernlicht des Denkers liegt die Aureole eines Halbschattens, in welchem erst das Wesentliche geschieht. Längst hat die Psychologie, soweit sie eine war, gezeigt, daß die wirklichen Gedankenbrücken – und keineswegs nur die des Dichters – seitwärts des Lichtkegels geschlagen werden. Wer angestrengt nach einem vergessenen Namen sucht, findet ihn, sobald nur seine Aufmerksamkeit sich abwendet. Aber den Bezugspunkt setzt das bewußte Denken. Auf ihn stürzt zu, wimmelnd im Kreis des Halbschattens, was angezogen wird, weil es bezogen ist. Angesaugt gleichsam von einer Art hochkonzentrierter Leere, ins Vakuum des Kernlichts drängend, wie die stummen Bewohner der Tiefe das nächtliche Fischerboot umdrängen, an dessen Bug der Feuerkorb fleckig leuchtet. Nun aber, welchen Ort besetzt also das bewußte Denken? Ist das ein Katapult nur, nach einem Resultate Treffer und Fehler zu schießen? (Und vor allem: die danebengehenden Bolzen fliegen am weitesten in fremde Gärten!) Oder ist's etwa eine indirekte Art, auf das eigene Sein zu wirken? dieses Denken scheint zentripetal. Es verlängert sich bei aller Akribie nicht in eine Objektsbewältigung als letztes idealisches Ziel, mag diese dabei sogar vorgestellt werden. Und dem Handeln wird man von da aus einen systematischen Wert kaum zuerkennen können, wie solches geschieht, wenn es als die Verlängerung des Denkens sich meint; sondern nur einen symptomatischen als einer spontanen Äußerung des Seins, des Status, in welchem sich Einer jeweils befindet: ein hoher, wenn er das vorhergehende Leben hindurch die uninteressierten Anstrengungen des bewußten

Denkens nicht gescheut hat, ein niederer, wenn er das Denken nur fallweise zu Zwecken gebrauchte, sei's auch zu solchen der Wissenschaft. Operari sequitur esse. Das Handeln kommt aus dem Sein. Nur im Indirekten hebt sich der Widersatz zwischen der Organik des Lebens und der Art, wie sich das Denken bewegt, auf: in der kurvenreichen Umwegigkeit des unbewußten Denkens oder in der stellvertretenden Rolle des bewußten. Stellvertretend jedoch wofür?

„Nur das Denken selber vermag – diesmal aber nicht zu erkenntnis-theoretischen Zwecken verwendet, sondern als ein erschütterndes dramatisches Bild von viel mehr als monumentalen Ausmaßen – bezeichnend und kommissarisch für das Nihil dazustehen. Es vermag dies kraft des negativen Werts, den der sinnliche Künstler ihm gegeben hat. Von diesem Künstler her hat sich eine neue Wertrangordnung entwickelt, die nun von einem neuen Künstler auch benützt werden kann wie ein neuerfundenes Instrument."

Wenn man solches mit dem neunzehnten Jahrhundert konfrontiert, könnte beinahe der Eindruck bestehen, dieses habe am Ende, seiner selbst übersatt, Gütersloh hervorgebracht, um endlich unter und hinter sich einen dicken Strich zu ziehen.

3.

Dieses ganze Leben ist von der Unschuld im Indirekten gezeichnet, und wenn Gütersloh in einer seiner wichtigsten Schriften sagt – „Er ahnt, jenseits der Entwicklung, die er zu spielen hatte und die mit immer dünneren Schleiern nun vor ihm zergeht und den gewaltigen Meilenstein eines leeren blauen Himmels endlich durchblicken läßt . . . müsse es ein Leben geben, das er um seinerselbst willen lebt, einen Charakter, der er selber, ein Ich, das nur das seine ist" – wenn er so sagt, dann wirkt es wie ein tief erstaunter Aufblick und als bemerke er das Geradezu-Daseiende der eigenen Person zum ersten Male und wahrlich spät. Daher konnte auch dieses von der Sprache – ihrem Wesen nach metaphorisch und indirekt – so tief durchsintert werden, bis in die Verästelungen jedes Tages und in die glitzernden oder stumpfen Scherben, in welche sich ein Tag, je nachdem, zerschlägt.

Auch er spricht von Entwicklung. Er hat sie durchgeführt, er hatte sie zu spielen, wie nach Noten auch, nicht von ihm verfaßt. Es muß schwer gewesen sein, bis dahin zu kommen, wo man die Talente, und die eignen voran, auf ein unteres Brett übersiedeln machte, wo der Eigenbedeutung des Kunstwerkes „Kehle und Augen zugedrückt“ wurden. Der Doktor Weininger hätte Gütersloh unter die „Sucher“ eingereiht. Aber er suchte nicht. Er wußte den vorgeschriebenen Weg immer unter den Füßen, bei jeder Entscheidung, „von Figur zu Figur – die alle er vorstellte, ohne sie zu sein“. Jede Formlosigkeit, auch die gefühlvollste, hat etwas Unwahres! Ritt ihn nie subalterne Angst? Angst um das Direkte, es zu versäumen? Nein. Er hatte wohl ein zu tiefsitzendes Wissen davon, daß man sich keiner Sache auf diese Weise bemächtigen könne, auch des eigenen Lebens nicht, das unter solchem Zugriff sich verhielte wie die reizende Schirmqualle der Adria, jetzt, am Strande, ein Häufchen Schleim; sondern nur durch die Sprache, der am Bemächtigen und an der Macht nichts liegt, und auch nur dann, wenn das Leben an sie verloren geht: das direkte, das unproduktive Leben, welches also seinem eigenen Begriffe widerspricht.

Er war kein „Sucher“? Hier erhebt sich grundbrechender Zweifel. Muß man aus dem Chaos kommen, um dann Finder relativer Ordnung zu werden, durch die Jahre schleifend, was ins Dunkel der Vorgeburt gehört? Ist formvollendetes Suchen nicht erst das wirkliche Suchen – „von Figur zu Figur“ – statt notgeborener Panik? Ist es nicht wahrhaft – echter? Jede Formlosigkeit, auch die temperamentvollste, hat etwas Unechtes.

In seiner Hauptfunktion, als Gegenbeispiel des Jahrhunderts, aus dem er stammt und dessen Deskriptor zu werden er im Begriffe ist, scheint Gütersloh allerdings dem anderen von Weininger skizzierten Typus zu entsprechen. Der Weg vom Suchen zum Untersuchen ist ein solcher, der gleichmäßig ansteigend bei zunehmendem Überblick durch die Jahre führt und aus der dicken Luft der Interessiertheit in die reine der Uninteressiertheit, welche bequemer sich atmet. Nach der „Tanzenden Törin“, dem „Innocenz“, dem „Lügner unter Bürgern“ und der „Sagenhaften Figur“ mußte er sich selbst wieder einholen, den Roman als ein, für unsere Sprache wenigstens, noch zu füllendes Gefäß aus dem neunzehnten Jahrhundert agnoszieren und zugleich ins Klare darüber gelangen, daß er erst mit der „Überwindung des Romans“ die Erbsteuer für so zweifelhaftes und doch großes und vielfältiges Vermögen entrichtet sein wird. Da er aber hatte, worum den

Anderen, und auch den Naturalisten, bange zu werden begann, nämlich eingeborene Form, war er um diese, unter der Schwelle des Bewußtseins bleibende Wohlbeschaffenheit auch nicht besorgt. Formprobleme entstehen dort, wo die Form für sich und, was noch mehr heißen will, der Inhalt für sich vorgestellt werden können, wo man „Stoffe wählt", wie beim Schneider, und „eine Form findet", wie um's dem Leser beizubringen, und schließlich „einen flüssigen Stil schreibt", welches vernichtende Lob auch heute noch gehört werden kann. Da Gütersloh die Form nicht suchte, wollte er sie auch nicht retten, vielmehr begann er die vorhandene in Frage zu stellen und das, wegen seines Nicht-Anders-Können, formvollendet. Der Urgrund des Verhaltens wirklicher Novatoren – denen man gern was vom Sprengen und Zertrümmern nachredet – erfährt durch diesen Umstand eine neue Beleuchtung, und durch den zweiten noch, daß die Naturalisten und auch die Expressionisten, als sie zu ähnlichem Beginnen schritten, nach neuen Inhalten sich umzusehen begannen. Solches ist Gütersloh stets völlig ferne gelegen und bis heute unverständlich geblieben, weil sein Geist keine vom Direkten dumpf und undurchsichtig gemachten Stellen umhegt. Vielmehr im Naturalismus ohne Formsüchtigkeit einfach weitergehend, kam er früher oder später dazu, dessen klaffenden Rachen – welcher sich jeder empirischen Breite gewachsen wußte und sie vor allem meinte – so weit aufzureißen, daß diese auf Motive und immer wieder auf die Psychologie und also auf's Inhaltliche berechnete Falle garnicht mehr zuklappen konnte.

Das nennt er den „totalen Roman", der freilich so wenig totalistisch ist, wie die Hellenen hellenistisch waren oder die Rationalisten rational.

Geschlossene Meisterwerke gibt es eigentlich nur in der großen Novellistik, wozu allerdings fast die ganze Romanliteratur gehört. Mit einem von dort genommenen Maßstabe gemessen ist der totale Roman von vornherein zum Scheitern verurteilt. Sein Wesen ist die Diversion: bis dahin, daß er garnicht mehr den Versuch macht, das Sinnlose sich durch Sinngebung à tout prix zu integrieren. Der tangentiale Ausgang ist innerhalb des totalen Romans bei jeder seiner Diversionen möglich.

Der totale Roman ist der geometrische Ort aller Punkte, die sich gleich weit entfernt befinden von der Kunst, der Wissenschaft und vom Leben, telle qu'elle est.

Wenn zwei Ketten, denen ein augenscheinlicher Bezug nicht naheliegt, sich an irgendeinem Punkte ineinanderschlagen – sei's auch nur ganz vorübergehend und mit Effekten, die über das bloße Vorstellungsleben kaum hinausgelangen –, so könnten sie im totalen Roman beide mit gleicher Betonung dargestellt werden, ohne auf eine von ihnen interpretierend die andere zu beziehen, also ohne vorwiegende Betonung. Es gibt im totalen Roman keine Haupt- und Begleitstimmen, viel weniger noch wie in der Kontrapunktik, die doch irgendwo hinauswill.

Die Sinngebung wird, soweit sie sich antreffen und festhalten läßt, im totalen Roman Objekt der Darstellung sein, wie alles Andere.

Der totale Roman sollte die Welt sehen mit einem fast schon verglasten Auge, welches alsbald nach oben brechen und in das sich dann nur mehr der leere Himmel schlagen wird. Jedoch dieser Augenblick des Abschieds, wo man noch ganz da ist, aber durchaus nichts mehr will, müßte wohl auch einzigartig sehend machen.

Ein solches Werk wird sich infolge seiner inneren Beschaffenheit äußerlich über das gewohnte Maß dehnen, welches ja gleichfalls weit tiefere Gründe als die Gewohnheit hat. Auf dem Boden dieser gegenwärtigen Arbeit nun erlebte Gütersloh eine Begegnung, die er immer ahnte, ja ersehnte, die ihn wie vielleicht keine zweite bewegte: mit dem Materialismus. Das Materielle tiefer hinein nachzuweisen bis in Gebiete, welche noch immer für solche des Geistes gelten und nicht einmal nur für dessen Randstreifen, dieser vordringende Materialismus raffiniert das Spirituelle mehr und mehr per exclusionem. So drängt man vermeintliche Transzendenz und jedes falsche Transzendieren mit Sicherheit aus einer Erzählung, die nun standhalten muß dem Staudruck vom äußersten Ende ihrer Welt her, den man für so stark nicht gehalten hätte. Hier liegt ein Brief vom vorigen Jahre, eine Antwort:

„Ich wußte gleich, worauf Sie in Ihrem Reskript vom 2. dieses Monats zu meinem Artikel ‚Roman' hinauswollten und auch hinaus gefunden haben: auf Ihren Satz ‚dem Erzähler ist nichts heilig, weil alles'. Niemand kann ihn kräftiger unterschreiben als ich. Jedoch: nachdem ich während vieler Jahre und mit noch viel mehr Ehrfurcht wahrgenommen habe, wie heilig dem Erzähler alles ist – und zwar bei Gelegenheit von Werken, Meisterwerken, in denen wirklich kein Molkenbrocken geronnener Transzendenz herumgeschwommen ist (die Namen Stendhal, Flaubert, Fontane sagen Ihnen, wer und was bewundert worden) – bin ich begierig gewesen, einmal zu sehen, daß ihm auch nichts heilig ist, und ich beauftragte den Autor, die Empirie zu zertrümmern mit der Atombombe des Transzendentalen. Was mit diesem gewiß nicht apollinischen Versuche gewonnen wurde, war die Feststellung ungeheurer Vakua zwischen den disjecta membra, durch welche Feststellung bewiesen erscheint, daß auch der schriftstellerische Kosmos zum größten Teil aus absoluter Leere besteht, und nur zum kleinsten aus – geronnener Empirie. Zugleich mit diesem Bilde der neuesten Physik (nicht zeitlich nach demselben) wurden ‚Sonne und Mond' gemalt. Nun kann in einer nichtmathematischen Sprache die Leere nicht durch die Leere ausgedrückt werden, der unendliche Abstand voneinander des Negativen und des Positiven durch kein bündiges Zeichen. Eine umschreibende, eine diskrete, eine indirekte Sprache, die von der Entdeckung nur weniger und mikroskopisch kleiner Etwaspunkte im gekrümmten unendlichen Raum, von ihrer und also auch unserer schauerlichen Verlassenheit, Weltverlorenheit, Verurteiltheit zu ewig aussichtslosem ethischen Stehn im A-ethischen Kunde geben soll (obwohl niemand solches Stehn und von ihm Kunde zu geben gebietet – des Gotts, der da immer einer aus der machina wäre, dürfen wir uns hier nicht bedienen –) muß nach einem Synonymon sich umsehn von allgemeiner Bekanntheit und allgemein bekannter Kraft. Diese zwei Qualitäten vereinigt nur ein einziges Phänomen in sich: das des Denkens. Nur das Denken selber vermag – diesmal aber nicht zu erkenntnistheoretischen Zwecken verwendet, sondern als ein erschütterndes dramatisches Bild von viel mehr als monumentalen Ausmaßen – bezeichnend und kommissarisch für das Nihil dazustehen ..."

Den Schluß dieses Briefes haben wir früher gelesen.

„Sonne und Mond" also heißt jenes Manuskript, mit dem Untertitel: „Eine Materiologie".

Es scheint – auch bei Betrachtung solchen Geistesschicksals – von der wesentlichen Fallrichtung eines Lebens zunächst doch alles abzuhängen: sogleich gewinnt hier der Gedanke an eine Art von Prädestination einigen Raum. Daß wir fallen und in welcher Kurve wir dabei fliegen, darauf haben wir allerdings keine Wirkung, und wir hätten sie auch nicht mit der allerreinsten Ratio und daraus fließender Selbstbeherrschung. Für uns ist ein Sublimeres erlesen, als in dieser direkten Weise uns zu ändern und geradezu modifizieren zu können, was sich am Ende bis zum Austausch einer Person in allen ihren Teilen weiterdenken ließe, zu einem Prozesse der Selbstvergottung, bei dem leider nur ein fehlendes göttliches Maß durch menschliche Verabsolutierungen ersetzt wäre. Nein, uns ist gegeben, bei hingenommenem Fall und bei dessen festen Bahnelementen, dies beides überhaupt erst erheblich zu machen, durch die Art, wie wir uns dabei verhalten und wie wir uns in diese Kurve legen: das aber ist durchaus bei uns allein. Anders: die wichtigsten Grundentscheidungen des Lebens können niemals nur ein Direktes betreffen, einen Inhalt, ein bloßes Was – sondern immer muß damit auch eine formale Erheblichkeit gesetzt werden, ein Indirektes, ein Wie, ein jeder wirklichen Kunstleistung analoger Akt.

OFFENER BRIEF AN BARON KIRILL OSTROG[1]

Werter Baron Ostrog, nun sei Ihnen endlich geschrieben. Aber einem Schuß muß naturgemäß eine lange Stille folgen, bevor die Vögel in den Baumkronen wieder zu schwätzen beginnen; und wenn sie das sogleich konnten und sich garnicht stören ließen, dann waren es Vögel, die ihre natürlichen Instinkte nicht mehr besaßen, keinen zweiten Schuß Pulver wert, sondern höchstens des Steckens, die Trägen vom Aste zu schlagen. Und obendrein: nicht wie aus der Büchse, nein, wie aus der Kanone geschossen waren Sie plötzlich da im literarischen Kosmos, manche Bahn-Elemente schwer alterierend und so auch die des Ihnen ganz und gar nicht ergebenen Briefschreibers. Sehe jeder zu, wie er hier fertig werde. Der Endesgefertigte mußt's auf seine Art tun. Sie aber, Verehrtester, sind eine Figur und Ihresgleichen wird man nimmer los. Das soll bei weitem keine Grobheit sein – parole d'honneur! –, sondern nur ein unentbehrliches Bestimmungsstück vom Begriffe der Figur überhaupt: eine solche ist zunächst und fundamental nichts Geringeres als ein den obengenannten literarischen Kosmos mitkonstituierendes Phänomen. Zöge man dieses heraus, eliminierte man da irgendeine Figur, die größte oder die kleinste, so verwandelte sich jener in einen Pallawatsch. Wie aber kann dann je eine neue Figur auftauchen und wie konnte die fehlende erwartet werden? Dadurch, daß dieses ganze Gefüge offenbar als Idealität angelegt ist und vorbestimmte, ausgesparte Örter enthält. Es gibt in jeder Literaturgeschichte eine sozusagen apriorische Topographie, ehe deren Objekte selbst noch in Erscheinung treten. Und ein solches, nämlich ein sichtbar werdender Stern, eine Nova, kann nur werden, was mit scharfem Blitze zum vorbestimmten Sitze springt. Nun erklärt sich mir auch mein allererstes Gefühl bei der Begegnung mit Ihnen, Baron; ich möchte sagen: Sie hatten mir gerade noch gefehlt.

Auch als Mannsbild dem Mannsbild. Erst schien's mir, Sie stell-

[1] Die Hauptfigur in A. P. Güterlohs Roman „Eine sagenhafte Figur". I. Luckmann-Verlag. Wien 1946.

ten meine Welt auf den Kopf, dann kam sie auf die Beine, auf die Ihren nämlich, am Ende rannte alles: ausreißend vor der Ausnahme Kirill, die da als einziger Normalfall hinter uns her war: ein centaurisches Doppelwesen, als welches er sich selbst auf pagina 248 bekennt, wird verpflichtendes Maß für alle Männer, Mannsbilder, für die Männerwelt, welch letzteres Wort schon an jene ganz lästige Zunft gemahnt, der die Keuschheit bestenfalls eine Art Potenz-Sparkassa ist. Das war ein Auftrieb! Wie sie liefen, diese Helden! Schneller als Achilleus. Dieser rannte neunmal um ganz Troja herum seiner Unsterblichkeit nach, die ihm dann doch erst Vater Homer in aller Ruhe mit Rohrfeder und Papyros verschrieben hat: jene aber, hurtiger noch, sausten ihres gefährdeten Plaisiers wegen – und ich möchte ihr Homer wirklich nicht sein, selbst wenn ich's könnte. Übrigens schied ich aus dem Rennen aus, nicht weil tapfer, wie Hektor, ermannender Weise: sondern weil ohne Luft.

Mit dem Augenblicke, Baron Kirill, da man die feierliche Blähung in sich zusammensinken läßt, welche betont, es gäbe Bezirke ohne Sexualität – womit im Grunde nur impliziert wird, daß man sich von ihr verabschieden könne, um am nächsten Wochenende diskret wiederzukehren –, verfällt man Ihrem Pansexualismus, der so wenig freudisch wie freudenvoll ist, nicht ferial und nicht lateral und keine Okkasion, sondern die fundamentale res überhaupt, die Anschaulichkeit ex se, die einzige Position, die der Geist immer auch mit dem Leibe beziehen muß und mit dem ganzen Gewicht der Physik. Und der Leib mit dem Geiste. Ich weiß ganz gut, warum ich gelaufen bin.

Davongelaufen, zugegeben, eingeräumt, Luft weg! Aber jetzt steh' ich, oder vielmehr: ich sitze bereits und schreibe Ihnen, sechs Monate nach dem Galopp. Der Staub ist längst gesunken. Kirill vergeht am Horizont, er hat die von ihm garnicht gemeinte Verfolgung aufgegeben. Er entwandert in noch fernere Horizonte; sein Schöpfer hält für möglich, daß er es wirklich war, der auf dem Dorfplatze eines insularen Stammes in der Südsee von einem europäischen Forscher gesehen worden ist. „Leider sei der so nackter Verkleidung fähige und verdächtige Bursche bei Annäherung des scharfen ethnologischen Augs in das Männerhaus entsprungen." Ich meine, lieber Baron, es wird Ihnen dort in der Südsee ganz gut gefallen haben. Sie werden die Dinge im Lot gefunden haben, wie man zu sagen pflegt: was nach unten gehört, unten, und den Schwerpunkt unter den Fußsohlen, daher das Gleichgewicht stabil.

Wenn man so wie Sie geartet ist, Baron, fällt man nicht nach seitwärts von Zeit zu Zeit in den nährenden Sumpf, sondern man hat seine Wurzeln senkrecht unter sich und durchsetzt sich ganz mit ihm: filternd, nicht sich bekleckscnd. Formal sind Sie, ein braunes Mannsbild, dem Weibe gleich: ein „homme à la femme", der so garnicht ein „homme à femme" ist (die Verehrerinnen eines Bel-Ami würden vor Ihnen genau so rennen wie wir). Das ist also die fundamentale Sexualität zum Unterschied von der lateralen, in die wir abgekommen sind, jene die Urmutter der Durchleuchtung jeder Abstraktion mit Anschaulichkeit, diese ein vom Geist beiseite gedrängtes und recht eigentlich verdrängtes Gegengewicht, zu welchem er aber zurückkehren wird von den außerordentlichsten Aufflügen wie der Übeltäter zum Ort der Untat und also immer wieder in eine unfruchtbare Situation. Ich empfinde Schmerz, indem ich Ihnen dieses hier schreibe, Baron, und es also zugestehe, verbindlich, weil geschrieben (und daß ich recht schreibe, dessen macht mich jener Schmerz gewiß); und „weiß der Teufel" kann ich auch kaum sagen, denn unglücklicherweise weiß gerade der Teufel genau, daß nur Geschriebenes verbindlich ist, und auf den geb' ich was in solchen Sachen. Ich empfinde Schmerz, nicht meiner Artung wegen, sondern weil ich eben jetzt die Quelle meines Ressentiments gegen Sie unversehens, ja fast versehentlich aufgedeckt habe. Und man kann sie mit keinerlei Abwertung des Sexuellen, mit keiner Männerbündlerei und mit keiner Kameraderie mehr zudecken, geschehe das nun nach Art der weltanschaulich und unanschaulich Feierlichen oder der Feschaks.

Neben dem Ehebett beginnt schon die Wüste der fremden Menschen, und nicht nur den Abgrund zwischen Laura und Kirill, sondern einen, jenseits dessen überhaupt erst alle Außenwelt anfängt, überschreitet allein er „auf der lusterstarrten Brücke des eigenen Körpers". Ihr Gegenbild, Baron Ostrog, nicht „homme à la femme", sondern homo forensis, „homme à foire", der (auf's erste Ansehen) antikische Mann, glaubt viele andere Übergänge als wesentlichere zu wissen und zu haben. Und bis sie alle durch Desillusion von den fundierten Pfeilern und Widerlagern gebrochen sind – für welche gleiches Streben, gleiche Ziele oder Gesinnungen unter Männern gelten konnten –, ist es dem nun Einsamen für jene erste Brücke zu spät geworden. Kirill aber ist von vornherein einsam. Er ist nie geneigt gewesen, sich über die Beziehungen, die er zu anderen Menschen hat oder eigentlich nicht hat, im Illusionären variierend und phantasierend zu ergehen (ein Thema, das es nicht gibt, variierend und also phantasierend). Bei ihm geht die Sonnenuhr seiner Begehrlichkeiten so richtig, wie nur eine Sonnenuhr gehen kann, und wo mittags der Schatten des aufrechten Stabes in der Richtung auf diesen hin zeigt, dort ist wirklich sein Süden: in den muß er ziehen, aber nicht als Ferienreisender, sondern im vollen Harnisch, wie man einst die Romfahrt machte, mit dem ganzen „Kriegsgewicht seiner Pflichten". So kommt das Abstrakte in die Sinnlichkeit oder umgekehrt; jedenfalls: die Abstraktion erglüht; in Farben, wie das zischende Eisen sie annimmt, wenn es Stahl werden soll. Die ganze Metaphorik des Erotischen tritt ein Stockwerk höher, eine Bühne höher noch einmal auf im Gedankengefecht, und sie paßt dorthin: ja, man wundert sich, jene Flora auf dieser Ebene nie vermißt zu haben, welche durch sie erst zu Anschaulichkeit und also Eindringlichkeit kommt. Und hat man vermißt, dann weiß man jetzt endlich, was. Freud hätte sich daran erfreut, aber das wäre ein Mißverständnis gewesen. Denn hier soll ja garnicht eine Kategorie auf die andere zurückgeführt werden oder alle auf eine. In der Einsamkeit seines allerersten Antretens ist Kirill durchaus der Antike fremd, dem Mönch oder Ritter des Mittelalters nahe; in der Einheit seines Auftretens aber, das gleich mit den ersten Schritten dem einen und einzigen Wegweiser folgt, ihn wählen läßt als Kompaßnadel auf der Windrose möglicher Wege: und sich drein ergibt und so jeden Gegensatz zwischen Geist und Eros als barbarisch hinter sich läßt: hierin sind Sie, Baron Ostrog, von dessen Komplexität ich mir bei dieser Gelegenheit einen Blick und Blitz nehme, durchaus ein antikisches Mannsbild (ein braunes, das mit Recht in's Männerhaus entspringt).

Aber die Kirill'schen Abstraktionen in ihrer Rationalität sind keine „Sublimierung" des Pansexualismus, weil dieser garkeinen Anlaß zu jener hat. Denn was ist das Movens „nach oben" bei der Freud'schen Sublimierung? Nichts anderes, als daß hier der Sexus seinem eigenen Namen entfliehen will und damit dem Drucke der über ihm wachenden „Zensur" – Traumzensur oder Wachzensur – bis zu Metastasen, auf deren Höhe man ihm das aus den Fasern der Herkunft geknüpfte Fangnetz seines Begriffs nicht mehr überwerfen kann, weil es zu weitmaschig geworden ist. Der Kirill'sche Pansexualismus aber besteht geradezu auf seinem Namen und hat keine Fluchttendenz nach oben oder ein Bestreben, in den feinen Kapillaren zu steigen und als wer anderer irgendwo an den Tag und in's Bewußtsein zu kommen. Wo sich die Sexualität unter Zustimmung fundamental gemacht hat, dort gibt es auch keine „Verdrängung". Jene läßt sich nur mehr interpretieren. Das impliziert schon die Anerkenntnis der Unfehlbarkeit ihrer „Setzungen": „Fällt man denn nicht in die Umarmung aus dem einzigen, tiefsten Grunde nur, weil man sich selber und dem Schicksalszeiger seines Fleisches nicht untreu werden darf? Weil man auch für das Wort stehen muß, das unsere Nerven sprechen? Weil man als Mannsbild viel wortgebundener ist denn als Mensch? Als Naturwesen viel moralischer denn als moralisches?" Amor amor fati. Hier ist von Sublimierung oder Verdrängung nicht mehr zu reden, weil alles das zu viel Platz darin hat, um anzustoßen und dialektisch irgendwo Kontakt zu kriegen. Aber diese Kirill'sche Ratio interpretiert nicht nur das sexuelle Fundament, sie saugt es geradezu aus. Nicht die Sexualität steigt hier moorig empor, sondern die Ratio senkt sich wie ein Polyp auf das Naturwesen und Mannsbild herab, dessen Säfte, Pigmente und alle ihre Nuancen sie zur Belebung und Beleuchtung ihrer Begriffsgebilde gebraucht. Fiat interpretatio, et postea pereat sexus. Aber: ein einziges Beispiel genügt. Sie sind, Baron Ostrog, fundamental konservativ aus dem einfachsten Grunde: weil Ihnen die Geistesschwäche fehlt, welche Wiederholungen erst ermöglicht, und weil Sie daher niemals hoffnungsfreudige und erleichternde Veränderungen sich für die ganz unmögliche Verwandlung andrehen ließen: und obendrein würden Sie sogar diese als ein beinahe mesquines Zauberkunststück ablehnen. Um des Satzes von der Identität willen. A = A. Sie hassen den Verrat.

„Ich aber bin mit den Frauen verbunden wie das kentaurische Mannsbild mit dem Pferdeleibe, wie das phosphoreszierende Leuchten mit dem faulenden Stamme, wie die Fruchtbarkeit mit dem Feuchten, wie das Schicksal mit den Sternen. Wollte ich mich aus dem Zwillingswesen reißen, das ich bin, das mich jetzt schon so verdammt zeigt wie selig gesprochen, das – wer könnte hier unterscheiden? – auf mir parasitiert oder dessen Parasit ich bin: ich wäre ein Feigling, der seiner Pflicht entschlüpfte und statt auf dem Felde seiner Ehre auf dem polynomen Lotterbette irdischen Lohnes stürbe."

Mit den Frauen. Nicht mit einer geradezu gemeinten, weil man sie halt gar so gerne hat. Sondern mit einer einzigen nur aus dem schon angegebenen Grunde. Exemplum docet, exempla obscurant.

Der Centaur wird wirklich und unweigerlich zum Normalfall. Das ist es, Baron, was mir so bitter schmeckt. Aber nicht, daß er die barbarische Entfremdung bis zum Gegensatz zwischen Geist und Eros (das Scheinproblem aller Halbgebildeten) hinter sich läßt; nicht auch, daß eine so doppeldeutige Verfassung die personswahrende Tugend der Treue auf wahrlich festerem Grunde errichtet als dem der Prädilektion (als welche sie für gewöhnlich ihr wackliges Fundament abgeben muß), nicht auch, daß ich klar sehe, wie solche im Lot befindliche Mechanik des Geistes aus ihrer Natur sich jenseits aller Unanschaulichkeit und damit falscher Gemeinsamkeit und Gemeinschaft und jenseits jeder ideologischen Anfälligkeit hält: sondern die centaurische Grammatik ist's schließlich allein, die mich und meine idealischen Kameraden (die es vielleicht garnicht gibt oder ihrer gleich verdächtig viele) aus dem Felde schlägt. Ohne Verifizierung durch eine Sprache, die Satz für Satz mit helldurchflammter Abstraktion nebenher demonstriert, welche schwindelhaften Schleichwege zum Abstrakten allüberall schon gewohnheitsmäßig begangen, welche blutlosen Kurzschlüsse da unaufhörlich hergestellt werden – an einem Nichts von Potenz sogar noch vorbei zu einem Nichts an Sublimierung –, ohne diese Verifizierung bliebe unser Centaur ein ganz vortrefflicher Bursche, ein honettes Fabelwesen sozusagen, mit vielen interessanten Vorzügen, aber ganz unmöglich und absurd in griechisch-römischer Männergesellschaft: und auch ich würde mich scheuen, einen also Behuften im Triclinium zum Nachbarn zu haben. Aber die sprachliche Legitimität wirft das alles über den Haufen. Hierin sind wir der Logizität zu sehr verschworen, zu einig gegen alle dumpfe oder dünnblütige Barbarei (welches Wort eben, in's Vokabular unserer Zeit übersetzt, nicht anders lauten dürfte als Halb-Bildung), als daß wir nicht unverzüglich jenes anscheinend Chimärische als Maß und eine „sagenhafte Figur" als Verpflichtung anerkennen würden.

Ja, Baron, damit halten wir dort, wo wir hingehören. Groß ist die Niederlage, die Sie meiner ganzen lästigen Zunft und auch mir beigebracht haben, groß ist die Niederlage der Männerwelt!

Wer da immer, als Mannsbild, den Bericht von Ihrem Leben, Baron, gelesen hat (für Frauen ist er literarischer Feingeschmack exotischen Kontinentes), der wird den Schritt versuchen müssen von der lateralen zur fundamentalen Sexualität, oder aber er hat nicht lesen können und mögen, dieses Buch nicht als das benützt, was ein Buch ist: als einen Gebrauchsgegenstand, als einen Schlüssel. So sperre man denn sein eigenes Haus auf. Eine „Kritik" oder „Besprechung"? Dieses Buch muß man bestehen, nicht besprechen. Will man journalistisch vorwegnehmen, was die Literaturgeschichte einmal früher oder später wird leisten müssen? Schon aus Bosheit täte ich das nicht, selbst wenn ich's könnte. Natürlich bin ich gegen dieses Buch. Was denn? Aus dem einfachsten Grunde: weil es in einer geradezu penetranten Weise nicht von mir ist, nie im allergeringsten hätte von mir sein können. Also: contra! In einem Punkt aber fall' ich mit Ihnen, Baron, allerdings präzise auf einen Punkt: denn auch ich „denke verächtlich von der Beseelung der Welt durch die Glücklichen". Hierin bin ich Kirillist. Und bleibe der Ihre

René Stangeler

GÜTERSLOH

Zu seinem 75. Geburtstage

Zum ersten Mal lernte ich Gütersloh in Sibirien kennen, 1919, zu Nowo-Nikolajewsk. Der bekannte Maler und Holzschneider Professor Erwin Lang, damals Lieutenant bei den Kaiserjägern (sie waren auch in Galizien eingesetzt worden!), hatte bei seiner Gefangennahme Gütersloh's ersten Roman „Die tanzende Törin" im Rucksack gehabt. Das Buch begann in einem Kreise kriegsgefangener Offiziere zu kursieren, und es ist nicht zu leugnen, daß es uns mit seiner dichten Atmosphäre umwob und unser Leben veränderte, auch im nächsten Jahre noch, als wir in das große Lager Krasnojarsk gekommen waren. So weit hinaus wirkt ein schöpferischer Akt! So weit hinüber und hinein in gänzlich heterogene Lebensumstände! Vollbracht zehn Jahre zuvor von einem zweiundzwangzigjährigen Künstler!

Die Zeit war – wenn auch durch den tobenden Bürgerkrieg in Rußland gefährlich – für uns doch glücklich und reizvoll. Wir lebten jedenfalls materiell weit besser als alle Menschen damals in Österreich; die „Bulka", der weiße Wecken, war unser täglich Brot, und die Küchen, unter österreichischer Leitung, waren gut. Es gab ein Theater, ein Orchester, ein lichtes, freundliches Kasino, und das blieb auch so, als das Regime von Rot auf Weiß wechselte.

Gütersloh's Einfluß stand nichts im Wege, keine krasse Not. Gewisse Cafétische im Kasino wurden denen des „Café Museum" in Wien immer ähnlicher, die Geister Edelbauer's und Livlander's gingen um (beide Figuren aus der „Tanzenden Törin), die Maler Alfred Kunft und Hans Eggenberger – letzterer hat, nach jahrzehntelangem Leben in Argentinien, voriges Jahr in Wien einen Staatsauftrag durchgeführt – zeichneten am Caféhaustisch und auch auf demselben, die Literaten begann solches zu langweilen, sie übersiedelten an andere Tische, da es denn ein anderes Café nicht sein konnte. Es war hell und licht und prickelnd von Zukunft, das Lager lag hoch, der sibirische Sommer ist heiß und lind zugleich, die Luft würzig von der Steppe. Wir sprangen aus Krieg, Leiden, Zusammenbruch der Heimat und Rechtlosigkeit an die sonnige Oberfläche empor wie Forellen. Viel wurde von Gütersloh gesprochen, alle lasen die „Tanzende Törin", sie war unser Buch, unser autoritatives Buch. Und Erwin Lang genoß den unermeßlichen Vorsprung vor uns, daß er, erstens, ein ausgelernter und berufsmäßiger Künstler war, zweitens aber Gütersloh persönlich und gut kannte. Einige gingen aus diesem Kreise hervor. Auch der heute so anerkannte Kritiker, Interpret und Übersetzer russischer Literatur, Xaver Graf von Schaffgotsch gehörte zu uns.

Ich sog mich voll und, wie ich heute weiß, vor allem mit Gütersloh. Ich war ein dummer Rüpel, aber mit meinen zweiundzwanzig Jahren ein literarischer Schwerarbeiter, von einem Fanatismus, der mir heute wild und roh erscheint. Ich warf alles Fertige sofort weg, es sollte nur Übungs-Stoff sein. Ich kannte die „Tanzende Törin" seitenweise auswendig. Erst später freilich erfuhr ich, daß dies der bedeutendste Roman des frühen Expressionismus ist.

Es gabe mehrere Fußballmannschaften im Lager und einen Turnus von Wettspielen (mit Totalisateur im Kasino, jawohl! man muß konventionelle Begriffe, wie etwa „Kriegsgefangenschaft", immer auflösen!). Ich spielte rechts Verteidigung (damals sagte man noch „back"). Ich war beliebt. Der Ruf „Hoppauf, Heimito!" oder „Heimito! Schuß!" wurde, im brüllenden Tone, oft gehört. Ich wusch mich ab, ich eilte in's Café. Ich vermeinte oft, daß mein Thorax vor Wachstumslust gleichsam in den Nähten krache. Ich eilte in's Café. Ich eilte zu Gütersloh, in Wahrheit.

1924 sah ich ihn zum erstenmal in der Wohnung der Mutter des Malers Erwin Lang, einer imperialen alten Dame mit dem Kopf eines Kardinals. Er las die herrliche Prosa von „Kain und Abel", die im gleichen Jahre – von ihm illustriert – erschien, in einer jener Prachtausgaben, wie's damals der Brauch war, welche die sichere Gewähr dafür boten, daß ein Buch bald aus dem Handel verschwinden würde. Der Verleger war auch anwesend, Rudolf Haybach, ein alter Sibiriake, einer von den Unsrigen.

Ich kann nicht sagen, daß Gütersloh mir damals sympathisch gewesen ist. Sein brauner, wie eingeölter Teint – er kam aus Südfrankreich, wo er dann mehrere Jahre verlebt hat – der dichte, tief-schwarze Kinnbart, die sonore Stimme, das ausholende Pathos seines Lesens: das alles war mir nicht eigentlich physiognomisch, sondern eher schon physiologisch zuwider. Ich wollte damals Prosa so gelesen haben, daß vor allem die Silbenquantitäten und rhythmischen Werte gut herauskämen – die „ratio pedum", wie der alte Quinctilian sagt – also eher monoton. Der Eindruck war zwiespältig.

Aber er muß doch tief in's Kernholz gefahren sein. Als mich einige Jahre später der Verleger fragte ob ich bereit sei, ein Buch über Gütersloh zu schreiben, sagte ich sogleich zu, obwohl ich einen Roman zu beenden hatte. Ich erhielt nun sämtliche Bücher Gütersloh's zugestellt, auch die vergriffenen und kaum mehr zugänglichen (fast alle befanden sich in diesem Stande, darunter auch die „Tanzende Törin"). Es waren acht Bände. Ich legte sie beiseite und schrieb weiter an meinem Roman. Im Nachsommer war er fertig. Es wird damit zusammengehangen haben, daß ich auszugehen begann. Ich wohnte in Döbling bei einer sehr lieben Familie mit einem kleinen Buben. Sie haben 1938 fliehen müssen, als die Deutschen kamen. Vor kurzem hat mir die Dame geschrieben. Ihr Mann ist gestorben, der kleine Bub ein Universitätsprofessor geworden. Mein Zimmer in Döbling war winzig, eine weißlackierte Schachtel, vom Fenster konnte ich die Baumkronen greifen. Es stand offen, als ich spät heimkam, die Nacht war warm. Ich trug einen Abendanzug. Ich sah Gütersloh's Bücher auf einem kleinen Regal stehen, warf Hut und den leichten Mantel beiseite und zog einen Band heraus. Das Buch war elegant gebunden, nilgrün: die „Bekenntnisse". Ursprünglich war es mit dem richtigen Titel „Meine große und kleine Geschichte" – gedruckt worden, aber der zweite Verleger des Werkes hatte das willkürlich verändert. Ich begann stehend zu lesen. Nach zehn Minuten schon wußte ich, daß es mich jetzt erwischt hatte. Ich setzte mich lesend auf das Bett nieder, schließlich lag ich bäuchlings, im Smoking, wie ich war, auf dem offenen Bett und las. Ich war mir des Ernstes der Lage aber auch meiner großen Chance bewußt, und daß mein Hirn nun herzugeben hatte, was es nur konnte. Vielfach versagte ich, sprang gleichsam nur von Stein zu Stein:

„Vor dem Schüler war der Lehrer ... Warum immer wieder stürzt sich der Jüngling in die Schlacht und in die Arme von Lehrern ...? Dem heroischen Wunsche, praedestiniert zu sein ... zeigt sich jenseits der Schlachtfelder ein neuer apokalyptischer

Richter, der zu lehren scheint, während er urteilt, der nicht mit Kriegsruhm auf die Walstatt lockt, sondern mit böser, zweideutiger Bescheidenheit den ungleich gefährlicheren Lorbeer der Wissenschaften und Künste in Händen hält."

Und dann: „Auf der Höhe dieser Betrachtung, die ich wahrlich nicht, um mich hinaufzusetzen, führe, ist es kein Unding mehr zu behaupten, daß dem Siege des Gewissens, dessen also, was als schöpferische Sonne hinter aller Gestalt steht und dieser Gestalt Schatten auf Bild und Buch wirft, daß solcher Entscheidung die Begabungen einfach folgen."

Das war Seite 101. Nicht eigentlich eine Buchseite, sondern der Halt eines Schnellzuges. Ich hatte auch kein Buch gelesen, sondern buchstäblich mein eigenes Leben. Ich sprang aus dem Zuge in die Mitte des Zimmers. Es war heller Tag. Diese Augenblicke wurden ein wilder Ringkampf. Dann wußte ich: dereinst wirst auch du begabt sein. Ich war durch! Ich atmete tief. Meine Brust trat vor, das steife Leinen knisterte, bog sich, es gab einen kaum spürbaren kleinen Ruck.

Ein Perlchen rollte vor mir auf dem Teppich.

Es rollte weit durch die Jahre, und bis in den Roman „Die Dämonen" hinein. Dort blieb es liegen und wurde dann gefaßt. Wer es sehen will, kann es auf Seite 467 finden.

Für mich aber bleibt es ein Teil jener Nacht vor dreiunddreißig Jahren: mit Gütersloh verbracht.

DAS ENDE DES FALLES GÜTERSLOH

Eine kleine Dokumentensammlung

Ein Briefwechsel

Heimito von Doderer an Professor Dr. Friedrich Sieburg

Wien, 7. 9. 1962

Sehr geehrter Herr Professor,

wie ich vom Verlage Piper & Co. in München erfahren habe, steht das Erscheinen des Hauptwerkes von Albert Paris Gütersloh, „Sonne und Mond", ein historischer Roman aus der Gegenwart, für Ende Oktober bevor (also reichlich lange nach der Frankfurter Messe). Ich möchte Sie bitten, mir die Besprechung dieses umfänglichen Buches in der Frankfurter Allgemeinen Zeitung zu ermöglichen, da ich glaube, daß meine Kenntnis aller Bücher Gütersloh's, auf der einen Seite, mich dazu befähigen würde, andererseits aber die eigene, gegensätzliche Auffassung und Praxis im Roman mir die erforderliche Distanz diesem nicht einfachen Phänomen gegenüber gewährt. Da der 75jährige Autor gleichzeitig in Wien mit einem umfänglichen Erzählungsband erscheint und nächstes Jahr mit einer Auswahl (Inselbändchen), wäre ein zusammenfassender Blick auf ihn vielleicht angezeigt, was nicht notwendig einen größeren Umfang der Besprechung bedeuten müßte. Ich selbst habe eine Anthologie aus Gütersloh's Werken vorbereitet, die 1963 als Taschenbuch herauskommen wird.

In der Hoffnung auf einige Zeilen von Ihnen verbleibe ich mit herzlichen collegialen Grüßen

Ihr sehr ergebener

Heimito von Doderer

Professor Dr. Friedrich Sieburg an Heimito von Doderer

Gärtringen, 15. 9. 1962

Sehr verehrter Herr von Doderer,

Ihr Vorschlag, den Roman von Gütersloh „Sonne und Mond" für das Literaturblatt der Frankfurter Allgemeinen zu besprechen, ist eine Freude und, wie ich gleich hinzufügen möchte, eine Ehre. Ich greife mit beiden Händen zu. Allerdings weiß ich nicht, ob Sie geneigt sind, sich den technischen Zwängen zu unterwerfen, die für die Literaturseite unabdingbar sind. Die Besprechung müßte eine wirkliche Besprechung des Romans sein, nicht ein Essay über die Gesamtheit des Autors. Auch dürfte sie vier Schreibmaschinenseiten normaler Art unter keinen Umständen überschreiten. Wenn ich Ihnen diese Einschränkungen zumuten darf, bitte ich Sie, das Manuscript recht bald an meine auf diesem Blatt angegebene Adresse zu senden. Ich würde mich glücklich schätzen, den Beitrag veröffentlichen zu können. Mit herzlichen Grüßen

Ihr sehr ergebener

Friedrich Sieburg

Professor Dr. Friedrich Sieburg an Heimito von Doderer

Gärtringen, 27. 9. 1962

Sehr verehrter Herr von Doderer,

ich schrieb Ihnen nach Landshut vor einiger Zeit einen Brief, in dem ich mich begeistert auf Ihr Angebot stürzte, den Roman von Paris von Gütersloh für uns zu besprechen.

Ich wiederhole, daß es mir eine große Genugtuung wäre, wenn Sie diese Arbeit trotz der räumlichen Einschränkungen, die leider unabdingbar sind, für uns übernehmen sollten. Ohne Sie bedrängen zu wollen, erlaube ich mir die Frage, ob wir in absehbarer Zeit mit dieser Besprechung rechnen können.

Ich hoffe, daß Sie noch nicht die Lust verloren haben und sende Ihnen in dankbarer Erwartung des Manuskriptes die besten Grüße

Ihr sehr ergebener

Friedrich Sieburg

Professor Dr. Friedrich Sieburg an Heimito von Doderer

Gärtringen, 12. 11. 1962

Mein lieber und sehr verehrter Herr von Doderer,

Sie haben mir mit der prompten Übersendung Ihres Manuskriptes über den Roman „Sonne und Mond" von Gütersloh nicht nur einen großen Dienst erwiesen, sondern auch eine wirkliche Freude gemacht. Ich brenne darauf, dieses prächtige Stück zu veröffentlichen, sobald das Buch in den Händen des Publikums ist. Was mich an Ihrer Besprechung besonders erfreut hat, ist die ritterliche Art, mit der Sie Ihre persönliche Freundschaft zum Autor nicht haben überwiegen lassen. Besser können dies Buch und sein Autor unserer Leserschaft gar nicht präsentiert werden. Mir ist Ihr Beitrag schon darum doppelt wertvoll, weil wir zu wenig über Österreich erfahren und weil ich die merkwürdige Scheidelinie, die sich zwischen beiden Ländern hinzieht als schmerzhaft empfinde.

[...]

Es wäre mir eine große Genugtuung, wenn ich gelegentlich wieder einen kritischen Beitrag von Ihnen haben könnte, so daß sich nach und nach ein Brückensteg zwischen Österreich und uns wieder bildete.

In der Hoffnung, daß es Ihnen gut geht und mit nochmaligem Dank sende ich Ihnen meine herzlichsten Grüße

Ihr sehr ergebener *Friedrich Sieburg*

Der Rausch der Abstrakta

Albert Paris Gütersloh: Sonne und Mond

„Wenn der Gegenstand des Dichters die ganze Vorstellungswelt des Menschen wird, so schwillt ihre Darstellungsform ins Unabsehbare an, verliert alle gewohnten Konturen des Erzählens und Schilderns" (W. Emrich). Damit hört natürlich auch „die chronologische, die um Höflichkeit bemühte Weise" des Erzählens auf, um es mit einem Worte Joseph Breitbachs zu sagen. Also: „Was ein Roman ist, bestimmt derjenige, welcher ihn schreibt."

So antwortete A. P. Gütersloh auf eine Rundfrage. Und: „Der Teufel hole die Bücher, die einer versteht." (Sonne und Mond, S. 414.) Wir verstehen schon. Wir möchten vor dem Werke ein Täfelchen aufstellen und darauf einen sehr bekannten Buchtitel schreiben: „Nur für Leser."

Sogleich sieht man sich nach einem bereits fest eingeschlagenen Pflock um: Robert Musil? Bitte um einen Vergleich! Ganz einfach. Musil kann bekanntlich nicht erzählen und will es also auch nicht. Gütersloh kann es gar sehr und will es noch weniger.

Konkret und sensuell, wie ein Künstler eben sein muß, ist er bis zum äußersten, und an leuchtenden Stellen solcher Art ist kein Mangel. Gleich danach freilich schlägt alles mit nicht minderer Glut in den Rausch der Abstrakta um. Entweder zerstört nun der Autor durch diesen die Erzählung, oder, noch weit absichtsvoller, durch ein anderes Mittel: durch Überfrachtung, bis ihr das Rückgrat bricht: da liegt sie; ein Haufen Scheiter; fort damit! Der Rausch der Abstrakta kann neuerlich beginnen. Mit einer der schönsten und humorvollsten Passagen des Buches wird zuletzt auf die beschriebene Art verfahren (651 ff., ab 669 die desaströsen Methoden).

Desaströs freilich nur von uns aus gesehen. Denn der Autor will ja das Lianengewirr seiner (überaus interessierenden) Handlung zerreißen und sein Messer freikriegen zu ganz anderen Zwecken.

Jene Handlung allerdings ist außerordentlich. Der marokkanische Diener eines windigen Grafen Lunarin entdeckt am anderen Ende der Welt auf einem gewissen Örtchen beim Zerreißen einer Zeitung, daß sein Herr in Europa ein Schloß mit Gut geerbt hat. Damit geht eine von sublimer aber ungeheurer Bosheit gelegte Flattermine hoch, die der Oheim des Grafen, ein Baron Enguerrand, seinem Neffen untergeschoben hat, um den Windbeutel, dessen Verwandlungs- und Lebe-Talent den gründlichen Mann bis zum äußersten ärgert, einmal endlich irgendwo festzubinden, damit er zeige, was er alles nicht kann, und wie wenig, ja, nichts hinter ihm stecke. Denn jene Erbschaft, die der Graf wirklich annimmt, ist eine schwere Belastungsprobe: Schloß und Gut befinden sich in ruinösem Zustand. Der Erbe wird sich im gängigen Sinne bewähren müssen, will er sein Eigentum bewahren. Schon ist er im nahen Dorfe Recklingen eingetroffen, schon will er sein Schloß besichtigen: da weht's ihm eine ehemalige Geliebte in den

Weg (sein Normalfall), er entbrennt neuerlich für sie, gelangt gar nicht bis zu seinem Schlosse, wohl aber wieder in seine angemessene Bahn. Das amouröse Abenteuer nimmt seinen Lauf, das Schloß bleibt links liegen, und er verschwindet neuerlich draußen in der Welt, wo ihm sehr bald und immer wieder ein Gleiches begegnen wird.

Aber doch hat er einen Sachwalter, einen Verwalter bestellt, der ihm zur rechten Stunde im Gasthof (oben, im separierten Speisezimmer, wartet indessen am gedeckten Tisch die Dame!) richtig in den Weg, oder eigentlich in die Hände läuft: es ist Till Adelseher, ein äußerst wohlbeschaffener, reicher junger Großbauer. Nun hat dieser die Schlüssel zum Schlosse, nun wirkt sich die „puissance des choses", die „Gewalt der Dinge" (der Fürst Metternich beliebte das Wort zu gebrauchen) auf den jungen Mann aus. Der Graf, der eigentlich in drei Tagen hätte wiederkehren sollen, bleibt, windig wie er ist, einfach weg. Und das Schloß in der Hand des jungen Ökonomen zwingt diesen in seinen Dienst: es aufzubauen; die Wirtschaft in Ordnung zu bringen; die Schulden zu tilgen. Das Schloß wird eine schwere Last. Er bewältigt sie in der Sonne vieler Arbeitstage, ein reizendes Mädchen kaum beachtend, das ihn liebt. Endlich ist alles getan, still und feierabendlich geht der Mond auf: es ist Graf Lunarin, der einmal gleich dem guten Till die Geliebte ausspannt, das nun so prächtige Schloß ihm aber schenkt.

Das wäre so der Rahmen. In ihm wimmelt's von Seiten-Vorgängen und Figuren. Aus ihm fallen reichlich die Trümmer vieler zerschlagener Erzählungen, überschäumt von Räuschen der Abstrakta.

Der Roman ist hier nicht epische Kunstform, sondern zurückgebracht auf ein aphoristisches Philosophieren, das in der österreichischen Literatur seine Tradition hält, wie neuerdings wieder zwei Kritiker festgestellt haben, ein deutscher (K. A. Horst) und ein amerikanischer (Ivar Ivask), die beide in diesen Zusammenhang Gütersloh einordnen.

Der sich im übrigen auch als Maler gestaltend ausgelebt hat und viele Jahre an der Akademie der bildenden Künste zu Wien eine Professur innehatte. Für ihn wird das Schreiben eines Buches zu einer begrifflichen Sache, und den Dichter, der aufmuckt, weiß er zu maßregeln. Es gibt heute ein Convenü der Literaturfeindlichkeit. Wir finden es auch bei Gütersloh (S. 11). Es wird vielen

Orts als löblich empfunden. Es legitimiert gern jeden Verstoß gegen die Gattungen und Formen. Jedoch: „Kinds are the very life of art“ (Henry James). Auf die Länge bleibt das auch unter allen Räuschen der Abstrakta wahr. Und ein Roman ist zwar ein erfundenes Gewand, durch das einer aber bei wirklichen Ärmeln herauskommen muß, nicht bei denen eines Theologikers. Ein Gebild der Kunst sagt nichts über irgend etwas geradezu aus, es sei denn ganz nebenbei.

Im Buche kommt ein Turm vor. Ein Maler bewohnt ihn, der büßt: er hat sich zum Photographen degradiert. In „Sonne und Mond“ büßt vielleicht der Dichter für den Maler. Die Früchte sind außerordentlich (obwohl ja ein Büßer sonst keine Früchte hervorzubringen pflegt). Man kann dabei selbst in einen wahren Rausch der Abstrakta geraten und wird diese kristallinische und kristallische Nahrung (nur für Leser!) dann lange nicht entbehren können. Die ungeheure Weite eines nicht ohne Behagen umherschweifenden Blickes, der die Ergebnisse seines Schauens in einer autoritativen Weise mitteilt, welche von der Großartigkeit der Sprache fast immer legitimiert wird, mag es jedem wirklichen Leser für lange Zeit schwer machen, nach der Lektüre von „Sonne und Mond“ ein anderes Buch in die Hand zu nehmen.

Rede im Palais Pallavicini zu Wien am 4. Dezember 1962

Meine sehr verehrten Damen und Herren,

wir haben rund zwanzig Jahre auf Gütersloh's großen Roman gewartet. Nun ist er da. Und die erste Überraschung besteht darin, zu sehen, daß es garkein Roman ist.

In der Tat war auch der sogenannte Arbeitstitel ein ganz anderer. Der Verfasser benannte sein Werk als „Materiologie“. Diese Betitelung kam dem Wesen der Sache entschieden viel näher; und sie wurde später nur aus offenbarer Connivenz unterdrückt, um das Auffällige und Ungewöhnliche bescheiden zu vermeiden.

Dem Leser des Buches kann nicht verborgen bleiben, daß es sich hier wirklich um eine Art Spaziergang durch die Materie, das heißt, durch alle möglichen Materien überhaupt handelt. Stets werden dabei einige goldene Bälle der Erzählungskunst vorausgeschossen. Sie verrollen und bleiben liegen. Der Spaziergänger wechselt sodann den Schläger und gibt seinen Mutmaßungen über den nächsten Schlag und den wahrscheinlichen weiteren Weg des Balles freien Raum. Es ist ein philosophisches Golf-Spiel, das hier getrieben wird. Es kombiniert und schlägt sich so allmählich weiter durch alles, was es da überhaupt gibt, Tod und Liebe, Krieg und Frieden, Alter und Jugend, Geld und Kunst, Jud' und Christ, Arm und Reich, Glauben und Unglauben, Malerei und Photographie. Die Musik bleibt ausgeschlossen. Irgendwo heißt es auch, daß nur mindere Schriftsteller eine Beziehung zur Musik haben.

Ich bin kein Literarhistoriker, und daher nicht versessen auf Vergleiche, Einflüsse und Herleitungen. Ich glaube zudem, daß „Sonne und Mond" in der Literatur unserer Zeit garnicht beheimatet ist. Es steht in seiner Haltung am nächsten gewissen Werken der Hochscholastik, etwa dem Speculum Universale (eigentlich „Speculum quadruplex") des Vincenz von Beauvais, oder, aus dem Altertume, dem großen Lehrgedicht des Titus Lucretius Carus „De Rerum Natura", dessen sprachliche Potenzen sehr hoch sind.

Dem Begriff der Materie widerfährt in Gütersloh's Materiologie seltsame Wandlung, in eine Richtung weisend, die auch der modernen Physik nicht fremd ist (und hierin eigentlich, nicht aber literarisch, wurzelt das Werk in unserer Zeit). Zugleich sieht man das Prius, welches mittelalterliche Denker der erst Wirklichkeit schaffenden Forma vor der Materia oder auch der Materia Signata (der vorbezeichneten Materie) eingeräumt haben, nicht gar weit ab von solcher Direktion.

Es ist jedoch ein Lehrer der Ostkirche gewesen, Johannes von Damaskus, der erste Zusammenfasser ihrer Dogmatik, welcher Gütersloh den für ihn eigentlich brauchbaren Leitsatz geliefert hat. Der Damaszener sagt: „So weit der Mensch reicht, so weit reicht die Materie. Selbst die Engel sind, verglichen mit ihrem Schöpfer, noch grob materielle Wesen." Das ist eine treffliche Palissade, gegen ein zu früh auf-flatterndes, wohlmeinendes und poetisierendes Transcendieren, das einer Anfälligkeit gegenüber dem Idealismus, sei's hellenischer, sei's deutscher Prägung, für den Schriftsteller stets verdächtig bleibt. Derartigem wird solchermaßen kräftig auf den schöngeistigen Schwanz getreten, der in einen Einfaltspinsel als Quaste ausläuft. Dies besorgt „Sonne und Mond" mehr als einmal. So weit der Mensch reicht, so weit reicht die Materie. Erst wenn alle Versuche gescheitert sind, aus ihr zu erklären, dürfen wir annehmen, uns der Grenze zweier Reiche zu nähern, und verstummen. In diesem Sinne wollen wir Schriftsteller immer, wenn schon nicht Materialisten, so doch Materiologen bleiben. Auch, um die Transcendenz gleichsam gesund zu erhalten, damit ihr weit hinausgeschobener Staudruck unsere Welt immer wie ein Ringwulst umspanne.

Rede im PEN-Club zu Wien am 18. Dezember 1962

Meine sehr verehrten Collegen und Colleginnen!

Es ist nicht möglich, der Zeit wegen, daß ich hier eine Ortung und Würdigung von „Sonne und Mond“ leiste; zudem habe ich das schon zweimal getan, im Literaturblatt der „Frankfurter Allgemeinen“ vom 1. Dezember und in meiner am 4. Dezember im Palais Pallavicini gehaltenen Rede.

Doch hat mir gestern die Morgenpost den Brief eines jungen österreichischen Autors über das Buch gebracht; jenes kurze Schreiben Ihnen mitzuteilen halte ich für der Mühe wert.

Peter von Tramin schreibt mir:

„Gütersloh's ‚Sonne und Mond‘ ist kein Roman mehr: einem Autor, der Zeit seines Lebens als Programmatiker wesentlich nichts anderes tat, als zunächst die remedia divina seiner eigentlich erst zu betreibenden Kunst zu bestimmen, war das Schicksal aufgegeben, sich endlich im durchgeführten Werke verwirklichend, sein eigenes Kriterium auszumachen, primam materiam nun tatsächlich dargestellt zu haben, die dem confessionierten Materiologen ja nur in der schließlich ermöglichten Bescheidung auf's Stoffliche erwachsen konnte, oder aber am Grunde der Retorte, die diesfalls ein ganzes Leben meint, sich selber mit den bitteren Erkenntnisworten: ater corvus sum, vernichten zu müssen. Jetzt erst, mit seiner endlichen Konkretion, ist Gütersloh (der Schriftsteller nämlich) Künstler, oder er ist es nie gewesen. Sehen wir zu: Schon frühe bekannte er sich als Remplaçant: in seiner ‚Großen und Kleinen Geschichte‘; und ‚Sonne und Mond‘ ist Stellvertretung überhaupt geworden, Allegorie und Symbol, dies Schicht nach Schicht. Die Fabel simpel: es geht um's Erbe, das ein Herr nicht antreten kann und ein Knecht, der's erwirbt, nicht darf. Die Durchführung: eine einzige kumulative Gegenargumentation in glanzvoller Tropik, die letzten Endes nichts anderes will, als ihren eigenen (fato-)logischen Vordersatz verneinen, unterwegs jedoch – das Mittel der Abschweifung zum innewohnenden Zweck erhoben, erzählerisches Gebrechen zur Tugend des wichtigeren Anliegens geheilt – eben im Unterwegs-Sein ihr Auslangen so überzeugend findet, daß es zum mitteilbaren Überfluß ihres Autors wird. Man könnte aber auch sagen: wenn einer dieses Buch so zu lesen verstünde, wie es geschrieben wurde, er hätte ausgelernt."

So weit unser junger Mann; und damit schließt er den Aktendeckel. Und auch ich, nach langer Dienstzeit in Gütersloh'schen Sachen, tue ein Gleiches. Der Fall Gütersloh – dieses immer neu alarmierende Abseits-Stehen einer überragenden Potenz – hat zu existieren aufgehört. Es gibt, seit dem Erscheinen von „Sonne und Mond" (und dazu kommt gleich in einem noch ein dicker Band gesammelter Erzählungen bei Luckmann, ein bevorstehendes Inselbändchen und eine Anthologie aus dem Gesamtwerk, die ich selbst zum Abschlusse noch erarbeitet habe, damit sie 1963 erscheinen könne), es gibt also keinen Fall Gütersloh mehr, und für mich selbst am allerwenigsten. Ich habe hier meine Zeit zu Ende gedient. „Wenn einer dieses Buch so zu lesen verstünde, wie es geschrieben wurde, er hätte ausgelernt", schreibt mir der junge Herr von Tramin. Ich habe gelesen und ich habe ausgelernt. Man kann aus „Sonne und Mond" so ziemlich alles lernen, was zur Literatur gehört. Unter anderem auch, was ein Roman ist, als Werk der Kunst, und, was er nie sein kann und darf.

Damit nehme ich Abschied. Hier ist, mit dem Aufhören des Falles Gütersloh, jede Propaganda überflüssig geworden. Sie obliegt höchstens seinen Verlegern.

Aktendeckel zu. „Sonne und Mond" gehn auf.

III

ZU SPRACHE UND LITERATUR

GRUNDLAGEN UND FUNKTION DES ROMANS

Doctor Rudolf de le Roi
verehrungsvoll zugeeignet

Erster Teil · Theoretiker und Praktiker

Nicht zu allen Zeiten liegt auf allen Künsten ein gleich starker historischer Akzent. Die Musik der alten Hellenen hat uns wenig zu sagen im Vergleich zu ihrer Plastik und Literatur. Die Dichterei in lateinischer Sprache, wie sie das ausgehende fünfzehnte und das sechzehnte Jahrhundert übten, verschwindet neben der bildenden Kunst der Renaissance. Oswald Spengler sagt, daß die Völker, wenn sie erwachen, viel Musik machen. Mag sein; aber wenn sie erwacht sind und das helle Mittagslicht kommt – dann schreiben sie Romane ...? Nein, das stimmt nicht. Sie haben es vordem in solcher Situation nie getan (der hellenistische Roman zählt hier nicht mit, er ist erotische Konfektion). Es mußte eine geminderte Wirklichkeit einbrechen, mit einer nur mehr fragwüdigen Deckung zwischen Innen- und Außenwelt, es mußte zwischen ihnen eine Kluft sich öffnen, die vielenorts nur der kritische Pfeil noch überfliegt: jetzt erst gesellte sich der kritische Geist dem Epiker bei, ebnete den epischen Vers ein und ließ ihn nur mehr unterirdisch rauschen in den Regulierungen der Prosa, die von den Alten her international geworden waren. Der Roman ist übersetzbar. Er ist ein Kind der Weltliteratur, ja, vielleicht sogar deren eigentlich rechter Erzeuger.

„Selig sind die Zeiten ...“ so begann einst Georg Lukács sein Buch „Die Theorie des Romans“ (bei Cassirer 1920) und meinte damit die Epochen der vorprosaischen Epiker, die alle im Mythischen lebten, da mögen sie auch erst im hellen Licht der Geschichte geschrieben haben: ihr aber ist der Roman zugehörig. Und, merkwürdig genug: er tritt noch mehr hervor, wenn die Geschichte fast vorbei ist, wenn das fahle Licht posthistorischer Zeit und ihrer schon sehr geminderten Wirklichkeit uns scheint, wenn die bisher unter dem Drucke einer einigen Spannung zusammengehaltene Welt pluralistisch zerfällt: dann kommt der Roman und bringt uns nichts geringeres als eine neue Lust zu leben, die uns sonst vergehen müßte, ja, knapp daran war, sich ganz zu verflüchtigen.

Die Geschichte ist fast vorbei, der Spiegel ihres hochgestauten Sees sinkt, das Becken leert sich, nichts schwebt und schwimmt mehr, es umstarren uns nur die Wände der Welthöhle als verbliebene materielle Massen; auch entzieht unserem Aug' die hohe Mauerkrone den weiteren Verlauf des Strombettes: aber sie zwingt uns doch zu einer, für unsere Verhältnisse, fast in's Ewige gerichteten Erhebung des Blicks.

Wir jedoch schlagen ihn jetzt nieder, zum Erfahrbaren (das Empirische haben die Romanschreiber vom Epos geerbt, hier hat sich nichts geändert). Wir erschauen zum ersten Male durch die flachere Wasserschichte auch den Grund: und auf ihm zahllose bis dahin unbekannte Einzelheiten. Und wieder wird's eine Lust zu leben. Wohin bleibt fremd. Die Mauer sperrt den Blick.

„Exegi monumentum aere perennius" sagt mit Recht der selbstbewußte Quintus Horatius Flaccus[1]. Wir aber können in Anspruch nehmen, daß keine Zeit von den bisher abgelaufenen ihre Einzelheiten, ihren Alltag, kurz, das, was wirklich und allerseits gelebt wurde, in solcher Fülle und Vielseitigkeit, mit allen Kindheitserinnerungen und Gerüchen, mit Licht und Atmosphäre des Elternhauses und des Schlachtfeldes, mit Liebe und Müdigkeit, Spannung und Ekel, derart von sich überliefert hat, wie die unsere: durch den Roman. Sei's zur Schande oder zum Ruhme, wenn es denn noch weitergehen soll: überliefert ist's[2].

Ungehörig wär's, würden wir ein so schwieriges Thema angreifen, ohne uns erkundigt zu haben, was vordem gründlich darüber gedacht und gesagt worden ist.

Ein französischer Kritiker, Abel Chevalley, definiert den Roman als „eine Prosaerzählung von einer gewissen Länge" (mit mindestens 50 000 Worten). Das ist einfach, fast lapidar. Sozusagen eine Definition mit dem Knüppel.

Romandichter lieben es noch immer, sich Epiker zu nennen und in Homer den Vater aller Romandichtung zu sehen. Allerdings

[1] Carm. III. 30. An Melpomene.

[2] Diese Seite der Sache deutete mir zum erstenmal der bekannte österreichische Kritiker und Übersetzer Hanns von Winter im Gespräche an.

kann man bei Homer alles lernen: Einzeldurchführungen aus der Ilias, Komposition aus der Odyssee. Als Schiller ein Epos auf Friedrich II. dichten wollte, schrieb er in einem Brief an seinen Freund Körner, er sei noch nicht reif dazu, denn „ein episches Gedicht im achtzehnten Jahrhundert muß ein ganz anderes Ding sein, als eines in der Kindheit der Welt"; und später gab er den Plan auf, weil er (so wieder an Körner) mit Friedrich II. doch nicht derart sympathisiere, daß ihm die Riesenarbeit der Idealisierung dafür stände. Spielhagen (ein alter Praktiker), der diese Äußerungen Schillers kommentiert, ist der Ansicht, daß Schiller sich da geirrt hat. Nicht der Mangel an Liebe zum Helden vereitelte schließlich seine Absicht, diesen zu besingen, sondern der Vers machte es unmöglich einer Gestalt aus dem achtzehnten Jahrhundert gerecht zu werden.

Über den reinen Handlungsroman, den Barockroman im siebzehnten Jahrhundert, über den „Raumroman" (Goethe's Wilhelm Meister) zum „Figuren- und Bildungsroman" (Stifter's Nachsommer) kommt Wolfgang Kayser[3] zu seiner Definition des Romans als die „von einem fiktiven, persönlichen Erzähler vorgetragene, einen persönlichen Leser einbeziehende Erzählung von Welt, soweit sie als persönliche Erfahrung faßbar wird. Der einzelne Roman gewinnt Geschlossenheit dadurch, daß er entweder eine Handlung oder den Raum (d. h. eine Vielzahl von Räumlichkeiten) oder eine Figur zur strukturtragenden Schicht macht".

Diese Definition ist nicht ganz so einfach wie jene knüppeldicke des Franzosen, sie ist auch nicht erschöpfend, denn es fehlt die Erwähnung der Grenzen (was die Vielfalt der Räume und Figuren betrifft) die zu ziehen sind, sofern man vom Roman noch als von einer „Form" sprechen will. Sie impliziert, daß der Erzähler Persönlichkeit hat oder besser: der Erfahrung fähig, nicht zerfahren ist. Das ist keineswegs selbstverständlich.

Es gibt noch andere Einteilungen, ja, des Einteilens ist kein Ende. Am häufigsten in allen Literaturgeschichten wird, bezeichnend genug, nach Inhalten eingeteilt: Romane der Frauenbewegung, die Literatur der einsamen Inseln, die Ritterromane, die Schelmenromane, die Viktorianischen Romane; und diese wiederum weisen eine erotische, eine religiöse, eine soziale und weiß der

[3] Wolfgang Kayser: „Entwicklung und Krise des modernen Romans", Stuttgart 1955.

Himmel was noch für eine Entwicklung auf: Versuche, zu einer wissenschaftlichen Methode der Literaturbetrachtung zu kommen.

Denn alles das sucht im Roman den „Stoff" und die „Zeit" in völliger Negierung des Tatbestandes, daß der Roman erst in zweiter oder sogar in allerletzter Linie Kulturgeschichte oder gar Politik ist. Er ist ein Kunstwerk. Eine Dichtung. Sein Wert „beruht in dem gestalthaften Gebilde als solchem, das als selbstgenügsamer Mikrokosmos mit eigenen Formbezeichnungen und Gravitationsgesetzen in der eigentümlich dichterischen Dimension schwebt". (Günther Müller: „Aufbauformen des Romans", Neophilologus 1953). Die Technik, die Methode, das Formprinzip ist für den Ästhetiker, für den Künstler, den wahren Kenner und Interpreten von Kunstwerken wichtiger als die „Aussage", die nur für den Journalisten (und das sind ja viele der jeder Zeit genössischen Kritiker) wichtig ist. Ein großes Kunstwerk gilt auch nach Jahrhunderten, wo seine „Aussage" sich kaum mehr aufdrängt und wahrgenommen wird und das Werk dann als Muster der Objektivität dasteht.

Aber auch die Einteilung nach Techniken wie „einsinnige", „chronologisch umgestellte" und „Nebeneinander-Romane", und in Romane des „Bewußtseinsflusses" bringt keine rechte Ordnung ins Bild.

Kaysers Definition vom Erzähler als Formprinzip gibt uns da schon eher die über alle Zeiten dehnbare Grundlage und läßt sich auf den modernen Roman anwenden. Denn die Entwicklung des Romans in den letzten zweihundert Jahren geht wohl von der angestrebten Objektivität des reinen Handlungsromans zur immer mehr und mehr eingestandenen Subjektivität, bis zur Willkür des Erzählers, der seine eigene Krise zur Krise seines Romans macht: und diesen dort zerrinnen läßt, wo er selbst zerrinnt. Gültige Weltbilder, Religion, Gesellschaft, Konventionen erweisen sich plötzlich als Krücken (die das Mißtrauen von Autor und Leser genießen), auf welche der ehrliche Autor verzichtet. Tiefes Mißtrauen herrscht auch gegen die höhere Einfalt der klassischen Dichter, die wie Stifter im „Nachsommer", die deutsche, goethische Bildungswelt beschwören und man ist dankbar für das Goethe-Wort (aus dem Briefwechsel mit Schiller): „Die Poesie ist doch eigentlich auf die Darstellung des empirisch pathologischen Zustandes des Menschen gegründet, und wer gesteht denn das jetzt wohl unter unseren fürtrefflichen Kennern und sogenannten Poeten."

Der englische Romancier E. M. Forster, der in seinem Buch „Aspects of the Novel" („Ansichten des Romans", Suhrkamp 1949) sehr entschieden dagegen ist, den Roman historisch zu betrachten, meint zwar, daß der Überblick über die paar hundert Jahre, den wir haben, nicht genügt, um wirkliche Unterschiede und Entwicklungen im Menschen festzustellen, der den Roman ja schreibt und zugleich dessen Gegenstand ist. Forster sagt in seinen Vorlesungen am Trinity College zu Cambridge (diese eben sind im oben genannten Buch gesammelt abgedruckt), daß er für sein Teil eine pseudowissenschaftliche Gliederung vornehme, und zwar als Praktiker und ohne irgendeine Chronologie, sei sie geartet wie immer, gelten zu lassen. Er gliedert einfach die Elemente eines jeden Romans in: die Geschichte, den Menschen, die Fabel (nicht immer), und bei komplexeren Werken Phantasie oder Prophetie. Unter die Autoren phantastischer Romane zählt er: Sterne, Virginia Woolf und Joyce. Unter jene der prophetischen: Dostojewskij, Melville und D. H. Lawrence[4].

Qualität und Erfolg eines Romans sieht Forster in dessen „Sensibilität, nicht im Erfolg seines Sujets".

Schließlich jedoch wirft Forster alle Systematik über Bord mit der erfrischenden Feststellung, daß nicht einmal im Formalen die Methodenfrage beschlossen liegt, „sondern in der Macht des Schriftstellers, den Leser zu überrumpeln". In diesem Sinne sagt er über Gide: „Ein Romancier, der zuviel Interesse für seine eigene Methode verrät, kann nie mehr als interessant sein". Forster denkt da an die „Faux-Monnayeurs". Man könnte auch an Thomas Manns „Doktor Faustus" denken, dessen Entstehungsgeschichte ebenfalls zu einem eigenen Werk ausgewachsen ist. Man könnte sich dies ins Endlose vorstellen. Wir kommen so zu einer der Grenzen der Subjektivität und zu einer der Grenzen des Romans überhaupt, soferne wir ihn immer noch als eine Form betrachten wollen.

Da verdanken wir sehr klare und gar nicht veraltete Einsichten einem alten Praktiker, nämlich Friedrich Spielhagen (geboren 1829), dem Autor unzähliger Romane, die sämtlich im vorigen Jahrhundert große Beliebtheit und Anerkennung gefunden haben. Er stellt in seinen „Beiträgen zur Theorie und Technik des Romans" (1883) vier „Fundamentalsätze" auf:

[4] Über D. H. Lawrence handelt ausführlich: F. R. Leavis, „D. H. Lawrence, Novelist", London 1955, Chatto & Windus.

„Der erste Fundamentalsatz, daß in notwendiger Folge der einer epischen Phantasie immanenten, ruhelosen Tendenz nach größtmöglicher Ausdehnung des Horizontes, ihr Objekt nichts Geringeres ist als die Welt und somit das – gleichviel, ob ihm bewußte oder unbewußte – Streben des epischen Dichters ist, ein Weltbild zu geben.

Der zweite, daß diese Natur der epischen Phantasie, welche über jede Grenze hinausstrebt, mit der Natur der Kunst, welche, sobald sie zum Werke schreitet, sich Grenzen ziehen muß und nur, indem sie diese Grenzen respektiert, ihr Werk zustande bringt, in einem fundamentalen Widerspruche steht.

Der dritte, daß dieser Widerspruch, weil er ein fundamentaler ist, niemals völlig, sondern immer nur annähernd gelöst werden kann; folglich die dramatische und lyrische Dichtkunst, welche diesen Widerspruch nicht in sich tragen und mithin ihren Objekten völlig gerecht zu werden vermögen, in rein ästhetischer Beziehung vor der epischen Dichtkunst rangieren; oder, um es konkret auszudrücken: ein Produkt der epischen Dichtkunst, auch das höchste an absolutem Kunstwert, immer hinter den höchsten Produkten der beiden Schwesternkünste zurückbleiben muß.

Der vierte, daß unser Mittel zur annähernden Lösung des Widerspruchs für den epischen Dichter einzig und allein die möglichst vollkommene Anwendung der objektiven Darstellungsweise ist; mithin der ästhetische Wert epischer Produkte in dem Maße steigt, als diese Darstellungsweise bei ihnen zur Anwendung gekommen ist."

Die Reflexion, den circulus vitiosus zwischen Darstellung und Reflexion, nennt Spielhagen die „Pathologie des Romans": denn durch übermäßigen Gebrauch des „legitimen" Mittels (der Darstellung) wächst die Notwendigkeit der Anwendung des „falschen" Mittels (der Reflexion). Eingestreute Betrachtungen verwirft er überhaupt als im Roman nicht zulässig. Spielhagens Praxis aber verstößt dagegen. So sagt er denn auch, resignierend, weiterhin:

„Wir wissen, daß er (der Roman) seine Idee, das ist sein Urbild, niemals vollkommen zum Abbild bringen kann, weil die objektive Methode, die wir bis jetzt kennen, auch wenn sie kunstvoll zu ihrer höchsten Leistungsfähigkeit gesteigert wird, an dem unerschöpflichen Reichtum des aktuellen modernen Lebens erlahmt, denselben sozusagen nicht ausmessen kann, sondern immer einen

Rest läßt: einen ... materiellen ... und ... einen ästhetischen, der sich durch das ganze Werk in der Behandlung des Einzelnen fühlbar macht, welches ... nur zu oft mitleidlos übers Knie gebrochen, allzu knapp und dürftig darstellt, oder vielleicht ... nur noch (rein prosaisch) bezeichnet wird."

E. M. Forster sieht als Parallele (ja, als wünschbares Vorbild!) des Romans in der Musik die Symphonie für großes Orchester, und im besonderen die Werke Beethovens von dieser Art (daß Forster seine Anschauungsweise gerade an der V. Symphonie exemplifiziert, also dem am wenigsten epischen Werk innerhalb der Beethoven'schen Symphonik, ist nicht eben ein glücklicher Griff). Forster eröffnet uns damit eine wichtige Perspektive, von welcher wir später noch Gebrauch machen werden.

Forster nennt in seinen weiteren Ausführungen Melville's „Moby Dick" ein formloses Etwas, ein „Seemannsgarn, in welchem es singt, ... ein Kampf, und der Rest ist Musik". Auch aus Dostojewskij's Romanen „singt" es, sagt Forster. Dem „Ulysses" von James Joyce hingegen spricht Forster diese Wirkung ab. Er nennt dessen gesamten Text: „Rede, Rede, niemals Gesang". Nun hat aber Joyce durchaus den Weg beschritten, der Forster vorschwebt. Joyce äußerte 1919 einem Freunde gegenüber: „Ich habe dieses Kapitel mit den technischen Mitteln der Musik geschrieben. Es ist eine Fuge mit allen musikalischen Zeichen: Piano, Forte, Rallentando usw. Ein Quintett kommt auch drin vor, wie in den Meistersingern ..."[5]. Seine „Anschauung" verlangte diese „Technik". Er fühlte, er fand die „Urbilder" in jeder Banalität des Alltags, er wollte alle Schichten des Bewußtseins zum Klingen bringen. Er gab nicht nur Handlungen und Bilder, sondern holte Zeit- und Raumtiefen aus dem Augenblick und fand die musikalische Entsprechung dafür im Sprachklang. Es sind die Mißtöne der Wirklichkeit darunter – das ist alles. Dabei kommt ja im Grunde nichts „Neues" heraus, nur die Optik ist ungeheuer scharf eingestellt, die Sprache artistisch hochempfindlich gehandhabt, und die dem Leser zugemutete Portion Nichtigkeit um jede Bedeutungswurzel mag für Manche zu monströs sein, um noch verdaut zu werden.

Symbolismus, Tiefenpsychologie und Magie werden uns hier auf einer erreichbaren intellektuellen Ebene angeboten. Die einzige spürbare Emotion ist die Melancholie aus der Kraft der Desillusionierung des Autors.

[5] Gespräche mit J. J., Neue Zürcher Zeitung, 3. Mai 1931.

Das Gefüge der Szenen und der anschaulichen Bilder folgte einer erarbeiteten Überlegung; der Autor borgte sich die Odyssee als Gerüst aus und modernisierte die Abenteuer, die uralten Muster, und brachte sie allesamt in neunzehn Stunden eines einzigen Tages unter. Joyce ging als Theoretiker, als Methodiker vor. Er läßt sich nachrechnen.

Spielhagen schreibt am Ende seines Kapitels „Finder oder Erfinder": „Den Vorgang selbst hüllt ein Schleier ein, den noch niemand gehoben hat und niemals jemand heben wird."

Joyce hebt den Schleier und mit ihm ist die Verzauberung zu Ende. Er beschwört die Musik, aber sie ist nicht mehr die Musik, die Nietzsche meint in seiner ästhetischen Betrachtung „Die Geburt der Tragödie aus dem Geiste der Musik". Im Sinne Nietzsches übrigens wäre das Epos sokratisch-theoretisch und somit eine dialektische Auseinandersetzung. Dazu äußerte A. P. Gütersloh: „Nietzsche war Philologe. Wenn er den Kopf in seinen attischen Sand steckte, konnte er sich einen Roman wohl so vorstellen!"

Nun, man sieht schon: die Praktiker sind den Theoretikern weit voran, sogar im Theoretischen. Schon hier zeigt sich ein ganz wesentlicher Sachverhalt, den uns besonders der alte Spielhagen vor Augen führt: in Sachen der Kunst beruht die Urteilsfähigkeit zuletzt auf technischer Erfahrung.

Oder auf ihrem perfekten, kristallreinen Gegenteil: der jungfräulichen Unberührbarkeit des großen kritischen Geistes, des idealisch gedachten Kritikers, der seinen mönchischen Stand niemals durch irgendeinen Versuch „schöpferischer" Art verletzt hat. Gerade diese Unbeflecktheit macht ihn – und nie einen Schriftsteller – zum Mittelpunkt des literarischen Kosmos, der um ihn kreist, weil jener das faszinierende Geheimnis des Maßes besitzt.

Nur von den äußersten Extremen her, dem Kritiker und dem Künstler, kann unser Problem anvisiert werden. Und welcher von beiden dann der eigentlich „Schöpferische" wäre, ist unmöglich zu sagen.

Zweiter Teil · Grundlagen und Funktion des Romans

Rede vor der Société des Etudes Germaniques zu Paris am 22. März 1958

Bevor ich zu Ihnen über Grundlagen und Funktion des Romans spreche, darf ich Sie darauf hinweisen, daß ich in Ihrem Fache ein Laie bin. Niemals habe ich Germanistik und Literaturgeschichte in wissenschaftlicher Weise betrieben, niemals in diesen Fächern eine wissenschaftliche Ausbildung durchlaufen. Schwerlich also vermöchte ich auf Ihrem eigenen Gebiete Ihnen Neues zu sagen. Der Blickpunkt, von dem aus ich unseren Gegenstand hier anvisiere, ist ein praktischer, ja, ein technischer. Des Künstlers Schicksal ist letzten Endes ganz in seiner Technik enthalten, im technischen Glück und Unglück: und nur dann ist er schicksalsgesund. Seine Arbeit wird gleichsam mit niedergeschlagenen Augen verrichtet – niedergeschlagen auf das Technische seiner Kunst – und das Höhere, was da im glücklichsten Falle vielleicht hinzugegeben wird: es ist für die anderen da.

Jedoch dieses Technische ist beim Romancier nicht nur auf sein genaues Überlegen und Bewegen der Mittel beschränkt, welche den Fluß der Erzählung im Gang und beim richtigen Zeitmaße halten. Es reicht unter diese Kunstmittel hinab, noch unter das geradezu auf die Kunst gerichtete, also zweckmäßig-technische Denken: und hier erst schafft es alledem die Substruktionen, indem es den erzählerischen Zustand als eine bestimmte und bedingte Situation in der Mechanik des Geistes erkennt, diesen Zustand immer reiner darzustellen sich bestrebt, ja, am Ende genug kundig und fähig wird, um ihn herbeizuführen oder mindestens zu provozieren. „Il y a sans doute dans l'esprit une espèce de mécanique céleste, dont il ne faut pas être honteux, mais tirer le parti le plus glorieux, comme les médicins de la mécanique du corps.“ („Sicherlich gibt es im Geiste eine Art von himmlischer Mechanik, deren man sich nicht schämen, sondern aus welcher man den rühmlichsten Vorteil ziehen soll, wie die Ärzte aus der Mechanik des Körpers.“) Unter diese Worte Charles Baudelaire's möchte ich meine ganzen folgenden Ausführungen gestellt sehen.

Die fundamentale Bedeutung des Gedächtnisses für die Haltung des Epikers hat uns Marcel Proust durch sein gewaltiges Werk praktisch demonstriert.

Und in der Tat, jede ergreifende Erzählung, auch jeder Takt symphonischer Musik, schmeckt und klingt „wie aufsteigende Erinnerung"; wie ungerufen aufsteigende, versteht sich. Nur diese erinnert und erneuert, taucht als paradoxe Neuigkeit aus längst Erlebtem. Nur die Träume des tiefen Schlafs sind nicht von diesem Tag gerufen und auch aus ihnen blickt uns ein Aug' an, das entfernte Jahre unvermutet aufgeschlagen haben, den Blickstrahl grad auf uns gerichtet. Die Auswahl zwischen dem Wesentlichen und dem Unwesentlichen ist hier längst getroffen. Wie Aphrodite aus den Fluten, so geformt taucht's aus der Ferne der Zeiten hervor, alle Arbeit ist hier lang getan, aller Sand und Schutt weggewaschen worden von den Wassern der Zeit, noch tief unter dem hellen Tag und dem Spiegel, unter dem Spiegel des Bewußtseins. Es brauchte sich einer nur wirklich zu erinnern und er wäre ein Dichter. Die Träume beweisen es, übrigens. „Ecrire, c'est la révélation de la grammaire par un souvenir en choc" („Schreiben ist die Entschleierung der Grammatik durch ein schlagartig einsetzendes Erinnern"), so formulierte ich es einmal in der Jugend, gerade hier zu Paris, in einem winzigen Hotel beim Bahnhof Montparnasse, in der rue d'Odessa.

Denn was dem erzählerischen Zustand zugrunde liegt, ist nichts geringeres als der Tod einer Sache, nämlich der jeweils in Rede stehenden, die ganz gestorben, voll vergessen und vergangen sein muß, um wiederauferstehen zu können. Das Grab der Jahre hat sie von allen Wünschbarkeiten und Sinngebungen gereinigt, die sie entlangspalieren mußte, solang sie lebte. Damit allein, mit dem vollständigen Absterben und Gleichgültigwerden eines ganzen Komplexes ist die Gewähr gegeben, daß jede vernünftige, wägende, schätzende Beziehung dazu endgültig durchschnitten wird und daß wir nicht mehr die Ereignisse entlang in ihre vermeintliche oder sollende Fluß- und Zielrichtung blicken (und wir erkennen bei dieser Gelegenheit, daß, was die sogenannte „Tendenzliteratur" von der Erzählungskunst trennt, unmöglich nur die fehlende „Objektivität" landläufiger Art sein kann). An solchem Faden werden wir das einmal aus unserem aktuellen Leben Abgeschiedene nicht mehr aus der Tiefe der Zeiten heraufzuziehen vermögen. Damit aber, mit dem Ausscheiden der Möglichkeit, den „Stoff" aus irgendwelchen rationalen oder gar rationellen Motiven zu wählen und zu ergreifen, damit, daß jener sich außerhalb der Reichweite solchen Zugriffes befindet: damit ist seine spontane freisteigende Wiederkehr ermöglicht, sein Wieder-Erscheinen auf einer neuen und anderen Ebene: nämlich jener der Sprache. Ecrire, c'est la révélation de la grammaire par un souvenir en choc. Wiederkehren kann nur, was vergangen war, wirklich vergangen war nur, was wiedergekehrt ist. Die Gegenwart des Schriftstellers ist seine wiedergekehrte Vergangenheit; er ist ein Aug', dem erst sehenswert erscheint, was spontan in die historische Distanz rückt. Was man sonst und vorher schon Leben nennt, deckt ihm diese als Störung. Aber das ineinander gesunkene und verschobene Gemäuer in der braunen Tiefe der Jahre dort unten ist ihm kein Steinbruch, wo er hingeht, Baustoff zu holen. Sondern von selbst wird plötzlich ein Teil aufleuchten wie von innen erhellter Smaragd, grünglühend, und jedesmal wird dieser Teil als ein Eckstein erkannt werden, der verworfen war.

Damit erst sind die Bedingungen des Erzählens zustande gekommen. Das durch sein Sterben aus der Zeit und ihrem ständig sich verändernden Wandelteppich hinausgeratene Objekt ist immobil und überschaubar geworden. Erst das Überschaubare kann erzählt werden, auch in der ganzen Zahl seiner Einzelheiten, mit aller Ausführlichkeit, die dem Erzähler keine Ungeduld macht, denn er ist kein Mitteilender, welcher hervorsprudelt und gegen den Hörer zu das Gleichgewicht verliert, weil er in diesen unbedingt den oder jenen Eindruck hineinpressen will. Des Erzählers Rede ist stabil, sie ruht in sich selbst, sie ist Monolog: wie aufsteigende Erinnerung. Was er zählt ist ein Vermögen in schon gesichertem Besitze, welch letzteren scheinen zu machen er keineswegs nötig hat. Daher die Unaufdringlichkeit dieses literarischen Verhaltens und am Ende auch seiner fertigen Produkte, die still in Paletot-Taschen oder Reisemappen wohnen und erst sprechen, wenn man sie hervorzieht, dann aber ohne weitere Zurüstung und sofort; und in diesem kompletten und stets bereiten Verhalten kann ihnen kaum ein Werk der bildenden Künste oder der Musik jemals gleichkommen.

Unter den Schlieren der hier fließenden Rede wird jetzt der nucleus des Gegenstandes sichtbar: das ist fast immer in irgendeiner Weise unangenehm. Hier zum Beispiel zeigt sich, daß der letzte Kern erzählender Prosa – durchaus poetisch ist, daß diese Prosa also ein ganz ähnliches punctum nascendi hat, wie jedes Gedicht: ein nicht rationales nämlich. Unter jeder erzählenden Prosa rauscht heute noch kryptisch der epische Vers, der oft in ihre schlichten und glatten Straßen die seltsamsten Bodenwellen bringt. Ich muß so aussagen, auch auf die Gefahr hin, die Manen des Stendhal zu erzürnen. Dies geht vorauf. Diese Voraussetzung macht zwar noch keine erzählende Prosa aus – bei deren Entstehen noch alles Erdenkliche gedacht, gemeint, getan werden kann – aber sie bedingt das alles. Uns aber ist es nicht gegeben, vorsätzlich irgendwen oder irgendwas von den Toten zu erwecken. Nur hohes Wachsein können wir immer bereithalten, daß wir den unbegreiflichen Hauch von der Wand her spüren mögen, von der Wand her gerade dort, wo sie gar kein Fenster hat, durch das es etwa ziehen könnte, wo die Jahre ganz dicht ineinander gemauert stehen.

Aus alledem ergibt sich, daß der Erzähler ein wesentlich passiver Typus ist, der die eintretende Constellation erwartet (um sich, wenn diese Grundbedingung gegeben, in die energischste Aktion zu setzen, aber das ist nebensächlich). Der Erzähler ist ein immerwährender Lauscher der freisteigenden Vorstellungen und hat mit diesen vertrautesten Umgang. Er ist Einer, der weder an der Welt noch an sich selbst arbeiten will, wahrlich ein Mensch ohne Zielsetzungen. Er hängt ab von der Chemie seines Gedächtnisses.

Aber wie in ihm Vieles viele Tode gestorben ist, bevor es seine postume Anteilnahme fand, so kann er selbst keinen anderen Weg gehen als den, welchen seine Gegenstände ihm jedesmal andeuten und nahelegen: er wird auch für seine Person den Blick aus der Richtung jener Wünschbarkeiten abwenden, die als ein „Du sollst" oder „Du solltest" sein aktuelles Leben dirigieren auf eine am Horizont stehende Figur zu, die ihn vollendet zeigt und in die er hineinverschwinden möchte.

Jedoch: nicht Figur zu werden, sondern Figur zu sehen ist seine Lebensform. Und sich unvollendet stehn zu lassen sein wesentlichstes Opfer.

In diesem einen Punkte mag er, wenn man's durchaus nicht anders will, noch ein Überwinder genannt werden, aber sonst wahrlich in gar keinem. Die restlose Zustimmung zum erfahrbaren Leben unter welchen Zuständen und Umständen immer schließt diejenigen der eigenen Person mit ein, welche alsbald von einem ebenso konservierenden und konservativen Blicke hic et nunc umfaßt wird wie die übrige Welt, die Außenwelt, von der man nie sagen kann wo sie anfängt, denn der Hautsack, in welchem wir stecken (um mit Franz Blei zu reden), ist keine genaue, nur eine grob sinnbildliche Topographie dieser Grenze.

Das heißt also: zum Complexen – resignieren, könnte man wohl sagen – resignieren in solchem Sinne auch was die eigene Person anlangt, welche zuzeiten in die Vollendung fliehen, ja davonschnellen möchte: aber es wäre in einen Kurzschluß hinein, es wäre ein einzelner Ast vom Stamm des Lebens, der alle in sich enthält, vorzeitig weggestreckt und er würde verdorren. „Es ist nicht mein Stand“ muß der Schreibende hier aus der Tiefe des Herzens sagen und mit eben diesen Worten der hl. Jeanne d'Arc, die das allerdings mit Bezug auf den Adel und das Kriegführen gemeint hat und mit dem Nachsatze „aber ich mußte hingehen und es tun“. Der Schriftsteller aber muß hier bleiben und nichts selbst tun, in der verwirrenden Krone des Baumes sitzen, den in die Vereinzelung davonstrebenden Ästen nachblicken und wissen, daß nur einer unter ihnen geradewegs emporsteigen kann, ohne des Ganzen verlustig zu werden: das ist der Stamm gleich selbst, der Ast der Äste und ihr implicite, dessen steigenden Säften allein die Heiligen grad aufwärts folgen dürfen ohne irgendeiner Sache verlustig zu gehen und doch Typen zu werden oder sich Typen zu nähern.

Das aber ist schon der zweite Scheideweg unseres ideal gedachten Autors. Früher noch hat ihn der Gebildete verlassen, welcher naturgemäß zurückscheuen mußte vor einer Erkenntnis, die allein den Schriftsteller bewohnen kann: daß nämlich, den erzählerischen Zustand einmal erreicht, vollends gleichgültig und gleichwertig wird – was man dann denkt und schreibt. Späterhin aber werden sich noch alle von ihm wenden, die überhaupt irgend etwas wollen und sein werden wollen (zum Beispiel Schriftsteller werden wollen). Endlich aber überhöht unseren Autor entschwebend der begnadete Heilige und läßt ihn zurück im Gewirr der Äste und Ästchen und Zweige als den letzten Mann, der das Complexe und Ganze des Lebens bis zum Äußersten verteidigen wird gegen jede endgültige Lösung, der in des Lebens Mitte sitzt und zugleich unter dem furchtbaren Verdachte steht, er hätte sich daneben gestellt, mit seiner Behauptung: daß alles schön sei, was man genau und ausführlich sieht.

Hier muß ich den Schwung meiner Rede sozusagen mit einem kalten Gusse unterbrechen. Denn dies alles läßt sich nüchterner (wenn auch dann weniger anschaulich) sagen und zusammenfassen.

Es geht für den Schriftsteller einfach darum, seine ganze erste Dinglichkeits-Reihe, also schlechthin alles, was ihm bis zum Punkte der Entscheidung zuteil wurde und ihn auf diesen Punkt geschoben hat, als Vollendungskategorie aufzugeben: ein Akt von profunder Undankbarkeit, Untreue und Inkonsequenz. Denn, was ihm einst alles bedeutete, wird jetzt ein Fall unter Fällen. Er muß sein Leitbild opfern, sein ἡγεμονικόν (Hegemonikon), wie es die stoische Philosophie benennt; seine „Selbstwert-Vorstellung" würden wir sagen: erst das heißt sich unvollendet stehen zu lassen. Und in solchen Augenblicken der Personswerdung des Schriftstellers erst schlägt sich sein Auge auf für die wirklichen und empirischen Sachverhalte seines bisher abgelaufenen Lebens, die jetzt durch keine Sinngebungen mehr verschleiert, durch keine Sollvorstellungen mehr verschoben, durch keine Architektur und Periodisierung, wie sie jeder Bestrebte in seinen eigenen Lebenslauf hineinbringt, mehr falsch gerahmt erscheinen.

Durch diesen Akt wird die erste Dinglichkeitsreihe zum Chaos, sie wird einer neuen Plastik zugänglich – re-plastiziert, so könnte man sagen. Und sie wird von da ab erst voraussetzungslos gesehen.

Damit erst fällt das Egozentrische, kann der Eros zum Objektiven frei werden, die Möglichkeit eines aliozentrischen Sehens – und damit des eigentlichen Betretens jeder Figur.

Es kann dem Schriftsteller nicht erspart werden, auf die persönliche Perfektion zu verzichten: denn seine Vollendungskategorien sind Apperceptivität – man könnte sagen „höchste Zugänglichkeit" – und Sprache.

Wenn man mich richtig versteht, dann weiß man bereits, daß die Aktion, von der ich spreche, eine bedenkliche ist. Dennoch erfordert die Höhe der Zeit und die Lage des Geistes heute, daß sie vom Romancier riskiert werde, als dem einzigen, dem aus solcher Entscheidung die Fruchtbarkeit kommt: er wird anders keiner werden, wenn auch durchaus das bleiben, was man einen strebsamen und anständigen Menschen nennt. Aber jener Akt, um den es hier geht, ist ein rein geistesmechanischer. Er ist sozusagen vor-moralisch und vor-religiös. Es ist ein Kreuzweg, der hier betreten wird, weitaus keiner allerdings im Sinne der Passion, sondern eine Wegkreuzung, Wegscheid, Carrefour. In alten Zeiten galt der Kreuzweg als ein anrüchiger, hybrider Ort, von Dämonen umlagert und nächtens von jenen besucht, welche mit ihnen Umgang hatten und Beschwörungen übten.

Das alles darf uns nicht schrecken. Erst aus dem fruchtbaren Chaos, das nicht vorgeordnet ist, das keine Reste bisheriger Ordnung enthält, schlägt der Entscheidung Blitz ein neues und taufrisches Leben. Erst wenn ein solches Licht hinter ihnen aufgegangen ist erscheinen die Konstruktionen eines zweckmäßigen und jetzt schon auf die Kunst gerichteten technischen Denkens mit ihrer vollen Dezidiertheit, und doch zugleich nur wie Schattenbilder von Vorgängen auf jener anderen Ebene, welche wir eben verlassen haben.

Wenn ich etwas über die Technik des Romans sagen darf, so wäre es vor allem dieses, daß sie jetzt erst im Begriffe ist, ihre epische Schwester in der Musik, nämlich die große Symphonie, einigermaßen einzuholen.

Das bedeutet die Priorität der Form vor den Inhalten: in der Tat wird erst durch sie der Roman zum eigentlichen Sprachkunstwerk.

Praktisch wird damit das Bestehen eines dynamischen Gesamtbildes für ein gesamtes Werk verlangt – das heißt also ein klarer Überblick über das ganze Gefälle der Erzählung mit all' ihren Beschleunigungen, Stauungen und Entladungen – lange noch bevor deren jeweilige Inhalte feststehen, entstanden nur aus rudimentären Keimen, oder sogar noch vor diesen. Ich machte solche Erfahrungen schlagartig bei der Konzeption einer Erzählung („Die Posaunen von Jericho") im Jahre 1951, von welcher ich nur ein sehr klares und in's einzelne gehendes dynamisches Gesamtbild besaß, gerade genug, um eine Konstruktions-Zeichnung davon auf ein Reißbrett zu bringen.

Diese verhielt sich dann praktisch dem Leben gegenüber wie ein leeres Gefäß, das man unter die Wasseroberfläche drückt: unverzüglich schossen die Inhalte ein und erfüllten integral die Form. An Inhalten besteht – wenn einmal ein gewisses Stadium der „Zugänglichkeit" erreicht ist – nie ein Mangel. Und ich sagte Ihnen ja schon, meine Damen und Herren, daß für den Schriftsteller vollkommen gleichgültig sei, was er denkt und schreibt.

Unter solchen Voraussetzungen ergibt sich eine bisher nicht gekannte Freiheit der Mittel, welche ihr dezidierter Ursprung doch weitab setzt von alledem, was man seit dem neunzehnten Jahrhundert gerne und voreilig mit l'art pour l'art bezeichnet. Ich versuche, Ihnen dies nun an einem Beispiele zu zeigen, das ich den Techniken der Exposition entnehme.

Die klassische Form der Exposition holt aus und legt vor den Augen des Lesers in direkt auf ihr Ziel hin sich bewegender Weise die Fundamente; alles tritt nacheinander heran im Flusse der Zeitfolge. Ich möchte diese Technik als „additiv" bezeichnen. In der österreichischen Literatur ist das erste Kapitel von Stifters „Nachsommer" dafür ein Beispiel. Schon bei diesem Verfahren zeigt sich mitunter, daß einzelne für den späteren Gang der Sachen nötige Voraussetzungen, die sich auf ganz andere Lebenskreise beziehen, hier unauffällig bereits da und dort eingebaut werden können, ganz so, als ob sie in den jetzt praesenten Zusammenhang gehörten: Exposition durch Einstreuung und Einbettung; man könnte das auch Vorhalte nennen, wie in der Musik, wenn Bestandteile eines neuen Accordes, der später erst dem Satz zu Grunde liegen wird, vorweg genommen werden. Alles das geschieht aber hier durchaus noch im Hauptbette der Erzählung.

Eine größere Freiheit den Inhalten gegenüber ermöglicht es nun etwa, jenes Hauptbett durch ein völlig anderes erzählerisches Continuum zu schneiden, das sämtliche später für's Hauptbett nötigen Voraussetzungen enthält – aber in einem fremden Zusammenhange, der seine eigene Dynamik und also Spannung für den Leser besitzt: Exposition durch vorgelegte und heterogene Handlung. Diese expositive Lösung ist zwar künstlicher aber doch auch – naturalistischer als die direkte und klassische. Sie entspricht in der Tat mehr jener indirekten Art, in welcher das Leben sich zu bewegen pflegt, wie wir es kennen. Und der Effekt des naturalistischen Romans, der sich jener Ingredienzien bedient, die unser Alltag bietet, muß immer wieder darin bestehen, daß einer in ein erfundenes Gewand schlüpft und bei wirklichen Ärmeln herauskommt.

Ich habe das eben angegebene Verfahren der Exposition am Anfange meines Romans „Die Dämonen" verwendet, dessen Dreiteiligkeit samt dem dynamischen Konzept übrigens ganz ebenso als apriorische Form gegeben waren, wie jener Reißbrett-Entwurf der früher erwähnten Novelle.

Die „Krise des Romans" – dieser Ausdruck wird immer häufiger angetroffen – würde es heute auch geben, wenn es garkeinen Roman gäbe. Sie ist eine Krise unserer Wirklichkeit überhaupt; und der Begriff, welcher damit fragwürdig geworden, in Entzündung und Zerfall geraten ist, also seine Konturen verloren hat, ist jener der Universalität. Von ihm erst hängt das Schicksal der

Gattung Roman heute ab, die ohne universalen Anspruch sofort zu einer Art „Amüsierbranche" sich spezialisiert, anders jedoch – wenn es nämlich gelänge, Universalität neu zu konstituieren – ihren Platz als die führende Kunstgattung unserer Zeit unweigerlich einnähme als deren spezifische Möglichkeit zum Gesamt-Kunstwerk, wenn auch auf profaner Ebene, und als das einzige praktische Contrarium gegen den vielbeklagten Zerfall in Spezialitäten und Spezialgebiete, die in ihrer Wissenschaftlichkeit schon skurril wirken und nebeneinander her funktionieren wie die Leibniz'schen Monaden, aber ohne praestabilierte Harmonie.

Eine jener Personen, auf denen ein starker historischer Akzent liegt, nämlich Goethe, hat dem Schriftsteller – und schon gar dem deutschsprachigen – die Möglichkeit zur neuzeitlichen Universalität praktisch gezeigt und zugleich ihm deren Last aufgeladen: denn im Leben des Geistes ist die jeweils vorderste Findung nicht eine Spitze, auf welche keineswegs jeder die Sachen treiben muß, sondern sie wird sogleich zum verbindlichen Maß und Bezugspunkt für alle.

Deshalb ist gleichgültig, wie heute ein Romancier zu Goethe sich verhält, ob er ihn liebt oder nicht liebt, liest oder nicht liest; und auch die Einstellung des Verfassers dieser Zeilen gegenüber Goethe, sein Goethe-Bild also, ist für unseren Zusammenhang hier belanglos: denn keiner wird Goethe umgehen, keiner ihn überspringen können im früher angegebenen Punkte. Dies Gewicht ist nun einmal auf uns gefallen, und auch die französische Lebensform des homme-de-lettres, des écrivain, des Berufs-Schriftstellers, der zuletzt die Literatur als Fach unter anderen Fächern, als Beruf unter anderen Berufen konstituiert, führt aus jener Verpflichtung nicht heraus: ebendies aber anzustreben, und also zu vermeinen, daß man jenes drückenden Maßes und universalen Anspruchs entraten könne, müßte heute letzten Endes einen mehr oder weniger ehrlichen Absprung in die „Amüsierbranche" zur Folge haben.

Womit wir jedoch zwischen dem Roman mit universalem Anspruch und dem Amusement einen wirkungsmäßigen Gegensatz keineswegs statuiert haben wollen. Denn der Salzburger Schnürlregen der Assoziationen bei James Joyce, die im Essayismus erstickende fadendünne Handlung bei Musil, und die geradezu gewaltige Dynamik der Langeweile bei Marcel Proust: sie alle drei stellen Spätformen dar, Konsequenzen, in die der Roman des neunzehnten Jahrhunderts – zu welchem also jene drei Autoren durchaus noch gehören – einmal münden mußte. Die generelle Tatsachengläubigkeit jener Zeit des Positivismus führte, einmal erschüttert, bei Joyce zum Fischen im eigenen Brunnen, ganz gleich, was man dabei herauszog, und bei Musil zum gänzlichen Zerdenken (dieser Ausdruck stammt von dem Psychologen Hermann Swoboda) einer fragwürdig gewordenen faktizitären Umwelt.

Wir befinden uns demgegenüber heute in einer vollends gewandelten Situation.

Denn ein tieferer Instinkt sagt nun dem Schriftsteller längst, daß nicht allen Phänomenen unserer Außen- und Innenwelt ein gleicher Grad von Wirklichkeit mehr zukommt, eine gleich breite Deckung zwischen Innen und Außen in jedem Falle. Die von uns immer aufmerksamer erlebten Schwankungen unseres subjektiven Gefühles von Wirklichkeit erkannten wir in jenen Augenblicken als ein nicht nur persönliches Übel, die immer mehr einen unwirklichen status auch der Objektswelt um uns an den Tag brachten, am Ende bis zum eigentümlich verarmenden Kalklichte innerhalb eines totalen Staates, das jede Aura abstreift und kassiert und auf solche Weise eigentlich alles unsichtbar macht; denn wirklich gesehen werden ja die Sachen vermöge ihrer am wenigsten optischen Qualität, der Aura nämlich, die um sie liegt, in welcher sie stehen. Im totalen Staate und seiner Lebensatmosphäre hatte sich eine zweite, eine geminderte Wirklichkeit, die bisher nur diffus vordrang, zur äußeren Faktizität konstituiert.

Es kann nicht verwundern, daß der erzählende Schriftsteller gegen solche gewissermaßen schleichende Sachverhalte eine erhöhte Empfindlichkeit zeigt. Die transcendentale Kategorie, in welcher er sich praktisch bei seiner Arbeit bewegt, ist die empirische, und er ist auf jeden Fall so geboren, daß bei ihm ein Zweifel über die Bedeutsamkeit äußerer Fakten gar nicht aufkommen kann, das heißt über ihre Transponierbarkeit in innere Fakten und so auch umgekehrt; von dieser Entsprechung zwischen Innen und Außen geht sein Gestalten und schließlich auch sein abstraktes Denken überhaupt aus. Anders: er ist am allerwenigsten Idealist, und weiß mit Platons Höhlengleichnis ebensowenig anzufangen wie mit Kants Ding an sich. Er hat von vornherein innig die Erkennbarkeit der Schöpfung aus dem, was sie uns in wechselndem Flusse darbietet, umarmt, und meint fest, daß die Sachen, wie sie sich als Konkretionen zeigen, durchaus sie selbst sind, ja, mehr noch – daß sie durchaus auch wir selbst sind. Man könnte den Romancier ein Individuum nennen, dem eine ferne Abspiegelung der analogia entis in besonders hervorstechender Weise als persönliche Eigenschaft innewohnt, freilich in einem verhobenen und übertragenen Verstande des Begriffs: als fester Konnex zwischen Innen und Außen. Man möchte beinahe sagen, er sei so etwas wie ein geborener Thomist.

Wird er nicht, wenn sich Vacua und Blasen in der Wirklichkeit zeigen, hinspringen müssen, um deren wie noch nie gewundene, vorbauchende und zurückfliehende Grenze überall und immer neu zu befestigen? Muß er nicht angesichts gerade dieses unheimlichsten aller Zustände, der Fakten den Boden entziehen will und Begriffe erkranken läßt, die alten Reichsstraßen einer neuen Universalität unter Tuff und Moor entdecken, und sei's auch per exclusionem, durch die, wenigstens in den Grundlinien versuchte Feststellung, was alles man heute – nicht zu wissen brauche, um universal zu sein! Was hat uns Goethe doch aufgelastet! Ganz klein da hinten in der Tiefe der Zeiten sieht man das Licht in Doctor Faustens Studierstube: aber seine Vier-Fakultäten-Universalität erscheint als ein behagliches Zusammenlegspiel. Mir ist ein Autor bekannt, der seit sechzehn Jahren an einem dicken Wörterbuch arbeitet, darin verzeichnet und definiert steht, woraus man vielleicht eine behelfsmäßige Universalität noch erstellen könnte wie eine Baracke, und unter dem Motto: Universalität ist der geometrische Ort aller Sachen, die heute noch mit einem Mindestgrade von Deckung zwischen Innen und Außen ergriffen und zur Sprache gebracht werden können.

Was aber befähigt gerade den Romanschreiber, jenen so reichlich komplizierten Griff nach Goethe's schwierig gewordenem Erbe zu wagen?

Nichts anderes als die Eigentümlichkeit seines Materials, der Sprache. An dieser Stelle hier öffnet sich die Kluft zwischen der Sprachkunst und allen übrigen Künsten überhaupt.

Wenn ein Kritiker der sogenannten bildenden Künste über eine Gemälde-Ausstellung sich äußern will, wird er der Sprache bedürfen, weil er nicht über die gesehene Ausstellung ein – Bild malen kann. Ebenso wenig wird ein Musik-Kritiker, der eine neue Symphonie zu besprechen hat, über diese ein – Streichquartett schreiben können, sondern er wird einen Aufsatz hervorbringen müssen. In beiden Fällen steht die kritische, die zerlegende, die analytische Arbeit in einem anderen Materiale als das Kunstwerk. Wenn aber der Kritiker sich einem Werk der Sprachkunst gegenüber stellt, sei's Roman oder Gedicht, so steht seine Arbeit im gleichen Materiale wie das Werk der Kunst, das sie zu deuten unternimmt.

Das heißt aber: die Sprache hat eine doppelte Anwendbarkeit. Einerseits kann sie rein als Material der Gestaltung gebraucht werden, wie Farbe, Ton, Thon oder Stein. Ebenso groß aber ist ihre Kraft, wenn sie nicht gestaltweis, sondern zerlegungsweise, also analytisch auftritt, wenn nicht etwas dargestellt wird mit den Mitteln der Sprachkunst, sondern über etwas gesprochen oder geschrieben. Beide Anwendungsarten der Sprache erst machen zusammen einen Schriftsteller aus, und schon gar den Romancier. Wie nimmermüde synchronisiert laufende Kolben tauchen jene zwei Möglichkeiten der Sprache blitzend auf und ab; ja, sie werden einander ständig steigern. Jeder starke Stoß in die Gestaltung wird wie ein nachgrollendes Echo die zerlegungsweise Kraft auf den Plan rufen, deren Schärfe es dann geradezu provoziert, daß die Wogen der Gestaltung über ihr zusammenschlagen, das durchaus Vorläufige jeder Gedanklichkeit neuerlich erweisend. Die Produktion eines Romans ist etwas ähnliches wie jener Ringkampf zwischen Apollon und Herakles im Tempel zu Delphi, wie ihn Wedekind in seinem Drama zeigt: keiner wurde des andern mächtig.

Daß aber hier die Möglichkeit auf der Hand liegt, sich jeder Sache überhaupt zu bemächtigen, läßt den Griff nach Goethes Erbe als denkbar erscheinen. Mit dem universalen Anspruch ist jedoch auch das Gesamtkunstwerk schon gesetzt: Architektur des Aufbaus, Musik der sprachlichen Kadenz – der Satz im symphonischen Sinne – und die Leuchtkraft der Bilder. Alle Wissenschaften auch dienen zuletzt dem Romancier: so weit muß er die Arrogierung als heuristisches Prinzip treiben, um nur seiner Kategorie gerecht zu werden. Ja, um das Leben beisammen zu halten, und über allem skurrilen und gespenstischen Spezialistentume, wird er im Herzensgrunde glauben, daß nur durch die Sprachkunst, das Zum-Kristall-Der-Form-Schießen, jedes Teilergebnis zuletzt verifiziert werden kann, und auch dieser Verifizierung bedürftig ist: wo nicht, dann gehört's wahrscheinlich zu alledem, was man nicht zu wissen braucht, um gleichwohl universal zu sein.

Wie aber, sagten wir nicht früher, die Universalität könne heute bestenfalls als Zelt oder Baracke erstellt werden?

Aber eben damit ist die heutige Funktion des Romans einigermaßen genau bezeichnet. Auch Geometer, die in der Wildnis das Land vermessen, leben mitunter in Zelten. Eine Art Hauslosigkeit scheint der Natur des Schriftstellers überdies sehr angemessen. Nun, vom Gezelt also ziehen wir aus, und sind garnicht der Meinung, daß Romanhandlungen etwas Überwundenes darstellen, und daß man ab Robert Musil in dieser Hinsicht nur mehr mit Wasser zu kochen habe. Die Aufgabe, die sich dem Roman heute stellt, ist sehr im Gegenteile die Wieder-Eroberung der Außenwelt: und in dieser wird bekanntlich gehandelt, in jedem Sinne. Denn die Schöpfung ist nun einmal dinglich, dagegen ist nichts zu machen, und das habe man vor Augen. Der utopische oder transreale Roman, wie ihn die Deutschen immer wieder hervorbringen, kann jene angegebene Funktion nicht erfüllen. Ebensowenig vermag's alles reportagehafte Schreiben, Zeitung zwischen Buchdeckeln.

Denn die Fiktion, die Erfindung, zeigt jetzt in diesem Zusammenhange erst ihren hohen heuristischen Wert, ihren eigentlichen geistigen Ort: es ist der eines archimedischen Punkts. Die Fiktion setzt, sei's auch nur einen initiierenden Augenblick lang, den Autor außerhalb seiner hier und jetzt so gegebenen Umstände. Sie schenkt ihm jene Ellbogenfreiheit, deren auch ein Pfeilschütze bedarf, um seinen Bogen zu spannen. So geht der Schuß in's Schwarze der Tatsachen. Die Fiktion ist ohne Eigenbedeutung: eben jenes erfundene Gewand, durch das man bei wirklichen Ärmeln herauskommt.

Die Wieder-Eroberung einer auf weite Strecken hin in einer zweiten Wirklichkeit erblaßten Außenwelt ist also die heutige Funktion des Romans, und sie ist dem Schriftsteller wohl deshalb anvertraut, weil dieser Feldzug bei ihm einem unwiderstehlichen echten Zwange entspringt. Sein empirisch verfaßter Geist sieht in den Fakten eine letzte Autorität – facta loquuntur – und er kann auf die äußeren und ihre Kompetenz so wenig verzichten wie auf sein Inneres, auf seine mit jenen Fakten correspondierende Mechanik des Geistes: anders: er weiß, daß Romanhandlungen oder handlungsreiche Romane – so heißt in seinem Jargon die Deckung und Correspondenz zwischen innen und außen – möglich, universal und repräsentativ sind, sobald die immer wieder auftretenden

Vacua der zweiten Wirklichkeit sozusagen von einer ersten Wirklichkeit eingekesselt und umgeben bleiben: also der Deskription unterworfen, durch die Mittel der Kunst bewältigt und zum Ausdruck gebracht werden können. Damit werden sie Phänomene unter Phänomenen, das heißt sie erfahren eine Realisierung, eine Ver-Wirklichung im Sinne einer Durchdringung mit Wirklichkeit. Ist aber die zweite Wirklichkeit uns nur benachbart, ist sie ein Reich neben uns und ein Maß in seiner Immanenz, dann steht des Schriftstellers Sache verzweifelt. Was er nicht mehr umfassen kann, ein Objekt, das er mit seinen empirischen Organen nicht allseitig mehr zu appercipieren vermag: es hebt ihn selbst auf. Seine Funktion ist die Realisierung auch des Irrealen, das durch ihn zur Erfahrungstatsache und darstellbar wird. Wo keine Romanhandlungen mehr möglich sind, dort beginnt das Schatten- und Aschenreich der Untertatsächlichkeiten, der nicht mehr umgreifbaren, ungar gebliebenen Pseudo-Konkretionen.

Nie aber wird ein Autor, einmal so der Wirklichkeit verschworen, aus solchem Gefechte mehr weichen: nicht in's Transreale, nicht in die Romantik, nicht in's Ideologische: kein Erbe Goethe's nur, sondern auch der Alten, deren Erfindung und überlebendes Relikt ja der Schriftsteller ist, wenngleich jene sich bestimmt nichts davon haben träumen lassen, zu welchem seltsamen Grenzkampf ihr Nachfahre würde berufen sein im Nebel und in der Unsichtigkeit des zwanzigsten Jahrhunderts, aber im Grunde am gleichen Limes.

Dritter Teil · Perspektiven

Eine leichte Akzentverschiebung geschieht, und alles was wir bisher wußten, rückt in ein neues Licht.

Wie, wenn wir – des alten Spielhagen nicht so sehr als Praktiker denn als Theoretiker gedenkend! – den gleichmäßig auf beiden Anwendungs-Arten der Sprache liegenden Druck maßvoll und ohne Prinzipien-Reiterei und Puritanismus etwas verschieben, zum Gestaltweisen oder zur Darstellung hinüber und ihn ein wenig wegnehmen vom Zerlegungsweisen oder der Reflexion? Wird nicht durch diese diskrete Bewegung der Roman erst zum eigentlichen Kunstwerk, wenn die Apriorität der formalen Composition vorausgesetzt ist mit ihrem dynamischen Gesamtbild und dem stark spürbaren Tempo-Wechsel der einzelnen Teile?

Vor diesem Aktus schon sind freilich mancherlei Unarten weit ab geblieben: jetzt fallen sie unter den Nullpunkt des Möglichen. Etwa daß einer durch den Mund seiner Figuren rede[6], die im gleichen Augenblick keine mehr sind, sondern kostümierte Gedanken-Skelette mit Schalltrichtern. Oder daß einer uns mitteilen will, die Kurven und Serpentinen des Lebens durch Quergänge meidend, was wir doch selbst sehen sollen.

Jetzt erscheint das Zerlegungsweise unter zwei neuen technischen Aspekten: nämlich erstens als Leitwerk, wobei durch geringes kommentierendes Einwinken der Leser vom Begehen mißverständlicher Vorstellungsbahnen abgehalten wird; zweitens aber als Kontraktions-Glied, das aber nicht lebens-ungemäß abkürzt, sondern schlichthin bespricht, wo eine Darstellung unerwünscht wird, weil sie eine Überbetonung in die Composition brächte; hier freilich geht die zerlegungsweise Sprache fast in's Referat über, wird also leicht wieder erzählend, besonders wenn ihr einige kräftige und anschauliche Lichtakzente der Darstellung aufgesetzt sind.

Überhaupt eröffnet das Analytische, Zerlegungsweise, die Reflexion (die „Pathologie des Romans", wie Spielhagen sagt) eine Fülle von technischen Möglichkeiten, sobald nur alles bewußt als sekundäres Kunstmittel gehalten und verwendet wird, sei's als Leitwerk oder Kontraktionsglied. Es dient brauchbar dem Tempowechsel. Es kann als fallengelassene Bemerkung für gänzlich andere Zusammenhänge einen gut eingebauten Vorhalt bilden, der, späterhin aufgenommen, bereits vorausgesetzt werden darf und jedes ungeschickte und durchsichtige ad hoc ausschließt.

Aber auch die technischen Mittel der reinen Darstellung entwickeln sich besser, wenn die Gleichrangigkeit beider Anwendungsarten der Sprache, wie wir sie noch in unserer Pariser Rede statuierten, aufgegeben wird: so zum Beispiel die dort schon angedeutete Expositions-Art; ferner das Verfahren, einen Vorgang nicht ganz bis zum Ende zu erzählen, sondern ihn nur bis zu einem Reifepunkt zu führen: den letzten Vollzug besorgt der Leser selbst und wird zustimmen, wenn er den Sachen später und in anderem Zusammenhange schon auf diesem Punkte begegnet. Daß Vorhalt und Tempo-Wechsel in der darstellenden Sprache

[6] Bei theoretischen Gesprächen im Roman — die immer auch die Handlung voran bringen müssen — ist die Grenze genau bezeichnet durch die Befangenheiten, welche jeweils dargestellt werden sollen.

noch besser gedeihen als in der zerlegungsweisen, versteht sich ja am Rande.

Hier endlich wird Raum für eine schon lange zögernde Frage: Kann der Romancier denn die Form-Apriorität direkt anstreben?

Er kann es natürlich nicht. Sie ist des Künstlers Schicksal. Ein fallender Blitz – dem er augenblicklich den Rücken kehren muß: um sich ganz in die jeweils auftretenden Inhalte zu stürzen, in diese sich einbohrend, bis derselbe Blitz ihm aus ihnen wieder entgegenschlägt.

Für den Romancier ist die Form die Entelechie jedes Inhaltes. Bis zu ihr muß er vordringen.

Forster vergleicht den Roman mit der großen Orchestersymphonie, und dieser Vergleich trifft: sie ist in der Tat die epische Schwester des Romans in der Musik. Doch hat sie eine gänzlich andere Entwicklung genommen, sofern man als Entwicklung bezeichnen will, was als Tat eines einzelnen Mannes allein auf dessen Schultern steht. Durch das Auftreten Beethovens – der erste Mensch, der neben der zukömmlichen Einsamkeit bereits auch unsere heute allgemeine Verlassenheit kennen lernte – ist die Symphonie, deren Orchester er ja für seinen Zweck erst erfand, um 150 Jahre voran geworfen worden und bis in unsere Zeit. Die von ihm geschaffene Compositions-Technik nahm eine ganze Entwicklung vorweg und schlang sie gleichsam ein. Doch ist die angebliche Form-Zertrümmerung Beethovens ein Märchen: er hat nur gezeigt, was in den Formen steckt[7].

Ein solcher katastrophaler Vorgang fehlt gänzlich auf dem Felde des Romans, und es kann nicht geleugnet werden, daß dieser, mit der Symphonie verglichen, technische Zurückgebliebenheit zeigt. Besonders die große englische Literatur verhält sich hier weitgehend konservativ, wenn man von James Joyce absieht, dessen diesbezügliche Äußerungen von 1919 wir in der Einleitung wiedergegeben haben. Ansonst konnte ein bezeichnenderer Titel kaum gefunden werden als jener von F. R. Leavis' Studie über

[7] Formanalytisch beweist dies erstmals Dr. Walter Senn in seiner Wiener Dissertation „Die Hauptthemen der Sonatenform in Beethovens Instrumentalwerken, ein Beitrag zur Stilkritik der Wiener klassischen Schule" (1927). Im Druck erschienen: Wien 1929: „Studien zur Musikwissenschaft", Band 16.

den englischen Roman: „The Great Tradition“ (Doubleday & Co., 1954).

Ein entscheidender Vorstoß in der Kunst kann nie geschehen durch neue Gedanken oder das Ergreifen neuer Inhalte (Naturalismus, Expressionismus, welch letzterer dann am sozial-ethischen Pathos einging). Sondern nur neue technische Mittel vermögen die Kunst immer neu zu begründen, Mittel, die einer unter dem Zwang der Not erfindet, weil er mit den alten nicht mehr auskommt. Wie die Dinge liegen, kann man es den Literarhistorikern wirklich nicht verübeln, wenn sie die Romanliteratur nach inhaltlichen Kriterien gruppieren oder ihr Gedankliches ausführlich darstellen, nicht aber, wie es die anderen Kunsthistoriker tun, dem Technischen ein gesteigertes Augenmerk zuwenden.

Mit dem Augenblicke, wo das dynamische Gesamtbild des Werks, seine formale Composition also, eingetroffen ist, wendet sich der Romancier von alledem ab und lediglich mehr den nun reichlich sich darbietenden jeweiligen Inhalten zu. Seine Bemühung wird von jetzt an eine wissenschaftliche. Es ist die Wissenschaft vom Leben. Ihr hervorstechendster Zug ist der Universalismus.

Damit bestimmt sich auch das Verhältnis des Schriftstellers zu den Fachwissenschaften, ja, zur Kategorie der Fachwissenschaft als solcher. Vertretungsweise genügen zwei oder drei Fächer, denen man aber nie liebhaberisch oder dilettantisch sich nähern darf. Am besten, man studiert alles (was, ist gleichgültig) bis zum Ende und macht sicherheitshalber auf einer Universität möglichst viele und schwere abschließende Prüfungen. Auf diesem Wege bekommt der Schriftsteller die, vornehmlich im neunzehnten Jahrhundert entwickelten, wissenschaftlichen Methoden in die Hand, welche ihm helfen, Inhalte wirksam zu penetrieren. Zweitens aber – und dies erscheint wichtiger – er gewinnt dabei ein empfindliches Gegengewicht in bezug auf die formale Komposition. So wird deren Elastizität und Entwicklungsfähigkeit durch Jahre geprüft, und sie wird zerfallen und sich auflösen, wenn ihr nicht wirkliche Lebensgemäßheit eignet. Denn lebensgemäß zu denken, nicht denkensgemäß zu leben ist des Schriftstellers Sache.

Sein niemals nachlassendes Bestreben, die Composition – die sich vom Inhaltlichen her fortwährend bereichert und gliedert – wieder zu vernichten, kommt aus seinem eingeborenen Wissen von der Unendlichkeit des epischen Feldes, von der Lebenstotalität also, worüber uns ja der alte Spielhagen ein kräftiges Wort gesagt hat. Jede Roman-Composition bewegt sich an der Grenze des Compositionslosen, also des „totalen“ Romans, wenn man will, der freilich so wenig totalistisch ist, wie die Hellenen hellenistisch waren oder die Rationalisten rationell.

Geschlossene Meisterwerke gibt es eigentlich nur in der großen Novellistik, wozu allerdings fast die ganze Romanliteratur gehört. Mit einem von dort genommenen Maßstabe gemessen, ist der totale Roman von vornherein zum Scheitern verurteilt. Sein Wesen ist die Diversion: bis dahin, daß er gar nicht mehr den Versuch macht, das Sinnlose sich durch Sinngebung à tout prix zu integrieren. Der tangentiale Ausgang ist innerhalb des totalen Romans bei jeder seiner Diversionen möglich.

Der totale Roman ist der geometrische Ort aller Punkte, die sich gleich weit entfernt befinden von der Kunst, der Wissenschaft und vom Leben, telle qu'elle est.

Wenn zwei Ketten, denen ein augenscheinlicher Bezug nicht nahe liegt, sich an irgendeinem Punkte ineinanderschlagen – sei's auch nur ganz vorübergehend und mit Effekten, die über das bloße Vorstellungsleben kaum hinausgelangen – so könnten sie im totalen Roman beide mit gleicher Betonung dargestellt werden, ohne auf eine von ihnen interpretierend die andere zu beziehen, also ohne vorwiegende Betonung. Es gibt im totalen Roman keine Haupt- und Begleitstimmen, viel weniger noch wie in der Kontrapunktik, die doch irgendwo hinauswill.

Die Sinngebung wird, soweit sie sich antreffen und festhalten läßt, im totalen Roman Objekt der Darstellung sein, wie alles andere.

Der totale Roman sollte die Welt sehen mit einem fast schon verglasten Auge, welches alsbald nach oben brechen und in das sich dann nur mehr der leere Himmel schlagen wird. Jedoch dieser Augenblick des Abschieds, wo man noch ganz da ist, aber durchaus nichts mehr will, müßte wohl auch einzigartig sehend machen.

Hält die Composition, dann muß sie in allen ihren Teilen improvisiert werden. Dieses Schweben des Schriftstellers zwischen der klaren Konstruktion und deren ständiger Auflösung ist eine der größten Paradoxien innerhalb der Kunst des Romans. Es kommt aber nicht darauf an, eine endgültige Lösung für diese Paradoxie zu finden, sondern darauf, daß man sie aushält.

Dem gegenüber sind wissenschaftliche Sachbearbeitungen mit ihrem Penetrieren der Inhalte verhältnismäßig harmlose Jagdgründe, wo man sich getrost und mit Behagen ein wenig wichtig machen darf, sei's gleich, daß man sodann kaum ein Zehntel der gewonnenen Kenntnisse oder gar Ergebnisse wirklich gebraucht: das Verschwiegene, wenn es nur reichlich und gründlich ist, gibt erst dem Vorgebrachten einen wirklich sonoren Klang.

Nur so vermag der Schriftsteller die Wissenschaften auf dem Boden der Universalität – und das ist der Roman – festzuhalten. Ein Romancier, der von sich sagt „Ich bin Kunsthistoriker (Paläontologe, Nationalökonom)“ verkennt sich selbst und kennt nicht seinen Ort und Stand: denn nichts ist er von alledem, mag er gleich sämtliche Diplome in der Lade haben. Was aber ist er denn nun wirklich, der Schriftsteller, dieser Mensch, dem nichts heilig ist, weil alles? Nichts ist er, garnichts, und man suche nichts hinter ihm. Es ist ein Herr unbestimmbaren Alters, der einem dann und wann im Treppenhause begegnet.

ROMAN UND LESER

Die Sphinx

Den idealischen Leseer gibt es fast nur in der Vorstellung des Schriftstellers: und es muß ihn dort geben. Oft wird er ja zwischendurch geradezu angesprochen! Er hat seinen Platz genau gegenüber dem Autor und ist diesem von vornherein gleichrangig. Dem idealischen Leser kommt es genau auf das gleiche an, wie dem Schriftsteller: daß ein Inhalt – gleichgültig welcher! – in allen seinen Abmessungen restlos bewältigt werde und daß er ebenso restlos in der ihm zugewachsenen Form aufgehe.

Gäbe es nur solche Leser, dann wüßte zum Beispiel jeder Verleger von jedem Buch, ob es Erfolg haben wird oder nicht; und der Leser wäre keine Sphinx, sondern ein präziser Gradmesser literarischer Werte, verläßlich wie ein Manometer oder sonst ein Instrument am Armaturen-Brett.

Daß dieser überaus langweilige Sachverhalt nicht Platz greifen kann, beruht darauf, daß jene literarische Mittelachse zwischen Autor und Leser, an deren Ende die beiden Typen einander gegenüber sitzen – nehmen wir einmal an, daß am Autoren-Ende sich immer ein wirklicher Schriftsteller befinde! –, meistens durch die verschiedenartig verschobene Stellung des Lesers eine Brechung erfährt. Die unendliche Vielzahl dieser möglichen Brechungswinkel macht den Leser zur Sphinx.

Nehmen wir zum Beispiel an, die Sphinx sei ein Jäger. Wenn sie nicht nur in diesem Sinne gegenstands-bedingte Bücher, also Jagdbücher, liest, sondern zur Literatur gelangt, so wird doch alles Jagdliche sich aus dem Text besonders vorwölben, und schon auch einer schärferen Kritik unterliegen. Es kann die Spinx aber nicht nur im Wald zu Hause sein, sondern sehr wohl auch – sagen wir einmal in der Textilindustrie. Oder es liegt für sie das Glück dieser Erde auf dem Rücken der Pferde, alias, sie ist ein Kavallerist. Zudem lesen mitunter auch – um die Sache noch brenzlicher zu machen! – Historiker und Urkundenforscher Romane.

Diese am meisten zu Tage liegende – gewissermaßen im Tagbau erreichbare – Schichte der Sphinxerei, aus Beruf und Vorlieben abgelagert, ist noch am leichtesten zu durchstoßen. Sie erzieht den Schriftsteller zu gewissenhafter Arbeit und zu einer Mehrleistung im Gegenständlichen: Freilich kann man von ihm nicht verlangen, daß er Waldläufer, Kenner der Textilindustrie, Historiker und Quellenforscher sei. Verlangt kann nur werden, daß er wegen solchen Nicht-Seins – ein schlechtes Gewissen habe und dieses durch allseitige und eifrige Studien zu beschwichtigen trachte. Kein schlechtes Gewissen etwa gegenüber dem Leser! Gar sehr aber eines gegenüber Goethe; wobei es völlig gleichgültig ist, ob man den Geheimrat nun mag oder nicht mag: herumkommen wird man um ihn auf garkeinen Fall. Nur so also kann jener Universalitätsanspruch für den Roman aufrecht gehalten werden, der uns seit Goethe wohl oder übel auferlegt ist.

Man sieht da, was die Sphinx uns in ihrer obersten und lockersten Schicht schon an Belehrungen finden läßt!

Tiefer hinein! Sie will, daß wir ihr helfen. Oft versteht sie darunter nur Betäubung, Ablenkung. Biete ihr das! Kannst du nicht Parfums erzeugen? Mische sachte das bitter duftende Gewürz der Entschiedenheiten hinein: wie oft hat dieses nicht schon allerlei andere Duftwolken tarnend vor sich her gewälzt! Sogar mit Vorliebe. Wir haben's erlebt, und niemand vermag es zu leugnen. Und was die Composition und ihre Kniffe und Reize betrifft (die großartige Regie des wirklichen Lebens ist immer nur in einiger Annäherung zu erreichen), so merke, daß die Sphinx hier tolerant ist, ja sogar dankbar. Sie läßt sich gern überraschen, wenn diese Surprise ihr hintnach als das einzig Mögliche und Selbstverständliche erscheint. Unversehens aber hast du sie so aus der Betäubung gebracht und ihr ein Fenster aufgestoßen, wo sie alle ganz dicht gemacht haben wollte: ein Fenster, das gebrochen wurde im jeweiligen, mit Sorgfalt (goetheisch!) erforschten Materiale ihres eigenen Lebens.

Roman – vom Leser her gesehen

Zweifellos gibt es etwas wie eine „Anatomie des Augenblickes", welche sich mitunter in Sekunden uns aufdeckt, seien wir nun allein oder mit anderen oder auf der Straße: alle in diesem einen

Augenblicke laufenden und sich kreuzenden Bezüge werden klar faßbar – wirklich wie Schnur-Züge vom Schnürboden des Lebens – Personen springen an ihren eigentlichen Ort, wo sie hingehören und wo wir sie noch immer nicht orten wollten, und damit zugleich werden die Distanzen zwischen uns und den Menschen, mit denen wir zu tun haben, plötzlich evident, sie schnappen geradezu ein, wie das nur eine präzise und ganz unsentimentale Mechanik vermag, deren Funktionieren klappt und klingt. Jetzt stehen wir einen unmeßbar kurzen Augenblick lang sehr allein da. Jedoch sind wir dabei zweifellos stärker als sonst. Wir haben unsere Welt geordnet, als ließen wir sie kristallisieren, aber am Rande dieser Ordnung lagert überall das nun erst recht Unbegreifliche, die Fremd-Räume auch im nächsten Menschen, die fühlbaren benachbarten Druck-Gebiete von gegen uns herwuchtenden anonymen Mächten, die unbegreifliche Stummheit und Leere anderwärts wieder, wo alles vor uns zu fliehen scheint, kurz, jenes ganze Jenseits im Diesseits in jeder Sekunde, das uns Leben heißt.

Aber darunter noch – und das ist's erst! – unter dem Grundgeflechte noch all' unseres Bezogenseins und unseres letzten Endes ganz unbegreiflichen persönlichen Gestimmtseins grad hier und jetzt, da sitzt noch etwas, wie eine Duftknospe, von der die jeweilige Aura des Tages ausgeht – bitter oder süß, prickelnd, brenzlig, drohend oder beklemmend – und es scheint uns jene Duftknospe die ganze „Anatomie des Augenblickes", der Stunde, des Tages, gleichsam noch einmal zu enthalten in gedrängterer Form, ja als eine Essenz, die Essenz unseres Lebens-Zustandes, die zugleich auch den wahren Stand unserer Lebens-Uhr enthält: und auch die eigentliche Bedeutung und Möglichkeit der jeweiligen Stunde. Wir wünschten im Grunde sehr, sie möge endlich aufgehen, diese Knospe!

Im Roman muß sie platzen.

Das erwartet jeder wirkliche Leser von seinem Autor.

Er erwartet also etwas ganz Universales, nichts dem Gegenstande nach Bestimmtes.

Der Gegenstand will er selbst sein. Denn eben das soll es sein, was ihn umgibt und beschwert und ihm die Sicht verstellt: sein Autor soll es gewichtlos und durchsichtig machen. Solches kann nur der naturalistische Roman leisten, aus dem Materiale unserer Tage, aller unserer Tage, unseres Alltages also erbaut. In dieses Material soll der Autor schlüpfen wie in ein erfundenes Gewand – um bei wirklichen Ärmeln heraus zu kommen.

Der wahre Leser sucht keinen „Roman des Eisens“ (der Stadt, des Radios, der Politik, des Goldes, des Seekrieges, der Jugendbewegung, der Altertumsforschung, des Anilins), sondern eben einen – Roman. Der wahre Leser wird nie einen Romancier fragen: „Worüber schreiben Sie jetzt?“, denn der könnte ihm nur antworten: „Über Sie, mein Herr, über mich, und darüber, daß es unten im Hausflur heute nach frischem Lack gerochen hat.“

Wird jener tiefsten Forderung des Lesers genug getan, platzt wirklich die unaufgeblühte Duftknospe mancher Augenblicke seines Lebens, so erhebt er sich schlagartig in großer Zahl, die aus dem Boden wächst, wie dem Jason die gepanzerter Männer aus dem Acker stiegen, nachdem er die Drachenzähne gesät hatte. Auf solche Leser ist Verlaß, sie sind eine eiserne Garde ihres Autors, die ihn vor jeder Fährlichkeit im literarischen Leben schützt. Die Erfahrung lehrt es.

Aber: man muß das Auge des Lesers ertragen lernen und seinen Blick, der durch Herz und Nieren geht. Ja, um jenes Auge zeigt sich oft etwas, wie das bekannte Dreieck um ein bekanntes symbolisches Auge. Wisse, Autor, daß für den wahren Leser in keinem Falle das Allerbeste auch nur annähernd gut genug ist.

SYMPHONIE IN EINEM SATZ

Ein Werk der Kunst von einigem Rang ist immer auch Lehrstück; dort vor allem, wo es seine Kategorie – eben das, was Henry James „the kinds“ nennt – überschreitet oder, sei's auch nur um einen feinen Spalt, hinter ihren Grenzen schwindet. An überragenden Beispielen kann selbst ein früher Fehler in der Anlage für uns zum didaktischen Glücksfalle geraten. So etwa die Zug um Zug unmöglicher werdende Ich-Erzählung in Dostojewskij's „Dämonen“, die sich schließlich selbst aus der Angel drängt; und noch mehr der Ruck und Wurf, mit welchem sich der Löwe aus der selbstgestellten Falle wieder befreit. Dies ist nun eines der größten Beispiele. Aber immer kann nur ein hervorragendes Buch uns derartige bieten.

Ein solches ist Hans Lebert's Roman „Die Wolfshaut“. Von einer dichten, weil meisterlich verdichteten Aura umschlossen, lebt, west und verwest was in diesem homogenen Lebenskreise sich bewegt – homogen bleibt er auf's zäheste, trotz fremder Einsprengsel! – verwest, sagen wir, weil es schon bei lebendem Leibe aasig evaporiert. Man hat das dem Buche zum Vorwurf gemacht, diese Verschlungenheit von Leben und Tod. Sie hat mit einer gewissen Koprophilie, wie man sie etwa bei Herzmanovsky-Orlando finden kann, nichts gemein. Vielmehr ist es hier die wesentliche Darstellung eines Dorfes überhaupt, sein perfektionierter Ausdruck: zu dieser Atmosphäre gehört durchaus die vielfache Anwesenheit verwesender organischer Substanz. Dessen ungeachtet ist man lebensprall, lebensfroh (wenn auch nicht eigentlich heiter), gemütlich bis zur Verdächtigkeit (gel?!), oberförsterlich-bärtlich, und dahinter geradezu menschenfresserisch. Und man hält zusammen, gegen die Eindringlinge natürlich, die es beinahe fertigbringen, einen während des Krieges begangenen Massenmord an's Licht zu zerren. Aber es geht noch alles gut aus. Der Oberförsterbart entschließt sich zur Rasur und wird dann Landtags-Abgeordneter. Ein Eindringling wird schließlich umgebracht, langsam, ein Hiesiger, der zufällig was im Dunklen mitangehört hat, schnell. Von diesem letzteren Mord nimmt die Handlung den Ausgang. Ein entsprungener Zuchthäusler leichten Grades, der mit dem Mord nicht das geringste zu tun hat, wird dreiviertel tot geprügelt, zuletzt auf der Flucht erschossen. Aber es geht, wie gesagt, alles gut aus. Und es geht jovial zu. Gel?

Seit George Saiko's Roman „Der Mann im Schilf" ist eine so meisterhafte Darstellung subalpiner sogenannter „Bevölkerung" nicht mehr gegeben worden. Der Berg in der Nähe des Dorfes heißt Eber-Berg. Er könnte auch Saubären-Berg heißen. Eber-Berg ist kürzer.

Wir teilen nicht die Vorliebe materialistischer Literaturbetrachtung für Inhaltsangaben, und lassen es daher mit diesem genug sein. Wichtiger ist es, Lebert's Instrumentarium zu beschauen und die Art, wie er es anwendet. Es ist eine gute, volle Orchesterpalette, die Holzbläser stark besetzt („ . . . sah er nach jener Stelle zwischen den Bäumen, wo durch den distanzlosen Nebelfleck der Erscheinung das violette Waldherz dämmerte." Seite 219, unten. Applaus bei spielendem Orchester!), auch eine mächtige Batterie, die guten Lärm macht; und mit den Blechbläsern wird gehörig gerumpelt. Die lyrischen Potenzen sind überreichlich – leider oft ohne Ökonomie einfach als beabsichtigte und kenntliche lyrische Einlagen in den langwelligen epischen Ductus hineingesetzt – und der erzählerische Vorwärtsgang bleibt doch weitaus stärker als das alles miteinander. Summa: der Autor ist technisch gesund und gescheit, und zieht richtig seine Register. Nur sieht man dabei manchmal die Hand, welche aber in solchen Fällen nicht etwa ironisch gezeigt wird, sondern sich einfach verrät.

Ein wirklicher Erzähler. Er hat sich manchmal noch ein bisserl zu gern. Aber es gelang ihm ein Roman, der zu den noch nicht zehn epischen Werken in deutscher Sprache gehört, die seit dem Kriege zählen.

Es kommt ein abgemusterter Seemann im Buche vor, der nun in jenem Dorfe lebt, wo sein Vater einst Töpfer gewesen, dessen Handwerk er treibt, wohl in der Jugend erlernt. Hier ragt an einem langen, aber ganz dünnen Stiele, die Ferne in die geschlossene Aura herein. Jedoch sie wird nicht anschaulich. Sie wird kein Jenseits im Diesseits, das diese Aura nochmals grundieren, unterfangen, erhöhen würde. Der „Matrose" (so wird er genannt) ist sozusagen in einem anderen symphonischen Satze daheim, der ungeschrieben blieb, und aus dem er daher nichts mitbringen kann. Dabei ist dieser Steuermann die Hauptfigur.

Hier beginnt das Lehrstück und drängt uns eine Konsequenz auf.

Der große Roman, die große symphonische Form, hat Teile, von denen jeder zum anderen ein Jenseits im Diesseits darstellt. Ihre Einheit müßte nicht einmal in der Weise gewahrt bleiben, daß der gleiche epische Inhalt und Vorwärtsgang durch sie alle hindurch continuiert würde. Jene Einheit kann tiefer sitzen, etwa so, wie die Einheit eines philosophischen Systems letzten Endes nicht in seiner logischen Cohärenz beschlossen liegt (Hermann Swoboda).

In unserem Falle hier: die Einheit der Aura von „Schweigen" (so heißt anzüglich das Dorf) hätte gesprengt werden müssen, oder überstiegen – es läuft auf's gleiche hinaus – um einen eigentlichen großen epischen Raum zu erstellen: denn dieser ist immer complex: Schweigen aber ist nur kompliziert, wenn auch sehr, und wenn auch gerade dies vom Autor stupend technisch gemeistert wird. Es gibt eine Kapitel-Einteilung, und alle Kapitel sind in sich geschlossen. Aber es gibt keine Einheiten (Satz-Individuen), die einander fremd, das heißt, in der Aura verschieden, vielleicht sogar thematisch selbständig gegenüberstehen könnten, um doch in der Grundgesinnung des Werks gemeinsam zu wurzeln.

Das „blaue Lied", welches der Matrose zuletzt endlich wieder findet, ist für alles das keine Stellvertretung. Es ist nur ein Symbol.

Es gibt keine Symphonie in einem Satz.

DER FREMDLING SCHRIFTSTELLER

Rede, gehalten am 26. Januar 1960 in der Österreichischen Nationalbibliothek zu Wien

Meine sehr verehrten Damen und Herren, die These, unter welcher das heutige Gespräch steht, ist eine zutreffende. Nur könnte man den Punkt auch gleich hinter dem Worte Fremdling machen[1]. Der Schriftsteller – ein Fremdling. Denn er wird es in jeder Welt sein müssen, damit sie für ihn immer eine Wunderwelt bleibe. Nüchterner bezeichnet: diesen Typus konstituiert die Distanz, der goldene Schnitt zwischen Nähe und Ferne, Vertrautheit und Fremdheit, der eine optimale Optik gewährt, in welcher allein die Aura aus den Menschen und Dingen tritt, also das eigentlich Sichtbar-Machende. Ja, man muß lernen, an sich selbst zu schrauben wie an einem Perspektiv, bis man es endlich gewinnt, und man muß das üben, wirklich ein Leben lang.

Begleiten Sie, bitte, einen Schriftsteller auf einem Streifzug durch die Wirtschaftswunderwelt, und sehen Sie zu, wie er sich da verhält.

Im November hat es hier in Wien einen großen kulturellen Kongreß gegeben, wie Sie sich erinnern werden. Dazu waren auch Künstler eingeladen. Ich bin damals, ebenso wie viele Andere, in die neue Hofburg gegangen, wo das Kongreßbüro sich installiert hatte, um mir Programme, Entréekarten und dergleichen abzuholen. Dabei dachte ich, wie schon seit vielen Tagen, an etwas total anderes: nämlich an den Herrn Gollwitzer (so heißt eine Figur in einer Erzählung, an der ich noch einige Jahre zu tun haben werde). Wohl hatte Herr Gollwitzer seinen Platz und seine Funktion innerhalb des Planes, auch als Charakter: aber nur begrifflich. Das ist für's Erzählen ganz unzulänglich. Herr Gollwitzer hatte keine Miene – also das, was man lateinisch vultus nennt – keine Handbewegungen, keine Bart-Tracht, und vor

[1] Das ursprüngliche Thema, das der Schriftstellerverband gestellt hatte, lautete: „Der Schriftsteller – ein Fremdling in der Wirschaftswunderwelt."

allem: keinen Geruch. Kurz, ich hatte Herrn Gollwitzer ganz ausnahmsweise ohne Modell konzipiert, oder, was auf ein gleiches hinausläuft, ich hatte für ihn noch kein Modell gefunden. Nun hieß es ihn suchen gehen.

Man ist in solchen Fällen sehr wachsam. Aber ich war es durch 14 Tage vergeblich gewesen, in München, in Rom, in Wien. Nichts fing sich. Nichts ging in's Netz. Kein Gollwitzer. Und diesmal hieß es aber: ka Gollwitzer, ka Musi.

So also erhielt ich von einer sehr liebenswürdigen holländischen Dame in der Hofburg meine Drucksachen und trollte mich wieder.

Wenige Augenblicke später erblickte ich Gollwitzern leibhaftig. Er war mit einer Gruppe von Herren sehr rasch die Treppen herabgeschritten, blieb aber jetzt stehen und wandte sich nach einigen noch Nachkommenden um, mit der freundlichen Bitte, sich etwas zu beeilen. Dies sagte er in einer fremden Sprache – welche es war, ist ja hier bedeutungslos – doch glaubte ich zu erkennen, daß es seine Muttersprache sei. Die ganze Gruppe eilte dann über den Platz davon und verschwand in zwei langen Wagen, die alsbald abfuhren.

Bäh! Zwischen Lipp' und Kelchesrand manchem schon das Glück entschwand! So erschien's mir in der ersten Verdutztheit. Später freilich erkannt' ich, daß alles getan war: ich hatte ihn gesehen. Ich hatte ihn also doch schon im Schnappsack. Alles kann man ersetzen, alles kann man erdenken: aber das geheimnisvolle Band, welches Dutzende von Einzelheiten erst zur Einheit der Physiognomie verbindet, das ringst du der Konstruktion nicht ab, das schenkt nur der sinnliche Eindruck. Wir können nur portraitieren. Wir sind Nachschaffende. Denn schaffend ist nur Einer.

Ich konnte zufrieden sein, und ich war's. Der Erfolg war unleugbar da.

Freilich hätte ich Gollwitzern doch gerne wiedergesehen. Er war ein sehr grauslicher alter Mann. Doch sehnte ich eine nächste Gelegenheit herbei, und besuchte daher alle folgenden Kongreß-Veranstaltungen. Vergeblich.

Es gab damals, wie Sie sich erinnern werden, einen Staatsempfang in Schönbrunn. Das war zum guten Teil schon Wirtschaftswunderwelt. Auch ich stand dort herum, ein Smoking unter Smokings. Ka Gollwitzer, ka Musi – na, damit war's vorbei. Ich suchte ihn nicht mehr.

Er war sehr klein, sonst hätte ich ihn längst erblickt, denn in der Tat befand er sich keine drei Schritte von mir entfernt, eingebacken in die Menschenmauer vor einem Buffet: aber deren peristaltische Bewegungen gaben ihn jetzt frei. Er stand etwas hilflos da und hatte noch nicht einmal ein Tellerchen und Gäbelchen und Messerchen ergattern können. Die größeren Menschen rund um ihn waren im Vorteil.

Aber jetzt wurde ihm Hilfe! Ich warf mich in's Gefecht, im Nu hatt' ich ein Tellerlein, ein Gäbelchen, ich hätt' eine Mayonnais' auf meinen Smoking glatt riskiert. In seiner Sprache bot ich ihm meine Assistenz an, fragte nach seinen Wünschen – ob Roastbeef oder sonstwas, ob Mayonnaise oder Sauce Cumberland, ob Weißen oder Roten ...

Sein Gesichtchen wurde sehr freundlich. Jeder, auch der widrigste Bursche, scheint doch durch Augenblicke wie erhellt oder erleuchtet, wenn man gut und hilfsbereit zu ihm ist. Wir promenierten dann zusammen. Ich hatte Gollwitzern die Fülle.

Heute ist sein Portrait längst fertig. Ich fragte als Schriftsteller späterhin freilich nach einem hier obwaltenden Gesetz, das mich eilfertig und fast zärtlich einen grauslichen alten Kerl bedienen ließ: und spontan und rasch und klopfenden Herzens! Ich hatte als Mensch zwar freundlich aber perfid, als Künstler doch pflichtgemäß und dienlich gehandelt.

Du sollst den Gollwitzer lieben! So schloß ich meine Überlegungen. So lautete das Gesetz, dem ich blind gehorsamt hatte.

Sie fragen sich wahrscheinlich, meine Damen und Herren – und mit einigem Recht – warum ich Ihnen diese, an und für sich gewiß nicht übermäßig interessante, Geschichte erzählt habe. Nur deshalb erzählte ich sie, um zu dem schon gewonnenen Punkte – der Distanz – einen weiteren zu setzen, welcher den Stand des Schriftstellers in der Wirtschaftswunderwelt errichten und befestigen helfen soll: die fundamentale Zustimmung ist's. Denn eines will ja der Künstler ganz unbedingt: daß nämlich Leben sei. Der dritte Punkt erst, der die Fixierung der beiden anderen schon voraussetzt, ist die Kritik. In der Tat ist der Spalt zwischen uns und der Welt an manchen Stellen leider schon so breit geworden, daß nur mehr der kritische Pfeil ihn überfliegt. Die optimale Optik zum Gestalten ist schon allein aus diesem Grunde für's Nächste und Jetzige oft kaum mehr zu gewinnen.

Jede Kulturkritik, wenn sie nur wirklich eine ist, wird dahin kommen, Gefahren aufzuzeigen; nicht Mängel oder Mißstände, sondern schwere fundamentale Bedrohungen. Niemand von Ihnen hier, meine Damen und Herren, wird eine Trennung der Wirtschaftswunderwelt von der weitgehenden Technisierung unseres Daseins in der Vorstellung zu vollziehen vermögen. Beide sind verschiedene Seiten derselben Sache – unseres noch unbegriffenen Zeitalters nämlich – und die dritte Seite bilden die großen Massenorganisationen.

Diejenige Seite jedoch, die sich dem Künstler, und besonders dem Schriftsteller, am bedenklichsten zukehrt, ist die Technisierung. Sie wirkt penetrant in seinen Geist hinein – wer von uns allen ist nicht weit tiefer noch ein Kind seiner Zeit, als er selbst es weiß?! – und schafft neue Bedingungen in seinem äußeren Leben.

Es ist dieser Aspekt der Sache im verwichenen Jahr 1959 auf's gründlichste behandelt worden, und zwar von Hans Weigel in seiner Rede „Die Gefährdung der Literatur durch die Kulturindustrie", gehalten am 9. Juni im Europäischen Forum des Österreichischen College: mit wahrhaft philosophischer Mäßigung, darf man sagen, und mit einer Fülle von konkreten Beispielen. Ich greife eines heraus:

„Selbst der Autor eines fertigen Werks, das zur Verfilmung angekauft wird, setzt als Gegenleistung für ein meist gewaltiges Honorar den Produzenten in die Rechte des Autors ein. Thornton Wilder konnte sich nicht dagegen wehren, daß die verfilmte ‚Kleine Stadt' ein happy end bekam, welches die unvergeßliche Apotheose der Toten im dritten Akt des Schauspiels barbarisch allen Sinns beraubte."

Was Hans Weigel hier mit fünf Zeilen umreißt, ist eine echte Tragödie. Ich muß Sie jetzt bitten, meine Damen und Herren, mir zu einer noch echteren zu folgen, obwohl unsere Phantasie zu jenem Gedankensprunge, den wir dabei machen müssen, kaum ausreichen dürfte.

Wenn nämlich solches, wie Sie es eben vorhin mit den Worten Weigel's hörten, einem weltbekannten Autor wie Thornton Wilder widerfährt, was glauben Sie wohl, wie es heute einem jungen Schriftsteller ergeht? Einem unter dem echten Stern oder Unstern seines Schicksals?! Man hört heute von vielfacher Förderung, sie wird gewährt, kein Zweifel, und unsere eigene Jugend mag im Vergleiche dazu eine elende gewesen sein. Aber solcher Übermacht der aus der Angel hebenden und verzerrenden Gewalten wie heute war der junge Künstler damals noch nicht ausgesetzt. Nun, mir persönlich tät' die Wahl weh zwischen der Dachstube und dem Funkhaus. Beides, im Grunde, sind Purgatorien oder Höllen, welche durchschritten werden wollen. Und vielleicht beide nach einander. Aber eines weiß ich für gewiß: wenn einer heute 25 oder 35 ist und eine saubere Seite Prosa schreibt oder einen vollendeten Vers: ihm gebührt, rebus sic stantibus, Ehrfurcht, mindestens so viel wie dem Alter, ja, ich glaube eigentlich: mehr. Wir haben leicht gollwitzern.

Hier fällt die Sache zum Schlusse in ihr Gleis, und dieses kann beim Schriftsteller immer nur eines sein: die genaue Untersuchung eines Wortsinnes. Wörtlichkeit ist die Kernfestung der Wirklichkeit.

Was ist das: Technisierung? Ein technisiertes Zeitalter? Wir legen daneben das Wort: technisch. Ein technisch hochstehendes Zeitalter. An beiden Wörtern, wenn man sie aufhebt, hängt ein ganz verschiedener Wurzelbart von Bedeutungen.

Technisch hochstehend waren etwa die letzten Jahrhunderte des römischen Imperiums: eine Unzahl von eminent konstruierten Wasser-, Straßen- und Brückenbauten in aller Welt. Beispiele sind hier wirklich überflüssig. Als die Stadt Fréjus vor garnicht langer Zeit durch den Bruch des oberhalb von ihr gelegenen Staudammes vernichtet wurde, blieb allein das mitten in der Stoßrichtung des Wassers gelegene römische Amphitheater aufrecht.

Die Literatur jener Zeit erwähnt alle diese technischen Hochleistungen nur beiläufig oder gar nicht. Erst in den letzten Jahrzehnten ist es der Forschung gelungen, genaueres über die Ingenieurkunst des Altertums zu erarbeiten.

Das war also ein technisch hochstehendes, aber kein technisiertes Zeitalter.

Ein solches hat Verlagerungen in der Mechanik des menschlichen Geistes zur Voraus-Setzung, die dem Zeitalter lange voran gehen. Die Technisierung ist keine Ursache, sondern ein Symptom. Es ist wie beim sogenannten Überschießen einer Schiffsladung: plötzlich verlegt sich der Schwerpunkt. Plötzlich stürzt alles Genie in die Mahlgänge des zweckmäßigen, also des direkten, gradlinigen Denkens, und vermeidet die providentiellen Umwege geistiger Prozesse immer mehr: schon auch erscheinen sie als rückständig. Das Denken wird gleichsam zur Geraden ausgereckt, zur kürzesten Verbindung zweier Punkte, deren einer die Absicht, deren anderer schon ihre Durchführung ist: ohne dazwischen tretendes Drittes. Alles übrige läuft nebenher. Es heißt seitdem Kultur, ein Ausdruck, den es in der heutigen Bedeutung noch garnicht so lange gibt. Auch der „kulturelle Sektor“ wird zweckmäßig bearbeitet: man fördert hier Begabungen und denkt diese Begabungen als ebenfalls zweckmäßig organisiert: Hervorbringer von Werken.

Eine so profunde Akzentverschiebung – und in der Außenwelt noch dazu manifestiert durch rapide Veränderungen – sie kann beim Künstler, und gar beim jungen, der seine Funktion noch nicht hinreichend agnosziert und sich selbst noch nicht klar geortet hat, zu tiefster Depression und zur Panik führen. Er stürzt davon, sich als überflüssig empfindend, in einer Umwelt, die allenthalben Nützliches tätigt: er selbst aber und seine Arbeit sind zwecklos. Jedoch nur, wenn er diese Vorstellung ganz vollzieht, und also jetzt weiß, daß er immer zwecklos war, immer zwecklos sein wird, durchaus zwecklos zu sein hat: damit erst schlägt sich sein Auge auf zum Konzept seiner gewaltigsten Entscheidung – für die dann auch alle seine Werke nur stellvertretend und somit ohne Eigenbedeutung dastehen werden – zur Entscheidung, selbst den Akzent in das Zeitalter zu setzen, das mit allen seinen Schrecken ihn nur dazu aufgefordert hat: seinen providentiellen langen unbehilflichen Umweg als Kontrapost zu setzen gegen alle zweckmäßigen Kurzverbindungen und Kurzschlüsse, und schließlich durch die Gewalt solcher Entscheidung auch über das äußere Leben zu siegen. Und wie geschah die Rettung? Non per nos, non per nostram virtutem. Dies Letzte und Obligatorische freilich muß auch consumiert werden.

Vordem aber wurde von ihm noch nicht gewußt, daß vom Einzelnen bald Vieles abhängen werde, und daß dieser seinen Ort jedem wie immer gearteten Kollektiv genau gegenüber zu beziehen nun verurteilt sei, für einige Zeit wenigstens: gleichsam ausgespien von seinem Zeitalter, als dessen unentbehrlicher Opponent hingestellt, ein „Expositus“ in jedem Sinne. Oder, um es mit den Worten A. P. Güterloh's zu sagen: „Denn wir sind ein Oktroi auf die Gesellschaft und durch keine Organisation äußerlicher, zahlenmäßiger, hilfsfreundlicher Art ihr anzunähern“. Und damit halten wir wieder beim Punkte der Distanz, von welchem ja anfangs ausgegangen worden ist.

LITERATUR UND SCHRIFTSTELLER

„Sage mir, mit wem du umgehst, und ich werde dir sagen, wer du bist.“ Fehldiagnose unvermeidlich! Weil unser Umgang keineswegs immer ein freiwilliger ist. Er repräsentiert also nicht als objektive Tatsache unser wahlfreies Innerstes; so wenig wie unsere Handlungen dieses zu repräsentieren vermögen; ihr größter Teil hat nur den Charakter von Reaktionen, ja, von unfreiwilligen Zuckungen. Der Evangelist sagt, daß wir nach unseren Worten gerichtet werden (Matth. 12, 37). Diese, sofern sie nicht Vehikel des Handelns bilden, sind ein Superplus, eine durchaus freiwillige Leistung, die jedermann auch unterlassen könnte. Daher die Vollverantwortlichkeit, die einer auf sich nimmt beim Äußern einer Meinung, beim Erörtern eines Sachverhalts, bei jeder Berührung mit der Sprache überhaupt, sobald eine solche Berührung nicht nur zweckhaft, nicht nur Aktion oder Reaktion ist. Am freiesten und verantwortlichsten aber ist der Mensch in der Wahl seiner Lektüre: „Sage mir, was du liest oder nicht liest, und ich werde dir sagen, wer du bist.“ Hier stimmt's. Darum, so falsch die Sentenz sein mag, daß jedes Volk diejenige Regierung habe, welche es verdient, so sicher erscheint es, daß jeder Schriftsteller die Leser hat, welche er verdient. Aus ihnen kann er bereits erkannt werden, bevor man noch eine Zeile von ihm kennt. „Sage mir, wer dich liest, und ich werde dir sagen, wer du bist.“

Das Nicht-Kennen von Büchern aber ist eine gesichertere Grundlage für die physiognomische Diagnose als die Kenntnisnahmen, die man antrifft. Denn jenes Nicht-Kennen beruht entweder auf einem instinktiven Vermeiden (wir wissen immer nur, was wir wissen wollen) oder auf dem Fehlen der wichtigsten Begabung des Menschen: derjenigen zur Begegnung. Diese Sachen erschließen sich in geringerem Maße an jenem Teil der Literatur, welcher allenthalben offen griffbereit liegt; sondern vorzüglich an solchen Werken, die schwerer zugänglich, weniger bekannt, ja, vergriffen oder gar selten sind. Diejenigen, die's angeht, die Begabung zur Begegnung besitzen, wissen dennoch immer ihre Bücher zu finden. Andere haben nie davon gehört, seien sie gleich beruflich mit Literatur befaßt.

Begegnung mit Büchern ist in einem sozusagen chemisch reineren Sinne schicksalhaft (fatal) als jede Begegnung mit Menschen: wegen ihrer größeren Freiwilligkeit. Was einer für einen Vorgesetzten kriegt: es passiert ihm eben. Was einer liest: da hat man ihn, da ist er selbst. Begegnung mit Büchern ist im strengsten Sinne fatal, und also auch im höchsten Grade aufschlußreich.

Verlegt sich ein Leben ganz in's Sprachbett, kommt es zur Entstehung eines Schriftstellers, der ja, in seinem vollen Begriffe gedacht, ein Künstler ist, so erscheint die Fatalität der Begegnung mit Büchern auf die Spitze getrieben: weil hier mit größerer Insensitität, als sonst irgendwo, angezogen wird, was nährt, abgestoßen, was stört. Und daß in solchem Falle auf weite Strecken überhaupt nicht gelesen wird, ist nur geeignet, der noch seltener gewordenen Begegnung um so größere Kraft zu verleihen.

Und doch sind die „Vorbilder" und „Einflüsse" von denen die Literaturgeschichte spricht – in ihrem ständigen Bemühen, Unvergleichbares zu vergleichen, wie es eben für jede historische Wissenschaft grundlegend ist – größtenteils nur Bildungs-Legende. In der Kunst spielt die Kunst eine weit geringere Rolle, als allgemein vermeint wird. Sie ist nicht der Nährgrund des Künstlers; sondern das anonyme, unvorgeformte, rohe Material des Lebens ist dieser Nährgrund; und die Kunst wird oft unbeachtet bleiben, selbst dann, wenn ein Künstler hier ausgebreitetere Kenntnisnahmen aufzuweisen hat, was für ihn gar nicht konstitutiv ist. Wohl aber sind seine technischen Mittel konstitutiv, in denen er, wenn schicksalsgesund, ganz enthalten sein muß; wir möchten sagen: er muß in ihnen ganz Platz finden; hier darf nichts übrig bleiben. Viel hängt für ihn davon ab, in welchem Zustande ihm diese technischen Mittel von seiner Zeit im allgemeinen dargeboten werden; hierin wird er durchaus ihr Kind sein, das ihr dann freilich entwächst.

Aber ein bestimmtes einzelnes Kunstwerk wird für den Künstler kaum direkt entscheidend werden. Dazu fehlt diesem, als einem Genötigten, was einem ganz anderen und in gewissem Sinne bedeutenderen Typus allein vorbehalten bleibt: der frei entscheidende kritische Blick. Beim großen Kritiker – ein Typus von säkulärer Seltenheit! – fällt die Entscheidung über sein Leben, indem er sich zwischen Kunstwerken entscheidet, was außer ihm niemand vermag. Darum auch ist er allein verantwortlich für den Zustand der Künste in seiner Zeit, den er eigentlich, unter bloßer Mithilfe der Künstler, selbst schafft und in's Bewußtsein rückt. Und schon gar in der Sprachkunst! Hier treten wir an den tiefen Graben, der jene von den anderen Künsten trennt. Die doppelte Möglichkeit, die in ihrem Materiale liegt, das sowohl gestaltend wie analytisch-aussagend verwendet werden kann, setzt den Kritiker der Dichtung in den Stand, im gleichen Materiale zu replizieren, in welchem das Werk steht. Gemalte Kunstkritiken aber gibt es nicht und auch die kritische Beleuchtung einer Symphonie kann nicht in Form eines Quartettsatzes erfolgen.

„Weltliteratur" ist kein künstlerischer Begriff, sondern eine Entscheidungsfrucht der Kritik. Solange diese nicht gänzlich versagt, wird es immer global ansprechende und als solche angesprochene Werke geben. Die hier wirksamen Maßstäbe sind nicht revolutionierbar und entziehen sich jedem direkten Griffe. Doch wird das kritische Organ unweigerlich immer neu und scharf zwischen Literatur und regionaler Kunst („Schrifttum") unterscheiden, selbst wenn die letztere in einem weltläufig geschnittenen Gewande auftritt und ihren Stallgeruch der Sinnigkeit und Innigkeit mit anderen Düften cachiert.

„Weltliteratur" ist eine Funktion der jeweils noch vorhandenen kritischen Potenz. Nur für den Kritiker gibt es große Lese-Eindrücke, die „nicht notwendigerweise auf das eigene Werk Einfluß gehabt haben" (wie sollten sie?!). Und nur er ganz allein ist befugt, „große maßstabsetzende, unvergängliche Bücher" als solche zu deklarieren. So entsteht unter den Händen der Kritiker aus dem immer vorhandenen künstlerischen Material die konkrete Weltliteratur. Sie ist ein Werk der Kritik. Wir wollen hier nicht moralisch werden; aber säkuläre Macht und Verantwortung der Kritik übersteigen jede Vorstellung: diese würde, vollzogen, lähmend wirken. So verrichte denn auf seine Art auch der Kritiker die Arbeit des Tötens oder offenbarenden Preisens (im zweiten Fall eine reine Singstimme des Intellektes!) mit niedergeschlagenen Augen, ganz wie der Künstler, der sie auf das Technische seiner Kunst gesenkt hält. Alles „Höhere" ist ja nur für die Anderen da. Denn in der Kunst spielt die Kunst eine weit geringere Rolle, als allgemein vermeint wird.

Jetzt noch, bevor wir zu der einzig diskutablen Art von „Einflüssen“ gelangen, denen ein Schriftsteller zugänglich sein kann, ein Wort zu den „außerliterarischen Werten“ (Revolution, politische Theorien etc.). Ein trauriges Wort. Schriftsteller ist, wer auf außer-grammatische Qualitäten keinen Wert legt. Der erzählende Prosaist bewegt sich in der Kategorie des Empirischen und muß diese erkannt haben. Für ihn ist jeder Tatbestand von geheimnisvoller und unergründlicher Bedeutung. Das „Ist“ sagt ihm alles, das „Soll“ ist ihm unermeßlich gleichgültig – es sei denn, er würde es als zu beschreibendes Phänomen wählen.

Fällt er aus seinem Stand in's Direkte, in's Geradezu-Gemeinte, sei's wie's sei, so wird er zur tragischen oder lächerlichen Figur – was er durchaus nicht werden darf, denn er soll ja Figur sehen und bilden, nicht Figur sein. Billigen wir ihm sogar zu, daß er die verbrecherischen Konsequenzen des Ideologischen (sie sind unvermeidlich) nicht im voraus erkannt habe: nichts wird damit besser, nichts wird damit entschuldigt. Und wenn er solcher Konsequenzen wegen die Ideologie preisgibt, ist er erst recht im Abgrunde des Irrtums, bleibt erst recht der Giftstachel in seinem Fleische. Tiefer muß in dieses gegraben werden, bis zur allerersten Abweichung: als solche „außerliterarische Werte“ sogar noch recht edel hersahen, reinliche Irrtümer, errores spectabiles, nicht gekennzeichnet durch die Warnungstafeln von Schmutz und Verbrechen, wie jene viel harmloseren unsauberen Irrtümer, errores immundi, Ausschweifung, Rauflust, Trunksucht und Arbeits-Scheu, und wie sie da heißen mögen. Verzichtet muß werden auf jede Entschuldigung, sei alles auch bloß theoretisch hergegangen: nur so kann schließlich der Stachel aus dem Fleische gehoben werden, wenn die ganze und frühe Tiefe eines solchen Sturzes einmal erkannt ist, da habe der welche theoretischen oder politischen Namen immer getragen. Die Therapie ist hier mindestens ebenso lebensgefährlich wie die Krankheit. Jedoch kann nur ein rechtzeitiger Eingriff profunder Art die vergiftenden Folgen des größten Treubruches ausgleichen: des Überlaufens eines Schriftstellers zu „außerliterarischen Werten“. Denn nur darauf kam es an, und nicht auf irgend eine Doktrin, in die einer abstürzte, nur auf das Direkte kam es an, auf das Geradezu, auf den Verrat am eigenen Stande. Thomas Griffiths Wainewright, von dem uns Oscar Wilde erzählt, war ein hervorragender Literat und ein raffinierter Giftmörder. Ich halte einen solchen Fall für weitaus harmloser. Sich das Giftmorden abzugewöhnen, dürfte vergleichsweise leicht sein. Die Selbstvergiftung ist erfahrungsgemäß schwerer heilbar.

Damit endlich können wir den Punkt der „Einflüsse" wieder aufnehmen. Sie haben beim Schriftsteller keinen direkten und imitativen Charakter (wie sich die Literarhistorik das gerne vorstellt), sondern einen exemplarischen und indirekten, wobei in völlig anderer Art, ja, in anderem Materiale dargestellt wird, was als Schock die Person einst zu sich selbst erwachen ließ. Ich gestehe, daß auf mich Werk und moralische Person Ludwig van Beethovens eine ungleich gewaltigere Wirkung hatten als irgend ein literarisches Phänomen. Und mein Lehrer, A. P. Gütersloh, war mir im Schreiben niemals ein Vorbild: wohl aber lehrte er mich, was ein Schriftsteller sei, ja, eigentlich hat er mich zu einem solchen gemacht. Anders, und auch hier: in der Kunst spielt die Kunst eine viel geringere Rolle, als allgemein vermeint wird. Ja, sie wird zum bloßen Vehikel, das an den entscheidenden Punkt uns bringt, wo die Gewalt des Entschlusses weit mehr wirkt als alles Talent.

DIE SPRACHE DES DICHTERS

Wir sind heute nachgerade gewohnt, den erzählenden Dichter und seinen nächsten Verwandten, den Geschichtsschreiber, vorwiegend durch das Mittel des gedruckten Buches kennen zu lernen. Dabei wird der geschriebenen Sprache die schwerste Probe erspart, bei der sich allemal zeigen muß, ob sie noch eigentlich Sprache ist: das Gehörtwerden nämlich. Rasch gleitet das Auge über die Druckzeilen, jeder Satz hinterläßt nur eine flüchtige Spur, ritzt nur leicht die bereite Wachstafel des Vorstellungsvermögens, wenn anders sie überhaupt bereit ist. Nach und nach setzt sich aus den vielen durchlaufenen Seiten ein mehr-weniger vages Bild des Geschehens ab. Da nur sehr selten ein Mensch in der Lage ist, ein ganzes Buch in einem Zuge durchzulesen, vielmehr, ganz natürlich, die Lektüre eine oft unterbrochene ist, so wird für diesen unseren Leser eine allzugroße Prägnanz, sowohl im Gesamtaufbau wie in der Sprache, nicht gerade ein willkommenes Geschenk sein: eine Prägnanz etwa, die Gelesenes eben als gelesen und also auch als gewußt voraussetzt, oder die in einem genauen Satze ein Ding erledigt, ohne diese Erledigung zu verschleppen oder später nochmals zu wiederholen. Nein, unser zeitgenössischer Leser wird nach und nach dahin gelangen, eine gewisse Verdünnung als angenehm zu empfinden. In jener Sprache, die vom Gebrauche glattgescheuert ist, in der Sprache des Verkehres, wird er auch am liebsten seine Lektüre erleben. Er wird es durchaus vorziehen, aus sehr vielen Druckseiten allmählich ein Bild zusammenrinnen zu lassen, er wird dies dem heftigen Andrang einer wirklichen Sprache weitaus vorziehen, die nichts Geringeres von ihm fordert, als daß er den Vorgang, der sie entstehen ließ, in sich nacherlebe, jenen seltsamen Sprung aus dem noch jenseits des Wortbereichs liegenden Chaos herüber in die Klarheit und eindringliche Festigkeit der sprachlichen Notation, die aber noch zittert und schwingt von der Kraft des Abschusses, wie ein Pfeil etwa, der eben vor unseren Augen in sein Ziel sich eingebohrt hat.

Nein, unser eifriger Leser sucht nicht sosehr die geformte Bändigung des auch ihn bedrängenden Lebens im Buche – intensiver, restloser Ausdruck aber ist immer Bändigung, ja Beschwörung – vielmehr sucht er die Abwechslung, das ewig Andere, das zwar aus demselben Stoffe besteht, aus dem auch sein Leben gemacht ist, aber in immer neuen Gruppierungen diesen selben Rohstoff darbietet. So trachtet unser Mensch wenigstens in der nacherlebenden Phantasie durch Quantität und Vielfalt aus dem engen Lebensraume zu entkommen, den unsere Zivilisation heute dem Einzelnen noch gelassen hat. Er liest also – in Ermangelung des Lebens. Das ist die Hauptmasse der Leser.

Das Meiste von dem aber, was wir so lesen, wäre vorgelesen, vorgetragen, dem Ohre dargebracht, überhaupt nicht zu genießen – so etwa die üblichen seitenlangen Beschreibungen, die wirklich oft nicht mehr sind, als eben – Be-Schreibungen. An der „rhapsodischen" Probe, wenn man so sagen darf, würden neun Zehntel aller heutigen Prosa scheitern: das heißt, es würde offenbar werden, daß es sich hier nicht um Sprache im eigentlichen Sinne handelt, die ja ihre innere Spannung immer über einem gewissen Mindestmaße hält, auf solche Weise ständig den Sprung vom Chaos in die nachzitternde Form darstellend und die Erinnerung an diesen Sprung wachrufend. Sondern was uns da, bunt aufgeputzt durch Handlungen und wechselnde Scenerie entgegengeistert, ist im Grunde nur das, was wir eben verlassen haben, das Formlose, Unentschiedene, Beiläufige und rasch wieder Vergessene des alltäglichen Lebens, das mit jeder Sekunde in Zeit, Fleisch und Tod zerbröckelt und abfällt. Ja, wie unsere traurigen bedrückten Träume sind solche Lesestunden, ein melancholischer Wiederhall nur, dem sich kein neuer Ton hinzufügt, wie Träume sind sie, die aus durcheinandergeworfenen und neugruppierten „Tagesresten" bestehen, wie das die Psychologen so hübsch benennen.

Hier nun erfolgt freilich keine Geburt der Sprache. Zu schlaff war die Sehne des Bogens, zu wenig zurückgezogen, um das Geschoß abschnellen und treffen zu lassen, zu wenig lange zurückgezogen hatte sich der Autor in die Gebiete jenseits des Worts und vor allem jenseits der Absicht, gleich ein ganzes Werk zu schreiben. Denn wer zur Sprache gelangen will, muß dorthin zurück, wo sie einst entstand. Das heißt, er muß, wenigstens eine Zeit seines Lebens hindurch, sozusagen ein Wilder gewesen sein, was heute inmitten unserer Zivilisation allerdings immer leichter möglich wird, je mehr nämlich diese Zivilisation, sich neigend, schon die Gestalt einer gefahrvollen Wildnis annimmt, sogar samt deren Einsamkeit, in einem gewissen Sinne, und unsere Groß-Städte bald tückischer sein werden als der Urwald.

Hier also, in jenen entscheidenden Jahren, da sich ein junger Mensch desperat und abseits durch's Leben schlägt, nichts verstehend, da er noch für nichts die eigenen Worte gefunden hat, und daher auch von niemandem verstanden – hier wiederholt sich, wenn auch heute nur als schwächliches Abbild, ja fast könnte man sagen nur symbolisch, ein Vorgang, der vor grauen Zeiten allgemein war. Damals nämlich, als der Mensch, von den tobenden Kräften der Natur bedrängt, und hinter diesem wallenden Vorhang von Elementarkatastrophen seinen Schöpfer ahnend, die Magie des Wortes, der Bezeichnung, des Ausdrucks gebar: aus dem röchelnden Munde, den der schwere Atem und die Todesangst aufstießen, drang schon ein ganz klein wenig mehr als der bloße Kehllaut von Staunen oder Grauen, vielleicht trennte diesen Laut zunächst nur ein zischender Konsonant in zwei Teile, aber was Gestalt werden wollte, war nicht mehr aufzuhalten, und plötzlich, vielleicht noch im Blutdunst des Kampfes war ein Ausdruck, eine Beschwörungsformel, also ein Wort geboren: die erste Bezeichnung vielleicht für den Bären, den Drachen oder den Waldbrand. Die Sprache wuchs schnell wie eine Lawine, denn damals war jeder normal geratene Mensch zugleich ihr Schöpfer. Vielleicht hat es garnicht so lange gedauert, bis sie herrliche Kristalle abgesetzt hatte, Worte, wie etwa „Morgen-Grauen" oder – wie man im alten Deutsch sagte – die „hankrât". Welch ein fröstelndes Wort ist das.

Die Sprache wurde und wird also jederzeit nur von den Dichtern geschaffen, gleichgültig, ob diese Dichter in großer Zahl mit dem Steinbeil bewaffnet, unter rauhen Ausrufen einen sich stellenden Höhlenbär umringten, oder ob sie, von ihrem einst so zahlreichen Stamme abgerissen, als Entwurzelte und Einzelgänger durch die vielleicht noch viel gefährlicheren Dickichte der Zivilisation brechen.

Nun aber, da nur mehr Wenige am Werke sind, die Beschwörungsformeln zu finden, die wir, auf recht merkwürdige Weise, wie es scheint, zur anfänglichen Wildnis zurückkehrend, heute bereits wieder hochnötig haben, nun, da der eigentlich normale Mensch, nämlich der der den Spannbogen vom kräftig durchbluteten Tier bis zum anbetenden Geiste in einer Person umfassende

Mensch nur mehr in wenigen Exemplaren umgeht – die man überdies durch Ausdrücke wie „ein schöpferischer Mensch“ oder „ein Künstler“, „ein Dichter“ und dergleichen auf ein Spezialgeleise schieben möchte, um so das für alle verpflichtende Maß als unverbindlich erscheinen zu lassen – nun ist es durchaus an der Zeit, sich so oft wie nur irgend möglich den Fascinationen des direkten Kontaktes mit einem dieser sogenannten „Dichter“ auszusetzen, und zwar so, daß wir uns hic et nunc, mündlich unmittelbar und persönlich von einem solchen noch normalen Geiste attackieren lassen. Dies aber in der konzentriertesten Form. Er wähle das Nebenprodukt, die Notation irgendeiner Zeit seines Lebens, da die Spannung dieses Lebens eine sehr hohe war: also ein sogenanntes „Werk“. Er schaffe es vor unseren Augen mit allen Gebärden nach, er steige hinein und erleuchte es von innen her, daß es samt ihm durchsichtig werde. Damit auch wir zur Sprache erwachen und das verschlossene Ohr sich eröffne, damit auch wir, und zwar jeder ohne Ausnahme, an diesem Beispiele ermuntert werden, unsere höchsteigene Sprache wieder zu suchen und am Ende auch zu finden.

WÖRTLICHKEIT ALS KERNFESTUNG DER WIRKLICHKEIT

„Es darf ein Mensch, der des Wortes mächtig ist, keine Lage schweigend verlassen: dies fiele zu leicht, dies gälte nicht vor dem Gotte. Und gar zu dem, den er liebt, doch nicht für fähig hält, ihn zu fassen, darf er ja nicht reden wie zu einem Kinde oder unansprechbaren Schüler. Denn nicht darauf kommt es an – obwohl es uns darauf ankommt; aber: was wissen wir von dem, was wir eigentlich wissen sollten? – gerade von diesem da und in eben diesem Augenblicke verstanden zu werden, sondern einzig darauf, zu sagen, was nur jetzt oder nie mehr, und nur von uns und von keinem andern, gesagt werden kann. Die ausgesprochenen Worte, in denen das heilig Gegenwärtige erst den echten Erweis seines Daseins gefunden hat, wirken ungehindert so lange weiter, bis sie ihr hörend Ohr erreichen: es muß nicht das mit dem Rauschen der kosenden Zunge erfüllte des geliebten Hauptes sein, und es ist es auch in der Regel nicht."

Der Roman, aus welchem diese Sätze stammen, ist 1946 in Wien erschienen und, infolge der damaligen Zeitverhältnisse, kaum über Österreich hinausgedrungen. Das Werk heißt: „Eine sagenhafte Figur"; der Autor ist A. P. Gütersloh.

Hier sehen wir die Sprache entkleidet eines letzten noch anhaftenden Restes von Mitteilung, die jetzt zum bloßen Sprach-Vorwande wird. Aristoteles sagt vom Sehen, daß wir es gerne üben würden, auch wenn es zu nichts nütze wäre. Ein gleiches läßt sich analog von der Sprache sagen. Ihre auf der gesellschaftlichen Ebene so sehr im Vordergrunde stehende Mitteilungs-Funktion ist ein Seitenast, und die Hand muß tiefer dringen und tasten, wenn sie an die Pfahlwurzel gelangen will. Diese führt unter jeden Zweck hinab, ja, gradaus gesagt, wo immer man sie antrifft, strikte bis zum Mittelpunkt der Erde. Sie ist im stabilen Gleichgewichte, im monologischen Gleichgewichte, und neigt sich daher niemandem zu, dem sie etwa was sagen wollte. Die Sprache ist im Grunde nur um einen Preis zu haben, vor dessen Zumutung heute jedermann von guter Gesinnung sich mit Abscheu wendet. Der Preis heißt: l'art pour l'art.

Fand sich irgendeiner bereit, ihn zu bezahlen, so erfährt er alsbald, daß dies nur ein erstes Entrée war, ein unbedingt notwendiges, dennoch bloß ein solches wie eine Perronkarte, die wohl zum Betreten des Bahnsteiges, nicht aber zum Fahren berechtigt.

Denn die Sprache kann nur immerwährend gesunden – und das muß sie, denn sie erkrankt ebenso immerwährend – aus ihrer Matrix, die noch wortlos ist: aus unserer Zugänglichkeit und Empfangsamkeit, aus der Apperceptivität. Der Grundsumpf unserer Eindrucksfähigkeit, freigelegt durch das Zerschlagen der ihn überwachsenden Decke von sprachlichen Erstarrungsformen – die sich als bequeme Särge stets angeboten haben, in denen wir ein gut Teil unserer ungeborenen Sprachlichkeit bestatteten – dieser Grundsumpf aus noch nie berührten Erlebnissen und Zuständen unserer Vergangenheit: er ist es, der zäh und langsam bei jedem von uns seine eigene Sprache hervorbringen würde (wollten wir's nur geduldig erwarten), die zu nichts nütze, die vielleicht zunächst ganz unverständlich wäre: aber, welchen hohen Grad von Ansprechbarkeit würde ein solcher, nur begonnener, Prozeß bei seinen Trägern schaffen für den seltenen Fall eines ganz durchgeführten Vorganges dieser Art: würde ein solcher sie berühren, sie erlernten überraschend weiter ihre eigene Sprache, sie entdeckten nichts Geringeres als ihr eigenes Leben, wie es wirklich war und ist.

Nun, man sieht schon, daß eine solche Sprachpflege einen sehr individuellen Weg ginge; dennoch den einzig möglichen, wie wir glauben. Denn alles auf die erstarrte Oberfläche der Sprache gerichtete Bessern wird unvermeidlich auf normative Grammatik hinauslaufen, und zuletzt auf den Aberglauben der Orthographie, die es ja garnicht gibt, weil notwendig eine jede falsch sein muß.

Was aber trennt uns von unserer eigenen Sprache, lastet auf ihr wie eine Asphalt- oder Betondecke? Etwa, daß wir nicht geschickt genug im Schreiben sind, oder daß wir die Grammatik nicht beherrschen, weil das Fundament unserer Kenntnis der antiken Sprachen nicht solide gelegt wurde? Oh, nichts von alledem. Sondern das genaue Gegenteil dessen, was ich früher Empfangsamkeit genannt habe. Also die – Apperceptions-Verweigerung. Und damit hätten wir die Vocabel gefunden für die unserem Zeitalter eigene – jedes hat seine besondere – Form der Dummheit.

Sie ist nicht, wie früher einmal, ein Fehlen der Intelligenz; nicht etwas rein Negatives, bei einer Subtraktion übrig Bleibendes, eine bloße Privatio – wie die Scholastiker es nannten – eine Beraubung, ein Beraubt-Sein. Die Dummheit oder Apperceptions-Verweigerung ist heute keine Eigenschaft, sondern eine Haltung, die früh eingenommen wurde, und auf einen nicht mehr auffindbaren bösen Entschluß des Einzel-Individuums zurückgeht. Dumm ist, wer dumm sein will.

Die Dummheit ist heute wach, stets im Anschlag, scharfsinnig und feindspürig. Sie wittert sofort die Anwesenheit von Intelligenz, in den feinsten Spuren sogar, und nimmt eine feindselige Haltung gegen sie ein – was aus einer reinen Privatio, aus einer Beziehungslosigkeit zur Intelligenz nie erklärbar wäre. Vielmehr befindet sie sich in stets angespanntestem Bezuge zu jener. Sie ist eine umgeklappte Intelligenz mit negativem Vorzeichen. Und sie ist der Intelligenz taktisch insofern überlegen, als sie selbst sich nie beim Namen nennt. Nie wird ein von der Dummheit Besessener sagen, daß er für die Dummheit eintrete. Vielmehr wird diese, um ihre Erzfeindin, die Intelligenz, zu umgehen, viele mögliche Formen annehmen, von allen erdenklichen respektablen Überzeugungen angefangen bis zu ihrem letzten taktischen Auskunftsmittel, der Vernebelung durch Feierlichkeit. Hier gedeihen die ansehnlichen und ehrbaren Irrtümer, die errores spectabiles, die so unendlich viel gefährlicher sind, als jene weithin durch die Warnungstafeln offensichtlichen Verfalles gekennzeichneten errores immundi, die schmutzigen Irrtümer, Trunksucht, Ausschweifung, Gewalt-Tat, Lüge und Betrug. Denn diese geraten nur neben die zehn Gebote. Jene aber wissen es stets anders und besser als der Prophet, der die Tafeln herabtrug.

Daß auf solche Weise es zur Entstehung eines neuen Coordinatensystems kommen muß, in welches auch Tatsachen nicht mehr als überzeugende Beweise einzudringen vermögen, ist ohne weiteres klar. Hier handelt es sich um Errichtung einer zweiten Wirklichkeit. Wir erkennen sie, objektiv projiziert, das heißt nach außen geschlagen, im ideologischen Totalstaat.

Hier hört der Prozeß auf, den Denker zu faszinieren. Das Ringen von Apperceptivität und Deperception im Einzel-Individuum aber bleibt seiner höchsten Aufmerksamkeit wert, weil es in jedem Augenblicke nichts Geringeres ist, als ein aus nächster Nähe gesehenes Detail weltgeschichtlicher Entscheidung.

Bei solchen Kämpfen der noch lange nicht so sich benennenden Weltmächte im einzelnen Individuum stehen wir an der Grenze der empirischen Psychologie. Denn da alle Inhalte, seelischen Mechanismen und Qualitäten sowohl in der ersten wie in der zweiten Wirklichkeit vorkommen, ist die Distinktion beider mit psychologischen Mitteln nicht mehr vollziehbar. Von diesem Punkte an muß uns ein zu höchster Intelligenz gebrachtes Gewissen leiten, um die Kräfte zu distinguieren, die da jeweils ziehen oder schieben; also eine Art dialektischer Psychologie, die man auch Mechanik des Geistes nennen könnte. Sie ist – man sollte es eigentlich kaum glauben – noch wenig erforscht; und Wenige nur wußten von ihr, unter ihnen Charles Baudelaire, der uns dies in folgendem Satze verrät: „Il y a sans doute dans l'esprit une espèce de mécanique céleste, dont il ne faut pas être honteux, mais tirer le parti le plus glorieux, comme les médecins de la mécanique du corps" (Conseils aux jeunes littérateurs VI.).

Was wir heute Einfalt oder einfältig nennen, und sehr mit Unrecht in die Nähe der Dummheit bringen – obwohl es doch eine reine Privatio ist, ein Fehlen der Intelligenz, aber nicht ein Dumm-Sein-Wollen, also keine Entscheidung für die Apperceptions-Verweigerung – was wir heute Einfalt nennen, das nannte man einst Schwachsinnigkeit und Unfähigkeit, ja, es benannte sich selbst so. Heute gehört die Einfalt – die in jedem Augenblicke durch den Ein-Fall einer gewaltigen Apperception in's Genie umzuschlagen vermag – zu den seltensten und kaum mehr gesehenen Gnadenständen des Menschen. Ja, man könnte unser Zeitalter geradezu das „aevum simplicitatis perditae" nennen.

Wir möchten hier ein Beispiel haben für solch eine reine Privatio.

Bekanntlich hat der Bischof Gregor von Tours eine Geschichte der frühen fränkischen Könige verfaßt, die mehrere Fortsetzer gefunden hat. Einen von diesen nennt man den „Fredegar", ein Mann, über den wir nichts wissen, als was seine Chronik uns sagt, nämlich daß er ein sehr mäßiger Schriftsteller war. Wir fassen heute unter dem Namen „Fredegar" eigentlich nur eine Quellengruppe zusammen. Er schreibt:

„Wir leben jetzt im Greisenalter der Welt. Darum hat die Schärfe des Geistes nachgelassen und niemand vermag es den früheren Schriftstellern gleichzutun." Mit den „früheren" meint er natürlich die Autoren des Altertums.

Ein ungefährer Zeitgenosse von ihm ist ein gewisser Marculf, Verfasser einer „Formelsammlung“, also eines Schimmels für Urkunden. Dieser sagt, er habe es so gut gemacht als er konnte, für Zwecke des Unterrichtes, und fügt hinzu: „quia eleganter non scribere potui“ – „weil ich mit literarischer Brillanz zu schreiben nicht vermochte“.

Autoren vom Niveau des Fredegar oder des Marculf würden sich heute wesentlich anders verhalten. Sie hielten, wenn sie die wirklichen Schriftsteller überhaupt zur Kenntnis nähmen, diese für die Dummen oder mindestens für unverständlich, sich selbst aber für die rechten und eigentlichen.

Anders Fredegar und Marculf. Sie befinden sich noch auf der gleichen Skala der Werte mit einem Tacitus oder Sueton, nur auf einer weit tieferen Stufe. Und sie wissen es. Sie verweigern nicht die Apperception. Sie errichten nicht ein neues Coordinatensystem. Sie leben im selben Kosmos wie die großen Autoren. Und nicht als deren Feinde. Potentiell hätten beide in ihrer Einfalt unter einen Gnadenstrahl geraten können, der sie über einen Tacitus oder Sueton hinauszuheben mächtig genug gewesen wäre. Auch dafür hat man Beispiele. Doch nie solche von Apperceptions-Verweigerern.

Zurück zum Grundsumpf der Sprache. Wer eine Wortwerdung aus ihm einmal nur erlebt hat, der weiß, was Wörtlichkeit heißt und daß die littera non semper occidit, daß der Buchstabe nicht immer tötet, warm von unserem Leben, wie er ist, und rieselnd blank von der Genauigkeit, die für ihn nötig war, um sich dem Grundsumpfe zu entringen.

Hier ist der zweiten Wirklichkeit die Grenze gesetzt. Nichts fürchtet die Apperceptions-Verweigerung so sehr wie Wörtlichkeit, welche sogar die Nebel ihres letzten Refugiums, der Feierlichkeit, zerreißt und gerade die honetten Irrtümer am meisten zu schanden macht. Die Dummheit wird nicht müde, mit ehrbaren Donnerworten gegen die so gefährliche Wörtlichkeit zu kämpfen: von „l'art pour l'art“ und „Wortspielerei“ bis „Klauberei“ und „Tüftelei“. Ja, hier fühlt sie sich wirklich auf den höllischen Schwanz getreten, hier werden ihre Heimlichkeiten aufgedeckt. Hier wird sie von der ersten Wirklichkeit umfaßt, zum Objekte gemacht, zur „empirischen Pathologie“, um mit Goethe zu reden: und dann kann es ihr auch nicht mehr gelingen, einen so ungeheuren Koprolithen zu bilden, daß niemand ihn mehr umfassen könnte: nun, wir haben das erlebt. Und anderwärts erleben es die Menschen noch an diesem heutigen Tag.

Wörtlichkeit ist die Kernfestung der Wirklichkeit. Schau' unter deine Sohlen in den Grundsumpf deiner Sprache! Lasse ihre Metaphern genau senkrecht über den Grundbedeutungen stehen. Wahrhaftig, man kann hier loten wie ein Maurer.

Wenn uns die Dummheit anrennt, sei es die eigene oder eine konsolidierte von außen: an diesem Richtmaße wird sie erkannt und mit seiner Hilfe abgewiesen, auch in ihrer gefährlichsten Form, wenn sie nämlich der Sprache sich bedient. Laßt uns vor allem darauf achten, *wie* uns etwas gesagt wird: und unter Umständen werden wir dem „Was" schon mißtrauen. Denn, soferne wir nicht einer materialistischen Denkweise anhangen, welche die Form nur als eine Beigabe zum Inhalt sieht, sind wir längst dessen belehrt, daß es einen Tiefsinn, der sich vor lauter Tiefe hinter seiner Sprachlosigkeit glaubt verschanzen zu können, garnicht gibt. Sondern durch die Form erst wird ein Inhalt geboren, tritt er in die Wirklichkeit. „Ein Gedanke ist so viel wert, als seine Sprache Wert darauf legt, eine zu sein" (Gütersloh).

Die transrationale, über-vernünftige Herkunft der Sprache aber bildet merkwürdigerweise zugleich den zweiten taktischen Nachteil unserer Intelligenz im Kampfe mit der eigenen oder der von außen herantretenden Apperceptions-Verweigerung, sofern diese in ihrer gefährlichsten Form auftritt, nämlich in der sprachlichen. Mögen wir sonst in der Deutung von Symptomen welche Erfahrung immer besitzen: es fällt unendlich schwer, das ausgesprochene oder geschriebene Wort rein und ganz nur als Symptom zu nehmen, wie der Arzt einen Haut-Ausschlag, und es solchermaßen zu relativieren. Immer wohnt doch dem Wort, und selbst dem eines kompletten Narren, Apperceptions-Verweigerers und Ideologen, nicht nur der Charakter eines Phänomens, sondern immer noch der einer Position inne, auf die zu ripostieren wir uns gedrängt fühlen. Und so erklären sich viele hoffnungslose Gespräche samt ihrer heil- und fruchtlosen Reibung einfach aus den Grundfesten der Sprache selbst, die ihre erhabene Abkunft, ihre Logizität und ihre Unzahl der Zwischentöne nicht einmal im Munde eines Narren verleugnet, so etwa, wie der ordinärste Gassenhauer noch alle unfaßlichen Geheimnisse der Musik in nuce enthält. Wie sollen wir da die Sprache, sei sie auch noch so sehr mißbraucht, vernünftig objektivieren wie einen Gegenstand unter anderen Gegenständen, ein Symptom unter anderen; wo sogar der Schriftsteller mit ihr nur umgeht wie ein Monteur mit dem elektrischen Strom, von welchem uns nicht einmal die Professoren der Physik sagen können, was er letzen Endes eigentlich sei. Die Sprache rein phänomenal zu sehen vermöchte nur ein solcher, der profund vergessen hätte, daß selbst alle stummen Phänomene um uns Positionen sind, mit denen uns was gesagt werden soll, allerdings nicht von einem menschlichen Sprecher und in keiner unter den Menschen gängigen Sprache.

Wie wenig es, bei diesem ganzen Abscheiden aus einer zweiten und dem Sprunge in eine erste Wirklichkeit, eigentlich auf das Bildungsmäßige und Kulturelle ankommt, und wie sehr nur auf die Kraft des Entschlusses, der eine neue Dimension des Lebens uns eröffnet: dies wird manchem Leser vielleicht aufgefallen sein. Ohne jene Dezidiertheit aber, so erscheint uns wenigstens die Sache, werden wir Gebildete von Heute die Halbgebildeten von Morgen. Erst die Praktizierung von Apperceptivität, Intelligenz und Sprache als einer Einheit erobert uns wieder all' die Güter, welche heute schon beinahe von uns absinken und den Hang der Historie hinab rollen wollen. Doch steht sichtbarlich aus jener Einheit als ihr griffigster Teil die Sprache hervor, und als ein Hebelarm, mit dem wir das Jahrhundert zu bewegen vermöchten, ohne daß dabei irgendwer um irgendeines Anderen, sondern nur um seine eigene Sprache sich bekümmern müßte.

DIE ORTUNG DES KRITIKERS

I.

Die nachfolgenden Blätter nahmen ihren Ausgang von einem Gespräche, das ich mit einem Literaturkritiker führte, und bei gleichsam vertauschten Rollen; denn ich bezog den Standpunkt, welchen er – meiner damaligen Meinung nach – hätte einzunehmen gehabt; er aber faßte, was ich gesagt hatte, in polemischer Absicht zusammen:

„Du behauptest, alles in allem, die Literatur einer Zeit werde von den Kritikern hervorgebracht: Das ist ein Paradox. Jedermann glaubt doch, daß es die Schriftsteller seien, von denen die Literatur ausgeht."

„Ausgeht vielleicht; aber nirgendwohin. Und so würde auch den Autoren bald die Literatur ausgehen. Hervor-gebracht, also in den Vordergrund gebracht, hat noch kein Schriftsteller sein Werk. Der Autor ist eine Art Monade, die ihr Gesetz – das Wort Gesetz hier geistesmechanisch verstanden – in sich trägt. Auf ihn repliciert letzten Endes und in maximaler Form nur eine ebenso extreme Monade: der Kritiker. Aber in diesem lebt nicht, wie im Autor, ein individuelles, also zwar echtes und dichtes, aber dumpfes Geistes-Schicksal; sondern in ihm, in seiner konkreten Person, erscheint das Gesetz, welches Alle umfassen wird, alle Literatur, bis an ihre äußersten Grenzen. Um eben diese aber geht es dem Kritiker: zu erweisen nämlich, was Literatur ist, und was nie Literatur werden kann: was außerhalb des Gesetzes steht. Der Kritiker ist die verkörperte ‚Gesetzes-Freude', wie die alten Israeliter sagten."

„Aber wie schafft er die Literatur mit seiner ‚Gesetzes-Freude'?"

„Weil er das Geheimnis des Maßes besitzt, und es manchmal lüftet. Die Wirkung davon ist faszinierend. Die immer in ungeheuren Mengen vorhandenen Talente werden dieses Maß umschwärmen, wie die Nachtfalter den Leuchter. Wer sich die Flügel verbrennt, stürzt hinein. Wer des Maßes Meinung erfaßt, hält Distanz. Er konsolidiert die Elemente seiner kreisenden Bahn."

„Du siehst ja den Kritiker rein als den Mittelpunkt des literarischen Kosmos!“

„Das ist er auch. Weil er ortet. Weil er die größte Gravitation hat. Weil in ihn, als in eine Zentral-Sonne der Intelligenz, einschießt, was seine Bahn nicht zu halten vermag.“

2.

Sogleich wich er zurück vor der ihm zugeschobenen Position, vielleicht auch aus Bescheidenheit, überfiel mich mit der Fülle der Schwierigkeiten seiner Praxis, die voll von Fußangeln sei – psychologischen in der eigenen Person, „kulturpolitischen“ und anderen in der äußeren Welt – und verdächtigte mich schließlich einer normativen Ästhetik (wegen des „Maßes“). In einem Atem wies er jeden reinen Subjektivismus unzweideutig von sich, um im selben Satze zu behaupten, daß einem wirklichen Kritiker starke persönliche Sympathien und Antipathien eignen müßten.

Ich fühlte die Wahrheit (und auch seine reine Gesinnung) in der letzten widersprüchlichen Behauptung, die somit nicht richtig war. Jede Richtigkeit aber erschien mir damals wie eine äußerste gespannte Oberflächen-Schichte der Wahrheit, welche doch über dieser noch zusammenhalten muß. Durch die Richtigkeit erst, durch das Zutreffende, kann die Wahrheit unser praktisches Leben hautnah berühren und in ihm wirken. Antipathien und Sympathien, so mußte ich mir sagen, kann man auf sehr verschiedenen Ebenen haben: auf der physiologischen, dann auf der schon etwas mehr belichteten des Charakters im engeren Sinne, bis hinauf zu der Ebene des Intellegiblen, welches sich vom Empirisch-Subjektiven wohl nährt, aber eine davon schon abgelöste Existenz hat. Im selben Augenblicke war mir klar, daß die Antipathien und Sympathien des Kritikers auf jener letzteren Ebene liegen, somit von rein physiognomischer Art sein mußten, als unentbehrliche Motoren für sein Urteil: und daß dieses nie ein Einzelphänomen für sich meine, sondern immer durchaus die ganze Kunst: so wie der Künstler in seinem Gegenstande immer die ganze Natur meint, sehr zum Unterschiede vom gegenstandsverliebten Dilettanten. Der Kritiker will, vor allem anderen einmal, daß Kunst sei. Der Künstler will, vor allem anderen einmal, daß Natur sei. Der Kritiker ist, wie der Künstler, zunächst ein physiognomischer

Geburts-Stand, freilich der unendlich viel seltenere Fall. Er wird sicher früher oder später sich selbst einholen, seinem verliehenen Stande bewußt beitreten, dem schon fliegenden Pfeil erst die Spitze aufsetzend; ein unumgänglicher Akt, durch den jedes Leben erst in Besitz genommen, durch den einer erst richtig belehnt werden kann mit dem, was er schon hat. Ähnlich wie beim Künstler, wo, von einem gewissen Punkte an, die Entschlußkraft weit Größeres wirkt als das Talent.

3.

Er ist also, der Kritiker, Träger einer priorischen Personsverfassung gegenüber der Kunst, ganz ebenso wie der Künstler gegenüber der Natur; und ihm gerinnt, beim Anblick eines einzelnen Werkes, „zum Urteil nur, was ihm schon immer den Mund zusammengezogen hat"[1]. Er will, daß Kunst sei; und was diesem seinem physiognomischen Takte widerspricht, das verwirft er in die äußerste Finsternis.

Daß er sein Urteil sprachlich ausprägt, ist wohl die notwendige Folge solcher Personsverfassung, aber es begründet sie nicht. Er kann nie begriffen werden als besonders literaturkundiger Leser, der dann niederschreibt, was er sich zum Werke denkt. Herbert Eisenreich irrt, wenn er in seiner ansonst ausgezeichneten Abhandlung „Der Kritiker, Rang und Amt"[2] sagt: „Die Antwort auf die Frage, wodurch dann, wenn nicht durch fachliche Bildung, der Kritiker sich wesentlich von dem Publikum, vom gewöhnlichen Leser, unterscheide, ist so wahr, wie sie einfach ist: Der Kritiker unterscheidet sich vom Leser einfach dadurch, daß dieser sich sein Teil nur denkt, indes jener das, was er sich denkt, zu Papier bringt. Einzig darin, daß der eine nur erlebt, indes der andere sein Erlebnis niederschreibt: eben und einzig darin besteht der ganze große Unterschied . . ." Auf dem Punkte, wo wir jetzt halten, erkennen wir dieses Kriterium bereits als unzulänglich (auch abgesehen davon, daß unter solchem Gesichtspunkte die auffallende Seltenheit des wirklichen Kritikers unverständlich bliebe, gegenüber der so vielmals größeren Zahl starker künstlerischer Begabungen). Nein, der Kritiker ist kein schreibender

[1] A. P. Gütersloh, Die Rede über Blei. Jakob Hegner 1923.
[2] „Wort in der Zeit", 1956, Heft 3, pag. 24 ff.

Leser, sei's auch auf höchster Ebene: das hieße geradezu ihn verharmlosen. Da müßte ja ein Schriftsteller, der Briefe von seinen Lesern erhält – und wie die Erfahrung, etwa im heutigen Deutschland, zeigt, sind darunter stets gar nicht wenige Ausführungen von hohem Rang – alle diese so sehr schätzenswerten Persönlichkeiten für Kritiker halten. Sie sind es nicht. Sie wären es auch nicht, wenn sie ihre Niederschriften publizieren könnten (wozu ein ansehnlicher Teil davon wirklich taugen würde). Sie sind Leser, sie halten diese dem Schriftsteller und dem Kritiker durchaus gleichrangige Charge fest besetzt. Der suchende Leser, der deutende Kritiker, der gestaltende Künstler: das sind die – idealisch gesehen – drei rangsgleichen Typen, welche das Feld der Literatur konstituieren.

4.

Was den Leserbrief vom kritischen Schriftsatz unterscheidet – und zwar im Sinne der Kategorie, nicht nur der größeren oder geringeren literarischen Qualität! – ist sein Bezogensein auf ein einzelnes Buch, und das stets mit einem Akzent auf dem Inhaltlichen, ähnlich wie beim Liebhaber in den Künsten. Einen solchen Akzent wird der Kritiker niemals setzen; denn, das Ganze der Kunst meinend, ihre vielfach gewundene Grenze überall verteidigend, wird es ihm notwendig auf das Wie ankommen und nicht auf das Was. Auch hierin verhält er sich analog zum Künstler. Auch er „reift durch Vergleiche" (Rilke) und bedarf deshalb einer umfassenden Fülle gehabter Kunsterlebnisse. Das ist seine „Fachbildung", wenn man es so nennen will. Sie besteht freilich aus Wissen, nicht bloß aus Kenntnissen. Das Wissen ist selbstleuchtend, Fixstern, Sonne. Es geht aus Erlebnissen hervor. Die Kenntnisse aber sind nur unter Umständen und teilweise beleuchtet (wie er sie gerade braucht), Planeten des Wissens, um das ihre Schwärme kreisen, Satelliten und Trabanten.

Wenn er aber, der Kritiker, „durch Vergleiche reift", dann gelangt er in die Nähe auch des Historikers der Kunst, mit welchem er doch nie eins zu werden vermag, weil sein Grenzkampf, sein polemisches Bemühen, im Vordergrunde steht und nicht, wie beim Gelehrten, die Einordnung der Erscheinungen in gewonnene Felder von Oberbegriffen. Bei ihm wird das Vergleichbare an einem Phainomenon der Kunst im Vordergrunde stehen, sein Herkommen aus der Tradition überhaupt oder von einzelnen, nennbaren Vorgängern; dahinter erst schimmert ihm das Unvergleichliche durch, welches mit den rationalen Mitteln der Wissenschaft nicht erfaßt mehr werden kann. Kurz, es geht hier um die Subsumption. An ihr ist dem Kritiker weniger gelegen. Wenn er „charakterisieren und urteilen will (und damit die wirkliche Aufgabe der Kritik unternehmen will), so geschieht dies auf indirekte Weise“[3]. Er versucht „gleichsam das rednerische Äquivalent der geistigen und seelischen Wirkung zu geben“[4]. „Kurz gesagt: ... ein Künstler, der den Versuch unternimmt, ein Kunstwerk in eine vollkommen andere Gruppe von Metaphern zu übertragen“[3].

Ein Nachschaffender ist er, der Kritiker, dies auf jeden Fall; aber eben nicht nur dies. Keineswegs jedoch ein illegitimer Sohn der Literarhistorik, welcher entsteht, wenn diese sich mit jüngeren Zeiten oder gar mit der Gegenwart einläßt.

5.

Es wird großer und neuester Beispiele bedürfen, um diesen Sachverhalt noch mehr in's Licht zu rücken. Vorher aber gilt es, ein kurzes und schwieriges Wegstück unserer Überlegungen zu passieren, wo die Sphinx uns mit einer Frage anhält, die klar und unzweideutig beantwortet sein will, bevor wir weitergehen dürfen. Es ist die Frage, worin denn ein gründlicher und genauer Unterschied bestehe zwischen dem Kritiker von Werken der Sprachkunst – um welchen es ja hier vornehmlich geht – und allen anderen Kunstrichtern?

Wenn ein Kritiker der sogenannten bildenden Künste über eine Gemälde-Ausstellung sich äußern will, wird er der Sprache bedürfen, weil er nicht über die gesehene Ausstellung ein – Bild malen kann. Ebensowenig wird ein Musik-Kritiker, der eine neue Symphonie zu besprechen hat, über diese ein – Streichquartett schreiben können, sondern er wird einen Aufsatz hervorbringen

[3] René Wellek, Geschichte der Literaturkritik 1750 bis 1830. Deutsch im Hermann Luchterhand Verlag, Darmstadt, Berlin, Neuwied/Rh. 1959, 754 S., Ln. 34,50 DM. Zweiter Teil, pag. 449. Beide Zitate beziehen sich auf William Hazlitt (1778–1830).

[4] Oscar Wilde, Feder, Pinsel und Gift.

müssen. In beiden Fällen steht die kritische, die zerlegende, die analytische Arbeit in einem anderen Materiale als das Kunstwerk. Wenn aber der Kritiker sich einem Werk der Sprachkunst gegenüber stellt, sei's Roman oder Gedicht, so steht seine Arbeit im gleichen Materiale wie das Werk der Kunst, das sie zu deuten unternimmt.

Das heißt aber: die Sprache hat eine doppelte Anwendbarkeit. Einerseits kann sie rein als Material der Gestaltung gebraucht werden, wie Farbe, Ton, Thon oder Stein. Ebenso groß aber ist ihre Kraft, wenn sie nicht gestaltweis, sondern zerlegungsweise, also analytisch auftritt, wenn nicht etwas dargestellt wird mit den Mitteln der Sprachkunst, sondern über etwas gesprochen oder geschrieben[5].

Es ergibt sich hier: der Kritiker besitzt nur die eine Hälfte der Sprache, und muß mit ihr die ganze umfassen. Das also heißt „ein Kunstwerk in eine vollkommen andere Gruppe von Metaphern zu übertragen". Dieser besondere Akt ist nur dem Kritiker möglich. Er geht, samt allen dabei erforderlichen Fähigkeiten, aus einer Persönlichkeit und ihrem Schicksal hervor. Daß ein solcher Typus, wie wir schon sagten, überaus selten ist, empfiehlt ihn noch mehr unserer Aufmerksamkeit.

Dies nun bringt uns bereits dem großen Werk von René Wellek näher, welches wir früher (in Anmerkung 3) zitierten. Es bedeutet diese „Biographie der literarischen Urteilskraft" (Günther Busch) wohl auch ein gewaltiges Stück Literaturgeschichts-Schreibung; aber in einem sehr besonderen Sinne. Eine Gestalt ist es, die unter hunderten ausgeprägten Formen, und stets modifiziert vom jeweiligen Strahlungsdruck wechselnder Zustände des europäischen Geistes, in ihrer Funktion und ihren sehr disparaten Lagen hervortritt: eben der Kritiker. Man spürt's, wenn man ihm in so verschiedenen Zeiten wie dem Klassizismus, der Romantik oder den unseren Tagen näherliegenden Schichten begegnet, daß sein Typus, sein Habitus, seine Personsverfassung und die mit ihr gegebenen Antinomien im Grunde fast zeitlos sind. René Wellek gebraucht freilich den Ausdruck „Kritiker" in einem erweiterten Sinne, der auch die Theoretiker (Ästhetiker) und Historiker der Literatur mit einschließt, und im Kritiker keineswegs nur einen auf das jeweils zeitgenössische literarische Schaffen gerichteten

[5] cf. in meiner Schrift „Grundlagen und Funktion des Romans". (Vgl. Seite 167 f. dieser Ausgabe. Anm. des Herausgebers.)

Geist sieht, worauf in diesen unseren Seiten hier vornehmlich der Akzent ruht. Eine solche engere Auffassung des Wortinhaltes von „Kritiker“ jedoch wäre für Wellek's umfassende Aufgabe nicht brauchbar gewesen. Sie tangiert auch nicht das Wesentliche des Typus: denn ob ein kritischer Geist seine Stellung zu Shakespeare oder Milton fixiert oder gegenüber einem lebenden Autor, so ändert das am spezifisch kritischen Verhalten nichts.

Der Kritiker will, daß Kunst sei. Fehlt sie, so wird er sie provozieren. Nicht eine Armut an Talenten verursacht die wiederkehrenden Vacua in der Literatur, sondern das Fehlen eigentlicher kritischer Begabungen. Talente sind immer in Fülle vorhanden. Aber was nützt das, wenn der literarische Kosmos ohne Mittelpunkt ist, ohne Zentralsonne der Intelligenz! Ja, der große Kritiker wird, wenn ihm die Kunstobjekte fehlen, ohne die er seine polemische Lebens-Spannung nicht aufrecht zu halten vermag, häufig in die Vergangenheit tauchen, oder sich, in bezug auf Gegenwärtiges, einem Als-Ob ergeben (als ob vorbildliche Literatur auch jetzt entstehen könnte), und so das unverrückbare Maß über den Wassern der Zeit halten: wissend, daß eben dies die einzig mögliche Wegbereitung für's Kommende ist, welches jenes Maß wieder wird erfüllen können. Und es wird kommen: von des kritischen Geistes gewaltiger Faszination evoziert! Bis dahin spielt er die mittleren gegen die kleinen Talente aus – damit nur niemals Diskussion fehle! – und vernichtet sie alle.

6.

Man sieht schon: die Systematik wird man von ihm gerade nicht erwarten dürfen, von dem Ersehnten und Heißbegehrten, dem Vater aller Literatur, dem Kritiker. Ungern auch wird er an die von der Literarhistorik gefundenen Kategorien anschließen. Ja, er wird sich oft so verhalten – sei's auch fiktiv – als gäbe es gar keine solchen, mindest, als seien sie für die Gegenwart noch nicht aufgefunden. Was er braucht, ist Getümmel, nicht ein geordnetes Feld; Getümmel, das über die Grenzen von Literatur und Nicht-Literatur (in die äußerste Finsternis mit ihr!) hin und her wogt: hier einzugreifen, in diesem Kampfe am Walle, das macht seinen Eros aus, das reizt ihn. Er wird parteiisch in einem Grade sein, welcher den Literarhistoriker aufheben würde. Ja, durch

Augenblicke und in voller Bewegung bietet er fast jenes Bild, das den politisch handelnden Menschen vom Geschichtsschreiber trennt.

Denn, wie liest man wohl kritisch? (und auch wir alle, die ein so wesentliches Amt nicht auszeichnet, lesen kritisch, wenn auch bei trüberem Lichte; und schon gar der Künstler, der nur anzieht, was ihn nährt, und abstößt, was ihn stört!). Man liest eigentlich ängstlich; und man ist glücklich, wenn alles gut geht. Erst, wenn das fünfzehn- bis zwanzigmal wirklich nicht der Fall ist, beginnt man, sich zunächst defensiv zu verhalten: man sucht eine Formel für das Widrige, den Fehler. Geht's arg oder noch schlimmer weiter, so drückt sich einem schließlich jene Formel als offensive Waffe in die Hand.

Polemik und Unsystematik – in jener großartigen Porträtgalerie kritischer Köpfe, die René Wellek uns geschenkt hat, begegnen uns die anmutigsten Beispiele für beide, in grandiosnobler Art vorgeführt, wie denn dieser bedeutende Autor jeweils gerne hinter ein Bildnis zurücktritt, selten, aber dann unmißverständlich, seinen eigenen Standpunkt bekennend[6]. Der große Charles Lamb (1775–1834) war nicht nur kein Theoretiker, sondern auch völlig unsystematisch. „Der größte Teil der Kritik Lamb's ... muß als lose Gedanken über Gelesenes und das Lesen, als *marginalia* bezeichnet werden"[7]. Von solcher Haltung aus ist das Abgleiten in's hemmungslos Subjektive immer in der Möglichkeit, besonders wenn man, wie Charles Lamb und William Hazlitt, „Beschwörung, Metapher und persönliche Bezüge"[8] erstmals in die Literaturkritik introduzierte – eine Methode, von der wir heute „bereits mehr als genug haben", wie René Wellek sagt (II, 444). Hazlitt leistete es sich einmal zu schreiben: „Es gibt Leute, die keine Oliven mögen – und mir bekommt nun einmal der Ben Jonson nicht gut"[9].

Solches muß möglich bleiben. Nicht nur die Dichtung ist „objektive Leidenschaft" (Wellek II, 454), auch die Kritik. Im Grunde wohnt der wahre Kritiker immer auf dem Parnaß, selbst mit seinen wildesten Antipathien. Das gilt sogar für jenen Tho-

[6] Er ist im Theoretischen demjenigen der Brüder Schlegel nahe. Wellek II, 263.

[7] Wellek II, 445.

[8] Wellek II, 443.

[9] Wellek II, 451.

mas Griffiths Wainewright (1794–1852), den Oscar Wilde in seiner entzückenden „Studie in Grün“ uns vorführt – zugleich als einen „der verschlagensten und heimlichsten Giftmörder seiner Zeit“. Wainewright hat an einem Diner bei Charles Lamb teilgenommen, der von ihm fasziniert war[10].

Der letzte Grund aller denkbaren Gleichgewichtsverluste des Kritikers aber liegt nicht in seiner Persönlichkeit, auch nicht in seiner jeweiligen Methode, sondern viel tiefer, nämlich in seinem Materiale überhaupt: der zerlegungsweisen Sprache. Dieser Hemisphäre der Sprachlichkeit, mit welcher der Kritiker die ganze umgreifen muß, eignet nicht jenes stabile Gleichgewicht wie der Sprache des Künstlers, die in beiden Anwendungsarten sich bewegt, gestaltweise und zerlegungsweise, ausdrückend und aussagend: wie nimmermüde synchronisiert laufende Kolben tauchen jene zwei Möglichkeiten auf und ab[11]. Sie banlancieren einander aus. Eine idealische Romanprosa etwa ruht in sich selbst: sie ist das äußerste Gegenteil jedes Handelns.

Der Kritiker aber ist handelnd, schon aus der Natur seiner Sprache. Sie verbürgt ihm nicht das Gleichgewicht, wie es gewohnheitsmäßig der Künstler genießt, der auf's Handeln verzichtet hat: und das schon rein vom Materiale her.

Er aber, der Kritiker, der für die Literatur seiner Zeit allein Verantwortliche unter lauter blind vor sich hin funktionierenden Monaden (aber ohne praestabilierte Harmonie!) wird in einem einzigen Falle – den wir zuletzt noch kennen lernen werden – das Glück solchen Gleichgewichts als Krönung seines Lebens erreichen. Damit erst hebt er sich ganz ab vom Theoretiker und Ästhetiker, dem die gesamte Literatur und ihre Geschichte nur eine Einheit bilden und ein Exempel für sein System; und auf der anderen Seite vom Literarhistoriker, dem jedes einzelne Phänomen eine schon gewonnene Gruppe bereichert oder eine Linie der

[10] Oscar Wilde, Feder, Pinsel und Gift. – Um 1920 tauchte auf einer Londoner Auktion ein Originalmanuskript von Charles Lamb (die „Dissertation über ein gebratenes Schwein“) auf. Es ging um einen derart hohen Preis ab, daß berechnet wurde, Lamb habe in seinem ganzen Leben, alles zusammen, an literarischen Honoraren keine so große Summe eingenommen. Diese Sache ging damals durch die europäische Presse. Wir entnehmen sie der „Wiener Mittags-Zeitung“ vom 7. Juli 1921.

[11] Heimito von Doderer, Grundlagen und Funktion des Romans, pag. 168.

Entwicklung belegt; ihn vom Kritiker und dessen Gestalt, wie wir sie sehen, abzugrenzen, bedarf es, angesichts fließender Übergänge, eines zweiten großen und zeitnahen Beispiels.

7.

Ernst Alker, Professor an der Universität zu Fribourg in der Schweiz, hat uns eine Geschichte der deutschen Literatur von Goethe's Tod bis zur Gegenwart geschrieben: aber mit einigem Rechte könnte sich dieses außerordentliche Buch auch eine Geschichte Mitteleuropas im neunzehnten Jahrhundert nennen – wenn man nur die Fiktion von dem Primat der politischen Geschichte aufgäbe (etwa so, wie Arnold J. Toynbee es meint)[12].

Den Bruch und das Dilemma allerdings, welche durch alle Kunstwissenschaft gehen – wie schon durch dieses Wort allein (im heutigen Wortsinne) – hebt Ernst Alker in einer Weise auf, die kaum übertragbar sein dürfte, auch im intensivsten Kolleg nicht. Denn an den Kunstleistungen – seien das solche der Malerei, der Musik, der Dichtkunst – ist das, was sie voneinander unterscheidet, ihr Einzigartiges und Unvergleichbares, kurz, das Ungemeine, weit wesentlicher als alles, was sie gemeinsam haben. Des Zweiten aber wird die Systematik – in unserem Falle die Zusammenfassung (Subsumption) literarischer Phänomene unter Oberbegriffe – nicht entraten können. Jene Systematik aber führt nur an die Grenze des jeweils Ungemeinen heran, bis zu einem Limeswert. Es besteht die Literaturgeschichte, wie eben die Geschichte überhaupt, aus lauter Punkten, in deren jedem sich das Vergleichbare mit dem Unvergleichbaren schneidet und vereinigt; zusammen ergeben diese Punkte die historische Kontinuität, welche durch ein allein freiwerdendes Ungemeines und Unvergleichbares zerrissen würde (man möchte für „Geschichte" fast folgende kleine Definition vorschlagen: „res gestae ineffabiles et comparabiles simul").

Über jene früher bezeichnete Grenze hinaus wird der Literarhistoriker selbst wieder künstlerische Mittel in Anspruch nehmen müssen. Freilich muß er sie besitzen (alle großen Literarhistoriker haben sie besessen). Es werden charakterisierende, analysierende, compositorische Mittel sein, kurz, auch die des Geschichts-Schrei-

[12] Ernst Alker, Geschichte der deutschen Literatur von Goethe's Tod bis zur Gegenwart. 2 Bde., J. G. Cotta, Stuttgart 1950.

bers: epische Mittel. Hier aber, gerade an diesem Punkte, gelangt die zerlegungsweise Sprache des Gelehrten zu einer Stabilität, welche dem Kritiker von Natur aus nicht vergönnt ist. Und dies, obwohl auch der Geschichtsschreiber urteilt, und also kritische Funktionen hat.

So weit, so gut! – noch bei einem großen Essay könnte man sich das alles realisiert denken, wenn der Autor sich tief in einen Dichter oder eine Dichtergruppe hineingelebt hat, so daß seine Kenntnis bei größter Profundität schließlich sozusagen zur persönlichen Eigenschaft wird und nicht nur als ein bis in's letzte Detail Gewußtes ihn bewohnt: dann erzählt er schon vom eigenen Leben und es kommt in seine Darstellung da und dort jener sublim autobiographische Zug, den man von der Kunst her kennt. In diesem Falle war die Literatur des Literarhistorikers Leben, nicht ein beherrschtes Fach nur (dies außerdem).

8.

Wie nun aber, wenn Einer große Stoffmassen zu bewältigen hat, etwa die Geschichte der deutschen Literatur von Goethe's Tod bis zur Gegenwart, und ihn obendrein die erwählte Pflicht bindet, ein zugleich lexikalisch-auskunftgebendes, auf möglichste Vollständigkeit abzielendes Handbuch für den Fachmann zu schaffen? Wird nicht durch ein solches Beispiel unsere implicite aufgestellte Forderung widerlegt als eine Folge falscher Begriffsbildung und damit als ein unmögliches Postulat?

Keineswegs, denn Alker's Buch erfüllt, was wir meinen, auf weiten Strecken. Der Geschichts-Forscher und der Geschichts-Schreiber sind hier in eine Person zusammengetreten (was selten mit Glück geschieht, aber hier eben doch). Der literarhistorische Stoff ist diesem Quellenforscher so sehr in's Blut gegangen, daß sein Verhalten dem Stoffe gegenüber immer mehr ein episches werden konnte, kurz: daß er von alledem erzählt. Daher die Überzeugungskraft, auf welche beim Leser – man kann dieses Buch auch durchlesen wir einen Roman – die Einsicht respondiert, daß alle diese Irrungen und Wirrungen unvermeidlich waren: der lange Wassertrieb „Jungdeutschlands“ in's Sozialrevolutionäre, die Verbröselung der Romantik in's Dilettantische, das Absterben des Naturalismus durch Austrocknung. Nie fehlen bei Alker Ironie und esprit: sein wienerisches Erbteil – und die Ironie ja obendrein ein unentbehrliches Werkzeug jedes wirklichen Erzählers, sein probates Mittel gegen die so oft sich eröffnende pessimistische Sicht – pessimistisch durch tiefen Einblick in das absolut Notwendige all' dieser Ausrenkungen und Wieder-Einrenkungen unserer Geistesmechanik, unserer wahren Geschichte, die nie erlaubt, daß man ein Stadium überspringe. Prachtvoll etwa das Heraushauen Büchner's aus dem Gestrüpp der Mißverständnisse; die raumgreifende Fortentwicklung insbesondere des Grillparzer-Bildes, des Stifter-Bildes und das auch gegenüber den früheren bekannten Büchern Alker's (die Grillparzer-Biographie und die weitverbreitete vergleichende Studie zwischen Stifter und Keller). Bezüglich Stifters ist eine fast ebenso eindringlich zurecht-rückende Wirkung erzielt worden wie bei Büchner – unseres Wissens erstmalig[13]. Liest man dies Buch als Schriftsteller, nicht als Fachgelehrter: man wird sagen müssen: nostra res agitur.

9.

Wohlan! Nostra res agitur. Aber eben doch ganz anders als beim Kritiker. Der Geschichtsschreiber kann nicht nur das Rühmliche melden, wenn es ihm auch immer um das Entscheidende gehen wird. Am Schicksal einer Sprache wirken nicht nur die höchsten, sondern auch mittlere und mindere Kräfte mit. Vom Kritiker aus gesehen möge diese letzteren wohl der Teufel holen. Der Literarhistoriker muß und wird sie in das Feld seiner Betrachtung einbeziehen; und, wer würde nicht zugeben, daß diese gerade dadurch mehr an Leben gewinnt, als wenn sie von Gipfel zu Gipfel schritte. Dem Theoretiker allerdings werden zur Darstellung seiner Aspekte der Dichtung und der Dichtungsarten, und ihrer innewohnenden Gesetze, nur die höchsten und allgemein gut sichtbaren Spitzen taugen; er wird, auf die Prinzipien dringend, diese an den griechischen Tragikern und Homer, an Dante und Shakespeare demonstrieren.

Überragende Erscheinungen unter den Kritikern aber belehren uns schließlich dessen, daß die drei Typen – der Kritiker, der Historiker und der Theoretiker der Literatur – letzten Endes nur

[13] Alker I, pag. 360–368 (Büchner). – I, pag. 201–206 (Stifter). – I, pag. 143–155 / 176–178 / 212–213 (Grillparzer).

durch eine Akzentverschiebung voneinander getrennt sind (so sehen alle wesentlichen Trennungen aus!), die unter Umständen innerhalb derselben Person erfolgen kann: wie etwa bei dem jüngeren Schlegel, Friedrich (1772–1829), den Wellek als „einen der größten Kritiker der Geschichte" bezeichnet (II, 293). In allen Fällen aber werden den Kritiker, wie wir ihn meinen, Theorie und Geschichte der Literatur begleiten: nur bleiben sie etwas zurück, und der Akzent liegt auf der vordringenden Spitze, auf dem früher erwähnten Grenzkampf: angesichts jedes einzelnen Werkes die ganze Kunst meinend und gleichsam in ihrem Namen und Auftrag sprechend, sucht der Kritiker immer wieder die Grenzen gegen die Un-Kunst zu finden und zu sichern. Dem Historiker geht es hier mehr um Abgrenzungen, die innerhalb der Kunst liegen: Romantik, Klassizismus, Naturalismus sind ihm Feldbezeichnungen; sein kritisches Vermögen wird erst herausgefordert angesichts der Notwendigkeit einer Zuordnung des Einzelphänomenes innerhalb der Literatur.

Hier erhebt sich zuletzt die Frage: kann der Literarhistoriker bis an die Gegenwart herangehen? Wir denken, er kann es: so lange die von ihm aufgefundenen Kontinuen oder Entwicklungslinien sich in ihr noch auffinden und fortsetzen lassen, solange „Vorgänger" wirklich nachweisbar sind: das aber wird fast immer der Fall sein. Doch scheint es hier auch Ausnahmen zu geben, etwa den Expressionismus, mit dessen Ableitung es seine Schwierigkeiten hat[14]. Auch der Literarhistoriker wird da zum Leser, „der sein Erlebnis niederschreibt". Und doch, wie ganz anders ist sein Verhalten dabei, mit dem des Kritikers verglichen! Hier hat sich wahrlich der Akzent verschoben! An diesem Punkte erweist sich wiederum, daß Herbert Eisenreich's oben wiedergegebene Formel dem Sachverhalte nicht genügt.

Kritik heißt: Das Maß einer Sache besitzen; das Unmaß sehen; und davon so sehr ergriffen werden, daß die aussagende Sprache zum stabilen Gleichgewichte, zur unabhängigen und selbständigen Einheit von Inhalt und Form gelangt: der Kritiker als Künstler, wie Oscar Wilde es nannte. Wohlan, ein Kritiker muß nun einmal auch Schlächter und Mörder sein: aber ein solcher, dem in seltenen Fällen vor der überwältigenden Schönheit des Opfers

[14] S. die Vorrede von Kurt Pinthus zur Neuauflage seiner 1919 erschienenen Sammlung expressionistischer Dichtung „Menschheitsdämmerung" (Rowohlt's Klassiker, ed. Ernesto Grassi, 1959).

das Beil entsinkt: seine Sprache erhebt sich zum ebenbürtigen Gesange – eine Singstimme des Intellektes, möchte man sagen! – wenn er jene Schönheit preist. Solches auch nur einmal erlebt zu haben macht das Glück des Kritikers aus und seine höchste Bewährung und Bestätigung. „Der Essay ist die Novelle des puren Intellekts", sagt A. P. Gütersloh. Der Essay ist die Kunstform des Kritikers.

IV.

AUSTRIACA

HELENE KOTANNER

Denkwürdigkeiten einer Wienerin von 1440

Siebzehn Papierblätter, die von Helene Kotanners Memoiren erhalten geblieben sind und heute auf der Nationalbibliothek liegen, bilden das älteste derartige Lebensdokument einer Wienerin überhaupt, soweit unsere bisherige Kenntnis zurückreicht.

Helene Kotanner hat vieles erlebt: ihr großes Abenteuer aber war die Entwendung der heiligen ungarischen Stephanskrone aus der Plintenburg (Vissegrad, im Donauknie oberhalb von Pest) während der Nacht vom 20. auf den 21. Februar 1440. Wir lassen hier ihre eigene Schilderung folgen; das Mittelhochdeutsch der Heldin wird dabei möglichst schonungsvoll ein wenig an die Sprache unserer Tage angeglichen werden, bequemer Lesbarkeit wegen. Auch sind ein paar Angaben nötig, um die Tat und deren damals sehr große Bedeutung besser zu verstehen.

Am 27. Oktober 1439 war der deutsche Kaiser aus habsburgischem Stamme Albrecht der Zweite gestorben. Er hinterließ als Witwe die Kaiserin Elisabeth mit zwei Töchtern, aber keinen männlichen Erben. Elisabeth war die Tochter von Albrechts Vorgänger in der kaiserlichen Würde, Sigmunds des Luxemburgers. Durch die Verbindung mit Sigmund war Albrecht in den Besitz von Böhmen und Ungarn gekommen und es stand während der kurzen Zeit seiner Regierung zum ersten Male der Grundstock der späteren Monarchie so da, wie er noch 1918 gewesen ist: die Alpenländer, Böhmen und Ungarn unter einem Herrscher. Die kaiserliche Witwe befand sich in guter Hoffnung; ihr war von den Ärzten vorausgesagt worden, daß sie einen Knaben zur Welt bringen werde. Für diesen Erben des verstorbenen Kaisers galt es nun vor allem Ungarn zu erhalten: und hier lag viel an dem Besitz der geheiligten Stephanskrone; konnte der Knabe baldmöglichst mit dieser in der alten Krönungsstadt Stuhlweißenburg in herkömmlicher Weise gekrönt werden, so war auch die Anerkennung dieses legitimen Königs durch einen großen Teil der Magnaten zu erhoffen.

Es galt also, die heilige Krone zu gewinnen. Als Werkzeug wurde Helene Kotanner von der Kaiserin ausersehen. Helene war die Frau des Wiener Bürgers Hanns Kotanner, welcher im Gefolge der Kaiserin stand; die Kotannerin selbst diente als Pflegerin der vierjährigen Prinzessin Elisabeth, einer kaiserlichen Tochter. – Helene hatte übrigens auch für eigene kleine Kinder zu sorgen, sie muß also damals noch eine jüngere Frau gewesen sein. Daß man gerade sie zu dem lebensgefährlichen Unternehmen erwählte, geschah ihrer großen Treue und Klugheit wegen. Die Kaiserin hatte dort unten in Ungarn nicht viel Vertraute. Zudem: Helene war eine einfache Frau, nicht auffallend, ganz unverdächtig; dabei gerade das, was man eine „resolute Person" nennt. Auch ihre gute Kenntnis des Verwahrungsortes der Krone kam in Betracht. Diese Kenntnis besaß Helene Kotanner dadurch, daß sie seinerzeit gegenwärtig gewesen war, als eine größere Anzahl von ungarischen Herren sich in Beisein der Kaiserin von der Wohlbehaltenheit der Krone überzeugt hatte. Danach hatte Herr Ladislaus von Gara auf Wunsch dieser Adeligen die Festung mit einem Burggrafen und Bemannung versehen. Dieser Burggraf knüpfte, gleichsam als Zeichen seiner Hut, um das Schloß an der ersten und äußeren Tür des Krongewölbes ein Tuch und drückte sein Siegel darauf. Gerade dieses Schloß aber hatte nach der Kronbesichtigung Helene Kotanner selbst angeschlagen, sie war damit jedem anderen zuvorgekommen und sie besaß Schlüssel dazu. Das letzte von den Frauengemächern der Plintenburg befand sich unmittelbar vor dem Krongelaß. Die Kaiserin ließ sich nach manchen Hin- und Widerreisen zu Komorn nieder, um dort ihre Entbindung zu erwarten; ein Teil des weiblichen Hofstaates war auf der Plintenburg belassen worden. Von Komorn nun wurde Helene Kotanner nach Vissegrad auf das Schloß geschickt, vorgeblich nur, um die zurückgebliebenen Hoffräulein abzuholen, in Wahrheit aber um jetzt ihr Leben für die Kaiserin zu wagen. Als Helfer hatte man ihr einen Ungarn zugesellt, der sich zum Wagnis bereit erklärt hatte, nachdem ein anderer, ein kroatischer Herr, auf die bloße Zumutung hin, schon von Angst ergriffen, das Hoflager der Kaiserin sogleich verlassen hatte und in seine Heimat abgeritten war ... Nun erzählt Helene Kotanner:

„Do wir nu kommen auf die Plintenburg, die Jungfraun waren fröhlich dass sie zu meiner Fraun Gnaden sollten fahren und richtaten sich zu, und liessen ein Truhen machen zu ihren Gewant.

Da müsst' man lang mit umgehn und klopfen bis in die achte Stund. Und der mit mir war, der kam auch in das Fraun-Zimmer und trieb sein Kurzweil mit den Jungfraun. Nu lag ein wenig Holz vor dem Ofen, damit man ein sollt heizen, da barg er die Feil' under. Nu hätten die Knecht, die den Jungfraun dienten, das ersehen under dem Holz und täten miteinander raunen. Das hört ich und sagt' ihm das zuhant. Do erschrackt er als hart, dass er die Farb' verkehrat, und nahm sie wieder nacher und barg sie anders wohin und sprach zu mir: ‚Frau, seht zu, dass wir Licht haben.' Und ich bat ein alte Fraun, dass sie mir etlich Kerzen geb', weil ich viel zu beten hätt', denn es war an einem Sambstags nachts und war der nächst Sambstag nach Aller-mann-faschang-tag (‚Allermanns Fasching'-Sonntag Invocavit) und nahm die Kerzen und barg die am Weg (d. h. sie legte diese griffbereit). Und da nun die Jungfraun und Jedermann schlafen war, da blieb ich in der klein Stuben (das letzte Gemach vor dem Krongelaß; man konnte dahin auch durch die Kapelle der Burg kommen; der gewöhnliche Eingang war durch die eigentlichen Frauengemächer über ein paar Stufen) und die alte Frau, die ich mit mir geführt hätt', die kunnt' kein Wort nicht Deutsch und wüsst' auch um die Sachen nicht und hätt' auch des Haus Kundschaft nicht, und lag da und schlief fest. Als nun Zeit war, da kam der do mit mir war in den Nöten durch die Kapelln an die Tür und klopfat an. Do tät ich ihm auf und schloss nach ihm wieder zu. Nu hätt' er einen Knecht mit ihm genommen, der ihm helfen sollt, der war mit Taufnam genannt gleich als er, der ... (Lücke) ... der hätt' ihm geschworn. Und ich geh' da hin und will ihm die Kertzn bringen, do waren sie verloren. Do erschrack ich also hart, dass ich nicht wissat was ich tun sollt, und wär die Sach' schier versaumt worden allein von des Lichts wegen. Do bedacht ich mich und ging und weckat die Fraun heimlich auf, die mir die Kerzen hätt' geben und sagt ihr, die Kerzen wären verloren, und ich hätt' noch viel zu beten. Do gab sie mir ander. Do war ich froh und gab ihm die und gab ihm auch die Schloss, die man wieder an sollt schlagen, und gab ihm auch meiner gnediges Fraun kleins Siegel, damit man wieder zu sollt siegeln, und gab ihm auch die drei Schlüssel, die zu der vordern Tür gehörten. Do nahm er das Tuch mit dem Petschaft ab dem Schloss, das der Burggraf darauf hätt' gelegt, und sperrat auf und ging hinein mit seinem Diener und arbeitet fest an den andern Schlössern, dass das Schlagen und

Feilen überlaut war, und waren die Wachter und des Burggrafen Volk dieselbig Nacht gar munter von der Sorg wegen, die sie darauf hätten, dennoch hätt' Gott der Allmächtig ihr aller Ohren verschopt (verstopft), dass ihrer keiner nicht hörat, denn ich hörat es alles wol, und ich war dieweil in der Hut mit grossen Angsten und Sorgen. Und ich knieat nieder mit grosser Andacht und bat zu Gott und zu unser lieben Fraun, dass sie mir und meinen Helfern beigestunden (beistehen möchten). Doch hätt' ich grösser Sorg um mein' Seel denn um mein Leben und bat zu Gott, ob das wäre, dass es wider Gott wäre, dass ich sollt' darum verdammt werden, oder dass ein Unglück daraus (kommen) sollt' gegen Land und Leute, dass dann Gott meiner Seel gnedig wär' und liess mich gleich allhie sterben. Do ich also bat, do kam ein grosser Lärm und Gerumpel als (ob) viel mit Harnisch an der Tür wären, da ich den hätt' eingelassen, der mein Helfer war, und mich bedeucht wie sie die Tür wol aufstossen. Do erschrak ich gar hart, und hub mich auf und wollt' die gewarnt haben, dass sie von der Arbeit liessen. Do kam mir in den Sinn, ich sollt' an die Tür gehn, und das tät ich. Do ich an die Tür kam do war das Gerumpel vorbei, und (ich) hört' niemand mehr. Do gedacht ich mir wol es wär ein Gespenst und ging wieder an mein Gebet und verhiess unser lieben Fraun eine Fahrt gen (Maria-) Zell mit barfüssen Füssen und die Weil (so lang) ich die Fahrt nicht leistet, die Weil wollt' ich am Sambstag Nacht nicht auf Federn liegen, und sprech' auch all Sambstag Nacht dieweil ich leb' unser lieben Fraun ein besunder Gebet und Dank' ihren Gnaden, die sie mir getan hat, und ich bitt' sie, dass sie ihren Sohn unsern lieben Herren Jesum Christum für mich dank der (für die) grossen Gnaden, die mir sein Erbarmung also scheinbarlich getan hat. Und da ich noch an meinem Gebet war, da deucht mich wieder wie ein grosses Geprecht (Gerassel) und ein Gerumpel mit Harnisch an der Tür wäre, do der recht Eingang (d. h. der eigentliche Eingang) war in das Fraun-Zimmer. Do erschrak ich als (so) hart, dass ich vor Angsten alle Zittern und Schwitzen ward (ganz zitternd etc. . . . wurde), und dachte es wäre (doch) nicht ein Gespenst, und dieweil ich zu der Kapellen-Tür gestanden wär', dieweil wären sie herumgegangen und wissat nicht was ich tun sollt' und losat (lauschte) ob ich die Jungfraun etwan da hört'. Do hört' ich niemand. Do ging ich langsam an dem Stieglein abher (hinunter) durch der Jungfraun Kammer, do der recht Eingang war in das Frauen-Zimmer. Do ich an die Tür kam, do hört' ich niemand. Do war ich froh und dankt Gott und ging wieder an mein Gebet und dacht mir wol, dass es der Teufel wär, und die Sach' gern unterstanden (hintertrieben) hätte. Und do ich nu mein Gebet vollbracht hätt', da stund ich auf und wollt' in das G'wölb gehn und sehen was sie täten. Do kam mir der engegen, ich sollt mich wohlgehaben, das wär' auskommen! (gut gegangen!) und (sie) hätten an der Tür die Schloss' abgefeilt, aber an der Kiste waren die Schloss also fest, dass man sie nicht mocht' (vermochte) abzufeilen, und man musst' es aufbrennen, und war ein grosser Geschmack (Geruch) davon, dass ich wieder in Sorgen war, man würd' dem Geschmacken nachfragen, do war Gott aber Hüter davor. Do nu die heilig Kron ganz ledig war, do tät' wir die Tür(-en) wieder zu übral, und schlugen ander Schloss' wieder, an der Schloss' statt, die man hätt' geprochen, und druckten meiner gnedigen Fraun Siegel wieder auf, und die ausser Tür sperrat wir wieder zu, und legaten das Tüchel wieder mit Petschaft wieder an, als wir es hätten (ge-)funden, und als es der Burggraf hin hätt' gelegt. Und ich warf die Feil in das Secret (Abtritt), das in dem Fraun-Zimmer ist, do wird man die Feil drinn finden, wann man es aufbricht, zu einem Wahrzeichen.

Und die heilige Kron, die trug man durch die Kapellen aus, darin liegt St. Elisabeth, da bleib' ich (Helena Kotannerin), ein Meßgwant und ein Altartuch hin schuldig, das soll mein gnediger Herr Kunig Lassla (Ladislaus Posthumus) bezahlen. Do nahm mein Helfer einen rot samedeinen (samtenen) Polster, und tät' die heilig Kron in den Polster, und nähat ihn wieder zu. Do war es nu schier Tag, daß die Jungfraun und Jedermann aufstunden und sollten nu von dann fahrn . . ."

„Do nun die Jungfraun und das Hofgesind bereit waren, dass wir von dannen sollten fahrn, und der do mit mir war in den Sorgen: der nahm den Polster, darin die heilig Kron vernäht war und empfahl die seinem Diener, der ihm geholfen hätt; dass er den Polster sollt' aus dem Haus auf den Schlitten tragen, darauf ich und er sassen. Do nahm der gut Gesell den Polster auf die Achsel, und eine alte Kuhhaut darzu, die hätt' einen langen Schwanz, der ging ihm hinten nach, und Jedermann sah ihm nach und begunnten sein (über ihn) zu lachen. Und da wir nu aus dem Haus herab in den Markt (Vissegrad-Ort zum Unterschied von Vissegrad-Schloss d. i. Plintenburg) kommen, da hätten wir gern gegessen, do fand man nichts anders denn Hering. Da assen wir ein wenig, und man hätt' das recht Ambt schier gesungen (Morgenmesse), so weit war's im Tag schon, und sollten dennoch desselbigen Tags von der Plintenburg gen Komorn kommen, wie's dann auch geschah, und es sind doch wohl 12 Meilen dahin. Und do wir nu fahrn sollten und aufsassen, do hätt' ich Acht wo das Eck an dem Polster war, do die heilig Kron lag, dass ich darauf nicht säß'. Und dankt Gott dem Allmächtigen seinen Gnaden; aber ich sah dennoch oft um, ob uns Jemand nachkäm ..."

Es kam ihnen niemand nach. Die Reise war ohnedem auch schlimm genug. Sie gerieten in die tiefe Nacht und mitten auf dem Donaustrom wäre die heilige Krone bald für immer versunken: das Eis brach und nur mit knapper Not kamen die Schlitten davon. Die Hoffräulein hätten schrecklich geschrien, erzählt Helene, in der Tat scheint sie allein bei diesem Zwischenfall den Kopf oben behalten zu haben. Du Tapfere! Du Wieerin! Du warst von guten Eltern, wie man sagt! – „Und brachten alls an ein fröhleich End", könnte man jetzt in Helene Kotanners Tonart schließen. Am 22. Februar trifft sie mit der heiligen Krone glücklich in Komorn ein, gerade zur rechten Zeit, um ihrer kaiserlichen Herrin zu helfen, die „begunnt anzuheben zu der sweren arbeit". Es war wirklich ein Knabe! – Am 12. Mai bricht man dann von Komorn auf, gelangt am 14. nach Stuhlweißenburg und am 15. Mai, Pfingst-Sonntag, wird der kaum drei Monate alte König in herkömmlicher Weise gekrönt. –

Siebzehn Papierblätter sind es – indessen, nicht die eigene Handschrift der Kotannerin hat diese bedeckt: sie diktierte. Gleichwohl enthalten die Blätter kotannerische Autogramme. Beim Diktat ihrer Memoiren nämlich ließ Helene nie ihren Namen in das Manuskript setzen, statt dessen blieb immer ein leerer Raum: die Ereignisse waren noch jung und Vorsicht geboten! Erst später hat sie in die Lücken ihren Namen eingesetzt, mit eigener Hand. Den Namen des Gefährten beim Kronraub und den seines Knechtes aber hat sie auch späterhin nicht nachgetragen, hier blieben die Lücken stehen, und damit auch die unserer Kenntnis. – Dies alles ist dahingegangen, das Herz der Kotannerin, welches damals auf der Plintenburg so heftig pochte, ebenso wie der winterliche Wind, der zur selben Stunde draußen um die Mauern gepfiffen hat.

EBENBILDLICHKEIT

Rede, gehalten zu Berlin am 18. September 1952

Meine Damen und Herren, sehr verehrte Anwesende, als ich das letzte Mal in Ihrer großen Stadt weilte, schrieb man den 10. April des Jahres 1945, soweit man überhaupt noch schrieb. Ich für mein Teil tat es immer, und notierte Gesehenes in mein Tagebuch, Dinge also, die jedem Berliner geläufig sind, der jene Zeit daheim überstanden hat. Sodann fuhr ich nach Dänemark. Zu Aalborg las ich in einem dänischen Blatt, daß fern in der südlichen Heimatstadt das Dach des Domes zu St. Stephan lichterloh brenne.

Ich lasse diese Punkte im Vergangenen kurz aufblitzen, denn von daher kam mir späterhin eine Lehre, die gerade Ihnen, meine Damen und Herren, nicht vorenthalten sei.

Das Dach des Doms zu Wien brach zusammen. Es ist das Langhaus von St. Stephan, eine sogenannte Hallenkirche, eine verbürgerlichte Form der Gotik also, welche ihr Mittelschiff nicht selbständig mehr beleuchtet, wobei es ja mit eigenen Fenstern die Seitenschiffe überragen müßte, sondern den ganzen Bau unter dem riesigen Buckel eines einzigen First-Daches vereinigt: dieses kann man denn auch, von den Höhen des Wienerwalds aus, wie einen Grat aus dem Häusermeere ragen sehen, welches noch von dem gotischen Gebirge zentriert erscheint, und weit übersprungen von der graziösen Nadel des berühmten Turms. Einstmals aber, im vierzehnten Jahrhundert, als man das Langhaus eben fertig stellte, muß ja die Stadt geradezu klein zusammengekrochen um den Dom ausgesehen haben. Dieser selbst, seine Halle, ruhte und ruht heute noch auf den für ihre Höhe überschlanken gotischen Pfeilern, die Sie von Köln und von anderen Juwelen Ihres Vaterlandes her kennen, mit den vielfach profilierten sogenannten „Diensten“, die dann in Schluß-Steinen und Gewölbe-Kappen zusammenschießen.

Auf diese herab krachte im April des Jahres 1945 das ungeheure Gewicht des brennenden Daches mit seinen zahllosen baumstarken Vorstrebungen und belastet von dem flächigen Ziegelpanzer.

Eine feurige Riesen-Fontäne erhob sich in den Himmel.

Die zarten Pfeiler und „Dienste“ standen. Keine Gewölbekappe im Langhaus brach. Es war die Kraft und die Intelligenz der Vorfahren, was hier machtvoll-zart und gleichsam abfedernd unter eine herabdonnernde, brennende Masse von tausend und abertausend Tonnen griff: eine Intelligenz, welcher die Rechnungs-Methoden modernen Hochbaus, welcher die statischen Ermittlungen, wie wir sie heute kennen, noch nicht zur Verfügung gestanden sind.

Und nun, meine Damen und Herren, machen Sie mir die Freude, bei einem Gedankensprunge mitzuhalten, den ich zu wagen im Begriffe bin.

Es begegnet das hier, beim Brand von St. Stephan, hervortretende Prinzip immer wieder in der europäischen Geschichte, gleich an ihrem Beginne sogar, wie ein angeschlagenes Grundmotiv: als bei Marathon auf dem welthistorischen Plan der griechische Leib erschien, dem es möglich war, in erzerner Rüstung eine erhebliche Strecke zu laufen, bei Atem und Ordnung zu bleiben, geschlossen anzulangen und einzuhauen: auch hier eine ungeheuerliche Masse abfedernd, die sonst über ganz Hellas sich ergossen hätte. So durch die Jahrhunderte, bei vielen und großen Anlässen, am Lechfeld oder bei Liegnitz, hielt sich die Qualität gegen die Quantität, bremste ein anscheinend Geringes und Fragiles ein offenkundig Ungeheures.

Hier nun schimmert eine Analogie durch zur heutigen äußeren Lage, um welche es mir hier und jetzt garnicht zu tun ist, denn ich will zur inneren Lage sprechen. Aber es kann vorher nicht übergangen werden, daß unsere beiden großen Städte, meine sehr verehrten Damen und Herren, die im Süden und die im Norden, sich in einer zweifellos analogen Situation befinden, als „Korridore zwischen Ost und West, in welchen es unaufhörlich zieht“, wie Franz Blei das einmal ausgedrückt hat; ja, dieser Zugwind steigert sich bis zu einer solchen Stärke, daß er an die sogenannte „Wetterführung“ in den Bergwerken erinnert.

Berlin und Wien in Analogie! Merkwürdig genug. Einst waren es zwei Pole in Mitteleuropa, zwischen welchen die Funken sprangen; ja, es ist dies, genau genommen, noch garnicht lange her. Das Schicksal vermag also, aus rechten Winkeln Parallelen, aus Contrapositionen Analogien zu machen.

Wichtigeres wird dabei in tieferen Stockwerken sichtbar, schimmert herauf vom Grundgeflechte her, in das der Einzelne mit den Wurzeln sich verliert: und gerade hier flüstert ihm die Stimme des Gewissens; Jeder wird seine eigene Pythia, wenn er sich lang genug über diesen Schacht beugt, „werbend um die Normen des sittlichen Verhaltens", wie A. P. Gütersloh sagt.

Denn vom Einzelnen erwarten wir alles, und von der wunderbaren, zutiefst in seinen Geist gelegten Sehnsucht, nichts Fertiges mehr zu übernehmen – womit man ihn bis zum Überdrusse beliefert hat! – sondern, als ein Schöpfer, wenn auch nur im metaphorischen Sinne, seine Ebenbildlichkeit zu behaupten: nachzuschaffen also, zu rekapitulieren. Nur so werden die Sachen seine Sache sein; und damit überhaupt erst sein, die Dinge, die Wörter, die Begriffe. Nur so wird Wirklichkeit, also Deckung zwischen Innen und Außen, welche beide uns eine Unzeit zwölf Jahre lang trennte, den Spalt aufreißend, der Jeden auf beiden Seiten stehend machte, ihn doppelt werden ließ, ganz zerfallend in das, was Einer vorstellen mußte auf der einen, und das, was Einer, des Außen beraubt, kaum noch wirklich sein konnte auf der anderen Seite: ein furchtbares Spiegelphänomen begann mit dieser Duplizität, bis zur Doppelbedeutung der wichtigsten Wörter, ja selbst des heiligen Namens Ihres Vaterlandes, meine Damen und Herren: und das bis heute. Nur der Einzelne kann diese Dämonie noch bannen, nur der Einzelne kann zur Anschaulichkeit zurückfinden, und schließlich Andere dahin zurück-führen, so wie er selbst seine zweite Geburt auf Einzelheit und Einsamkeit zurück-führen wird.

Sie sehen, meine Damen und Herren, wie hier das eingangs angeschlagene Grundmotiv europäischer Geschichte, sublimiert und verinnerlicht, mahnend uns wiederkehrt, in einer wahrhaft entscheidenden Zeit: qualitas gegen quantitas. Seien wir demnach treu, wie es unsere Vorfahren und Vorgeher gewesen sind, sei's bei Marathon, sei's bei der Konstruktion zarter gotischer Bündelgewächse von eminenter Statik. Seien wir treu und intelligent, beten wir um Intelligenz jeden Tag: und wir werden sie erhalten. Denn die unsre, wie sie jetzt ist, langt noch nicht für die Aufgaben, welche die Zeit uns stellt. Zerschlagen wir den veralteten Schein-Gegensatz zwischen Intelligenz und Glauben, wie ihn das 19. Jahrhundert hervorbrachte. Intelligenz ist die Frucht eines Entschlusses, Dummheit ist böser Wille, ist Laster, ist nichts als Apperceptions-Verweigerung.

Man muß die welthistorische Festigkeit erreichen, mit der auf den raudischen Feldern bei dichtem Morgen-Nebel des Marius Legionen in den furchtbaren Feind einbrachen; man muß diese Festigkeit erreichen im zarten und schwankenden eigenen Innern, und angesichts des ganzen Panoramas unserer Schwachheit, die uns solchermaßen zum rechten Ruhme wird, nach des heiligen Paulus Worten. Man muß entschlossen sein und schrittchenweis gehorchen, und centimeterweis Boden gewinnen gegen die Dämonen. Denn hier, inwärts, ist das so: selbst der Mißerfolg krönt.

Sie werden sich vielleicht wundern, meine sehr verehrten Damen und Herren, daß ich garnichts Literarisches zu Ihnen gesagt habe, nichts über Literatur. Aber, das Literarische versteht sich immer von selbst: so darf ich hier einen Ausspruch des alten F. Th. Vischer variieren. Auch nicht „Rosen aus dem Süden" bracht' ich, und nichts von landläufiger Gemütlichkeit. Vielmehr einen ernsten Gruß, nicht nur von Herzen, sondern auch mit dem Hirne (denn wir bedürfen seiner), nicht nur mit dem Hirne, sondern auch aus ganzem Herzen – denn wir bedürfen seiner immer, und so auch jetzt.

ROSA CHYMICA AUSTRIACO-HISPANICA

Voraussetzungen österreichischer Lyrik

Lyrische Dichtung ist bodennahes Gewächs. Ihr duftender Opferrauch umgibt die Dinge der nächsten Nähe als deren erst sichtbar machende Aureole, innerer oder äußerer Nähe, leuchtende Rostfarbe des Erinnerns oder dicker Teppich der jetzt wirklich daseienden Abendsonne an der Wand. Doch ist die Spannweite zwischen Herkunft und Entwerden bei keinem Künstler so augenfällig aufgerissen wie beim lyrischen Sänger, bei dem wir die Würzelchen des Werks zugleich sehen können mit dem ätherblauen Himmel, dem es ebenso angehört. Und immer gleichermaßen. Lyrik desavouiert jeden Aberglauben vom Fortschritt. Q. Horatius Flaccus, eines der besten Pferde im Stalle Hippogryphia, muß das gewußt haben, denn er, sonst ein gewiegter Literat, eine Quelle von Geist und Witz, sieht seine höchste Ehre, wie er selbst sagt, doch darin: unter die lyrischen Dichter gezählt zu werden. Aere perennius.

Lyrische Dichtung ist durch Bodennähe am nächsten der Gefahr des Provinziellen, für welches einem Europäer auch das rein Nationale schon zu gelten hat. Die Prosa, im Grunde ebenso unübersetzbar, fließt doch in Aquädukten und in ihren Regulierungen der consecutio temporum, die von den Alten her noch bestehen, sicherer und gegenüber den landschaftlichen Unebenheiten da und dort weniger abhängig über größere Landbreiten hin. Aber der Schritt von einer quantitierenden zu einer akzentuierenden Metrik in der Dichtung war ein Sprung über den Abgrund, der zwei Zeitalter wirklich trennt. In der Lyrik gibt es am allerwenigsten Kontinuität und Tradition. Am äußersten Rande der Literatur beheimatet, ja jenseits desselben, wo die lyrische Stimme vom einsamen Pfiff des Vogels oft kaum mehr zu unterscheiden, wie's etwa bei Walt Whitman ist, kann solche Kunst einen Gegenstand der Literärgeschichte genau genommen nicht mehr bilden.

Zeigt sie, bei aller Bodennähe, jedoch Kontinuität ohne Provinzialität, ja Kontinuität selbst über den erwähnten metrischen

Abgrund, den Hiatus, über welchen hinüber man einander sonsten nur mehr anstaunt, dann muß das aus einer besonderen Situation entspringen, welche als ein solitärer Spannungszustand, als ein bindendes und gebundenes Schweben verstanden werden will, als eine bloße Beziehung, ein Differential, aber nicht als etwas dinglich Existentes ethnographischen oder geographischen Sachverhalts. Eine Lage, in die man geraten ist, wohlgeraten oder ungeraten, nichts weiter. So verhält es sich mit der österreichischen Lyrik. Und mit Österreich überhaupt. Die österreichische Nationalität ist die von allen am wenigsten materielle. Sie ist ein Zustand, ein goldener Schnitt nur zwischen Distanzen und Kräften, aus dem man fallen kann, wenn man eine rohe und ungeschickte Bewegung macht; und in den man geraten kann, komme man gleich aus Pernambuco, wenn's einen trifft, wenn einen dieses Spannungsfeld festhält. Es kann adoptieren und entlassen. Zum Österreicher müßte man eigentlich fallweise und einzelweise ernannt werden. Allen Debatten um die österreichische Nationalität schaut der Materialismus durchs dünne Gewebe, als die wahre Quadrallierung des seelischen Unterfutters (um mit Nestroy zu reden), aus dem solche Erörterungen kommen.

Kultur ist eine eingeholte Natur (hier fast die eines Punktes, nicht eines geographischen so sehr als eines psychologischen) in ihrer Überschneidung mit anderen benachbarten Ereignissen dieser Art, welche Überschneidung erst die Erheblichkeit des Phänomens ausmacht. Zur Kultur gehören immer mindestens zwei, die jene gemeinsame dann an sich nimmt. Von einer französischen oder einer deutschen oder einer spanischen Kultur etwa im Mittelalter oder mit Bezug auf eine andere Zeit zu sprechen ist, ganz streng genommen, ein Mißverständnis. Es gibt eine griechisch-römische und eine romanisch-germanische Kultur: das geht noch an – und doch hätte man bei der ersten den ganzen Orient und bei der zweiten diesen samt Byzanz und den Slawen unterschlagen. Die Überschneidung macht's, die Verbindung im sehr bestimmten chymischen Augenblick eines Aufwallens und Erglühens. Jetzt ist ein bisher Unbekanntes entstanden aus lauter bekannten Teilen, die es ab da an sich genommen hat und besitzt, mit ihnen identisch geworden. Das sind die mit Recht so genannten historischen Augenblicke, weil sie's nie sind, wenn man sie für gegenwärtig hält. In der zweiten Hälfte des siebzehnten Jahrhunderts, zu Lebzeiten Kaisers Leopold des Ersten, ist zu Wien ein weiter nicht bedeutender Privatmann in seinem längst nicht mehr existierenden Zimmer eines längst verschwundenen Hauses gesessen und hat einen Brief geschrieben. Es mag sommerlich warm gewesen sein, man hörte draußen den Trab eines Pferdes, das ein Reisender vorüber ritt, und die Frauen aus dem Burgenland sangen zweistimmig „kaaft's an Lavendel", wie heute. Dem Briefschreiber flossen die Worte aus der Feder: „... draußen im Reich". Unter allen zeitgenössischen Dokumenten ist dieser erhalten gebliebene Brief der älteste Nachweis für eine solche Auffassung und Redensart. Es war ein historischer Augenblick, eine Einholung, ein noch fehlender Punkt am schon geschriebenen i, womit der Satz „id est austria" ebenso beginnt wie „in orbe ultima" oder die Worte Idee oder Identität. Der historische Augenblick war vorbei, ehe noch der Trab des Pferdes in ferneren Gassen verklang oder dort die Lavendelweiber ihr nun gedämpfter herübertönendes Gesetzl neuerlich abgesungen hatten. Dabei war, was jener Herr da geschrieben hat, für damals nahe am Unsinn; und immerhin davon noch ein klein wenig weiter entfernt wär's gewesen, hätte ein Mecklenburger zur gleichen Zeit etwa sich einfallen lassen, von Graz als einer Stadt zu reden, die „drinnen im Reich" liege. Jedoch ein chymischer Prozeß war abgeschlossen und eingeholt mit dem Punkt auf dem i. Er hatte fast einundeinhalbes Jahrhundert früher in – Wiener-Neustadt grauenhaft und schmerzhaft genug angehoben, als mit dem Beginn des spanischen Regimes der erste Ferdinand diejenigen Köpfe auf offenem Markt fallen und in den Sand rollen machte, darin die landständischen Vorstellungen des Mittelalters ein unzeitgemäßes Weiterleben führten, so unzeitgemäß wie die gotische Kanzel von Sankt Stephan, die man ein und ein halbes Jahrzehnt später noch vollendete. Bei den schneidenden Überschneidungen fließt nicht selten Blut, der besondere Saft, es ist nicht zu leugnen. Auch der Doktor Siebenbürger, dessen letzte Verteidigungsschrift die österreichische Nationalbibliothek im Originalmanuskripte bewahrt, damals Bürgermeister von Wien, hat das seine mit dazu verströmt, neben den Führern des österreichischen Adels, den Puchheim und anderen. Aber unter solchem Retortendruck erblühte die chymische Rose, rosa chymica austriaco-hispanica, und es wurde – wie wir allerdings erst heute wissen – nicht nur eine Großmacht geschaffen, sondern eine immaterielle Situation, welche jene überdauert hat.

Aber das i, auf welches da (während die Lavendelfrauen leierten) der Punkt gesetzt worden ist, eröffnete nicht den Satz: incipit austria. Hier war nur eine Gestalt gänzlich zu Kristall geschossen (ein seltsam spiegelnder Vielflächer und also vielenorts auch nicht ohne Flachheiten): und von da an mit allen ihren Elementen identisch hatte sie diese ganz an sich und in sich genommen, auch die zeitlich fernsten, so wie ein Mensch im Augenaufschlag der Personwerdung zugleich seiner gesamten Vergangenheiten Eigner und Meister wird. Mit dem Barock – so lautet das Fach- und bereits Flachwort, mit welchem man den Pachtschilling bezahlt zu haben meint für den spezifischen Duft der rosa chymica austriaco-hispanica – begreifen wir nur den letzten uns zugekehrten hochauf geworfenen Schub und Schluß, der wohl alles enthält und zugleich unserem direkten Draufblick doch vieles entzieht: wozu die Zeiten der schwäbischen Habsburger und der Babenbergischen Fürsten und Helden ganz ebenso gehören wie die eines Marcus Aurelius, der hier in's philosophische Spannungsfeld geriet. Ein in den Jahren nach dem ersten Weltkriege lebhafter Meinungsstreit zweier Gelehrter der Wiener Universität über die Kontinuität oder Nicht-Kontinuität zwischen dem römischen und dem mittelalterlichen Wien bezog sich immer auf sekundäre Sachverhalte für denjenigen, der im Besitz einer Vorstellung vom Wesen jedes genius loci war: daß dieser nämlich nie was anderes darstelle als den Markierer eines Punktes innerhalb einer sozusagen apriorischen Geographie und Topographie vor aller politischen und daß er der letzte gute Grund überhaupt sei, warum irgendwo eine Stadt steht und worauf sie steht. Bei aller Verschiedenheit zwischen einem mittelalterlichen bevorrechteten Stadtwesen und einem römischen oppidum finden sich doch beide vereinigt und miteinbezogen fortlebend, sobald nur die Kristallisation dessen erfolgt war, was uns heute in seinem Rest doch wieder als Ganzes erscheint und für uns das Ganze enthält: denn auch die große Monarchie mit ihren Breiten durch Gletschereis und Tieflandsteppe war im Grund ein antikischer Stadt-Staat. Pannonien und die anderen österreichischen Länder gehörten als alte Provinzen durch die Römer der Welt des Mittelmeers an, und so auch wir und jetzt.

Vindobona ist kein Vorstadium von Wien gewesen sondern dieses selbst. Und was die Quadrallierungen eines gewissen Unterfutters betrifft: nie, innerhalb eines und desselben Äons, hört eine größere Stadt, wenn auch bis auf den Grund zerstört, auf zu existieren, im ganz materiellen Sinne. Die letzten Jahre haben's erwiesen. Summa: Marcus Aurelius gehört auch dazu. Der Resonanzkasten oder Geigenbauch, den heute ein österreichischer Dichter zum Schwingen reizt, ist gut zweitausend Jahre tief, man muß sich dessen bewußt sein; denn er fördert dementsprechend jeden Ton: auch einen falschen und bis zur Unerträglichkeit.

Aber die eigentliche chymische Hexenküche, der letzte geheimnisvoll aufglühende Akt der Darstellung in der Retorte vollzog sich doch während der einundeinhalbhundert Jahre von der Wiener-Neustädter Blutbühne bis zum i-Punkt, dessen Setzung die Lavendelfrauen lieblich begleiteten. Die Elemente widerstanden einander lang und furchtbar und manch' besondrer Saft ward ihnen noch entpreßt. Es wollte sich nicht mischen, denn es sollte sich verbinden. Wie die Enns nach der Einmündung in die Donau einen langen Streifen in den Strom zieht mit ihrem helleren Wasser, so staute der kräftige aber sehr gemütvolle Stoff des mittelalterlichen Österreichers, wie ihn Ebendorfer uns zeigt und noch mehr der prachtvolle Herr Gamuret von Fronau, vor der spanischen Form, in die er noch nicht schoß, die er zugleich doch vernichten sollte, einnehmen und auflösen, aus einem bloß Gemeinten eine köstliche Eigenschaft und Eigenart destillierend. Im sechzehnten Jahrhundert wurde drunten in der Lobau bereits spanisch gedichtet. Dort saß einer als Verbannter, der mit einer Hofdame zu weit gediehen war, einem Fräulein Isabel de la Cueva. Der Herr der Welt hatte jene Verbannung ausgesprochen, nämlich Karl der Fünfte. Don Pedro Laso war ein Neffe des Dichters Garcilaso de la Vega und besaß als Lyriker wohl auch etwas vom Talent seines Oheims. Aber das scheint weniger bedeutsam als ein flüchtiger Gedankensprung, der in uns etwa entstehen könnte, von der Lobau nach – Mexiko; über die Person des Kaisers. Es ist immerhin möglich. Nicht die Zeit allein ist hier tief, wo man sie anrühren mag, auch der Raum ist überallhin weit verbunden, wie zufällig: indessen gerade darauf kommt es an. Wenn heute ein österreichischer Ministerialbeamter mit Sorgfalt einen Bogen zu einem anderen legt, blitzschnell, unbewußt und diskret den winzigen Atomkern einer Haupt- und Staatsaktion in diese kleine Handlung implizierend, und so auch hierin zu Form und Dekor gelangt: aus einigem Abstande gesehen zeugt er für nichts anderes als der Dichter, in welchem sich der süße Laut einer mit ihren

Untertönen bis tief in's Mittelhochdeutsche reichenden Sprache längst durchsetzt hat mit jenem strengeren Ferment, das jeder Fäulnis wehrt.

DREI DICHTER ENTDECKEN DEN DIALEKT

Die Geschichte der neuen Dialektdichtung in Wien ist sehr kurz. Sie umfaßt kaum zweiundeinhalb Jahre. Im Januar 1956 erschienen erste Proben von H. C. Artmann und Gerhard Rühm in der Zeitschrift „alpha"; danach im Sammelband „Continuum". 1958 gelang H. C. Artmann der Durchbruch: „med ana schwoazzn dintn" (Otto Müller, Salzburg) wurde allgemein bekannt.

Man entsinnt sich jetzt literarhistorisch früherer, älterer und alter Dialektdichter, bis hinauf zu Johann Peter Hebel und wieder herab zu Ludwig Thoma: aber es kann nicht verborgen bleiben, daß mit solchem Entsinnen ein Mißverständnis vollzogen wird. Dieses war besonders beim Erscheinen des ersten Buches von H. C. Artmann fast allgemein. Vielleicht hat es auch dem Buche mit zum Erfolg verholfen: also ein schöpferisches Mißverständnis. Aber das verpflichtet uns nicht, ihm zu erliegen.

Die Dialektdichter kamen fast alle vom Dialekt her und drangen dann wohl auch in nicht wenigen ihrer Werke bis zum Hochdeutschen durch. Aber behaust waren sie doch beim geheimsten Selbstgespräch in der Mundart, also diesseits jener Wasserscheide des Geistes, welche man die Dialektgrenze nennen könnte. (Ihr Überschreiten hab' ich einst genau beschrieben, „Dämonen", 530 f.) Damit waren sie, erstens, dem Regionalen verfallen, befanden sich also ganz nahe der Heimatdichtung, ihrer Innigkeit und vor allem Sinnigkeit; zweitens aber genossen sie die verbindlichen Begleiterscheinungen alles Mundartlichen, sein Behaglich-Anbiederndes, das zugleich den Fühler vorstreckt, um zu erfahren, ob der Andere auch „von da" sei, und auf jeden Fall diese Qualität betont. Alle Mundart ist soziabel, ist Angleichung oder Mimikry und captatio benevolentiae in einem dazu.

Von alledem ist bei unseren drei jungen Autoren hier keine Spur zu finden. Sie kommen nicht von der Mundart und ihrer Gesinnung her, sondern sie entdeckten jene auf ihrem Wege: und mit ihr eine Fülle klanglicher Valeurs, welche das Hochdeutsche garnicht bietet; auch von der außerordentlichen Konkretheit der Mundart wurden sie bezaubert, und noch von anderen ihrer

Qualitäten. Artmann, Rühm und Achleitner sind keine Dialektdichter. Wohl aber haben sie auch Dichtungen im Dialekt geschrieben. Vielen davon eignet ein parodistischer, ein den Dialekt selbst parodierender Charakter. Das läßt an Karl Kraus denken, aber nie an Stelzhamer oder Thoma.

„wir begannen uns damals, in einem stadium der auseinandersetzung mit der sprache, für den dialekt zu interessieren. er stellte für uns einen (in unserem sinne) noch unentdeckten sprachbereich dar" (Gerhard Rühm). „eine dichtung, die sich auf die spezifischen möglichkeiten der sprache beruft, hat es auch wieder möglich gemacht, den dialekt zu gewinnen. sein besonderer reichtum an wörtern, die konkretes bezeichnen, seine vorliebe für die behauptung (der sprachliche ablauf geschieht selten in sätzen und logisch), sein hang zur wiederholung, ergeben eine vielfalt von gestaltungsmöglichkeiten" (Friedrich Achleitner).

Man sieht, daß auch die Selbst-Zeugnisse dieser jungen Dichter in jene von uns schon angedeutete Richtung weisen.

Bei H. C. Artmann gehört schon das Inhaltliche, das Substrat, oder, sagen wir besser, der Vorwand zum Gedicht, dem Dialekthaften an, der großstädtischen Peripherie und ihrer „schönen Melancoley", wie das späte Mittelalter den dichterischen Affekt benannte. Artmann ist der Sänger der Banlieu geworden, des Wiener Vorortes Breitensee im besonderen. Von allen drei Künstlern steht er – wenn er im Dialekt schreibt – dem Regionalen der Heimatdichtung am nächsten, vielleicht durch die Urwüchsigkeit seines Talentes; und doch ist sein Weg zum Dialekt im Grunde der gleiche gewesen wie bei dem massiven Achleitner und dem scharf profilierten Rühm. Diese beiden freilich sind weitaus konsequenter.

Am meisten Gerhard Rühm: er läßt das Substrat und damit alles Begriffliche ganz fallen und behält den Dialekt nur als Klang. Seine „lautgedichte im wiener dialektidiom" sind zweifellos der nucleus des vorliegenden Buches. Hier, wie schon in nicht wenigen Stücken Achleitners, wird die eigentliche Kunstgesinnung dieser neuen Wiener Dialektdichtung erst ganz offenbar.

ATHENER REDE

Von der Wiederkehr Österreichs

Immer noch gilt die politische Geschichte eines Landes als dessen eigentliche „Geschichte“. Hier ist nicht der Ort, zu untersuchen, woher diese starke Übertreibung stammt. Aber vermutet darf werden, daß sie vielleicht ein mißverstandenes Erbstück aus dem klassischen Altertum und dessen großartiger Geschichtsschreibung ist. Politik war das öffentliche Leben eines städtischen Gemeinwesens von überschaubarer und anschaulicher Einheit. Jede öffentliche Sache wurde sehr weitgehend auch eine private, Innen und Außen überdeckten einander (overlapping – um dieses Wort könnte man die englische Sprache beneiden!), der Wirklichkeitsgrad muß also für unsere heutigen Begriffe enorm gewesen sein.

Die Wirklichkeit jedes Augenblickes in unserem Leben hängt davon ab, inwieweit unsere Außenwelt und unsere Innenwelt einander wechselseitig übergreifen; und wenn es nur in einem schmalen Streifen mehr geschieht, so wird uns ungemütlich. Jeder kennt das, ebenso die starken Schwankungen des Wirklichkeitsgefühles im eigenen Leben. Ein Minimum von Übergreifen ist unbedingt nötig. Jene alten Stadtbürger also nahmen am geschichtlichen Leben lebhaft teil, sie machten alle miteinander Geschichte. Viel Gutes kam dabei freilich nicht heraus.

Sehr unterschiedlich von ihnen verhalten wir uns zur geschehenden Geschichte. Sie passiert uns, wir sind passiv. „Die meisten Menschen kommen zu ihrem Leben wie die schlimmen Buben zu ihren Kleidern“, sagte der alte, böse Marquis de Sade, „erst kriegen sie diese, und dann dafür Prügel“. Tout comme chez nous! Nur kriegen wir erst die Weltgeschichte, und die Prügel dann auf jeden Fall. Zeitgeschichte ist heute nahezu für uns alle dasjenige, was irgendwo da draußen im blassen Lichte geminderter Wirklichkeit geschieht. Das Braun und Blau von den Prügeln dann erscheint allerdings weniger blaß. Aber wenn's vorbei ist, hat jeder auf jeden Fall doch wieder was Gescheiteres zu tun, als sich um die „Geschichte“ zu kümmern.

Das eigentliche Leben geschieht heute – post tot discrimina rerum! – unglaublicherweise noch immer, ja erst recht, ohne Zusammenhang mit ihr, es geht beinahe trotz ihrer weiter; und ganz ebenso vollbringt unser Zeitalter seine vereinzelten großartigen Leistungen. Heute ist geschichtliches Leben bald schon allein das, was sich ihm zum Trotze vollzieht. Wir haben wahrlich keinen Grund mehr, „Geschichte“ mit „politischer Geschichte“ gleichzusetzen. Und keine Professoren werden das Wesentliche unserer Tage aufzeichnen. Vielmehr besorgt das die Romanliteratur.

Mit alledem soll apolitischer Indolenz nicht das Wort geredet, sondern nur ein Tatbestand fixiert sein, aus welchem – im Interesse unseres Gegenstandes hier – für den Anfang ein heuristisches Prinzip zu gewinnen war.

Für den Österreicher ist die Zeit bald reif, zu erkennen, daß jener Einhieb von 1918 gewaltig überschätzt worden ist. Damals kamens ich die einen ganz ungeheuer neu vor, und die anderen waren deshalb beleidigt. Man fuchtelte mit Äußerlichkeiten gegeneinander, das Führen von Adelstiteln wurde – ätsch! – verboten, was die anderen Herrschaften justament veranlaßte, sich wie noch nie mit solchen Titeln gegenseitig zu bekomplimentieren, denn nur das Führen des Titels durch den Inhaber war wesentlich vom Gesetz bedroht. Zudem: der Adel war nicht mehr zu haben (wer sollte ihn jetzt und hierzuland noch verleihen?), und also stieg er im Wert. Dagegen half keine weltanschauliche Aufklärung, weil hier ein Marktgesetz wirksam wurde.

Inzwischen vergingen den Leuten solche Sorgen, ebenso das verwirrende Umbenennen derjenigen Gassen, die irgendwie an's „ancien régime“ erinnerten, denn es sah um den Magen herum recht ernst aus, mindestens bis zum Genfer Werk des Prälaten Ignaz Seipel.

Aber es sei uns ferne, hier etwa der Reihe nach eine österreichische Geschichtsstunde zu geben, noch dazu vom ersten Weltkriege beginnend. Worum es uns geht, das ist vor allem, die Veränderung im Grundgeflechte zu ertasten, gleichsam senkrecht unter die eigenen Sohlen fühlend in jenen anonymen Bereich, den man „schon unpersönlich“ nennt, obwohl man nur durch die allerpersönlichsten Bemühungen dahin gelangen kann, und persönlich unweigerlich sehr gestärkt von dort zurückkehrt. Und da zeigt sich denn, in jenem Grundgeflechte, ein ganz gewaltiger Unterschied zwischen den herausgeholten Proben aus den Jahren der

Ersten und der Zweiten Republik; ein Unterschied, der groß genug ist, um es mit jenem Einhieb von 1918 aufnehmen zu können: man erkennt diesen jetzt als eine Kerbe, die, sei sie auch tief, doch nur den Splint durchschlagen, das Kernholz aber nicht erheblich verletzt oder gar durchtrennt hat.

1945 wurde eine Legalität wiederhergestellt, nämlich die der Ersten Republik, welche ihrerseits 1918 eine Legalität aufgehoben hatte, unter dem neues Recht setzenden „radical title" des Zusammenbruches der Donaumonarchie. Aber diese Bewegung des Wiederherstellens, welche man 1945 vollzog, blieb nicht auf das eigentlich in's Auge gefaßte Objekt beschränkt – nämlich auf die demokratische Republik, deren Recht vom Volke ausgeht – sondern es schoß dabei gleichsam die ganze Vergangenheit neu zu Kristall; und ein unter dem Druck von sieben Jahren unösterreichischer Herrschaft verdichtetes österreichisches Bewußtsein bemächtigte sich unverzüglich der gesamten und gewaltigen Tradition des Landes überhaupt, bis zu den alten Römern hinunter, die wirklich a tempo und als wären sie zitiert worden, mit einigen beachtlichen Resten ihrer ausgeschliffenen Hochzivilisation wieder einmal aus der Erde stiegen.

So ebnete sich die Kerbe von 1918 bedeutend ein, und beinahe verschwand er, jener „Zerfall mit seiner Geschichte", wegen dessen sich das Vaterland „so elend in einem schlechten Gewissen" befunden hatte, wie Gütersloh sagt. Aber 1918 war dieser „Zerfall" voll Schwungkraft und Euphorie gewesen, das darf man auch nicht ganz vergessen. Man begann damals einen neuen Bau und wollte am liebsten keinen einzigen alten Stein verwenden. Solches war freilich unmöglich. Von allen Seiten sah deralte Stein herab; und wäre dieser gesprengt und geschleift worden in einer Art Paroxysmus des Selbstbewußtseins: er hätte von den Bergen heruntergeschaut und mit ihren unveränderten Konturen weit hinaus den Menschen in's Gewissen geredet.

So also hatte die Wiederherstellung von 1945 über ihr gemeintes Objekt hinaus geschossen – wir bewirken nie das präzise von uns Gemeinte! – und gleich bis in die Tiefe der Zeiten. Während man 1918 glaubte, mit nur selbstgeschaffener Ausrüstung in die Zukunft marschieren zu können, scheint sich neuestens die Meinung auszubreiten, die Vergangenheit müsse derart Macht über uns gewinnen, daß ihr Überdruck uns in die Zukunft schießt wie durch ein langes Kanonenrohr; ein immerhin annehmbares Übereinkommen zwischen Traditionalismus und Futurismus, das uns auf jener Ebene befestigen könnte, wo allein der historisch handelnde Mensch – und erst recht der Österreicher – seinen Platz hat und von wo es nur Abstiege gibt, nach links oder nach rechts.

Jetzt auch hat der Österreicher die Frage nach seiner Nationalität gestellt; freilich durchaus ohne zu wissen, daß der 1945 verstorbene Paul Valéry ihm hier längst einen wertvollen Wink gegeben hatte. Valéry spricht einmal von den „Tugenden der deutschen Völker“, worunter er etwa Bayern, Schwaben, Österreicher und andere verstanden haben mag, wie man unter den angelsächsischen Völkern Engländer, Amerikaner, Kanadier und Australier begreift. Die deutschen Völker sind griechenähnlich; das heißt, sie haben das Prinzip, auf welchem Europa beruht – Mannigfaltigkeit, nicht Einheitlichkeit! – ebenso wie die Hellenen, auf kleinstem Raum darzustellen vermocht und zur Differenzierung keiner trennenden Weltmeere bedurft. Derartiges ist einfach eine Frage der Begabung. Das stark ausgebildete Sein dieser einzelnen Völker verhinderte, wie bei den Griechen, ihre politische Einigung, welche auch bei diesen nur unter Zwang vorübergehend vollzogen wurde, durch eine relativ spät in den griechischen Lebenskreis getretene nördliche Militärmacht: die Makedonier. Tout comme chez nous.

Von den deutschen Völkern aber war eines in neuerer Zeit Träger einer übernationalen Großmacht geworden, deren Geschichte sich durch Jahrhunderte mit einem erheblichen Teile der europäischen Geschichte gedeckt hat. Daher ist das wesentlich österreichische Nationalbewußtsein von – übernationaler Struktur. Es haftet nicht so sehr an einem flächenhaften Begriff von Land und Leuten. Diese Nationalität ist wirklich die von allen am wenigsten materielle. Sie ist ein Zustand, ein goldener Schnitt nur zwischen Distanzen und Kräften, aus dem man fallen kann, wenn man eine rohe und ungeschickte Bewegung macht; und in den man geraten kann, komme man gleich aus Pernambuco, wenn's einen trifft, wenn einen dieses Spannungsfeld festhält. Es kann adoptieren und entlassen. Zum Österreicher müßte man eigentlich fallweise und einzelweise ernannt werden.

Allen Debatten um die österreichische Nationalität schaut der Materialismus durch's dünne Gewebe, als die wahre Quadrallierung des seelischen Unterfutters (um mit Nestroy zu reden), aus dem solche Erörterungen kommen. Ein situationsbewußter Österreicher jedoch muß heute um jeden einzelnen kroatischen oder magyarischen Bauern im Burgenland, um jeden Slowenen in Südkärnten herzlich froh sein: dies aber ganz und garnicht, um in solchen wertvollen Volksteilen eine Art Sprungbrett für irgendwelche Aspirationen zu sehen; sondern weil gerade durch jene Mitbürger seinem übernationalen – Nationalgefühl ein vertretungsweiser konkreter Anhalt geboten wird.

Kultur ist eine eingeholte Natur in ihrer Überschneidung mit anderen benachbarten Ereignissen dieser Art, welche Überschneidung erst die Erheblichkeit des Phänomens ausmacht.

Bei den schneidenden Überschneidungen fließt nicht selten Blut, der besondere Saft, es ist nicht zu leugnen. Auch der Doktor Siebenbürger, dessen letzte Verteidigungsschrift die österreichische Nationalbibliothek im Originalmanuskripte bewahrt, damals Bürgermeister von Wien, hat das seine mit dazu verströmt, neben den Führern des österreichischen Adels, den Puchheim und anderen Landständen, die gegen die spanische Herrschaft rebellierten. Aber unter solchem Retortendruck erblühte die chymische Rose, rosa chymica austriaco-hispanica, und es wurde – wie wir allerdings erst heute wissen – nicht nur eine Großmacht geschaffen, sondern eine immaterielle Situation, welche jene überdauert hat.

Und auch nach der Abtrennung der vielen Völker von ihrer bisherigen Mitte im Jahre 1918. Man hat damit die Existenz Österreichs für wesentlich annulliert gehalten. Man hat keineswegs bedacht, daß jene Mitte sich durch Jahrhunderte derart angereichert und gesättigt hatte mit Influenzen anderer Völker innerhalb der gleichen Staatlichkeit, daß, wäre 1918 nicht gekommen, jene spezifisch österreichische Art zu existieren – als eines der deutschen Völker, jedoch begabt mit einer geradezu ungeheuren Assimilations-, ja Integrationsfähigkeit – wahrscheinlich sehr bald verschwunden wäre, durch den Verlust seiner idealischen Balance: sie zu erhalten, griff 1918 das Schicksal ein, bei erreichtem Maximum und Optimum. Davon lebt Österreich, und heute noch, daher hat es seinen großen Namen in der Welt, und mit Recht und als ein legitimer Erbe. Es hat, bei unermeßlichem, materiellem Verlust, im kritischen Zeitpunkt bereits erworben und nach innen verlegt gehabt, was es einst dort außen besaß.

Mit dem ‚Barock' – so lautet das Fach- und bereits Flachwort, mit welchem man den Pachtschilling bezahlt zu haben meint für den spezifischen Duft der rosa chymica austriaco-hispanica –

begreifen wir nur den letzten uns zugekehrten hochaufgeworfenen Schub und Schluß, der wohl alles enthält und zugleich unserem direkten Draufblick doch vieles entzieht: wozu die Zeiten der schwäbischen Habsburger und der Babenbergischen Fürsten und Helden ganz ebenso gehören wie die eines Marcus Aurelius, der hier in's philosophische Spannungsfeld geriet.

Vindobona ist kein Vorstadium von Wien gewesen sondern dieses selbst. Und was die Quadrallierungen eines gewissen Unterfutters betrifft: nie, innerhalb eines und desselben Äons, hört eine größere Stadt, wenn auch bis auf den Grund zerstört, auf zu existieren, im ganz materiellen Sinne. Die letzten Jahre haben's erwiesen. Summa: Marcus Aurelius gehört auch dazu. Der Resonanzkasten oder Geigenbauch, den heute ein österreichischer Dichter zum Swingen reizt, ist gut zweitausend Jahre tief, man muß sich dessen bewußt sein; denn er fördert dementsprechend jeden Ton: auch einen falschen, und bis zur Unerträglichkeit.

Nun endlich halten wir an dem Punkte, welchen zu erreichen und zu beleuchten diese Zeilen geschrieben wurden: die Entstehung, besser die Neu-Kristallisation einer österreichischen Gesellschaft und einer österreichischen Literatur. Eine österreichische Gesellschaft durchaus in die Vergangenheit vor 1918 zu verweisen, gehört seit langem schon zur vornehmen Resignation jener garnicht unsympathischen Kreise, bei deren Mitgliedern es noch wichtiger ist, woher sie kommen, als wohin sie gehen. Aber auch sie sogar beginnen in einen Schmelztiegel zu geraten, der bereits vielfarbig und geheimnisvoll aufglüht. Die Wiederherstellung von 1945 hat nicht nur – in so weitgehender Weise weder gemeint noch erwartet! – den Anschluß an die Tiefe der Zeiten vollzogen, sie hat nicht nur die Vergangenheit neu zu Kristall schießen lassen, sondern diesen Vorgang auch in der Breitendimension provoziert, also in soziologischer Hinsicht.

Die Menschenart, welche dabei als Katalysator dient, steht seit langem bereit, doch fällt in Österreich erst heute ein historischer Akzent auf sie. Fehlt dieser, dann steht auch Bedeutendes abseits, Menschen, Werke, Kreise. Die sogenannten „Intellektuellen" aber erweisen sich heute mit einer gewissen Plötzlichkeit (weil eben ihre Stunde gekommen ist) als ein vielschichtiges, lockeres und doch zusammenhängendes Gewebe, das man früher für eine Art ortloses soziologisches Plankton hielt – und welches nunmehr für eine soziale Schicht, für einen Stand zu halten ganz ebenso falsch wäre: sie sind vielmehr nur ein Bindemittel bei der Entstehung einer neuen Gesellschaft.

Das ist ihre eigentliche konkrete Rolle, und nicht etwa, daß sie gescheit reden können, was manche von ihnen mit außerordentlichem Charme tun, wofür man dankbar zu sein hat; denn wenn einer die ihm aufgetragene geschichtliche Leistung vollzieht und dabei nicht tierisch ernst wird, sondern reizend aussieht und Eloquenz beweist, so möchte man schon das Hütchen vor ihm lüften. Die Intellektuellen binden die Trümmer von Adel aller Art zu einem neuen, höchst komplexen Gebilde: mögen diese Trümmer nun vom Geburtsadel herkommen oder von heroischen Einzelnen des Arbeiterstandes dargestellt werden, vom Lande stammen oder aus bürgerlichen Schichten der Großstadt: von dem Augenblick ihrer Ein-bindung in das lockere Gewebe der Intellektuellen an kommen sie alle miteinander in eine Kommunikation, die schließlich auch den Isoliertesten ergreift. Diesese Nährgewebe, aus dem ein neuer Adel wächst – ohne Adel keine Geschichte! – ist freilich zum Verschwinden verurteilt, sobald es seiner Entelechie genügt hat. Anders: die Intellektuellen sind kein Stand, für den man was tun kann (wie für die „Intelligenz", „den gebildeten Mittelstand"). Sie sind soziologisch nicht zu orten und daher auch nicht zu retten.

Damit erst halten wir auf dem Punkte, von dem aus über österreichische Roman-Literatur zu reden ist. Eigentlich war auch bis jetzt schon von nichts anderem die Rede. Denn es gehört zu den entscheidenden Eigentümlichkeiten des österreichischen Romans – wenn er es wirklich ist – immer zugleich auch Staatsroman zu sein. Sie wissen es von Stifter, Sie wissen es von Musil, und es gilt ganz ebenso von George Saiko, Johannes Urzidil (der in New York lebt) und Gütersloh, und auch von den jüngeren, von Dorothea Zeemann, vor allem auch von Hans Lebert – der stärksten Erscheinung unter der neuesten österreichischen Prosa –, und zuletzt sogar von Peter von Tramin, dessen 1963 erschienenes Buch „Die Herren Söhne" auch nicht die leiseste Spur von Politik direkt aufweist.

Wir erblicken in dieser, wahrlich nicht im Kopfe, sondern geradezu im Aderngeflecht der schreibenden Hand jedes österreichischen Autors anzutreffenden Haltung, Richtung und Ziehung nichts geringeres als die kardinale Eigenart des österreichischen Romans überhaupt, die er in seiner kurzen Geschichte vom

Anfang an – den Grillparzers „Armer Spielmann“ macht – bis auf den heutigen Tag stets gezeigt hat. Ich bin mir nicht im unklaren darüber, daß mein eigener Beitrag zur Sache ein gleiches Stigma trägt. Es wird in der Welt draußen neuestens immer häufiger die Eigenständigkeit österreichischer Literatur diskutiert und es erheben sich gewichtige Stimmen, welche eine solche durchaus behaupten.

Einige Male wurde der Versuch unternommen, die Leistungen der österreichischen Literatur in die allgemeine deutsche Entwicklung einzufügen. Die Ergebnisse waren indes nicht zufriedenstellend. Immer wieder zeigte sich die Unmöglichkeit der Einordnung von großen und kleinen Persönlichkeiten des österreichischen Raumes in die Kategorien Realismus, Jungdeutschland und Epigonik. Berührungspunkte waren zwar in Menge vorhanden, nie aber reichten sie aus, um eine überzeugende Inkorporation durchzuführen.

Wir streiften früher die Entstehung einer neuen österreichischen Gesellschaft und querten dann das Feld der Romanliteratur. Wenn wir nun schon alles, was mit der dramatischen Dichtung, dem Theater und den dramatischen Künsten überhaupt zusammenhängt, für ein autochthones Gebiet und eine res sui generis halten, über die etwas zu sagen uns nicht zusteht, so wäre es doch kraß undankbar, wenn wir, den äußersten Randstreifen bebauten literarischen Bodens betretend, nicht unseren Blick hinausfallen ließen in ein Gebiet jenseits der Gesellschaft und jenseits der Literatur, in das Gebiet der lyrischen Dichtung. Hat Österreich sich auf dem Felde des Romans seit dem Ende des zweiten Weltkrieges wahrlich mehrmals bewährt, so muß uns doch gegenwärtig sein, daß wir, merkwürdig genug, in einem Zeitalter großer österreichischer Lyrik leben. Die Meister haben es nicht nötig, noch entdeckt zu werden.

Man sieht hier einen ungeheuren Reichtum ausgebreitet. Dasjenige, worin wir alledem gegenüber arm sind, ist nur die kritische Instanz, welche aber allein künstlerische Werte wirklich sichtbar machen kann. Hierin, in diesem wesentlichen Punkte, sind wir vom Auslande weit übertroffen, wo man vieles, was die österreichische Literatur anlangt – entscheidende Rangunterschiede etwa wie jenen zwischen Ferdinand von Saar und der Ebner-Eschenbach, die sich solchen Unterschiedes übrigens durchaus bewußt war – besser und genauer kennt, als bei uns daheim.

Das Auftreten eines wirklichen kritischen Genies in Österreich – und ein solches Auftreten bleibt jederzeit möglich – würde uns unsere nationale Literatur der letzten hundert Jahre urplötzlich wie einen sonnenbestrahlten Gebirgsgrat zeigen.

DIE ENTEREN GRÜND'

Die alten Häuser in Wiens Vorstädten werden nicht nur von den Menschen unserer Zeit bewohnt, die strebsam aus ihnen hinauszappeln; sie bewohnen sich vielmehr selbst und schwimmen in ihrer eigenen Aura dahin wie Wolken am Abendhimmel, die vergessen aussehen und stehengelassen von einem längst vergangenen Tage.

„Enthalb" wurde hier in Wien noch im späten Mittelalter häufig gebraucht und bedeutete soviel wie „jenseits"; es hat also mit „innerhalb" (oder dem markigen und genaueren „innert" der Schweizer) nichts zu tun. „Enthalb Tunawe" hieß: jenseits der Donau. Das Wort „enterisch" ist heute noch in Wien gängig. Es bedeutet genau „unheimlich", weil jenseitig. Die „enteren Gründ'", die jenseits nicht nur des ummauerten Stadtkernes, sondern auch der Vorstadtpalisaden liegenden Gegenden hatten also und haben noch heute einen leichten Hieb ins „Enterische". Das ist die Metaphysik der Wiener Vorstadt. „Hieb" heißt hier mitunter auch soviel wie ein Stadtbezirk: am X. „Hieb" ist Favoriten, am XX. die Brigittenau.

Übrigens ist der Dialekt in den Bezirken verschieden. Der tschechische Einschlag wird in Favoriten angetroffen, der Urschleim der Sprache schlechthin in Ottokring (XVI. Hieb), und ihre größte Bösartigkeit erreicht sie in gewissen Gegenden Erdbergs (gehört zum III. Hieb), besonders in der Dietrich-, Wasser- und Schwalbengasse. Den Namen der erstgenannten Gasse faßt man am besten ominös auf.

Die Vorstadt neigt in Wien immer zu den dahingegangenen Tagen, sie ist, wenngleich vielfach industriell, doch konservativ. Auch Abscheuliches konserviert sie. So etwa das greuliche Hausmeisterunwesen, in den alten Wiener Zinshäusern eine Tyrannis – die doch niemand missen möchte. Und hier beginnt das Merkwürdige an der Sache. Wenn man im Vorbeigehen, bei einem zufälligen Blick in die Portierswohnung, das Rasierwasser des Hausmeister in einem Häferl am Ofen stehen sieht: ja, da ergreift einen jenes vorstädtische Heimatgefühl, lebhaft unterstützt durch die Geruchsempfindung (alle Gerüche scheinen ja immer tief aus den enteren Gründen des Vergangenen zu kommen). Denn der Hausmeistergeruch (foetor conciergicus) ist einer der Grundtöne in der Aura eines Wiener Vorstadthauses, er kann nur von Hausmeistern und Hausmeisterinnen hervorgebracht und abgesondert werden, und er zieht (wie man mit geheimer Befriedigung feststellt) auch in die Neubauten ein. Der Hausmeistergeruch begleitet deinen Aus- und Eingang. Er entläßt dich auf die Straße, er begrüßt dich, wenn du wiederkehrst. Tief dringt die Verhausmeisterung (conciergificatio) in dein Leben, tiefer, als du es wahrhaben möchtest. Ja es gibt, bei aller Schrecklichkeit dieser Menschenrasse – eine solche ist längst aus dem Berufsstande geworden! – auch Liebe zum Hausmeister (amor conciergii). In der Lorbeergasse, am III. Hieb, gab es eine uralte Hausmeisterin, die in ihren letzten Jahren nichts anderes mehr tun konnte, als täglich ihr Pipi-Hendi (die eierlegende Henne) in einem nahegelegenen kleinen Beserl-Park spazieren zu führen. Aber das ganze Haus pflegte diese alte Frau, übte ihre Obliegenheiten turnusweise aus, hielt bei ihr Dienst und Wache. Ich behaupte, daß dieses an sich ja christenmenschliche und anständige Verhalten seinen letzten Grund im Olfaktorisch-Erotischen hatte, denn durch jedermanns Vergangenheit im Hause reichte ja als eine zarte, lange Wurzel der „foetor conciergicus" (der sich im vorliegenden Falle freilich stark angereichert hatte), bis hinab in ferne Kindertage.

In der Weltliteratur ist es nur Charles Baudelaire gewesen, welcher die Bedeutung des Hausmeisters im Menschenleben in ihrer Tiefe geahnt und überdies den Voltaire einen Propheten für Hausmeister genannt hat. Nun freilich, er war Pariser. Wien und Paris aber zeigen die höchste Entwicklung der Hausmeisterei; es sind conciergificierte Städte.

Die meisten Hausmeister in Wien heißen Powondra; manche auch Soukoup.

Die Conciergification erscheint als das einzige, was allen Wiener Vorstädten, da mögen sie in der Aura noch so verschieden sein (und das sind sie), gemeinsam ist. Der „foetor conciergicus" ist die gleiche in Hietzing wie auf der Wieden.

Sonst könnten die beiden Bezirke in verschiedenen Städten und Ländern liegen. „Disjecta membra unius corporis". Wie ihr Zusammenhang, ihre doch faktische Zusammengehörigkeit im Urgrunde beschaffen sind, bleibt unerforschlich.

Freilich haben alle Großstädte sehr verschiedene Gegenden und Bezirke; aber es kommt darauf an, ob diese letzteren als Bezirksindividuen im Bewußtsein verankert sind. Paris XVIe ist kein solches; Ottakring (XVI. Hieb) durchaus, und nicht nur wegen des Urschleimes. Es fragt sich, ob es in einer anderen Großstadt neben der normalen Tagespresse noch „Bezirkszeitungen" gibt; in Wien rentieren sie sich ausgezeichnet und sind sogar sehr umfänglich. Am stärksten ausgeprägt fand ich, außer in Wien, die Bezirksindividuen in London. Die Prinz-Albert-Brücke über die Themse führt aus der sehr spürbaren Atmosphäre von Chelsea in eine völlig andere Aura, nach Battersea nämlich. Hier haben auch alle Bezirke Namen, wie in Wien. Das ist nicht überall durchgehends der Fall. In München etwa sind Schwabing, Giesing, Nymphenburg und andere als ausgebildete Bezirksindividuen anzusehen. München 23 aber, das nach Schwabing hineinreicht, ist ein bloß postalischer Begriff geblieben. In den meisten größeren deutschen Städten herrschen heute solche blasse Abstrakta vor, sogar in solchen, die ursprünglich aus sehr verschiedenen Gebilden zusammengewachsen sind, wie etwa das alte Braunschweig.

Der Kaiser Marcus Aurelius aus dem Geschlechte der Antoninen, der in Wien nach seinen Quaden-Feldzügen lebte und schrieb und auch hier 180 n. Chr. gestorben ist, war sozusagen ein Berufsphilosoph auf dem Throne, ein ausgelernter Stoiker, der übrigens auch als – sehr fähiger! – Imperator im Felde stets den grauen Philosophenmantel trug. Die Psychologie der Stoiker kennt den Begriff des „Hegemonikon" (ἡγεμονικόν), der am besten mit „Leitvorstellung" zu übersetzen wäre. Der Kaiser bemerkt in seinem überaus modernen Buche „An mich selbst" (Ad me ipsum), daß unsere gefährlichsten Feinde nie jene seien, die von gänzlich fremden Leitvorstellungen beherrscht werden; sondern durchaus immer solche, deren Leitvorstellung von der unseren nur geringe Unterschiede zeigt.

So verhält es sich bei den Ottakringern und den Hernalsern (XVII. Hieb), deren Sprache sich ebenfalls noch nicht weit vom Urschleime entfernt hat. Hier raufen denn auch häufig die „Platten" (Ringvereine der Gewohnheitsverbrecher oder Pülcher). Wären die feinen Leute etwa auf der Wieden (IV.) gewissen Teilen des III. Bezirkes, nämlich dem dortigen Gesandtschaftsviertel um die Reisnerstraße herum, benachbart, man könnte vielleicht auch hier ein Knistern der Spannung vernehmen.

Ähnlich verhält es sich mit dem vornehm-steifbürgerlichen Hietzing (XIII.) – oft liegen die Nobel-Gegenden europäischer Städte im Westen! – und dem zum Teil eleganten, zum Teil altväterischen Döbling (XIX.). Doch trennt hier nicht nur die Entfernung, sondern auch der Weinbau. Denn der XIX. Bezirk ist aus Weinhauerdörfern zusammengewachsen, dem schon 1267 erstmals erwähnten Dorfe Weinhaus, dem als Beethoven's Sommerfrische ehrwürdigen Heiligenstadt, dem verführerischen Grinzing, dem entlegeneren Sievering und dem von der Donau berührten Nußdorf. Hier zackt das Blatt des Weinstocks vor dem Himmelsblau, so hart oft, als hätte man's mit der Papierschere ausgeschnitten. Hier sind alte Höfe, das Wirtshaus zur St. Agnes in Sievering etwa oder der Trummelhof in Grinzing; hier ist das Idyllische, welches jeden Ausblick und selbst eine mächtige Fernsicht zum sanften Hereinscheinen mildert. Und hier dringt das Bäuerliche in den Vorort. Der schmale, lange niederösterreichische Weinbauernkopf, aufgelockert und musisch im Ausdruck, verglichen mit den Falkengesichtern der Alpenbewohner, kann hier noch erblickt werden.

Den äußersten Gegensatz zu Wien im Weine bietet Wien am Strom.

Wo der Strom den Stadtrand anschneidet, dort bricht dieser in großen Stücken ab und steht geradewegs in die eröffnete Weite, mit Kais, Kranen und Lagerhallen, mit Eisenbahngleisen, mit Werften und Fabriken, während dies alles, von den dahinfliehenden Wassermassen nachgezogen, gleichsam an den Ufern mitwandert, und in die vom Strome aufgespaltene Fernsicht hinein. Auch herrscht hier ein anderes Licht als etwa in der tiefen Grünverwachsenheit der Praterauen, mit ihrem Geruch aus Pflanzengewirr und Erdreich, mit einzelnen Tümpeln oder versumpften Armen. Das engere Gebiet des Stromes, windoffen an dem rasch hinfließenden Wasser, liegt in einer hellen und kalten Beleuchtung. Und der Strom hält sich nicht auf. Er bespült die Stadt und eilt. Wo Gebäude und Hallen stehen, nehmen sie an jenem nüchternen Lichte teil, das überall an ihren langen Linien läuft, in's Große und Entfernte geht, nichts zärtlich und verweilend vergoldet.

Die Donaukais, der Prater und der Wurstelprater (ein Kapitel für sich) gehören zum II. Hieb, der Leopoldstadt, wo im 16. und 17. Jahrhundert, vornehmlich in der Großen Schiffgasse, wieder eine Judengemeinde entstanden war, nachdem man die alte, in der Inneren Stadt – an sie erinnern noch Judengasse und Judenplatz – 1421 ausgemordet hatte. Die Leopoldstädter Gemeinde hat späterhin großen Teilen des Bezirkes und manchen seiner Cafés das Gepräge verliehen. Und noch ein wesentlich anderes Element wirkte beim Zustandekommen der Leopoldstädter Atmosphäre mit: die Artisten. Es war das Viertel der Zirkusleute. Sie hatten und haben wohl auch noch bestimmte Lokale als Treffpunkte (es gab zum Beispiel ein „Artisten-Café"), und in solchen dürfte es mit dem Alkoholkonsum nicht weit her sein, denn dieser verträgt sich kaum mit Akrobatik. Die große Avenue des Bezirkes, die breite Praterstraße, hieß im vorigen Jahrhundert noch Jägerzeile und galt als eine der vornehmsten Straßen Wiens. Heute muß man schon sehr genau hinschauen, um das zu begreifen, etwa aus der Bauart einzelner Häuser, von denen dieses oder jenes noch als einstmaliges Privatpalais kenntlich geblieben ist.

Hier unmittelbar beginnen sehr enterische Gegenden, ja sie reichen bis auf die Praterstraße selbst und können es ohne weiteres mit jedem Urschleim und mit Simmering, Meidling und Favoriten aufnehmen (dessen Dschungelgebiete neuestens immer mehr durch zunehmende Zivilisation gelichtet werden). Die Brigittenau, der benachbarte XX. Hieb, ist vergleichsweise harmlos (wenn auch nicht ganz). Ein Arbeiterbezirk. Hier ist alles groß, sei's auch zum Teil noch schäbig, nüchtern, streng, die nackte Wahrheit. Die Straßen fallen gerade und weit aus, wie in eine noch leere Zukunft hinein.

Anders im Dschungel von Gassen und Gäßchen links und rechts der Praterstraße. Einem Fremden möchte man lieber sagen: „Wissen Sie, es ist abends nicht rätlich ..."

Dies obwohl die „Galerie", welche hier die Fauna der Lokale ausmacht, im allgemeinen nicht zur Gewalttat neigt, es sei denn einmal ein „Granat" (Schläger) dabei. Jene Lokale finden sich sogar an der Praterstraße selbst. Ich besuchte sie häufig in den späten zwanziger Jahren, aber auch um 1950. Völlig ungetarnt, so muß es sein: normaler Anzug, gänzliche Vermeidung des Dialektes; bei Fragen nach dem Beruf sagte ich stets bescheiden: „Ich bin Gelehrter, vom Institut für Geschichtsforschung." Ganz gelogen war's nicht einmal. Der Charakter „Schriftsteller" ist nicht zu empfehlen, denn die nächste Frage lautet dann: „Von welcher Zeitung?" Das tut nicht gut.

Die „Galerie" nennt man in Wien die berufsmäßigen Leichtverbrecher: große Falschspieler als oberste Schicht der „Galerie" (kleine aber als die unterste, sogenannte „Sandler"), Taschendiebe, Dokumentenfälscher, Verbreiter (nicht Erzeuger) von Falschgeld, Schwindler jeder Art, Hehler und Verwerter schwerer anbringlichen Diebsgutes, mitunter auch von Teilen der bei Einbrüchen gemachten Beute. Die „Galerie" verzweigt sich bis in anerkannte Berufe; der eine oder andere Fahrer vom Trabrennen im Prater hat ihr schon angehört; Buchmacher, sogar Cafetiers und manche Artisten (die hier mitunter auch ihre Fähigkeiten und ihr Können mißbrauchten) standen mit der „Galerie" in Verbindung. Der „Galerist" wird vom kapitalen Schwerverbrecher wahrscheinlich im Grunde verachtet und würde wohl auch nicht gerne an dessen Tisch treten. Jedoch, es gibt Fälle, wo man ihm pfeift. Es gibt mindere Beuteteile. So kann der ausgeräumte Laden eines Juweliers auch fünfzig Stück goldene Uhren enthalten haben, die garnicht von Gold waren, und mit welchen zwar der Geschäftsinhaber keineswegs beabsichtigt hatte, seine Kunden zu betrügen, sondern sie als „Imitation" zu verkaufen: andere Absichten freilich verband der „Galerist" mit dem Ankauf, der für ein geringes zu tätigen war, nur erhöhte sich der Preis dadurch, daß man auch einer echten goldenen Uhr aus der Beute bedurfte, die genau so aussehen mußte wie die falschen.

Der Vater Rottauscher (werden wohl Roßtäuscher gewesen sein, die diesbezüglichen Herrn Vorfahren) und sein ihn verehrender Schüler Zurek waren in einem Lokale fast täglich anzutreffen, das, kaum fünfzig Schritt von der Praterstraße entfernt, in einer Seitengasse lag.

Ein alter „Galerist" und ein junger.

Zurek sagte:

„Wissen Sie, verehrter Herr Doktor, in rein technischer Hinsicht glaube ich schon, den alten Rottauscher einmal zu erreichen, ich lerne jetzt dreiundeinhalbes Jahr bei ihm; ich war ja bei vielen Sachen dabei. Aber gerade bei der Geschichte mit den Uhren hab' ich gesehen, was uns jungen Leuten fehlt. Trauen täten wir uns schon. Aber die Sicherheit von diesen älteren Herren fehlt uns, dieses Vertrauenerweckende, das Solide. Er weiß sofort, wie er mit jedem reden muß. Dann hat er so was Biederes, das ist unnachahmlich ... Ich hab' mir oft gedacht, wir jungen Leute müßten eben ganz andere Methoden finden, die auf unsere Fähigkeiten zugeschnitten sind. Vorläufig aber kann ich nur das Alte, Bewährte lernen, und das ist ja auch sicher gut so. Aber, was ihn betrifft: ich bin überzeugt, daß viele von denen, die was die falschen Uhren gekauft haben, heute noch glauben, es sind echte, und sich weiter garnicht davon überzeugt haben, weil das eben anständige solide Menschen sind, die ihre Uhr nicht auf's Versatzamt tragen."

Er war ein großer, starker Bursche, der Zurek, und mochte damals etwa einundzwanzig Jahre gehabt haben. Einige geringe Vorstrafen. Seine Stirn war breit, das kräftige Gesicht von gerundeten Formen. Er befliß sich mitunter einer gebildeten Sprechweise, die er jedoch nicht immer durchhielt.

Während er redete, kam er mir vor wie ein fremder Planet, der unversehens ganz nahe herankommt und zu welchem man hinüberschauen kann. Auch dort gibt es Sachen und Sachlichkeiten. Aber man begreift doch im Grunde die erblickten Gebilde nicht.

Es war enthalb und enterisch.

Geraten entere Gründ' zu nah an die Innere Stadt, dann kann es geschehen, daß sie desinfiziert werden. So ist es dem Spittelberg ergangen, der ja ursprünglich jenseits des Festungs-Glacis lag. Als um die Mitte des 19. Jahrhunderts die Befestigungen fielen (kaiserliche Entschließung vom 20. Dezember 1857) und der freie Raum verbaut wurde, fand sich bald auch der VII. Hieb (ein alter Bezirk, obwohl er Neubau heißt, einst als „Brillantengrund" Sitz der reichen Schottenfelder Seidenfabrikanten) direkt an die Stadt angeschlossen. Nun fiel man gewissermaßen auf, nicht mehr wie früher jenseits des breiten Glacis sitzend, sondern garnicht weit von der repräsentativen neuen Ringstraße.

Der Baron I. F. Castelli (genannt „Professor der Frivolitätswissenschaft") beschreibt in seinen Memoiren den Spittelberg, wie er im Jahre 1807 gewesen ist:

„Um diese Zeit lernte ich Ludwig Zacharias Werner (1768–1823) kennen. Er kam zum ersten Male nach Wien und war an mich empfohlen. Ich führte ihn gleich am ersten Abend in das Theater und fragte ihn nach Ende des Schauspiels, in dem er sich über die Wiener Späße unendlich freute, ob er denn auch eine echte Wiener Kneipe kennen lernen wolle? ‚O ja!' antwortete er mir, und ich führte ihn in eine echte Kneipe, wie sie damals noch in Wien bestanden, wo Tanzmusik und Mädchen gehalten wurden.

Er fühlte sich selig in dieser Kloake der zügellosesten Ausschreitungen, nahm die Zutunlichkeit der vom Gastwirt gedungenen verlorenen Mädchen, davon ihm eine ganz außerordentlich gefiel, als naive Liebenswürdigkeit hin; und hätte ich nicht ein achtsames Auge auf ihn gehabt und ihn zurückgehalten, er würde sich mit diesem Mädchen leichtsinnig eingelassen und vielleicht später den Verlust seiner Uhr und Börse zu beklagen gehabt haben. Man muß aber auch gestehen, diese Mädchen sahen in ihrer damaligen Tracht ganz allerliebst aus. Es ist hier der Ort, diese Wirtschaften etwas näher zu beschreiben, und ich will es versuchen.

Es gab zu jener Zeit in den Vorstädten kleine, unbedeutende Wirtshäuser, von der gemeinen Klasse „Beiseln" benannt, wo der Wirt hübsche und kecke Mädchen hielt und wo täglich des Abends zwei oder drei Musikanten Tänze aufspielten. Die besuchtesten dieser Kneipen befanden sich auf dem Spittelberg. Da war nun alles dazu eingerichtet, um die Gäste soviel als möglich zu prellen, sie durch Tanz, Trank und durch frivole Liebkosungen der Mädchen in jene Stimmung zu versetzen, in der man nichts mehr schont und die Börse leert. Diese Orte wurden freilich nur von Männern der gemeinsten Klasse besucht, aber nicht selten verlor sich ein alter Roué oder ein verwahrlostes Muttersöhnchen dahin, welche dann Geld und Kleinodien, oft auch ihre Gesundheit dort ließen und, wenn sie darüber böse Miene machten, auch noch hinausgeworfen wurden.

Zu speisen bekam man in diesen Kneipen nur sehr wenig: Würste, Käse, allenfalls noch Schweinefleisch. Auch Wein wurde nicht geschenkt, nur Bier, und zwar sogenanntes weißes Bier, das aber dunkelbraun war, Mailänder, eine lichtere Gattung, und dann Hornerbier, eine Art Haferbier von grüngelblicher Farbe, welches, in Krüge abgezogen, sehr stark moussierte und dem Berliner Weißbier ähnlich war. Es war besonders im Sommer ein sehr kühlender, labender Trank, und ich weiß nicht, warum man nicht noch welches braut.

Bei Tage standen die Mädchen, die meisten üppig gestaltet, vor der Tür der Kneipe, um vorübergehende Männer durch die ihnen zu Gebote stehenden Künste anzulocken, abends das Gasthaus zu besuchen, denn bei Tage litt ihnen der Wirt keine Besuche.

Man kann sich nichts Appetitlicheres denken als den Anzug eines solchen Mädchens. Sie trugen schneeweiße feine Strümpfe und rosenfarbige oder hellblaue Schuhe, ein Röckchen von weißem Barchent, oft auch von farbigem Seidenstoff, welches so kurz war, daß man die bunten Strumpfbänder unter dem Knie noch erblikken konnte, ein enganliegendes Korsettchen, meistens schwarz, welches die Arme bis oben bloß ließ und rückwärts eine Art von Büschelchen, genannt Schößerl, emporstreckte, dazu ein kleines seidenes Busentüchlein, welches seinen Inhalt nur halb verdeckte, und auf dem Kopfe, über von beiden Seiten in Locken geringelten Haaren, eine glänzend emporragende Goldhaube.

Wenn man in eine solche Kneipe hineintrat und nur gewöhnliches Bier begehrte, so erhielt man es durch den Kellner, und niemand bekümmerte sich um einen weiter. Man konnte ruhig sitzen bleiben und die Wirtschaft beobachten, nur durfte man sich nicht beigehen lassen, sich in ein Gespräch zu mischen oder mit einem Mädchen Scherz zu treiben; denn man wurde für einen angesehen, der keine Maxen (Geld) hat. Verlangte man aber einen Kracher (einen Krug Hornerbier), da kam gleich ein Mädchen mit demselben, setzte sich zum Gast, erlaubte sich alle möglichen Scherze und trank mit, und ihre Kameradinnen tranken auch mit, man brachte Fleisch und Backwerk, und am Ende betrug die Zeche mehrere Gulden; denn es lagen auch meistens mehr Stöpseln von den Bierkrügen, welche man geleert haben sollte, auf dem Tisch, als wirklich getrunken wurden.

Es war schon nach Mitternacht, und mein guter Zacharias Werner wollte mir gar nicht fort, er nannte himmlische Naivität, was die schändlichste Ungezogenheit war, und urwüchsiges Temperament, was Koketterie mit der eigenen Niederträchtigkeit war; nur ärgerte er sich, daß er nicht alles verstand, was gesprochen wurde.

Endlich brachte ich es dahin, daß er mir folgte, und als uns die Musikanten noch angegeigt und Werner ihnen einen blanken preußischen Taler geschenkt hatte, begleiteten uns diese und das Mädchen, mit dem sich Werner unterhalten hatte, noch bis an die Ecke der Straße, und ich hörte, wie die letztere, als sie ihn küßte, noch leise zu ihm sagte: ‚Also morgen kommst wieder, preußischer Spitzbub?‘ und er ihr antwortete: ‚Uf Ehre‘!“

Es hat schon im ausgehenden 18. Jahrhundert die Polizei ein „obachtsames Auge“ auf den Spittelberg gehabt, wie ein im schönsten „Grundwachterjargon“ (mit leichtem tschechischem Einschlag) abgefaßter Rapport aus jener Zeit beweist:

„Sppiettel Berg – Nr. 22 beym dem blauen Herrgott in Ersten Stok über daß Gangel. Links die Erste Thier, befindt sich ein

Wittib, sie gieb sich auß vor eine Officiers Frau mit 2 Töchtern, welche die gantze stadt außgehen in dem schlechtigkeit."

Das berüchtigste Wirtshaus am Spittelberg hieß „Zur Hollerstaude". Es ist merkwürdig, wie um 1900 schon dies alles zu versachlichen begann. Keine „Beiseln" mit Tanz und Gesang mehr, keine Kellnerinnen und Tänzerinnen, keine Goldhäubchen und weißen Strümpfchen und keine „Spittelberger G'stanzel" wie etwa dieses:

Grüaß die Gott, liabs Gfrießl,
Schwerenots-Lisl,
Millionenschädel, schlamperts Hirn.

Vielmehr: alle drei hier in Frage kommenden, nicht eben kurzen Gassen, die Kirchberggasse, die Gutenberggasse, die Spittelberggasse, am Rande besäumt von rötlichem oder rotem Licht aus den ebenerdigen Fenstern, in welchen die Frauen lagen. Sonst nichts; Stille und Schweigen; die langsamen Schritte der wählenden Passanten wohl zu hören. Das Ganze wie unterirdisch. Das gedämpfte Licht wie leuchtende Fäulnis.

Im Ersten Weltkrieg hat man diesem enteren Grund ein Ende bereitet: „Wegen Seuchengefahr." Er wurde desinfiziert. Was blieb, sind die steinernen Wirtshauszeichen in den alten Gassen und eine im Jahre 1924 als Privatdruck erschienene quellenmäßig profund erarbeitete Monographie von K. Giglleithner und G. Litschauer, aus der wir einige Zitate entnommen haben.

Und noch etwas: ein WC-Deckel. Eines dieser kleinen Häuser hat kürzlich ein hochbegabter junger Wiener Architekt gekauft und adaptieren lassen, ohne doch wesentlich was zu verändern. Es gibt da eine phantastische, hühnerleiterartige, schmale Steintreppe. Das WC war einst wohl nur C ohne W. Es hat einen metallbeschlagenen Deckel: er zeigt die eingekratzten Namen von Besuchern aus gut fünfzig, wenn nicht mehr Jahren. Spittelberger Epigraphik. Sie erinnert an die Pompejanische, auf gewissen Häusern, der wir übrigens einen guten Teil unserer Kenntnis der sogenannten Zweiten Römischen Kursive verdanken.

Es gehört zu den Besonderheiten des jetzigen Wiener Lebens, daß man in ansonst modern eingerichteten Privathäusern und bei jungen Leuten, auf uralte Relikte stößt, die geschätzt, ja geliebt werden. Den Menschen unserer Tage kennzeichnet eine oft heftig auftretende Neigung zum Altmodischen, als hätt' er das Moderne schon bis zum Hals. Das heutige Wien ist ein gutes Beispiel für die Koexistenz verschiedener Zeiten, so wie es ja auch räumlich sehr komplex sich zeigt. Denn in der völlig verschiedenen Aura der einzelnen Bezirke, die also eigentlich Bannkreise sind, liegt ja eine wesentliche Qualität der Stadt: demgegenüber wirken viele deutsche Städte wie ein einziger Bezirk. Sie sind Einzeller. Wien ist so komplex wie das alte bunte Reich, welches nach wie vor hier noch impliziert erscheint. Eine übernationale Stadt; als Nationen fungieren auch gewissermaßen vertretungsweise die Döblinger, Leopoldstädter und Hietzinger. Neue Städte fügen sich an – ob sie in diese Gliederung hineinfinden oder fähig sein werden, auch neue auratische Einheiten bereichernd zu bilden, ist eine noch offene Frage. (Der „foetor conciergicus" übersiedelt auf jeden Fall überallhin mit.) Es liegt eben im Begriffe der Zukunft, durchaus ein Jenseits im Diesseits in bezug auf die Gegenwart zu sein. Also: immer auch enterisch.

WELTSTADT DER GESCHICHTE

Im Frühling am frühen Abend erscheint der Dom manchmal violett, während noch die Lichtkonzerte des Sonnenuntergangs in einer Lücke sichtbar werden, welche durch eine gerade Ausfallstraße zwischen den Häuserblocks entsteht. Der violette Schein schlägt sich empor wie eine Schwinge, die sich hebt, und läßt die Stadt, in welcher schon die Lichter aufflammen, für einige Augenblicke dunkler zurück. Es sind das jene Minuten, die für den Einbruch der Vergangenheit günstig erscheinen. Die Schatten einstigen Lebens treten aus alten Hausfluren, nicht etwa gespenstisch, wohl aber mit einer dichten Anwesenheit, die man auf der Haut spürt, besonders wenn es schon wärmer ist und mit den Schatten ein Block von Kühle aus den alten Häusern dringt. Wir haben in der Nationalbibliothek die Inkunabel II A 5. Es ist ein medizinisches Werk und gehörte einst dem Herrn Doctor Johann Tichtel. Er war Professor der Medizin an der Wiener Universität in den letzten zwei Jahrzehnten vor 1500 und hat also die lange dauernde Belagerung der Stadt durch den Ungarnkönig Matthias Corvinus miterlebt. Tichtel schreibt einmal: „Ich höre den Donner der Geschütze von Korneuburg her." Es muß seine warme Hand auf dem Blatt gelegen haben, deren der Großfolioband sowohl vorne wie hinten mehrere unbedruckt beigebunden enthielt, zum Nachtragen von Ergänzungen und Notizen. Damals hatte Österreich seine heutigen Grenzen, wenn man vom Osten absieht, wo es merkwürdigerweise nach dem Ersten Weltkrieg eine Erweiterung erfahren hat.

Man muß die Hand auf den rauhen kühlen Stein legen, den Stein von irgend etwas, das zufällig stehen geblieben ist, um das Kunststück der Wiedererweckung versuchen zu können. An der Seite des Domes, die gegen das erzbischöfliche Palais zu liegt, findet man einen in die Quadern eingelassenen eisernen Handgriff. Wer ihn zu fassen kriegte, der war zunächst unantastbar und mochte er gleich eben jetzt auf offener Straße einen Menschen erschlagen haben. Dies wirkte die Freistatt des Domes. Neben dem romanischen Hauptportal finden sich zwei eiserne Maßstäbe eingelassen, eine kleine und eine große Elle, und der Kreis daneben bedeutet die richtige Größe eines Brotlaibes. Es waren Altertümer, die schon damals als solche empfunden wurden. Aber der Mensch jener Zeiten kannte sonst den Historismus nicht. Wien um 1400 und Wien um 1500 sind so fundamental nicht verschieden wie das Wien von 1800 und das von 1900, und dies sogar, obwohl vom ersten Drittel jenes 15. Jahrhunderts an das Wahrzeichen die Stadt überragte, welches heute gewissermaßen den Drehpunkt jeder Vorstellung von Wien bildet: der Turm von St. Stephan. Das Jahr 1433 gilt als das seiner Vollendung. Die beste Quelle darüber aber ist eine Papierhandschrift der bayerischen Staatsbibliothek zu München, welche aus Wien stammt und das Jahr 1437 für die Vollendung des Stephansturmes ausweist. Kurz vor dieser Vollendung erfolgte ein Blitzschlag, der die weit fortgeschrittene Arbeit erheblich schädigte.

Wie sich's eigentlich verhält, daß immer was vorgeht und die Oberfläche sich allmählich tiefgründig verwandelt, bleibt unerfaßlich, und es wird uns die Geschichtswissenschaft dabei wenig helfen. Außer Zweifel aber steht, daß alle diese Vorgänge banal waren, so heute wie damals. Die allmähliche Verwandlung einer im Osten des römischen Reiches gelegenen Provinzstadt, die im Graus der Völkerwanderung noch dazu beinahe unsichtbar wird, in ein nach mittelalterlicher Art bevorrechtetes Stadtwesen, mit Stapelrecht, Eigengerichtsbarkeit, eigener Verwaltung, eigener Militärmacht – dieser ganze Prozeß kann nicht anschaulich werden, obwohl wir ihn heute unendlich viel besser und in weitaus mehr Einzelheiten erforscht haben als vor hundert Jahren; ganz zu schweigen davon, daß wir die Geschichte Wiens nach rückwärts erheblich in die Dunkelheit des Frühmittelalters verlängern konnten, während bis dahin eine erst ins 11. Jahrhundert fallende Erwähnung in den Annalen des bayerischen Stiftes Niederaltaich den frühesten Punkt markierte. Aber anschaulich wird das damit noch wenig. So zum Beispiel hat die erste Wienerin, von deren Leben wir wirklich etwas wissen, erst um die Mitte des 15. Jahrhunderts gelebt und im Februar des Jahres 1440 ihr haarsträubendes Abenteuer bestanden: die Entwendung der ungarischen Reichskrone aus dem vielfach gesicherten Krongelasse des Schlosses Visegrád am Donauknie oberhalb Budapests. Da tritt eine Person hervor, die in einer lebendigen, prachtvollen und anschaulichen Sprache ihre Erlebnisse erzählt, und zwar ins Diktat, wie man aus den typischen Diktatfehlern erkennt. Schreiben hat sie wohl nicht können. Sie sagt für „hinunter“ „abher“, und im Wiener Dialekt heißt „hinunter“ heute noch „aba“.

Kleine Verhältnisse freilich, sowohl des römischen Wien – obwohl hier eine Legion lag und der Kaiser Marcus Aurelius aus dem Geschlechte der Antoninen ein philosophisches Buch in dieser Stadt schrieb – als auch der mittelalterlichen Stadt. Sie hatte mitsamt ihrer 1365 gegründeten Universität und den vielen Studenten auch hundert Jahre danach nur etwa 30 000 Einwohner. Der Dom bildete in der Mitte einen riesigen Buckel, und die Stadt mit ihren Befestigungen war zu seinen Füßen versammelt. Von den Vorstädten war wohl die oder jene schon da, wie etwa der IV. Bezirk, die „Wieden“, was nichts anderes ist als die tschechische Bezeichnung für Wien. Dieser IV. Bezirk begann sich unter König Ottokar Premysl von Böhmen zu entwickeln, in welche Zeit ja auch die romanische Anlage des Domes fällt. Der König hat sich um Wien zunächst nicht viel gekümmert, jedoch später die handelspolitisch erstrangige Lage der Stadt erkannt. Warum irgendwo überhaupt eine große Stadt entsteht, läßt sich aber verkehrsgeographisch und wirtschaftspolitisch allein nie ganz ableiten. Ihr genius loci ist jedenfalls älter als sie selbst; und sie markiert nur den Punkt einer Art apriorischen Geographie, die schon vor ihr war und diesen Punkt bereits als einen Schicksalsknoten enthielt.

Dieser Knoten kann sogar schon anschaulich werden, wenn man unvoreingenommen die Landkarte betrachtet. Von zwei Seiten öffnen sich große, von Gebirgswällen umgebene Ländergebiete gegen Wien und die sanfter in die Ebene sich auffächernden Alpen: Ungarn im Bogen der Karpaten und Böhmen. Das Jahr 1526 machte dann diesen Punkt einer apriorischen Geographie auch historisch sichtbar. Als in der Schlacht von Mohács in Südungarn der junge König Ludwig von Ungarn gefallen war, brachten die bestehenden Erbverträge die drei Ländergruppen unter dem Hause Österreich zusammen. Der, besonders in Ungarn, durch lange Zeit noch keineswegs unbestrittene Besitz fiel gleichwohl nie ganz auseinander, konsolidierte sich noch durch die schließlich erfolgreich abgeschlossenen Türkenkriege und überlagerte nun vollends in Österreich das bescheidenere mittelalterliche Fundament. Wien wurde Haupt- und Residenzstadt eines Großreiches, dessen prägenden spanischen Stil schon der Bruder Karls V., Ferdinand I., in's Land brachte, dem diese Besitzungen des Hauses Habsburg zur Regierung übertragen wurden. Er warf die Revolte der landständisch gesonnenen Herren nieder, die freilich erwartet hatten, daß der neue Fürst sie bei ihren Freiheiten halten würde. Aber mit welcher Sympathie immer man diese Auflehnung mittelalterlichen Wesens gegen den neuen Absolutismus ansehen mag: sie stand einer kommenden Zeit und ihren werdenden gewaltigen Gebilden entgegen und im Wege. Von damals aus gesehen, würde man gerne gegen das Haus Habsburg Partei ergreifen. Von heute aus gesehen, kann man ihm die Mission der Errichtung eines übernationalen großen Gebildes nicht absprechen. Es hat unter mancherlei Stößen und Zwängen bis 1918 gedauert. Und erst diese Jahrhunderte haben Wien geprägt.

Und nicht nur durch die barocken Paläste, durch den Prunk der großen Formen eines Riesenreiches, das vom südlichen Meer bis zu den Gletschergebieten und bis in die östlichen Steppen hinein sich erstreckte, sondern vor allem durch das Sichtbarwerden einer Fähigkeit der österreichischen Nation, die eben gerade dieses unter den deutschen Völkern in unvergleichlicher Weise auszeichnet: die Fähigkeit des Aufsaugens, des Empfangens, des Assimilierens aller Buntheiten, welche das große Reich bot, das mit seinem lieblichen Kranze begabter slawischer Völker den Kernteil umlagerte. Eine ständige Anreicherung und Durchdringung von daher hat die Atmosphäre Wiens geschaffen, bis zu einem Optimum, das 1918 längst erreicht war und schließlich von der Übermacht jener einströmenden Vielfalt erdrückt worden wäre. So aber, nachdem Wien und Österreich die äußeren Gefährdungen und Stöße, welchen sie seit dem Ende der kaiserlichen Zeit ausgesetzt waren, schließlich doch überstanden haben, zeigt sich jetzt erst ganz das reife Resultat: eine übernationale Stadt am Rande des deutschen Sprachgebietes.

Das ist es, was Wien von allen Städten unterscheidet, in welchen Deutsch gesprochen wird, in welcher Tonart immer es sei. Diese Stadt hat ihre Rolle als Mittelpunkt eines großen Reiches längst ausgespielt. Aber sie hatte zu jenem kritischen Zeitpunkte schon alle Reichtümer an Landschaften, Völkern, Farben, Gerüchen, an Lebensart und Vielfältigkeit gleichsam von außen nach innen verlegt, bei unermeßlichem Verluste und unermeßlichem Gewinne zugleich.

OUVERTÜRE ZU „DIE STRUDLHOFSTIEGE"

Da ist sie! Neu heraufgetaucht aus den Wassern der Zeit; und dementsprechend frisch, in jedem anhangenden Tropfen blitzend und farbensprühend.

Zum erstenmal geschah mir das 1916, dieses Auftauchen der Strudlhofstiege, fern von hier, in Ostasien.

Ich lebte in einem Kloster, das frei und einsam auf einer Hochfläche lag. Es hieß „Die Artilleriewerkstätte", und eine solche war es tatsächlich einmal gewesen. Während des russisch-japanischen Krieges (1905) hatte man überall längs der transsibirischen Eisenbahn Kasernen, Verpflegspunkte und Nachschubanstalten aufgebaut, so daß bald neben jeder Stadt sich eine zweite erhob, in roten Ziegelbauten, das „Kriegsstädtchen", Woyenni-Gorodok, sei's in Nowo-Nikolajewsk, in Krasnojarsk, oder, ganz im Osten, in Chabarowsk und Krasnaja-Rjetschka. Die Sommer sind in Sibirien sehr heiß. Wenn die Sonne sich neigte, standen die roten Gebäude in einem glühenden Abendbrand. Manche große und abseits liegende Objekte waren umplankt. Hier hatte man die Gefangenen des ersten Weltkrieges untergebracht. Was die Offiziere angeht, so lebten sie bequem, wenn auch, wenigstens in der ersten Zeit, streng abgeschlossen. Die arbeitenden Mannschaften kamen eher mit der russischen und chinesischen Umwelt in Berührung.

Ein solches Haus in der Sonnensattheit, die blauen Glyzinien in den Beeten längs der hohen Umplankung, der weite Handballplatz, der Spazierweg herum ... zwischen den Wachttürmen durch über die stacheldrahtbekrönte Planke blickend, konnte man drüben, in der Richtung des Zusammenflusses der beiden Riesenströme Ussuri und Amur, aber wohl noch weit dahinter, den blauen Schwung von Bergen sehen.

Abends erwachten zahllose Studierlampen in den Sälen und in den kleinen Zimmern.

Ich wohnte zu dritt.

Die anderen beiden Herren sind schon verstorben.

Wie ein Blatt fällt die Entscheidung, schaukelnd, lautlos, nichts klatscht da auf: jetzt liegt sie still, hat die Erde berührt, ist vollzogen und nie mehr rückgängig zu machen.

So erging es mir in jenem oben geschilderten Mileu. Aber im Hintergrund erhob sich dabei die Strudlhofstiege.

Ich erstieg sie avantgardistisch. Man kann hier sehen, daß ein völlig unliterarischer Mensch – ein solcher war ich damals, aus einer reinen Technikerfamilie stammend – eine solche Station durchlaufen muß, sei er auch dicht abgeschlossen von allen Einflüssen. Es muß also das, was man „Avantgardismus“ nennt, in der Mechanik des jungen Geistes einfach angelegt sein. Praktisch hieß avantgardistisch hier: an utopische Möglichkeiten der Prosa, insbesondere des Romans, zu glauben. Als ich viele Jahre später, und längst daheim, bei Georg Lukács (in seiner Theorie des Romans) las, es gäbe keine utopische Prosa, wußte ich das schon längst; und soviel ich damals dem großen Theoretiker zu danken hatte: in diesem einen Punkt brachte ich's schon als Erfahrung mit, ebenso wie mir Gerhart Hauptmann's gesprächsweise Äußerung „wir sind in unseren Ausdrucksmitteln heute im Grunde nicht weiter als Homer“ plan verständlich war. Nur in bezug auf die Ausdrucksmittel meinte er's freilich. Die Situation des Geistes aber ist grundgewandelt, sonst würden wir heute Vers-Epen schreiben und nicht Prosa-Romane.

Ich erstieg sie also avantgardistisch, die Strudlhofstiege, damals in Ostasien, utopisch zugleich und, wenn man will, symphonisch. Mit dem letzteren erkannte ich freilich schon die Aufgabe des Romans, nahm sie alsbald frisch in die Hand, aber verkehrt, wie jemand ein Messer bei der Schneide packt. Ich schnitt mich dann auch gehörig. Aber ich war nicht abzubeuteln. Nun, was will man da schon sagen! Ein literarischer Halbwilder und Fußballspieler, nichts gelesen habend, rundum niemand, der ihn hätte angeleitet.

Aber die Stiege war da, wie frisch erbaut, träufend und glitzernd von Beziehungsreichtum, aus tiefgrünen Wassern der Zeit in hellere Schichten steigend, aus den uralten Stadtteilen „am Thury“ und „Siechenals“ (im Mittelalter stand da am Alsbach ein Spital), Rampe über Rampe, Treppe über Treppe hinaufleitend zum Palais Berchthold und einem kleinen entzückenden Hause gegenüber: sie flankieren die Ankunft auf einer anderen Ebene. Aber was zwischen dieser und der Liechtensteinstraße unten sich erhebt und in Kaskaden wieder hinabfließt, strophengeteilt wie ein Gedicht, das gehört, mag immer wer drübergehn, der tiefsten Einsamkeit an, der kompakten Einsamkeit des Hochsommers, in welcher die Stadt mit sich selbst spricht und ihrer selbst vergessend bei murmelndem Brunnen; ihr Tempo sinkt immer mehr, es sinkt auf Null, die Zeit steht.

Aber auch mir in Ostasien stand ja die Zeit und wurde somit alles präsent und versammelte sich unten vor der Strudlhofstiege. Ich teilte jedoch diese Bühne nicht, wie im Barocktheater, in drei übereinandergelegene Stockwerke; sondern von unten nach oben vollzog ich die Teilung, in drei Stiegen also, auf welchen gleichzeitig meine Handlung sich abspielen sollte, und diese naive Form der Synchronisierung glaubte der neunzehnjährige Halbwilde dadurch bewerkstelligen zu können, daß er in drei Kolumnen nebeneinander schrieb, die er sich auf dem Papier mit einem Lineal vorgezeichnet hatte. Daß man's nur nacheinander und nicht gleichzeitig lesen würde können, bedachte unser Avantgardiste nicht. Unbekannt blieb ihm auch noch, daß es mehrere Methoden der symphonischen Synchronisierung im Roman gibt, die befriedigend wirksam sind: ein Dampfschiff zum Beispiel fährt den Donaukanal hinab, und an zwei zunächst unzusammenhängenden Szenen vorbei, die an verschiedenen Stellen der Uferlände sich abspielen. In jeder Szene kommt das Dampfschiff vor, und inzwischen ein Stück weiter herabgelangt: so fädelt es die Abläufe hintereinander auf und macht deutlich, daß zwischen den beiden Auftritten an verschiedenen Orten nur ein Minutenabstand liegt (Strudlhofstiege 814, 819). Oder es fixiert ein überraschender Platzregen zwei Vorgänge, zwischen denen eine Beziehung nicht besteht, doch zeitlich am gleichen Punkte (Strudlhofstiege 660, 695).

Aber jenem früher gezeigten, technisch verdrehten und dilettantischen Griff entzog sich damals in Ostasien die Strudlhofstiege. Sie erlosch und versank: für 28 Jahre, bis 1944.

Die Gegend, zu welcher seit 1910 die Strudlhofstiege hinunterleitet – vordem gab es hier nur einen buschigen Abhang, wo die Buben Indianer spielten – war im Mittelalter grüne Landschaft, durch die ein freundlicher Fluß zog, die Als. Es war eine lichte Aue, sie wurde „Im oberen Werd“ genannt. In dieser freundlichen Umgebung lag ein Krankenhaus, das Siechhaus zu St. Johannes Baptista, bei welchem sich auch eine gleich benannte Kapelle befunden hat. Daher nannte man diese Gründe auch „Siechenals“. Sonst gab es hier bis zum Ende des Mittelalters keine Verbauung. Während dieser Zeit sind ja nur der dritte und vierte Bezirk (Landstraße und Wieden) geschlossene Vorstädte gewesen, dazu noch die Gegend vor dem „Widmertor“. Vielleicht gab es in Siechenals noch das oder jenes Gehöft. Die erste Türkenbelagerung (1529) hat alledem, und auch dem Spital, ein Ende gemacht. Ihre Folgen für die Umgebung der Stadt waren unvorstellbar. Siegmund Freiherr von Herberstein (1486–1553), der uns originelle und bedeutsame Memoiren hinterlassen hat, die er für seine Nachkommen verfaßte, beschreibt den Zustand der Umgebung Wiens nach Abzug der Türken auf's eindringlichste. Herberstein hatte sich am 2. Juni 1529 in diplomatischer Mission von Wien nach Polen begeben. Er ist von dort am 1. Dezember des gleichen Jahres zurückgekehrt, also ein und einen halben Monat, nachdem die Türken abgezogen waren. Sie hatten am 15. Oktober die Belagerung aufgeben müssen. Herberstein schreibt:

„Am ersten Dezembris gen Wien kommen, das mir gegen die vorige Gestalt fremd anzusehen war. Alle Vorstädt, die nit viel minder gewest sein denn die Recht Stadt (d. h. die eigentliche Stadt) waren alle geschleift und ausgeprenndt, damit der Feind sein Bequemlichkait darin nit haben möcht, und allermeist, damit die Wehrn in eine Enge eingezogen worden (Frontverkürzung). Darzu das Land derselben Enden alles durch den Feind verprenndt, und selten über eines Armbrust-Schuß weit, daß nit ein tot Mensch, Pferd, Schwein oder Kuh gefunden gelegen. Von Wien bis zu der Neustadt (Wiener Neustadt) und neben um allenthalben. Es war erbärmlich zu sehen.“

So also sah es fünfundvierzig Tage nach Abzug des Feindes noch aus. Die Gegend blieb danach durch sehr lange Zeit vollends öde. Erst 1646 erfolgt wieder ein Wohnhausbau; bis dahin gab es in Siechenals immerhin Weingärten. Das erste Haus hier wurde von einem Hofbediensteten Kaiser Ferdinands des Dritten gebaut. Er war ein „Ziegelschaffer“ und hieß Johann Thury. Von ihm behielt die ganze Gegend ihren Namen: „Am Thury“.

1683 war wieder, nach der zweiten Türkenbelagerung, alles hin. Am 12. Juli erschienen die ersten türkischen Vorhuten. Am 13. erst wurden die Vorstädte nidergebrannt; die Vernichtung konnte nicht ganz durchgeführt werden (so etwa blieb jenes Haus auf der Landstraße, in welchem sich heute Metzgers Gasthaus „Zum guten Hirten“ befindet, stehen).

Bis 1850 blieb die Vorstadt „Siechenals", jetzt „Am Thury", selbständig. Dann wurde sie mit dem neunten Bezirk vereinigt.

In diese Gegend hinunter also führt seit 1910 die Strudlhofstiege. Der Abfall des Terrains ist in mehrere Quergänge, man könnte auch sagen Strophen, aufgelöst. Ein musisches Gebilde, das, wie jedes wirkliche Werk der Baukunst, den genius loci sichtbar macht, welcher da vorher schon war. Der Meister der Stiegen, Johann Theodor Jaeger, ist als Obersenatsrat in Wien während des zweiten Weltkrieges gestorben. Er war nicht, wie man nach dem Werke glauben sollte, ein Architekt, sondern ein Ingenieur, und ursprünglich Assistent an der Technischen Hochschule bei der Lehrkanzel für Brückenbau. Es ist bezeichnend, daß er jedoch, wenigstens anfänglich, ein humanistisches Gymnasium besucht hat. Er ist schließlich in den Magistratsdienst gekommen, Abteilung Straßenbau.

Die Strudlhofstiege ist ein humanistisches, ein dichterisches Werk. Übrigens muß Jaeger genau mit den Bedingungen des Steinmetzhandwerks und den Möglichkeiten des Steinschnittes vertraut gewesen sein. Das geht aus dem Konzept hervor. Es gibt auch einen früheren Entwurf von großer Grazie, der von Jaeger nicht ausgeführt worden ist. Er befindet sich heute im Besitze des Heimatmuseums Alsergrund.

Heute also kadenziert die Strudlhofstiege dort hinunter in die alten Gründe „Am Thury". Sie kommt von der einst so genannten Schottenpoint herab, wo sich der Strudlhof befand, erbaut von Peter Reichsfreiherrn von Strudl, kaiserlicher Hof- und Kammermaler; der Künstler hatte sich dort alles geschaffen, wessen er bedurfte, Villa, Atelier und auch etwas Landwirtschaft. Baron Strudl ist 1704 von Leopold I. beauftragt worden, eine Akademie der bildenden Künste nach französischem Muster zu begründen. Die Kunst sollte aus ihrer Abhängigkeit vom Zunftzwang befreit werden. Unter Josef I. wurde dann die Wiener Kunstakademie am 18. Dezember 1705 glänzend eröffnet. Ihr erster Direktor war Peter Freiherr von Strudl. Es gab zwei Klassen für Malerei und eine Bildhauerschule. Die Akademie befand sich im „Schönbrunnerhaus", Tuchlauben Nr. 8.

Der Baron Strudl ist 1717 gestorben. 1713 war der Strudlhof vorübergehend als Pestspital eingerichtet. Was die Akademie betrifft, so hing offenbar alles an der Person des ersten Direktors; es konnte kein tauglicher Ersatzmann für ihn gefunden werden, und zwölf Jahre war die Anstalt ohne Unterricht. Erst 1726 wurde von Karl VI. die Akademie geradezu neuerlich begründet. Die wichtigsten Werke Peter Strudl's in Wien sind das Hauptaltarbild in St. Rochus auf der Landstraße: St. Sebastian und St. Rochus blicken auf Wien herab, das hier in einer sehr schönen zeitgenössischen Ansicht dargestellt erscheint; ferner das Deckenbild im gelben Saal des Palais Eugen in der Himmelpfortgasse (heute Finanzministerium). Dieses Deckengemälde zeigt die Entführung der Orythia, Tochter eines attischen Königs, durch den Windgott Boreas.

Daß ein Roman in ein Tagebuch hineinverschwinden kann, habe ich 1940 als Folge meiner Einrückung zum deutschen Militär erlebt: er fand sogar genügend Platz im Tagebuch und wurde in seinem neuen Raume einem Verfahren ausgesetzt, das ihn für den Autor gerettet hat. So erging es den „Dämonen". Die Entstehung jedoch eines größeren erzählenden Gebildes auf dem Nährboden der Tagebücher ist ein für den Schriftsteller gewöhnlicher Vorgang; dieser dauert so lange, bis die Aussonderung des neuen Gebildes erfolgen muß, weil es sich in den Tagebüchern zu breit macht und sie erdrückt. Bei der „Strudlhofstiege" ist sogar der Fall eingetreten, daß mein Tagebuch aus seinem Raume ganz hinausgedrängt wurde und sich einen anderen suchen mußte, um weiter zu kommen, nämlich einen neuen Manuskriptband: in den bisherigen flegelte sich der Roman hinein, allen Platz beanspruchend. Als die folgenden Notizen geschrieben wurden, wußte ich von der „Strudlhofstiege" noch nichts und hatte überhaupt keinerlei Absicht, einen Roman zu beginnen, was auch schwer möglich gewesen wäre in meiner damaligen Lage, da- und dorthin verschickt gleich einem Postpaket, wie's eben bei Krieg und Militär der geistreiche Brauch ist: und doch mußte es dann möglich sein, denn ich hatte im folgenden kaum fünfzehn Seiten geschrieben, so konstituierte sich plötzlich der Roman. Meine nunmehrigen Leser werden in seinem Quellgebiet schon ihnen bekannte Stellen finden und den Sachverhalt zu deuten wissen.

Mont de Marsan, 6. Dezember 1941

Die untere Währingerstraße, dort, wo sie breit ist, tritt plötzlich nahe heran (und schon auch will's wieder in den Abend zurückfliehen, in's Taubengrau der Dämmerung) sonderlich mit ihren absteigenden Ästen, die vielfach in ein von den einstmaligen Kanälen meines Lebens bewässertes Gebiet hangen und tauchen.

Das Kaminfeuer knistert, als wüßte es alles. Die Scheite, in ihrem Aufeinanderliegen eine Gesellschaft ausmachend, die ihre einverständlichen Gesetze hat, in welche ich nie eindringen werde – die Scheite bilden nur einen Teil der stillen (und höchstens knisternden oder knackenden) Gemeinschaft um uns, deren unverbrüchliches Schweigen mich ahnen läßt, daß sie, tiefer eingetaucht, dem Leben näher sind wie ich, die angeblich toten Dinge, und also durchaus mehr, unvorstellbar mehr darüber wissen als ich, gleichgültig, ob da im gefleckten und geäderten Marmor des Kamins, in den Fasern des Möbelholzes oder dem Metall der Feuerzange gewußt wird. Wirft der Wind einen Laden zu, so ist in diesem eiskalt gesetzmäßigen Geräusche bei Nacht mehr gutes Gewissen und Sicherheit, als in meinem ganzen Leben zusammengenommen je vorhanden war.

Biarritz, 26. Dezember

Ich kehre zu jenem Stadtteil zurück, in welchem ich, soviel mir jetzt erinnerlich ist, nie gewohnt habe, und wo doch fast alles seinen Anfang zu nehmen mir heute scheint, und wo auch vieles geendet hat. Jede vom Aufruf, vom unbegreiflichen, getroffene Stelle unserer Vergangenheit präsentiert sich freilich gleich wie eine Wurzel unseres ganzen Lebens, und wir rufen „das war's“ nur, weil es eben jetzt uns faszinierend plastisch berührt. Ist mir hier aber darum zu tun, Erinnerungen niederzuschreiben? Nicht im geringsten. Ich lasse das Senkblei fallen, es poltert durch seltsam karstisch gewundene verlassene Gänge: darin aber, mich unvermutet anhaltend, scharf beleuchtete Bildergruppen sich öffnen wie auf der „Grottenbahn zum Walfisch“ im berühmten Wiener Wurstelprater, wie in meiner kleinen Erzählung „Der Golf von Neapel“ aus dem Jahre 1932 – sie wird auch bald zehn Jahre alt sein, es ist schauderhaft.

Das Haus Numero vierundzwanzig in der Porzellangasse ist die eine Hälfte eines Doppelgebäudes aus zwei ganz gleichen Häusern, die zusammen ein symmetrisches Gebilde ergeben, eine beängstigende Bauart. Der Architekt hat denn auch Miserowsky geheißen, oder waren es zwei Brüder Miserowsky, wenn ich mich recht entsinne ... vielleicht sind sie Zwillinge gewesen, das möchte am passendsten sein (ganz goetheisch, denn der alte Geheimrat sagte seiner Schwiegertochter, als sie vorschlug, den Tee im Garten beim Schlagen der Nachtigallen zu nehmen: „das möchte artig sein“ – so Herr Eckermann, Bogenschütze und Autor eines Buches „Beiträge zur Poesie“, das der alte Herr alsbald seinem Cotta aufzulasten willens war). Aber ich will hier weder von Eckermann noch von den Brüdern oder Zwillingen Miserowsky reden, sondern von einem Menschen namens E. P., der im Hause Numero vierundvierzig in der Porzellangasse eine Zeit gewohnt hat, ich glaube sogar eine ziemlich lange Zeit ...

Mont de Marsan, 11. März 1942

Warum kommt dieses alles mir jetzt herauf? Warum drängt es mich seit Tagen hier zu Mont de Marsan dieses „Carnet rouge“ zu öffnen, in das ich höchst selten einige Zeilen schreibe und das ich zuletzt vor Monaten in Biarritz verlassen habe? Biarritz ist heller, verstreuter, ein gehaltloser Brei aus Resten verschiedener Zeiten. Freilich, es versteht auch seine Haken und Häkchen zu werfen, die dann im Herzen halten und haften, es versteht auch, an den langen Fäden zu ziehen, die daran sind: etwa die abfallenden Gassen zum Meer; die kleinen Cafés; mein Großvater könnt' mir dort begegnen, der Herr von Hügel (er war oft dort), Henry nannt' er sich, ein kleiner Herr mit großem Lebensstil und einem Spitzbarte à la Henri quatre. Aber dieses Haus hier ist es, zu Mont de Marsan, im tiefen Park der ehemaligen Irrenanstalt („das möchte artig sein!“), die Direktors-Villa, und im besonderen mein Zimmer, ebenerdig. Es war einmal das Speisezimmer. „Vous dormez donc dans la salle à manger“, sagte das Mädchen Yvonne Dufaur, das drüben im Casino serviert. Man kann dergleichen träumen: im Speisezimmer auf dem Tische zu schlafen, während alle um einen herumsitzen und an demselben Tische essen ...

Ryschkowo bei Kursk, 15. Mai

Wo sind hier feste Steine, überhaupt? Auch was ich hier vor mich hin schreibe, ist ja nur eine einzige kleine Probe, ein Probierglas voll, aufgenommen zwischen den Mangrovenwurzeln der Straßen, die dort (rechts abwärts der Währingerstraße) in jenes von den einstigen Kanälen meines Lebens bewässerte Gebiet hangen und tauchen. Das bisherige Dasein ist mir wie ein ungelichteter Urwald, durch dessen Dickicht aber da und dort reinstes Leben in Sonnenstrahlen flüssigen Metalles schlüpft.

Mir ist, als hätt' ich meine halbe Zeit dort unten verbracht. In dieser Niederschrift sagte ich einmal, ich habe dort nie gewohnt, und ich glaubte das wohl auch, als ich so schrieb; man kann im Urwald nicht zwischen allen Stämmen zugleich durchschauen; es sind da immer nur bestimmte Perspektiven möglich, über jene Lichtung, zwischen diesen Büschen, am versumpften Bruch ... wie ich nun jetzt schaue, bei diesem Durchblick grad im Augenblick, da entgeht es mir freilich nicht, daß ich dort unten im Alsergrunde einst gewohnt hab': gegenüber einem der großen Fernbahnhöfe, in einem Hause, dessen Entrée recht prunkvoll sich auftat und das ein enges Stiegenhaus hatte, mit Schnüren und sinnlosen Quasten verziert, in dessen Spindel später noch ein Lift eingebaut worden war ...

Aus solchen Schleiern tauchte sie herauf, und dann war sie da, achtundzwanzig Jahre nach ihrem ersten Erscheinen in Ostasien, die Strudlhofstiege: als eine Gliederung des jähen und also seiner Natur nach stumpfen und brüsken Terrainabfalles wuchs sie empor oder kam sie eigentlich herab, dessen unausführliche und also beinahe nichtssagend-allzufertige Aussage nun in zahlreiche anmutige Wendungen zerlegend, an denen entlang der Blick nicht mehr kurz ab und heruntterglitt, sondern langsam fiel wie ein schaukelndes und zögerndes Herbstblatt. Hier wurde mehr als wortbar, nämlich schaubar deutlich, daß jeder Weg und jeder Pfad (und auch im unsrigen Garten) mehr ist als eine Verbindung zweier Punkte, deren einen man verläßt, um den anderen zu erreichen, sondern eigenen Wesens, und auch mehr als seine Richtung, die ihn nur absteckt, ein Vorwand, der versinken kann noch bei währendem Gehen. Dort oben, wo rechts die ockergelbe, einzeln und turmartig in den blauen Himmel hochgezogene Schulter eines kleinen, tief in sein inneres möbelhaftes Schweigen versunkenen Palais überstiegen und zurückgelassen wurde von einer hohen, in feinste Ästchen aufgelösten Baumkrone vor dem Sommerhimmel: dort oben schwang sich der Abgang zur ersten Rampe herein, würdig und ausholend in den baumreichen Hang, mit flachen, nicht mit steilen, eiligen, mühseligen Treppen.

Hier war empor zu schreiten, hier mußte man herunter gezogen kommen, nicht geschwind hinauf oder herab steigen über die Hühnerleiter formloser Zwecke. Die Stiegen lagen da für jedermann, für's selbstgenuge Pack und Gesindel, aber ihr Bau war bestimmt, sich dem Schritt des Schicksals vorzubereiten, welcher nicht geharnischten Fußes immer gesetzt werden muß, sondern oft fast lautlos auf den leichtesten Sohlen tritt, und in Atlasschuhen, oder mit den Trippelschrittchen eines baren armen Herzens, das tickenden Schlags auf seinen Füßlein läuft, auf winzigen bloßen Herzfüßlein und in seiner Not: auch ihm geben die Stiegen, mit Prunk herabkaskadierend, das Geleit, und sie sind immer da, und sie ermüden nie, uns zu sagen, daß jeder Weg seine eigene Würde hat und auf jeden Fall immer mehr ist als das Ziel. Der Meister der Stiegen hat ein Stückchen unserer millionenfachen Wege in der Großstadt herausgegriffen und uns gezeigt, was in jedem Meter davon steckt an Dignität und Dekor. Und wenn die Rampen flach und schräg ausgreifen und querlaufen am Hange, den zweckhaften Kurzfall und all unsere Hühnerleitern verneinend; wenn ein Gang hier zur Diktion wird auf diesen Bühnen übereinander, und der würdeverlustige Mensch nun geradezu gezwungen erscheint, sein Herabkommen doch ausführlicher vorzutragen trotz aller Herabgekommenheit: so ist damit der tiefste Wille des Meisters der Stiegen erfüllt, nämlich Mitbürgern und Nachfahren die Köstlichkeit all ihrer Wegstücke in allen ihren Tagen auseinanderzulegen und vorzutragen, und diese lange, ausführliche Phrase kadenziert durchzuführen – ein Zwang für trippelnde Herzln und für trampelnde Stiefel – bis herab, auf die Plattform, wo sich um's Gewäsch und Geträtsche des Brunnens die sommerliche Einsamkeit dick sammelt, oder bis ganz unten zur Vase und zur Maske, die in eine warme stille Gasse schaut und ebenso unbegreiflich ist wie ein Lebendiges, sei sie gleich aus Stein.

V.

SEXUALITÄT UND TOTALER STAAT

1.

Allgemein können zwei Arten von Sexualität bemerkt werden, wovon die eine normal zu sein scheint, während die andere entschieden paradoxal ist; keinesfalls aber wird hier behauptet, daß die erste das Feld beherrsche, die zweite darin nur eine Ausnahme bilde. Zwischen durchschnittlichem Sachverhalt und Normalität liegt ein Abgrund von Unterschied: der Durchschnitt läßt sich empirisch-statistisch feststellen, die Norm einer Erscheinung aber nur begrifflich ermitteln. Was nun die Sexualität angeht, so liegt ja ihre Norm klar zutage. Sie ist immer nur durch Zweie realisierbar, normalerweise, ein Zweiter muß dem Einen und Einzelnen hinzugegeben werden von der inappellablen Mechanik des äußeren Lebens. Vieles und Entscheidendes kann man allein, oder besser, ja überhaupt nur allein: denken, schreiben, sich entschließen; aber dieses Eine nur zu zweit; weshalb es denn auf dem geschlechtlichen Gebiete letzten Endes auf dieses Eine allein ankommt. Demnach ist also das Sexuelle vor allem beziehungschaffend, verbindend – und unverbindliche Verbindungen sind mindestens eine contradictio in adjecto – ein „Tu-ismus" (so nennt der alte Lange Feuerbachs Philosophie einmal), im höchsten Grade Gegensatz zu jedem Solipsismus. Man geht da aus sich heraus und in einen anderen hinein, was Charles Baudelaire bewogen hat, die ganze Sache für einen Schriftsteller überhaupt abzulehnen: „Lyrismus des Volkes" nennt er's.

Was bisher gesagt wurde ist nichts weiter als selbstverständlich. Jedoch man blicke unter sich, und schon wird man sehen, wie dünn und durchscheinend jener Boden der Selbstverständlichkeit unter unseren Füßen geworden ist: man wird entdecken, daß uns kaum mehr eine schwache Decke über dem Boden des Irrealen hält, wo normalerweise überhaupt nichts mehr realisiert werden kann und das Sexuelle erst recht nicht.

Schon der zu handliche Name, gleichgültig, ob nun vom sublimeren Griechischen genommen als „Erotik" oder vom derberen Römischen als „Sexualität" (wir werden später sehen, daß beides auf eines hinausläuft) gefährdet jene Realisierung. Man hat diese Namen noch garnicht so lange in abgeschliffenem Gebrauch. Von

Edvard Grieg gibt es ein kleines Klavierstück, das „Erotik" heißt: demnach müßte zu Grieg's Zeiten diese Münze schon courant gewesen sein. Professor Forel's Buch „Die sexuelle Frage" ist nicht lange nach 1900 erstmalig erschienen und hat sicherlich mit dahin gewirkt, das Wort einzuführen und fest mit jenem unbestimmten aber zähen Geflechte von Assoziationen zu verbinden, welches die Bedeutung eines Wortes viel mehr ausmacht als sein eigentlicher Begriff. Bald verstand man unter Sexualität etwas durchaus Seiendes, was Jeder habe, wie ein disponsibles Eigentum, und obendrein als Anspruch. Auf der sozialen Ebene hieß es dann schon „Sexualnot". Und da man immer mehr von „sexuellen Problemen" zu reden begann, so etablierte sich auch bald eine „Sexualwissenschaft", ungefähr am Kreuzungspunkte von Medizin, Biologie, Psychologie, Kulturgeschichte und Soziologie, deren hier heraushängende Endchen sie alsbald mit pornographischen Bändchen verzierte, später aber schon Band auf Band mit geschäftstüchtiger Hand in den Büchermarkt praktizierend. Der kleine alte Fuchs mit seinem monströsen Werk begann's, noch als halbgelehrter Sammler, aber später haben Viele, und keineswegs nur die minderen, mit dem ausgewachsenen Wulffen geheult.

So wurde aus der „Sexualität", die ihrem Wesen nach nicht mehr aber auch nicht weniger als eine zwingende Situation ist, etwas sozusagen Dingliches, eine Institution, auf die man Bezug nehmen, auf die Jeder jederzeit zurückgreifen kann: und aus etwas, das kraft der inappellablen Mechanik des äußeren Lebens uns nur als ein Hinzu-Gegebenes anzutreffen bestimmt ist, immer in konkretester Form, wird jetzt ein anonymer Bedarf und ein Begriff, dessen Konkretion einer suchen geht. Nicht mehr geraten die Menschen unter anderem auch in sexuale Situationen, sondern in alle erdenklichen Situationen eben durch ihre allzusehr beachtete Sexualität.

Aber entscheidend ist hier nicht die helle Beachtung, die „inadäquate Bewußtseinshelligkeit" wie die Psychologen das vielleicht nennen würden, weil sie wohl wissen, daß zu jedem Erlebnis eine angemessene Belichtung gehört, und, wo die überschritten wird, die Seele auch schon aus der relativen Gesundheit fällt: alle Geisteskrankheit läßt sich ja darauf reduzieren, daß einer zu intim mit sich selbst geworden ist. Trotzdem, die Beachtung oder Aufmerksamkeit ist nicht entscheidend, mag ihr gleich die unheimliche Kraft eignen, uns Einzelheiten zu zeigen – die es garnicht gibt ...

Entscheidend allein ist ein bloßes für möglich Halten, ein leises und tief innerliches, daß nämlich man nehmen könne, was nur als ein Hinzu-Gegebenes uns anzutreffen vermag, daß es stets bereit sei, statt für uns nur in einzelnen Fällen bereitet zu werden, daß wir zu bewegen vermöchten, was uns bewegen kann und uns, je nach dem, garnicht bewegen würde.

Das ist hier von Mannsbildern geredet. Die Weiber sind der inkorrupten Natur und der damit, wenigstens als Möglichkeit gegebenen, normalen Mechanik des Geistes etwas näher geblieben (sine merito). Die allgemeine Krankheit der Zeit aber, alles nehmen zu wollen, auch das, was durchaus nur hinzu-gegeben werden kann, führt in die Rand-Situation des Verlustes von dem, wohinzu es gegeben werden könnte; welches aber, um den eigentlich lebensgemäßen Vorgang zu ermöglichen, logischerweise immer vorhanden bleiben muß. Heillosigkeit und Wohlfahrt schließen einander letzten Endes aus.

Wer also nehmen will, was nur hinzu-gegeben werden kann, tut einen fundamental verkehrten Griff in die Mechanik des Lebens. Sie schlägt ihn sogleich zurück, und schon bewegt er sich im Pseudologischen, in einem pseudologischen Raum, möchte man sagen, dessen Koordinatensystem im Handumdrehen erstellt ist.

2.

Aller Lüge, habe sie nun die längsten oder die kürzesten Beine, folgt ihre eigentliche Strafe unmittelbar auf dem Fuße: die Verdummung des Lügners: er wäre es denn aus List, wie Odysseus oder irgendein alter Häuptling der Comanchen, und täuschte nur die anderen, nie sich selbst; er sieht dem Leben voll in's Gesicht, während er lügt, und ist ebenso unverschämt wie einer, der seinem Gegenüber den Rauch der Zigarette gerade in die Augen bläst. Aber der Nebel bewegt sich ja hier zentrifugal, und im Mittelpunkte des Kreises herrscht Klarheit (es gehört schon was dazu, möchten wir beiläufig bemerken!). Anders beim Pseudologen: er vernebelt sich selbst. Bei ihm wird eine zweite Welt errichtet, und keineswegs wird in der ersten, wie sie nun einmal ist, verblieben.

Wenn nun aber die gewaltigste Beziehung des Menschen zur Außenwelt, die ihrer Natur nach zentrifugalste Kategorie des

Lebens, welcher unterworfen man nicht nur aus sich heraus, sondern seelisch und leiblich sogar in einen anderen Menschen hineingeht – wenn diese von der inappellablen Mechanik des äußeren Lebens und ihrer situations-schaffenden Macht beherrschte Kategorie als ein vorweggenommenes anonymes Bedürfnis aufgefaßt wird, wobei dann durchaus möglich erscheint, daß man eben nehme, wessen man zu bedürfen vermeint, den noch unanschaulichen und noch garnicht hinzugegebenen Partner nunmehr suchend: dann allerdings hat man die Lebensmechanik auf diesem Gebiete gründlich ausgerenkt, und geht für sich etwas suchen, wovon man in Gestalt einer konkreten Person angetroffen und in jedem Sinne versucht werden soll. Indessen spielt man lieber Schule, statt die Aufgabe, welche der wirkliche Lehrer stellen wird, zu erwarten. Schon sind hier die Koordinaten eines pseudologischen Raumes errichtet.

Er detailliert sich bald, wie jedes derartige Gebilde. Man lernt sich selbst kennen, seinen Geschmack, seine Wünsche: bald hält man die Teile in der Hand – fehlt leider nur das geistige Band. Wenn zwei solchermaßen mit sich selbst vielmehr als mit dem Anderen vertraut gewordene Partner aneinandergeraten sind, dann umarmen sie einander wohl, aber jeder flieht vor dem Anderen nur in sich selbst zurück, losgerissene und wirklich geraubte Teile vom Bilde eines zweiten Menschen in den bereits recht kompliziert gewordenen Fächern und Fächerchen des eigenen Geschmackes unterbringend, so weit es gehen mag. Vor dem Übrigen muß man nun allerdings die Augen zukneifen. Der bald sichtbar werdende Fehler wird dann im Psychologischen und Physiologischen, kurz, in den Charakteren gesucht, wobei man auf allerlei Art aneinander herumzupft oder gar rupft. Manche erörtern wohl auch in gebildeter Weise ihre Probleme. Aber es sind keine, sondern Schein-Probleme – deshalb auch unlösbar; und es gäbe sie garnicht, hätte man nicht die Mechanik des Lebens irgendwann und irgendwo einmal ausgerenkt, und damit einen pseudologischen Raum, eine zweite Wirklichkeit errichtet: rein dadurch, daß man für möglich hielt zu nehmen, was nur hinzu-gegeben werden kann.

3.

Jeder pseudologische Raum zeigt Zähigkeit; wie in einen Glaskörper elastischer Art eingeschlossen ist diese Welt: ja, es ist eine, es ist eine geschlossene Sphäre! Sie wölbte sich in dem Augenblicke ein, da der Verstoß gegen die Mechanik des Lebens als ihre einzige und widersinnige Voraussetzung geschah. Als nicht mehr lebensgemäß gedacht wurde (was sich besser empfiehlt als denkensgemäß leben zu wollen, weil dieses letztere ein unmöglicher Versuch ist, der am Ende in eine doktrinäre und widerwärtige Personsverfassung hineinführt); als eben dasjenige, was nur vollkonkret hinzugegeben werden kann, unanschaulich und vorwegnehmend in's Auge gefaßt und dem Leben entwendet werden sollte: mit dem Raube – Einzelzüge vom Bilde irgendeines Partners – stürzt der Mensch, nun freilich durchaus solipsistisch, gegen das Zentrum des pseudologischen Raumes zu und in eine steigende Zahl von immer mehr belichteten und aufquellenden Einzelheiten hinein, die es allerdings nur hier, sonst aber auch nirgendwo gibt: weil sie im freien, analogischen Raume, der immer dem Ganzen des Lebens analog ist, an ihren Örtern festgehalten und in ihren Verbänden verknüpft bleiben. Diese gestatten ihnen solche gesonderte Sichtbarkeit nicht: jede Einzelheit ist wirklich nur da durch eine, vermöge der inappellablen Mechanik des äußeren Lebens, wie ein Organismus gewachsene Situation. Hier dagegen, im pseudologischen Raume, hält man die Teile – welche es also doch wirklich gibt! – in der Hand und möchte sie gern organisieren. Nun, ansonst ist alles drinnen zu sehen, was es auch draußen im Analogischen gibt: Tatsachen, Dinge, ihre Verknüpfungen, das Wahrnehmen, Vorstellen und Meinen. Um einen in sich vernünftigen Unsinn zu statuieren, genügt eine einzige widersinnige Prämisse. Das zeigt jede Träumerei. Mit einer solchen Prämisse koppelt man gleichsam eine ganze Garnitur vom fahrenden Zuge des Lebens ab. Alles erscheint also hier, was es draußen auch gibt, nur unter einem anderen Vorzeichen, einem Minus, einem Privativum: So auch eine Sexualität, die eigentlich, wie wir jetzt schon wissen, garkeine ist; aber nicht nur sie, sondern etwa auch eine ebensolche Ordnung wird hier möglich, ein ebensolches Wissen und ebensolche Kenntnisse, und nicht zuletzt eine Sprache: sie hat mit jener der analogischen Welt das gesamte Vokabular und die gesamte Syntax gemeinsam, und doch kann man sich von draußen nach drinnen und von drinnen nach draußen unmöglich verständigen. Aber vor dem Auge der empirischen Psychologie und ihrer Methoden besteht da nicht der mindeste Unterschied, und jene vermag daher hier keineswegs zu unterscheiden, und schon garnicht, den zähen, aber kristallklar-unsichtbaren Glaskörper festzustellen, der diese ganze Welt unter seinem Vorzeichen einschließt. Solches könnte nur die dialektische Psychologie, wenn ihr die geistesmechanische Prämisse des ganzen Phänomens bekannt geworden ist.

4.

Wir sagen hier aber durchaus nicht, daß alle Pseudologie sexuellen Ursprunges sei, also gewissermaßen eine Metastase der Sexualität, wenn diese ihr Vorzeichen wechselt, und damit, recht eigentlich verstanden, anti-sexuell wird, so wie die pseudologische Sprache anti-sprachlich. Die Lüge in der Welt hat ein weit gewaltigeres Pedigree, welches die Orthodoxie kennt und nennt (wir werden uns hüten). Von hier aus gesehen ist freilich das Sexuelle nur ein Anwendungsfall, deren wir andere, und vielleicht noch viel bedenklichere, schon nannten: Vehikel, auf denen das Nichts zu seiner so sehr paradoxen empirischen Erscheinung gelangt. Freilich Blendwerk; aber das macht die Sache keineswegs leichter, sondern noch schwerer und kifflicher: denn wir müssen damit leben.

Jener Anwendungsfall aber ist der unzweifelhaft allgemeinste. Wenn dabei die Fiktion sich einspielt und tiefer einspurt, daß man ein annoch Anonymes selbst und vorzeitig zu benennen und zu verwirklichen vermöchte, so wird die Situation mit ihrer Konkretion, das heißt, der analogische, der „tu-istische" Sexualfall, garnicht mehr eintreten können, weil ihm der Weg verstellt ist: durch das, was einer, seine Velleitäten gegeneinander ausspielend, schließlich als seinen „Typ" herausdividiert hat. Mitunter treten Situation und Konkretion dennoch irgendwo aus dem äußeren Leben hervor und heran; dann kann jener pseudologische Sexual-Popanz überrannt werden. Dieser Fall ist nicht selten. Man pflegt zu sagen, daß die wenigsten Männer eigentlich ihren „Typ" heiraten, anders: häufig siegt dann im wirklichen Leben draußen doch in einzelnen Fällen der „Tu-ismus"; in den mehreren mögen es andere Beweggründe sein. Denn die Vorliebe bildet ein Hindernis vor der Liebe. Und die Meinungen, Sympathien, Antipathien, ja sogar – freilich in Grenzen – einen „Geschmack" im Sexuellen legt man sich leichter zu, als manche vermeinen, so leicht zunächst, als steckte man sich eine Blume in's Knopfloch. Aber diese da hat durch den Rock und selbst durch das uns noch nähere Hemd unversehens Würzelchen geschlagen.

Indessen die unzweifelhaft universale Bedeutung sexualer Voreingenommenheit oder Unvoreingenommenheit für ein ganzes Zeitalter liegt auf einer sublimeren Ebene: nämlich auf jener der stets ansprechbaren Fähigkeit zur offenen Apperception überhaupt oder der Unfähigkeit dazu. Die Apperception (appercipieren kommt von aperte percipere, offen aufnehmen) ist bekanntlich mehr als die sogenannte bloße Perception, also das automatische, materielle Funktionieren der Sinnesorgane auch bei abgewandter Aufmerksamkeit; hier kommt es vergleichsweise zu einem nur mechanischen Kontakt mit der äußeren Welt, einer bloßen Vermischung mit ihr. Die Apperception aber ist dem gegenüber ein Vorgang von gründlicherer, verwandelnder Art, eine chemische Verbindung. Der Sexualakt stellt, unter diesem Winkel gesehen, einen der intensivsten Fälle von Apperception überhaupt dar, eine der mächtigsten Klammern und zugleich Brücken zwischen innen und außen, welche diese beiden analogisch beisammen oder eigentlich übereinander halten, übergreifend, wie die Teile eines Mantels, also immer bei einem Mindestmaße von Deckung; und das heißt hier nichts anderes als: Wirklichkeit.

Wird der Sexualakt paradox, das heißt, nicht aus einer Situation und Konkretion als ein Hinzu-Gegebenes unwidersprechlich erfließend, sondern in der Verlängerung einer unanschaulichen Vorstellung von der eigenen Sexualität aufgesucht und hinzu genommen; kommt also Einer durch eine solche Pseudo-Sexualität in Situationen, statt durch Situationen zur Sexualität, dann kann, weil er in einen pseudologischen Raum sich hinein bewegt, also doch wesentlich allein tun möchte, was man nur zu zweit vermag, ein „Tu-ismus" nicht zustande kommen, weil ja das – vielleicht schon gefundene – Sexualobjekt gar nicht aus der inappellabeln Mechanik des äußeren Lebens hervorgegangen ist. War aber inzwischen etwa ein solches wirklich hervorgegangen, dann wurde es nicht wahrgenommen, ja geradezu durch Apperceptions-Verweigerung abgewiesen. Es unterlag der Verdummung des Lügners, dem tiefen Kernschatten, den jede Pseudologie in's Leben wirft, dem blinden Fleck.

Er deckt immer einen pseudologischen Raum, der habituell geworden ist, schon in den psychischen Haushalt einbezogen, organisiert, wie das die Ärzte bei gewissen Neubildungen nennen, etwa wenn eine große Ziste bereits Adern aufweist, welche sie ernähren. Die Apperceptions-Verweigerung befindet sich zunächst in der Defensive. Erst später kommt sie dahin, im Angriffe die beste Verteidigung zu sehen (stultitia nascens dystrophica, crescens hypertrophica). Wenn Einem etwa mit dem Hinweis auf die normale Mechanik des Geistes nicht mehr geholfen werden kann, weil die Unanschaulichkeit bei ihm habituell geworden und organisiert ist: was anderes bleibt ihm übrig, als diese Ziste, welche man ohne Gefahr des Lebens wegzuschneiden nicht mehr vermag, zu behüten, zu decken, in den Kernschatten der Apperceptions-Verweigerung zu hüllen. Mehrmals gefährdet aber wird man wachsam, am Ende aber haßerfüllt und aggressiv gegen jedes Pänomen und Individuum, das die ursprünglichen und dem Grundplane ungefähr entsprechenden Züge zeigt.

Es ist die moderne Form der Dummheit, auf welche wir hier stoßen, längst keine Eigenschaft mehr, sondern eine Gesinnung und Haltung. Die Dummheit ist hier nicht Dumpfheit, sie ist sehr wachsam, hellhörig, scharfsinnig geworden: ja eigentlich eine Intelligenz mit umgekehrtem Vorzeichen zu nennen. Nur benennt und bekennt sie sich selbst niemals so und überhaupt auf garkeine direkte Weise – sie kann es nicht und kommt nicht in diese Versuchung –, und vielleicht liegt hierin der unausgesetzt wirksame taktische Vorteil der pseudologischen Apperceptions-Verweigerung gegenüber der analogischen Intelligenz: auch die hohe Tugend der discretio hat das Vorzeichen gewechselt.

Die Apperceptions-Verweigerung schützt einen konsolidierten pseudologischen Raum vor der Wiederherstellung des analogischen Grundzustandes.

5.

Diese Wiederherstellung trägt sich unausgesetzt an, sie drückt in jedem Augenblicke gegen die jetzt fixierte Grenze zwischen einem Außen, welches nicht mehr analogisch das Innen übergreifen kann, sondern wirklich an der Grenze der Körperwand halt machen muß, und einem Innen, dessen formale Gleichheit mit jenem nur materiellen Inneren fast perfekt wird. Der gesamte Apparat von Perceptionen spielt klaglos weiter, aber die Chemie der profunden Apperceptionen verschwindet aus dem Haushalt der Seele.

Dennoch läßt die analogische Brandung an den verhärteten Grenzen nicht nach, und es scheint ihr ganz offenbar die Tendenz inne zu wohnen, das Widernatürliche wegzuspülen, damit es zerfalle, sich auflöse und untergehe, wenn schon eine andere Weise der Wiederherstellung des Grundzustandes unmöglich geworden ist: auf diese aber arbeitet am Außenrande der Apperceptions-Verweigerung alles hin, der Anblick von Baum, Busch, Wolke, Hügelkamm und Kindergesicht, am direktesten aber und ganz einbekannter Maßen die analogische Sprache der Intelligenz (hier eben wird deren größte Schwäche sichtbar, nämlich sich selbst früher oder später beim Namen zu nennen), das allerdings nur menschliche Wort, da ja das andere und eigentliche seit langem schon aus einer Art von zunehmender und unüberwindlicher nervöser Abneigung vermieden worden ist oder nur gepflogenheitsmäßig percipiert, was auf eines hinaus kommt.

Jener unausgesetzte Andrang aber bringt die Apperceptions-Verweigerung zum Exceß und zur Aggression, deren eigentliche Tendenz die Vernichtung dessen ist, was nun einmal nicht mehr appercipiert werden kann; und dies ist jetzt schon Alles schlechthin: das Leben also, unser analogisches Dasein, das in Situationen und Konkretionen sich ausspricht und uns nur immer solchermaßen antritt und aufruft, kraft seiner inappellablen Mechanik, nie aber in Form von Unanschaulichkeiten wie „Sexualität", „Ordnung", „Wirtschaft", „Lebensraum" oder „Kultur".

6.

Nach diesem Vorblick auf die geschichtliche Carrière der Apperceptions-Verweigerung kehren wir zu ihrer psychischen Wiege zurück.

Hier zeigte sich, daß in unmeßbar kurzen Augenblicken, die man aber doch als historische wird gelten lassen müssen, die Unanschaulichkeit allmählich habituell geworden ist. Man ist bereits fähig, das Unmögliche sich vorzustellen, das, was nur hinzugegeben werden kann, zu nehmen, das Verbindende, die ganz augenfällige Verbindung, für unverbindlich anzusehen, und eine Situation und Konkretion nicht für das Ergebnis inappellabler Mechanik äußeren Lebens zu halten, sondern für ein Produkt, das man erzielen könne: alles das wird jetzt nicht mehr nur huschend vorgestellt, sondern getan, ja am Ende konstruktiv gedacht, wobei es sich rechtfertigt und konsolidiert. Ein gewisses Maß von Geistes-Schwäche befähigt den Menschen, auch das Unmögliche zu denken. Die Geschichte des Materialismus, mit jener seit jeher vorhandenen Materie, zu welcher die Form nur ein Accidens bilden soll, kann hiefür als bekanntes Beispiel gehen. So auch kann man, was handgreiflich Innen und Außen verbindet, für unverbindlich halten und ohne analogische Situation und Konkretion durch direkte Maßnahmen erreichbar: alles das freilich schon tief im umschließenden pseudologischen Raume.

Er entsteht in dem Augenblicke, wo der Mensch zu haben vermeint, zugänglich einem Rückgriff (bald wird's ihm ein Rückhalt), was er nur bekommen kann durch eine Situation, auf die kein Vorgriff möglich: ihm aber ist möglich geworden, das analogische Band zu durchschneiden.

7.

Wer immer in der Unanschaulichkeit habituell sich beheimatet hat, der hält Unvereinbares für vereinbar, Verbindendes für nicht verbindlich, und das, was nur hinzu-gegeben werden kann, für greifbar; vor allem aber hält er seinen eigenen Verstand für gesund, ja für den einzig wirklich gesunden überhaupt.

Damit ist der Typus des Revolutionärs umschrieben, den vollständig zu beschreiben unsere Sache hier nicht werden soll. Sein aus dem Typus erfließendes, also gewissermaßen apriorisches Dafürhalten ist, daß die Dinge auf der Welt geordnet werden könnten nach Prinzipien, welche in der gleichen Ebene liegen wie die angetroffene Unordnung. Er wird die „Kultur" nach „kulturellen", das soziale Wesen nach sozialen, das sexuelle Unwesen nach sexualen, die ganze Welt nach weltlichen Gesichtspunkten ordnen wollen, und zu diesem Zwecke hat er sie ja so eingeteilt. Das Planimetrische in seinem Konzept ist nicht zu verkennen, und ist zu erkennen als überall stellvertretend für die habituelle und fundamental gewordene Unanschaulichkeit. Nur wer die Bindung von allem und jedem an Situation und Konkretion, also an's Hinzu-Gegebene, an sein Ausbleiben oder seinen gegenwärtigen absoluten Zwang, nicht mehr zu erleben und anzuschauen vermag, und eben so wenig die sanften, immer noch pseudologischen Spielraum gewährenden Zwänge der Mechanik des Geistes (denen ebenfalls keiner entrinnt): nur Einer, in welchem dies alles bis zur völligen Einebnung in eine einzige Ebene zusammengefallen ist, eine Ebene der Namen und Abbildungen: nur ein Solcher wird erfolgreich – im Sinne der Person, nicht der Sache – den Revolutionär machen können, und das heißt: Ungeheures tun innerhalb der plattesten Gemeinverständlichkeit. Denn was sollte überhaupt noch schwierig zu verstehen sein, wenn es durch den bloßen Namen schon zu haben ist ohne den Umweg einer erst zu durchlaufenden Situation und Konkretion? Die Kultur kann da geordnet werden, während man zugleich ihre Voraussetzungen eliminiert, der „Sexualnot" kann gesteuert werden, obgleich die Not ja darin besteht, daß die „Sexualität" eigentlich garkeine mehr ist, ein Soldatenstand kann neu gegründet werden, seinem Wesen nach Executor des Schicksals, das man aber abzuschaffen im Begriffe ist, ebenso wie jeglichen Stand überhaupt, weil in der Planimetrie nichts mehr wirklich steht, sondern alles in eine Ebene zusammenfällt und dort als schematisches Abbild liegt. Ja, der pseudologische Raum ist zweidimensional, er bringt das fertig, weil er kein Raum ist, so wenig wie die verbindende aber unverbindliche Sexualität eine solche eigentlich sein kann. Aber wer etwa stereometrische Körper überhaupt nicht mehr kennte, sondern nur deren Abbildungen in der darstellenden Geometrie: wäre nicht für ihn vorstellbar, daß man einen Würfel, einen Dodekaeder und eine Kugel in eine und in die selbe Ebene legen könne und unterm Arm in eine Mappe davontragen? Indessen, auch auf dieser Ebene, wie auf jeder, kann es zu spezifischer Qualität kommen; und der größte Revolutionär wäre zu bezeichnen als das Genie der Unanschaulichkeit: dieser Ausdruck ist um nichts widersinniger wie das unverbindliche Verbindende.

8.

Habituell wird also der Glaube an die Unanschaulichkeit, das feste Vermeinen, man habe, in ihr sich bewegend, das allein Vernünftige und verbindliche Begriffs-System, von welchem aus sich dann in jedem Falle direkt zu einer Konkretion gelangen ließe.

Diese Konsolidierung gehört zu einer voll ausgebildeten zweiten oder pseudologischen Wirklichkeit; nur ist, was in ihr, ganz wie in der ersten, an vernünftigen Gebilden erscheint, hier nie ein Begriff. Denn ein solcher ist entweder von den Konkretionen abgezogen, abstrakt (wie die Nominalisten vermeinten) oder aber er ist ihnen vorausgesetzt, eine Wesenheit, die unter Umständen konkret erscheinen kann (wie die Realisten das lehrten). Unter allen Umständen aber ist er definierbar und die Definition zeigt seine Essenz: „essentia est, quod per definitionem rei cognitur", sagt der Aquinate. Für den pseudologischen Raum ist es kennzeichnend, daß in ihm begriffsartige Gebilde auftreten, die weder abstrakt sind, noch gleichsam die Mütter von Konkretionen, sondern eine bloße Herabgekommenheit von solchen, Untertatsächlichkeiten, möchte man sagen, und zu den Konkretionen, vergleichsweise im selben Verhältnisse stehend, wie die durch das Gitter des Rostes gefallene Asche im Ofen zu den darüber brennenden Holzscheiten, die nicht hindurchfallen können, weil ihre Form noch vorhanden ist (was ein Revolutionär nie leiden mag). Es gehören jene begriffsartigen Gebilde einem mausgrauen Aschenreiche an, wo freilich alles mit allem zusammenkommen kann, weil nichts mehr es selbst ist. Hier findet man bisher unbekannte Pseudo-Terminos, keineswegs etwa für neue und früher nicht gewesene Dinge, sondern gerade für das Allgemeinste, was immer war: nur kommen Bezeichnungen solcher Art dafür in den voll ausgebildeten Begriffs-Systemen früherer Epochen durchaus nicht vor; und man kann Wörter wie „Kultur" oder „Sexualität" unmöglich in's Griechische, Römische, Mittelhochdeutsche oder Altfranzösische wirklich übersetzen, obwohl's doch zu allen diesen Zeiten am Substrat davon wahrlich nicht gefehlt hat: dort aber fand man – und in den kniffIichsten Eröterungen – durchaus ohne solche Vokabel sein Auskommen. Jene Unübersetzbarkeit ist evident; ebenso evident, wie das Fehlen jedes Weges von der Asche zum Scheit zurück. Der Verdacht liegt nahe, daß in den pseudologischen und Untertatsächlichkeiten oder herabgekommenen Konkretionen zum Kostüme eines Begriffs gelangt ist, was nie ein Begriff werden und nur in jenem mausgrauen Aschenreiche dafür gelten kann, dessen gefügigen Staub die Revolutionäre aufwirbeln.

9.

Der heute fast allgemein gewordenen Art sexueller Appetits- und appetere (ad-petere) heißt anstreben – kommt deshalb eine so ausgebreitete geistesgeschichtliche Bedeutung zu, weil sie allenthalben pseudologische Räume in Unzahl erstellt, die Unanschaulichkeit habituell und die Unansprechbarkeit vom Analogischen her fast absolut gemacht hat. Man sieht da, wie sexuelle Herabgekommenheit das Schicksal eines Erdteils auf weit sublimere Weise mit entscheiden kann als durch Erschlaffung, Entnervung oder wie es da sonst in Geschichtsbüchern über die späten Römer stehen mag. Hier aber wurde rein geistesmechanisch eine Bereitschaft erzeugt und vorgeübt, mit allem und jedem in eine Ebene zusammenzufallen, auf welcher dann wahrlich nichts mehr steht, sondern alles in flächenhaften Idealen versöhnt liegt, unversöhnlich nur gegen die fundamental dem widerstrebende Natur analogischen und anschaulichen Lebens.

So hat denn der Europäer durch lange Zeit den totalen Staat in sexueller Praxis – die freilich bei der überwältigenden Mehrzahl alles andere sozusagen hinter sich herriß – vorgeübt, bis in der Mitte des Erdteils der Einbruch erfolgte, welcher nichts abzuwarten hatte, als eine noch durchaus vom Analogischen, von der wirklichen Geschichte herkommende Situation: jener aber setzte er dann alsbald ein pseudologisches Ende. Was innerhalb Deutschlands von 1933–1945 geschah, wird nur sehr schwer in die Geschichte eingehen können, nicht seiner Schrecklichkeit wegen – damit hat jene immer und überall in reichstem Maße aufzuwarten –, sondern weil es aus einem anderen Stoffe gemacht ist, den die Historia nur sehr allmählich mit ihrem unseligen Schlepp-Gewand wird verweben können; und auch das gewiß nur bei reichlichem analogischem Durchschuß, also eigentlich durch eine Fälschung: Eine Fälschung des nun einmal Phänomen gewesenen Nichts in's Etwas hinüber. Freilich war's Blendwerk; aber das machte und macht die Sache keineswegs leichter und einfacher, sondern noch schwerer und kifflicher: denn wir mußten damit leben und müssen's auf andere Weise heute wieder.

10.

Bei der Auseinandersetzung komplizierterer Sachen gibt es zwei Arten, den sich erhebenden Einwänden zu begegnen, was in jedem Falle geschehen muß, um den Zuhörer oder Leser auf der Gedankenbahn zu halten, die man ihm eröffnen, und zu deren Beschreiten man ihn einladen will: ist sie gar unbequem, dann wird jeder seinen Einwendungen um so lieber Gehör schenken. Zudem ist, was wir selbst denken, fast ausnahmslos für uns lebenswichtiger, als das, was ein Anderer uns vordenkt: und wenn das Zweite das Erste provozieren konnte, so hat jener Andere, streng genommen, seinen Lohn schon dahin.

Man kann Einwände vorwegnehmen; noch kaum Gedachtes widerlegen; das noch zarte Reis abhauen (getrost, es wächst nach!). Die Manier ist nicht nobel. Man überfällt da Einen, bevor er noch aufmarschiert ist: in der gewöhnlichen Dialektik hat's schon was für sich; gegen sich aber vor allem anderen dieses, daß man damit einen Gedanken stört, der eben erst zu sprudeln beginnt und seine Bassins füllen will, um zu Druck zu gelangen, zu Nachdruck und Ausdruck. Man fördert dies aber geradezu, wenn man die eigenen Darlegungen zunächst unbeirrt weiter fortsetzt. Dieses Verfahren könnte man das Stauen von Einwänden nennen. Allerdings hat man es dann mit deren ganzer Wucht zu tun: man zieht am Ende das Wehr oder den Pfropfen, und sie stürzen hervor bis auf den letzten Tropfen und bis auf den Grund; nichts bleibt unerledigt.

Genug gestaut nun.

Die Sache mit den alten Römern ließ doch das Wehr bedenklich erzittern: es gab also sexuelle Herabgekommenheit schon vor Zeiten oder überhaupt immer, die ganze Wollüsterei mit einem Wort, um die so viel Lärm gemacht wird; den totalen Staat aber kennen wir erst heute: wie geht das zu?

Es gab alles immer. Hätte es irgendwas irgendwann überhaupt nicht gegeben, und dafür dann einmal etwas absolut Niedagewesenes: wir wären niemals zu Geschichte gelangt, die ja vor allem anderen Continuität voraus setzt, Gedächtnis. Ein Niedagewesenes hätte diese Continuität aber in zwei Teile zerschlagen: Vorher, Nachher; es wäre zudem für die Zeitgenossen nicht nur unverständlich, sondern überhaupt auf keine Weise aufzufassen und zu erleben gewesen: für die Nachfahren jedoch, wenn man nun trotzdem annimmt, es sei in ihr Dasein eingegangen, hätte damit dasjenige ihrer Vorfahren jede Begreiflichkeit und jede Beziehung zu ihnen selbst verloren. Selbst der gewaltigste Einhieb in die historische Continuität, der noch heute unsere Jahreszählung teilt, erschien unter bekannten Bildern und altvertrauter Sprache.

Aber er zeigt zugleich schon die äußerste Grenze geschichtlichen Lebens, das hier immer noch erfüllt und nicht aufgehoben ward: die Unvergleichbarkeit, welche da eintritt.

Diese Unvergleichbarkeit bildet den einen unentbehrlichen Pol, die Vergleichbarkeit den anderen. Jeder Augenblick der Geschichte und unseres eigenen Lebensablaufes ist ein Punkt auf der Koordinate der Vergleichbarkeit, geschnitten von der Abszisse des Unvergleichlichen, das ebenfalls unter allen Umständen erhalten bleibt.

Unter Geschichte versteht man also die Kenntnis von dem, was immer einzigartig und immer vergleichbar in einem ist. (Res gestae comparabiles et ineffabiles simul.)

Es gab alles immer, sagen wir daher mit Recht; und nichts ist schon dagewesen, fügen wir mit demselben Rechte hinzu. Das zu allen Zeiten denkbare Bereitliegen der ganzen Klaviatur aber, mit ihren sämtlichen Oktaven, macht doch noch keine Musik, so wenig wie das vollständige Wörterbuch einer Sprache deren Literatur enthält, mag sie auch für den gemeinen Verstand gewissermaßen darin stecken: beides ist durchaus außerhalb des Lebens, weitab von Situation und Konkretion mit ihrer Befangenheit, die niemals einen solchen unverbindlichen und wählenden Rundblick auf alle im guten und bösen bestehenden Möglichkeiten gestattet hat, sondern immer eine präformierte Optik aufzwingt, einen Blick durch Schlitze, in seltsamen Figuren ausgeschnitten für jedes Zeitalter, jedem aber mit dem ihm zugedachten Beispiel die Möglichkeit größter schöpferischer Leistung eröffnend und damit das Vollkommenste und Vollständigste, was es geben kann.

Daß eine Taste da liegt, heißt noch nicht, daß sie auch angeschlagen wird, daß eine Möglichkeit denkensgemäß vorhanden war, heißt noch nicht, daß sie ergriffen werden konnte, denn nur

Situation und Konkretion hätten vermocht sie in's Sehfeld zu bringen: hierin war man bis nun geistesmechanisch in Ordnung. Erst wir werden durch Untertatsächlichkeiten zu Aktionen veranlaßt, und tun was um der „Sexualität", der „Kultur" oder um des „Lebensraumes" willen. Das Unanschauliche als Motiv und Gesinnung, ja geradezu als Stil des Denkens, ist die kranke, die eingebrochene und geknickte Stelle unserer Zeit und zugleich ihre Besonderheit, nach welcher sie bestimmt einmal benannt werden wird.

Gerade die Unanschaulichkeit aber wird man dem griechisch-römischen Altertum schwerlich nachsagen können; da wir nun aber ihre eigentliche Herkunft in unserer Zeit jetzt schon zu kennen vermeinen, so muß es sich mit der sexuellen Herabgekommenheit bei den Alten anders verhalten haben als mit der unsrigen; deren Grundform nämlich ist das Zurückweichen vor der Realität in einen pseudologischen Raum: also ein sozusagen dystrophierendes Verhalten. Setzen wir dazu das Gegenteil, also ein keineswegs gesuchtes, sondern spontan bei jeder Gelegenheit erfolgendes Vorbrechen formlos gewordener Kraft in die Außenwelt, bis zur völligen Verflachung, Zersplitterung und bis zur „Entnervung": dann kommen wir mit diesem hypertrophischen Bilde dem späteren römischen Altertum vielleicht näher.

Dies getan, wird uns die Tatsache weniger erstaunlich sein, daß eine Epoche, die sich obendrein seit langem im Besitz einer völlig ausgebildeten und konsequent durchdachten Theorie des totalen Staates befand (Platon), niemals den geringsten Versuch zu seiner Verwirklichung unternahm. Die innerhalb der Anschaulichkeit, also einer nicht geminderten Wirklichkeit, liegenden Herrschaftsformen der Despotie, Tyrannis, absoluten Monarchie oder Diktatur aber können mit dem totalen Staat und seinem pseudologischen Ursprunge schwerlich in Zusammenhang gebracht werden.

II.

Nichts ist schon dagewesen und alles hat es schon immer gegeben. Wäre dem nicht so und wäre auf allen denkbaren, möglichen und vorhandenen Tasten immer zugleich und gleichmäßig gespielt worden, statt mit dahin oder dorthin vorwiegend verlegter Betonung und in immer neuen Akkordgruppen, die zwar aus den sieben Tönen bestanden, aber von ihnen so verschieden waren wie eine chemische Verbindung von ihren Bestandteilen: wäre dem nicht immer so gewesen, dann hätte sich die ganze Weltgeschichte in einem Augenblicke zugleich abspielen müssen, ein gräßlicher Galimathias, in welchem die angeblich besonders schöne Nase der Cleopatra etwa zusammengeraten wäre mit den geharnischten Beinen Kaiser Heinrich's des Siebenten auf seinem Römerzuge: und wohin anders sollte eine derartige Situation auch führen? Zum Zusammenbruche, zum Herausgebrochen-Sein von Allem und Jedem aus Situation und Konkretion, zum Zusammenfallen in eine Ebene und am Ende in einen einzigen Punkt, zur totalen Geschichte; und man sieht es an der Nase der Cleopatra und den Beinen Heinrich's VII., was alsdann aus der Menschheit Erinnerungen würde: eine Art Abraum vom Kostümball der Weltgeschichte, gerade gut genug noch zu musealen Beständen des totalen Staates, der sie nun endlich auch den besitzlosen Schichten darbieten könnte, welchen sie bisher von den Provokateuren der herrschenden Klasse vorenthalten worden waren.

Der Einwand, welcher da früher gestaut wurde, kam also doch ein wenig aus der Unanschaulichkeit und damit auch aus dem Unkontrolliert-Revolutionären; vielleicht wird man dies jetzt bis zu einem gewissen Grade sogar einräumen wollen. Ein triviales Beispiel aber dient unter Umständen besser wie die Umschreibung. Bekannt ist jedermann, daß im römischen Weltreich der Straßenbau eine hohe Vollendung erreicht hatte; ebenso, daß man Truppenverschiebungen über größte Entfernungen vornahm. Die Legionen marschierten zu Fuß. Rom befand sich im Besitze der besten damaligen Pferdezucht-Länder, zum Beispiel Thrakiens. Gleichwohl liest man nirgends von einem durchgreifenden Versuche, die Truppen, wenigstens für Marschzwecke, beritten zu machen, was zweifellos schnellere Fortbewegung und geringere Beanspruchung bedeutet hätte. Die Kavallerie als solche spielte im römischen Militärwesen und in dessen Taktik eine untergeordnete Rolle; man verwendete keinen eigentlichen Sattel und auch keine Steigbügel; beides bei östlichen Völkern kennen zu lernen, und dann zu übernehmen, hat man wohl zweifellos Gelegenheit gehabt; und was alles lernte man nicht kennen und übernahm es, von der griechischen Philosophie bis zu gallischen Trachten! Aber eine zu Pferd marschierende Legion: diese Möglichkeit rückte offenbar garnicht in's Sehfeld für eine solche Menschheit höchst unromantischer Art, wirklich mit Beinen von Eisen auf dieser Erde stehend. Die durchgebildete Militärverwaltung einer hochzivilisierten Weltmacht verfiel also garnie auf den einfachen Gedanken, Truppenverschiebungen mittels des vorhandenen Pferdemateriales zu beschleunigen! Im primitiven Deutschland des frühen Mittelalters aber haben sie unter Heinrich dem Ersten, welcher sich der Ungarn erwehren mußte, das Aufsitzen innerhalb weniger Jahre erlernt; und von da an ist ein mittelalterliches Heer zu Fuß für lange Zeit nicht mehr gut vorstellbar, auch als die Ungarn längst gebändigt waren.

Oder etwa: kann jemand im Ernste vermeinen, daß es den Alten, von deren Errungenschaften wir heute noch leben, an der Intelligenz gefehlt habe, um eine Dampfmaschine zu konstruieren? Eine derartige Vorstellung ist angesichts der Leistungen römischer Ingenieure im Straßen-, Brücken- und Tunnel-Bau schlichthin abseitig. Die Dampfkraft war zudem bekannt. Nimmt man's rein denkensgemäß, dann müßte vieles vom Heutigen den Alten offen vor Augen gelegen haben; aber ihr Sehschlitz, sozusagen, war gänzlich anders geschnitten, die Betonung anderswohin verlegt; und über ihre hochentwickelte Technik sagen sie uns sehr wenig, sie scheint ihnen, als rein zweckhaft, offenbar allzu selbstverständlich. Hintennach also kann man, wie sich zeigt, jeden Kurz-Schluß in der Vorstellung vollziehen – und bereits pseudologisch – wenn die trennenden Wände der Befangenheit nicht mehr dicht halten oder ganz gefallen sind: so geht's ja auch im Leben des Einzelnen. Jedoch, wenn Leben gegenwärtig ist, dann ist damit notwendig auch irgendein Zustand gegeben, und das bedeutet, psychologisch ausgedrückt: Befangenheit. Sie ist unentbehrlich, ebenso bei der Erfindung einer neuen Rechnungsart, wie um sich zu verlieben. Sie ist das Letzte, Zäheste und Undefinierbarste jeder Situation und Konkretion; und daß sie zum Leben unbedingt erforderlich sei – mache sie uns gleich manchmal so sehr Angst, daß wir sie zerreißen möchten – dies deutet uns schon die Gas- und Lufthülle um unseren Planeten an, ohne welche wir auf keinen Fall zu existieren vermöchten.

12.

Damit nun, so hoffen wir, ist das gestaute Becken des bewußten Einwandes abgelassen und ausgelaufen; und wir kehren aus der leidigen Vergangenheit wieder in eine kaum leidlichere Gegenwart zurück und zunächst für ein ganz kurzes noch zum totalen Staate, der ja nicht an und für sich, sondern nur hinsichtlich seiner psychischen Ermöglichung betrachtet werden sollte. Denn daß er überhaupt möglich wurde: hierin liegt das Problem, nie in ihm selbst; letzteres wäre ein Scheinproblem. Das Aufsuchen der Ermöglichung eines Zustandes, in welchem wir uns selbst sozusagen nicht mehr verstehen, ist der einzige Weg, wie ein solches Phänomen wieder an die analogische Wirklichkeit herangebracht werden und der en masse erlittene Personsverlust wieder aufgehoben werden kann.

Denn der totale Staat ist garnichts anderes als der Zusammenfall ,zahlloser pseudologischer Räume und ihre Konsolidierung in einem einzigen ungeheuer dickwandigen, was die Unansprechbarkeit aller darin Eingeschlossenen zur Folge hat (Einzelne mögen sich noch so sehr wehren, sie rollen in dieser riesigen Tonne mit bergab). Der, im Hinblick auf den eigentlichen Lebensgrund analogischer Wirklichkeit, doppelte Boden wird bald so dick, daß man ihn innerhalb für einen einfachen hält und also für den eigentlichen, welcher aber draußen ist und mit den jeweiligen Unebenheiten des wirklichen geschichtlichen Terrains den Lauf unserer Tonne bestimmt. Die der allerkleinsten Lüge im alltäglichen Leben schon unweigerlich auf den Fuße folgende Strafe der Verdummung des Lügners – sie ist, mindestens in Spuren, stets spürbar – schafft innerhalb eines riesenhaften pseudologischen Raumes auch einen scheinbar universalen Zustand: der totale Staat ist konsolidierte Apperceptions-Verweigerung: somit eine zweite Wirklichkeit.

Diese Vorstellung aber muß für den Europäer zuletzt unvollziehbar bleiben, er hörte denn auf einer zu sein, und damit ein Grieche und Römer. Die bedingungslose Ablehnung dieses Unvollziehbaren ist ihrem Begriffe gemäß freilich auch ganz unabhängig zu denken von dessen etwa auftretender Prosperität. Etsi prodesset erpugnandum.

13.

Zurück zur psychologischen Wiege, wo der Wechselbalg aus Nichts und Etwas so klein noch liegt. Die Apperceptions-Verweigerung ist eine spontan auftretende krampfartige Bewegung der Seele. Sie schließt den Sack des pseudologischen Raumes – Vorgebild der bewußten Tonne – wie mit einem elastischen Ring. Was nun folgt, ist eine Art invertierter Apperception: der Zwang zur Vereinzelung des Einzelnen im Einzelsten ... man möchte sich hier einen Knopf in die Zunge machen und eine vierte Steigerungs-Stufe über den Superlativ hinaus erfinden, den Exaggerativ, den Vexativ, den Schnupperlativ – denn jede Apperceptions-Verweigerung schreit auch bald nach der Polizei, und noch beim jüngsten Gericht werden diese Leute nach ihr schreien, wenn sie einer anpackt mit Klauen und Zahn, der aus dem Boden gestiegen ist: der erste Dämon. Man kann ihn nicht mehr verhaften lassen, sondern bleibt selbst unwiderruflich verhaftet. Genug! Im pseudologischen Raume geht, um im Geiste Johann Nestroy's zu reden, die Unterscheidung zwischen dem Notwendigen und dem Überflüssigen auf jeden Fall verloren. Man tadelt das dann als eine der Schwächen des totalen Staates: seine Überorganisation. Aber es gibt hier garnichts zu tadeln: denn er ist sie selbst; und jede Besserung wäre hier noch schlimmer als die Diskutierung eines Scheinproblems: nämlich gar ein Versuch zu seiner praktischen Lösung; etwa in Gestalt einer Überwachung des Superlativs durch den Schnupperlativ, des Schnupperlativs durch den Vexativ, und so weiter, bis zum Tormentativ und zur äußersten Spitze des Bockshorns, in welches man peinigungsweise hier gejagt wird. Und das alles nur zum Zwecke einer Verweigerung der Apperception eines doppelten Bodens, dessen hohler Ton beim Herumtrampeln doch immer wieder gehört wird.

Aber alles das geschieht schon beim einzelnen Menschen so, und wir bedürfen an der reizenden Wiege, an welcher wir stehen, garkeines Zweiten und also überhaupt nicht der sozialen Ebene, um das, worauf es hier allein ankommt, in's Auge zu fassen: die falsche Ausführlichkeit; das Sehen von Einzelheiten, die es garnicht gibt; der Verlust jeder Form und damit das Durchfallen zwischen dem Gitter des Rostes in den Aschenkasten der Untertatsächlichkeiten, die dort als „Kultur", „Weltanschauung", oder sonst in einer der Varietäten von Halb-Bildung, miteinander in

Diskussionen geraten; der Sturz hinter den voranstürzenden Einzelheiten her gegen den imaginären Mittelpunkt eines zweidimensionalen Raumes; die inadäquate Bewußtseinshelligkeit – kurz, das Draußen- und Einzel-Sein von allem und jedem aus dem Leben: das pseudologische Explicite, die Verdummung des Lügners.

Aber das Leben ist uns impliciert gegeben, und wem die Knochen in der eben beschriebenen Weise unförmig aus dem Leibe stehen, der wird es nicht mehr lange haben, auch nicht, wenn er es durch eminente fachwissenschaftliche Leistungen bis in's Letzte und Allerletzte zu fixieren, zu vexieren, zu tormentieren sich bestrebt.

Dieses analogische Implicite, wobei die Einzelheiten sich von selbst fügen und ergeben, alle gleichsam glattgekämmt in der natürlichen Fallrichtung und Flußrichtung der Sachen, ist die einzige Möglichkeit, den Eierkorb des Lebens einigermaßen heil und ohne allzugroße Verluste durch's Gedränge der Zeiten zu bringen. Nur so gelangt man zu Form, die allein vermag, zahllose gerade kleine Strecken des Einzelnen und des Einzelsten in die Kurve des wirklichen und analogischen Geschehens zu schmelzen: und diese allein ist es letzten Endes, was wir an den vergangenen großen Zeiten bewundern, ja, was die Größe solcher Zeiten auf dem untersten Grunde unserer Vorstellung eigentlich ausmacht; wobei wir ebenso profund wissen, daß jene peinigungsweise denselben zehntausend Teufeln ausgesetzt waren, wie wir: aber es gelang diesen eben nicht, den Argonauten einzureden, daß vor der Einschiffung nach Kolchis unter anderem festgelegt werden müsse, wer von den Männern ein Rasierzeug mitzunehmen habe, und wenn nur jeder Zweite, ob es dann mit dem Vordermann auf der Ruderbank gemeinsam zu benutzen sei oder mit dem korrespondierenden Ruderer auf der anderen Seite; schließlich, wie es der Steuermann diesbezüglich zu halten, beziehungsweise an wen er sich in puncto Rasieren zu halten habe, zunächst ganz allgemein, ob an die linke oder rechte Seite, in Richtung der Fahrt gesehen, ob man also backbords oder steuerbords für die Sicherstellung der erforderlichen Utensilien zur Sicherstellung glatter Backen zuständig, oder überhaupt der Steuermann auf eine Eigen-Ausstattung zu verweisen sei, oder aber allenfalls eine alternative Beistellung der erforderlichen Geräte von Steuerbord und Backbord her Platz zu greifen habe? Weil sie das alles aber weder mündlich noch schriftlich festlegten, gelangten sie nach Kolchis und gewannen das goldene Vlies, das heute noch in der Sauce unserer Allgemeinbildung herumschwimmt, welche betrübliche Form die Unsterblichkeit der Argonauten erst seit dem vorigen Jahrhundert angenommen hat, als ein Geschlecht erstand, das fähig wurde, auch über die diesbezüglichen Rasierpinsel jeder Art quellenkritisch und tormentativ nachzudenken, hierin, wie in allem, in's greulichste Explicite gehend; bis der alte Vischer („mit V“) die Sachen in die Hand nahm und in seinem Buche „Auch Einer“ nachzuweisen suchte, daß die ganze sogenannte Weltgeschichte nichts anderes sei als ein Werk der obangezeigten zehntausend Teufel.

Aber das ist sie nicht, und es scheint nur so in den Pausen, wenn ihr der Atem einmal ausgeht, der sonst alles vor sich hertreibt und durchbläst und durchkämmt.

14.

Oder: alle Sexualität, soweit sie nicht anti-sexuell wird, ist erotisch; man entschuldige diesen Gedankensprung, der keiner ist, an der Wiege des totalen Staates. Anders: der Sozialismus tritt auf, wenn der Tu-ismus Innen und Außen nicht mehr analogisch bindet, ähnlich dem Nationalismus, welcher nur dann erscheint, wenn die Nationen fragwürdig geworden sind.

Es ist das pseudologische Explicite, jene falsche Ausführlichkeit im vom übrigen Leben separierten und schon organisierten pseudologischen Raum, die zweite schwere plaga unseres Übergangs-Zeitalters der Unanschaulichkeit, das, von Situation und Konkretion allenthalben losgerissen, öffentlich und tormentativ nichts anderes tut, als was es schon in der Wiege an Unarten übte. Ein einziger solcher Scheinbegriff wie „Kultur“ oder „Sexualität“, einmal untergeschoben statt einer echten Abstraktion, mußte den Sturz gegen die imaginäre Mitte eines pseudologischen Raumes eröffnen, in welchen man sich jetzt schon geradezu einbohrt: und was erst nur Taubheit gegen die leisen Warnungen des Gewissens war, ist jetzt schon zur dickwandigsten Blindheit gegenüber handfesten Fakten geworden: sie können keinen Eindruck mehr erzeugen, die zweite Wirklichkeit hat sich consolidiert und ist nun von der ersten her ganz unansprechbar.

Denn schon bei der Bildung eines pseudologischen Raumes erscheint es formal freilich gleichgültig, ob ein äußerer Sachverhalt oder eine innere Wahrnehmung depercipiert werden, ob man sich von der Außenwelt oder von der Innenwelt isoliert und abschnürt: beides geschieht jedenfalls innerhalb der Seele; und wer dabei glaubte, sich ganz auf äußere Tatsachen zu stützen, der stürzt in Wahrheit ebenso in das pseudologische Explicite eines nicht mehr analogischen und sozusagen rein materiellen Innen, wie jener Narr, der es fertig gebracht hat, sich durch eine einzige pseudologische Prämisse vom Zuge der äußeren Verkettungen abzukoppeln, die er alsbald und weiterhin garnicht mehr aufzufassen vermag; denn nicht nur für Argumentationen, auch für Fakten wird die Apperceptions-Verweigerung unansprechbar: ja, damit erst erfüllt sie recht eigentlich ihren Begriff.

15.

Wir sind zu Ende und fragen noch, warum uns das auferlegt worden ist: diese ganz besondere Aufgabe? Aber damit ist die Antwort schon gegeben.

Denn jene Aufgabe wäre in unsere Optik nicht getreten und nicht vor unseren derzeitigen Sehschlitz, wär' nicht auch die entscheidende Zeit und damit die Möglichkeit da für ihre Lösung.

Die zahlreichen Ausrenkungen und Wieder-Einrenkungen einer langen Geistesgeschichte haben uns die Pflicht auferlegt, endlich nach der Mechanik dieses Geistes selbst zu fragen, gegen welche wir – da sie denn weit nachgiebiger und deshalb unbekannter ist, als die der Muskeln und des Knochengerüstes – bis zum Auseinanderbrechen verstießen; aber der klaffende Spalt gewährt jetzt die Einsicht, und das jenseits der empirischen Psychologie, ebenso wie abseits der erkenntnistheoretischen Spekulation: „Il y a sans doute dans l'esprit une espèce de mécanique céleste, dont il ne faut pas être honteux, mais tirer le parti le plus glorieux, comme les médecins de la mécanique du corps", sagt Baudelaire in den „Ratschlägen an junge Schriftsteller", welche Stelle übersetzt etwa lautet: „Sicherlich gibt es im Geist eine Art von himmlischer Mechanik, deren man sich nicht schämen, sondern aus welcher man sein glorreichstes Teil ziehen soll, wie die Ärzte aus der Mechanik des Körpers." Anders: wir sind heute, wie noch kein

Zeitalter vor uns, in die Lage versetzt, die Art des Zustandekommens schwerer Häresien zu erkennen, und damit das Leck, durch welches unmeßbare Kräfte dem Menschen versickern: erspart würden sie ohne Zweifel genügen, seine wesentlichen Aufgaben in der ruhmvollsten Weise zu erfüllen. Il faut en tirer le parti le plus glorieux.

ANHANG

NACHWORT DES HERAUSGEBERS

„Alle Abstraktionen stammen aus dem Sumpf und die der größten Denker aus dem allertiefsten, dem zu entrinnen sie als Vehikel gebraucht wurden. Damit ist schon gesagt, daß ich wahrhaftig jene Denker weder verleugnen noch kassieren will, den Aristoteles nicht, den Thomas nicht, und überhaupt keinen, auch den von Königsberg nicht, wenngleich ich wahrhaftig kein Idealist bin. Aber niemand wird mich vermögen, die flächigen, zweidimensionalen Spiele, die heute von 1000 deutschen Essay-Federn getrieben werden, für einen echten Umgang mit Abstraktionen zu halten und am allerwenigsten solche Ausdrücke wie ‚kulturell', ‚Sexualität' oder ‚europäisch'. Das alles ist mir einfach zu viel geworden, und darum schrieb ich auch mit ‚Sexualität und totaler Staat' keineswegs einen Essay, sondern einen *Traktat*, eine heute fast unbekannte Form, ..."

So markiert Doderer in einem Briefkonzept vom 3. 8. 1966 an Hans Paeschke, den Herausgeber der Zeitschrift „Merkur", durch namentliche Nennung einiger Antezedenten seine Position als Denker, zugleich aber auch die formale Kategorie, die zur Gestaltung dieser Position für ihn Gültigkeit hat. Es wären nicht Essays, sondern Traktate. Das ist allerdings weniger eine positive Bestimmung des Genres, als eine bewußte Abgrenzung von der theoretischen Prosa anderer Schriftsteller; so wie Doderer die Artikel des „Repertoriums" nicht als Aphorismen bezeichnet wissen wollte, sollen diese Schriften auch durch die Terminologie vom üblichen Essayismus abgegrenzt werden. Doch wäre es verfehlt, ein vom Autor festgefügtes terminologisches System anzunehmen. Hat er doch selbst an entscheidender Stelle den „Essay als die Kunstform des Kritikers" bezeichnet; man kann daher auch getrost für die hier vereinigten Schriften diesen Terminus anwenden.

Den Maßstab, den Doderer durch Verweis auf Aristoteles, Thomas von Aquin und Kant sich selbst für seine theoretischen Schriften gesetzt hat, darf man freilich nicht allen seinen essayistischen Veröffentlichungen anlegen. Die Schwierigkeit, diese Studien zu gruppieren, erhellt nicht zuletzt daraus, daß sie alle unter dem von Doderer angedeuteten Aspekt rein philosophischer Betrachtungsweise her gelesen sein wollen. Selbst wenn der einzelnen Studie ein Sachbereich vorgegeben ist, der vom Vertreter einer Einzelwissenschaft behandelt gehörte, so versucht Doderer stets, sich eben von der Einzelwissenschaft zu distanzieren und auf die Problematik zu verweisen, der die Einzelwissenschaft untergeordnet ist. Er lehnt es wiederholt ab, als Psychologe, Historiker oder gar Literarhistoriker bezeichnet zu werden. Ein Problem könne nicht auf der Ebene gelöst werden, auf der man es antrifft, und daher muß die Enge der Einzelwissenschaft in jedem Falle überwunden werden. Jedes Stoffgebiet wird somit zu einem anderen hin durchlässig; so können die zahlreichen Wiederholungen von einzelnen Formulierungen, Zitaten und sogar umfänglichen Partien in auf den ersten Blick ganz verschiedenen Zusammenhängen in diesem Band nicht nur gerechtfertigt, sondern auch als aufschlußreicher Fingerzeig auf Doderers Denkweise erklärt werden: Diese Wiederholungen sind der Kreuzungspunkt der Gedankenstränge und an der verbalen Fixierung wird die Beziehung der einzelnen Themenkreise offenbar. Wörtliche Übereinstimmungen mit den Romanen, dem „Repertorium“ und den „Tangenten“ ließen sich ebenso zahlreich aufweisen, und wenn der „Roman als Wissenschaft vom Leben“ apostrophiert wird, so erklärt das, welche Funktion Wissenschaft für den Schriftsteller hat.

Wenn Doderer auch immer zur übergeordneten Analogie vorstoßen will, so ist ihm doch wenig so zuwider wie jene verflachenden Abstraktionen, die das Allgemeine bloß vortäuschen. Daher hatte Doderer vom Romancier zu wiederholten Malen profunde Einzelkenntnisse gefordert und den Schriftsteller als einen Menschen definiert, der alles zu wissen hat, weil er aber das nicht könne, ein Mensch mit dauernd schlechtem Gewissen wäre. Auch als Essayist strebt Doderer in gleichem Maße Totalität an und gebraucht, um das zuwege zu bringen, die eine oder andere Maske. So gleich im einleitenden Aufsatz „Die Wiederkehr der Drachen“: Hier soll von einem ‚gelernten‘ Historiker der Positivismus mit seinen eigenen Waffen geschlagen werden. Zugleich beruft sich der Autor auf ausgedehnte Einzelstudien und referiert sie im Vortragston, diesen zugleich subtil ironisierend. Doch tritt die Absicht unverhüllt zutage, nämlich eben auf die Lücke in einer alles systematisierenden und katalogisierenden Wissenschaft hinzuweisen und dadurch mit dem neunzehnten Jahrhundert abzurechnen. Dieser Aufsatz würde durch sein beliebtes Sujet ebenso in das Feuilleton einer Zeitung passen; doch ist die Weise, in der Doderer den Gegenstand abhandelt, nichts weniger als feuilletonistisch. Auf die zentrale Bedeutung der Drachenkunde hat Doderer selbst mehrmals hingewiesen; die intensive Sammeltätigkeit auf dem Gebiete der phantastischen Tierkunde setzte 1927 ein und ist durch zahlreiche Ausschnitte und Exzerpte aus Quellen recht unterschiedlicher Provenienz im Nachlaß belegt. In nahezu allen größeren erzählenden Werken spielt das Auftreten von Monstren eine zentral prodigienhafte Rolle. Dieses Auftreten zu erkennen, dagegen mit der Waffe – in Doderers Fall Pfeil und Bogen – gerüstet zu sein, ist die Aufgabe des Schriftstellers. So enthält der Essay neben einem historischen Fragenkomplex auch an entscheidender Stelle in einer für Doderer typischen Metapher die Frage nach dem Schriftsteller.

Von einem ähnlichen Ansatzpunkt wie „Die Wiederkehr der Drachen“

und mit diesem Traktat in mehrfacher Hinsicht kohärent sind die Schriften zu Albert Paris Gütersloh. Hier geht es Doderer darum, seine eigene Position zu bestimmen, sich selbst als Schriftsteller zu definieren, also abzugrenzen, und diese Abgrenzung wird schrittweise deutlicher. Für den Leser gilt es, hier zwischen den Zeilen zu lesen. Doderer schlägt wie in „Die Wiederkehr der Drachen" den für ihn kennzeichnenden Umweg ein; die Suche nach dem Ansatzpunkt erfolgt durchs Indirekte. Wohl geht schon aus der ersten, ein wenig umständlich wirkenden Schrift „Der Fall Gütersloh" der für Doderer entscheidende Unterschied zwischen seiner Konzeption des Künstlers und der Güterslohs hervor, die Abgrenzung folgt jedoch erst allmählich. Zuletzt schließt Doderer die Aktendeckel über dem „Fall Gütersloh"; die Praxis des Lehrers widerspricht der inzwischen eroberten eigenen theoretischen Position, wenn auch der Ton respektvoller Bewunderung nie schwindet. Der Kampf gegen die Talente, gegen den ‚Einfall', gegen das nur Originelle war für Doderer im Gefolge Güterslohs zum Ansatzpunkt geworden. Für beide entschied ferner die Rückführung auf die rein philosophische, ja scholastische Formel: „operari sequitur esse" wird zur Leitformel für den Schriftsteller, der auf dem Wege, sich selbst zu heilen, die Ursache der Krankheit der Zeit findet. Dieser aus eigener Erfahrung ausgesprochene und zu verschiedenen Zeitpunkten wiederholte Gedanke hilft uns, Doderers schriftstellerische Tätigkeit zu orten.

Der nächste Abschnitt mit den Schriften zu Literatur und Sprache ist einerseits durch die Bemühungen Doderers zur Bestimmung der Trias Schriftsteller, Leser und Kritiker, andererseits durch die Erörterungen zur Sprache gekennzeichnet. In „Grundlagen und Funktion des Romans" gibt der Autor Einblick in die von ihm geübte Praxis. Diese nach Fertigstellung der „Dämonen" gezogene Summe einer in etwa vierzig Jahren gesammelten Erfahrung legt ein deutliches Bekenntnis zur intendierten Komposition ab. Nicht literarischen Vorbildern soll das Organisationsprinzip für den Roman im wesentlichen abgelauscht werden, sondern der Musik: Doderer bekennt sich in technischer Hinsicht mittelbar zum Fortschrittsgedanken, indem er dem Roman Rückständigkeit gegenüber der Form der großen Symphonie bescheinigen muß und für diesen entschieden die Priorität der Form von Inhalten fordert. Dem Verdacht, es wäre damit einem bloßen Formalismus das Wort geredet, beugt Doderer entschieden auch dadurch vor, daß er sehr wohl den Inhalten im Sprachkunstwerk Verbindlichkeit zuerkennen kann, doch nur diesen, die sich durch ihre Form ausweisen. „Ein Gedanke ist so viel wert, als seine Sprache Wert darauf legt, eine zu sein": Diese Maxime Güterslohs bestimmt auch Doderers Sprachdenken, das indes keineswegs mit den üblichen Dogmen der Sprachpuristen zu verwechseln ist, sondern vielmehr darauf abzielt, die Sprache als das der Wirklichkeit noch adäquateste Medium zu erfassen. Auch hierin wieder eine Konstante in

Doderers Sprachdenken: „Denn wer zur Sprache gelangen will, muß dorthin zurück, wo sie einst entstand", heißt es im Essay „Die Sprache des Dichters" aus dem Jahre 1931. Im Tagebuch steht unter dem 2. 12. 1964: „Die Abwässer der literarischen Industrie verseuchen die Sprache. Ich selbst bin einer der letzten lebenden Flußkrebse, die in ihrer Not gegen den Strom wandern, den Quellen zu."

Den Historiker Doderer zeigen die unter dem Oberbegriff „Austriaca" zusammengefaßten Essays; doch auch hier wird der Rahmen Einzelwissenschaft stets gesprengt. Bereits seine im Jahre 1925 abgeschlossene Wiener Dissertation „Zur bürgerlichen Geschichtsschreibung in Wien während des 15. Jahrhunderts" wollte der Autor im Grenzgebiet zwischen Psychologie, Literaturgeschichte und Historiographie angesiedelt wissen. Die kleine Studie „Helene Kotanner" entstammt diesem Arbeitsbereich, der zudem in den „Dämonen" für die Gestaltung des Neudegg-Komplexes entscheidend wurde. Doderer geht es vor allem um die Kontinuität Österreichs; hierbei verfällt er weder den sentimental verklärenden Klischees noch den polemischen Modellen jener, welche sich entweder zu Festrednern oder beamteten Kritikern Österreichs berufen fühlen. Er versucht, die politische Geschichte zu transzendieren, aus den beengenden Grenzen rein nationaler Geschichtsschreibung herauszuführen und eine „apriorische Geographie" geltend zu machen. Dieses in dem Roman „Die Strudlhofstiege" realisierte Konzept, den Raum als Träger und Bühne des Schicksals zu zeichnen, ist auch der Schlüssel zum Verständnis der historischen Abhandlungen Doderers: „Die Tiefe der Zeiten" ist die Formel, mit der Doderer, eine räumliche mit einer zeitlichen Vorstellung verknüpfend, die Gegenwart aus ihren historischen Prämissen zu deuten sucht.

Den Abschluß des Bandes bildet der Traktat „Sexualität und totaler Staat", an dem der Autor 1948 zu arbeiten begonnen hatte; diese – noch nicht auffindbare – erste Fassung wurde 1951 in der hier gebotenen Form umgearbeitet. Eine 1966 in der Zeitschrift „Merkur" geplante Veröffentlichung unterblieb. Die auf den ersten Blick erstaunlich anmutende Zusammenstellung von „Sexualität" und „totalem Staat" wird von Doderer nicht unter dem Aspekt gesehen, den heute bei eben dieser Zusammenstellung Politologen und Psychologen anziehen. Für ihn ergibt sich dieses Nebeneinander aus „thomistischer Sicht": Nach außen verlagerte „Sexualität" und „totaler Staat" sind Frucht einer Apperzeptionsverweigerung; sie existieren außerhalb der „analogia entis" und im pseudologischen Raum der „zweiten Wirklichkeit". Auch hier wieder – und damit schließt sich der Kreis zu dem einleitenden Traktat – die Abrechnung mit dem Positivismus, der dadurch, daß er Nebensächlichkeiten als wesentlich registriert, im Grunde „Untertatsächlichkeiten" bedeutend macht und den Blick auf das Entscheidende und Sichtbare verstellt.

Die in diesem Band vereinigten Stücke entstammen mit vier Ausnahmen der Zeit nach dem Zweiten Weltkrieg. Die behandelten Themen sind Doderer seit den Anfängen seines literarischen Schaffens vertraut. Doch die Festigung im Definitorischen erfolgte meist erst in späterer Zeit. Aus den dreißiger Jahren liegen – zum guten Teil als Frucht eines in Güterslohs Atelier geübten Brauches – zwar zahlreiche Reden vor, deren Problematik jedoch meist später vom Autor weit eindringlicher gestaltet wurde. Auf die Form der Rede aber kam es Doderer auch später wesentlich an. Zahlreiche theoretische Abhandlungen wurden in Hinblick auf die Wirksamkeit des mündlichen Vortrags konzipiert, und die Manuskripte sind oft mit Angaben versehen, die Hinweise auf die Art des Vorlesens geben. Für Doderer sollten diese Erörterungen durch den Vortrag auch intensiver sinnlicher Wahrnehmung zugänglich sein.

Aus der Fülle der vorhandenen theoretischen Schriften mußte eine Auswahl getroffen werden; an eine Gesamtausgabe ist heute noch nicht zu denken, doch um den Leser wenigstens einen Überblick des vorhandenen Materials zu bieten wurde – unter Auslassung von Vorabdrucken des Tagebuchs und des Repertoriums – eine Bibliographie der erfaßten und gedruckten theoretischen Schriften dem Bande beigefügt. Dabei ist zu berücksichtigen, daß Vollständigkeit in diesem Punkte heute illusorisch ist; es ist, wenn Doderers eigene Aufzeichnungen nicht eindeutig Auskunft geben, kaum möglich, die zahlreichen Einzelstudien in Tageszeitungen und heute längst vergessenen Revuen und Journalen aufzuspüren, zumal jene häufig unter Pseudonym oder gar anonym erschienen sind. Doch läßt sich mit einiger Sicherheit sagen, daß umfängliche oder inhaltlich wesentliche gedruckte Studien kaum mehr auffindbar sein dürften.

Wenn von einem Essay mehrere Fassungen vorlagen, wurden nach deren Vergleich für diesen Band diejenige ausgewählt, in der die Intentionen des Autors am unmittelbarsten zur Geltung kamen; d. h. bloß, daß Zusätze oder Streichungen, die den Text für einen bestimmten Anlaß modifizierten, meist unberücksichtigt blieben. Ausgeschieden wurden ferner alle Abhandlungen aus der Zeit vor dem Zweiten Weltkrieg, die als Brotarbeit für verschiedene Tages- und Wochenblätter angefertigt wurden. Für die Kenntnis von Doderers Gedankengut sind diese Texte, obwohl sich manchmal auch ein Reflex davon in seinen erzählenden Schriften finden mag, nur von bedingtem Interesse. Der Leser kann sich durch die Bibliographie ein einigermaßen klares Bild der behandelten Gegenstände machen. Ausgeschieden wurden ferner die meisten der vom Autor verfaßten Rezensionen literarischer Werke; häufig handelt es sich dabei nur um Gefälligkeitsarbeiten, deren wesentliche Gedanken in den „Tangenten“ oder in den noch nicht veröffentlichten Tagebüchern in besserem Zusammenhang zu finden sind. Zudem genügen die meisten dieser Rezensionen nicht den Ansprüchen, die Doderer selbst vom Kritiker angewendet wissen wollte.

Die Orthographie und Zeichensetzung wurde wenigstens innerhalb der einzelnen Essays unter Wahrung einiger für Doderer typischen Eigenheiten vereinheitlicht; die gedruckten Vorlagen der Texte wurden mit dem Manuskript, soweit eines vorhanden, oder einzelnen Typoskripten verglichen und, wo nötig, nach diesen korrigiert. Die folgenden Anmerkungen beschränken sich mit Absicht auf Drucknachweis, Entstehungsdaten und allfällig vorhandene Quellen.

Zu besonderem Dank ist der Herausgeber Herrn Dr. Dietrich Weber (Köln) und Herrn Prof. Dr. Ivar Ivask (Norman, Oklahoma) verpflichtet, die ihm für Auswahl der Schriften sowie für die Erstellung der Bibliographie maßgebliche Hilfe leisteten: Prof. Ivask regte übrigens auch an, den Band „Wiederkehr der Drachen" zu nennen, eine Anregung, deren Wert schon deshalb besonders verbürgt ist, weil sie unabhängig von einem in ähnlicher Weise ausgesprochenen Plan Doderers getan wurde. Wichtige bibliothekarische Hilfe leistete Herr Dr. Laurenz Strebl (Österreichische Nationalbibliothek, Wien), wofür ihm an dieser Stelle herzlich gedankt sei.

ANMERKUNGEN

Die Wiederkehr der Drachen

Druckvorlage: Bibl. Nr. 142. In dieser Form entstanden im Herbst 1958. Im wesentlichen handelt es sich dabei um eine Überarbeitung und Erweiterung früher Studien, die mit dem Jahr 1927 einsetzen. (Vgl. Bibl. Nr. 17, 68, 70.) Bibl. Nr. 68 enthält bereits den entscheidenden Gedanken, der dort aus einem Flugblatt des 16. Jahrhunderts zitiert wird: „Zweifellos zeigt das Erscheinen von Monstren kommenden Umschwung der Geschehnisse an. Aber mit Deutschland und der ganzen Christenheit steht es so übel, daß – außer dem gänzlichen Untergang – schon nichts Schlimmeres mehr kommen kann ..." (S. 19). Bibl. Nr. 17 ist aufschlußreich für die Erzählung „Das letzte Abenteuer" (1953). Die angegebenen Quellen hat Doderer selbst nachweislich eingesehen. Zur Gestalt des Athanasius Kircher vgl. den Roman „Ein Umweg" (1940). Als weitere Quellen dienten Doderer ferner zwei allgemein verständlich gehaltene Werke: Othenio Abel: Die vorweltlichen Tiere in Märchen, Sage und Aberglauben. Karlsruhe (Braun) 1923; Wilhelm Bölsche: Drachen. Sage und Naturwissenschaft. Eine volkstümliche Darstellung. Stuttgart (Kosmos) 1929. Zum Bericht Doderers über das Erlebnis mit dem „Tropidonotus natrix" vgl. auch „Die Strudlhofstiege", S. 167–172. Vgl. ferner „Die Dämonen", S. 724 f., S. 1182–1184. Zur Funktion der Drachen in Doderers erzählendem Werk vgl. Ivar Ivask: Psychologie und Geschichte in Doderers Romanwerk. Literatur und Kritik 3 (1968), S. 213–217.

Der Fall Gütersloh. Ein Schicksal und seine Deutung

Druckvorlage: Bibl. Nr. 67. Die Vorrede entstand im April 1960 (Diktat). Die Lektüre der Schriften Güterslohs für diese Studie ist ab Herbst 1928 nachweisbar. „Der Fall Gütersloh" wurde im Juni 1930 abgeschlossen und erschien gegen Ende des Jahres. Erste wichtige gedruckte Reaktion durch Franz Blei: Erzählung eines Lebens. Leipzig (List) 1930. S. 459. Die Neuauflage 1960 wurde durch das Auffinden einiger Exemplare des alten Druckes in einem Wiener Keller ermöglicht. Im hier vorliegenden Text wurden drei kurze Passagen gestrichen, die sich auf den dem Band ursprünglich beigefügten Anhang beziehen.

Gütersloh und ich

Bisher unveröffentlicht; entstanden 1939 und bisher öfter von Doderer als Text zu Reden über Gütersloh herangezogen.

Von der Unschuld im Indirekten

Druckvorlage: Bibl. Nr. 86. Entstanden im Dezember 1946. Der Essay erschien unter dem Pseudonym René Stangeler, da Doderer in der unmittelbaren Nachkriegszeit Schreibverbot hatte. Später wiederholt mit Zusätzen und Streichungen veröffentlicht. (Vgl. Bibl. Nr. 165; 174.) Die Formulierung vom „vorgeburtlichen Vorsprung des Genius" lehnt sich an Güterslohs Schrift: Der Maler Alexander Gartenberg. Wien (Haybach) 1928. S. 6, an.

Offener Brief an Baron Kirill Ostrog

Druckvorlage: Bibl. Nr. 87. Entstanden im April und Juni 1947. Unter dem Pseudonym René Stangeler aus dem oben angeführten Grund erschienen.

Gütersloh

Druckvorlage: Typoskript und Bibl. Nr. 170. Unmittelbar vor dem Druck entstanden.

Das Ende des Falles Gütersloh

Mit Ausnahme von „Der Rausch der Abstrakta" (Bibl. Nr. 171) noch unveröffentlicht. Die Anordnung und Redaktion des Textes in dieser Form wurde von Doderer noch selbst besorgt.

Grundlagen und Funktion des Romans

Druckvorlage: Bibl. Nr. 139. Berücksichtigt wurden mehrere vom Autor in ein Umbruchexemplar eingetragene Korrekturen. Mehrfach in Auszügen abgedruckt. Eine Vorstufe dazu Bibl. Nr. 110. Vgl. auch Bibl. Nr. 128. Der Schlußteil der mittleren Partie entstand im Herbst 1957; zahlreiche Vorstudien finden sich im Tagebuch von 1958; der Abschnitt „Theoretiker und Praktiker" wurde im Frühjahr 1959 fertiggestellt.

Die Sphinx

Druckvorlage: Bibl. Nr. 105. Entstanden im August 1954. Der ursprüngliche Titel lautete: „Die Sphinx – Zur Naturgeschichte des Lesers".

Roman – vom Leser her gesehen

Druckvorlage: Bibl. Nr. 106. Entstanden im Juli 1954.

Symphonie in einem Satz

Bisher unveröffentlicht. Entstanden im März 1961. Doderer las Leberts 1960 in Hamburg (Claassen) erschienenen Roman bereits 1958 im Typoskript. Die hier abgedruckte Rezension hielt er mit folgender Begründung zurück: „Die Unmöglichkeit, einen großen epischen Raum zu erstellen, der zwar hochkompliziert, nicht aber complex ist, geht aus diesem kritischen Schriftsatz klar hervor. So klar, daß ich dem Buche, das ich bewundere, als komplizierten und gemeisterten monographischen Roman vor minderen Ohren geschadet hätte [...] Was Herren miteinander abzumachen haben, gehört nicht auf den Markt; dort haben solche immer als solidarisch zu erscheinen." (Tagebucheintragung vom 4. 5. 1961.) Eine Rezension erschien dann unter dem Titel „Bildnis eines Dorfes" (Bibl. Nr. 162).

Der Fremdling Schriftsteller
Druckvorlage: Bibl. Nr. 154. Entstanden 1960. Vgl. zum Thema auch Bibl. Nr. 113. Zur Gestalt des Commercialrates Gollwitzer vgl. „Roman No 7: Erster Teil: Die Wasserfälle von Slunj", S. 175 f.

Literatur und Schriftsteller
Bisher unveröffentlicht. Der Text ist die Antwort auf eine von Wolf Jobst Siedler durchgeführte Rundfrage nach den wichtigsten Leseeindrücken und Einflüssen von Werken der Weltliteratur. Entstanden im Sommer 1962. Titel vom Herausgeber.

Die Sprache des Dichters
Entstanden 1931. Druckvorlage: Bibl. Nr. 82.

Wörtlichkeit als Kernfestung der Wirklichkeit
Druckvorlage: Bibl. Nr. 178. Entstanden im Juni 1960. Vgl. auch Bibl. Nr. 167. Zur Frage der Orthographie vgl. Bibl. Nr. 145.

Die Ortung des Kritikers
Druckvorlage: Bibl. Nr. 158. Entstanden in dieser Form im Sommer 1959. Abschnitt 7 und 8 über Ernst Alker bereits 1951/52. Der Entwurf lag 1953 vor. Vgl. auch Bibl. Nr. 168 und Nr. 205.

Helene Kotanner
Im Zusammenhang mit der Dissertation (Bibl. Nr. 5) und in teilweiser Übereinstimmung mit dieser 1924 entstanden. Druckvorlage: Bibl. Nr. 4. Doderer selbst hat die Memoiren der Helene Kotanner sowie die Aufzeichnungen des Ulreich Griessenpekch, Hanns Hierssmann und Johannes Tichtel selbst bearbeitet und aus dem Frühneuhochdeutschen übertragen. Das Typoskript dieser Studien Doderers ist im Nachlaß erhalten. Zu Helene Kotanner vgl. auch „Die Dämonen", S. 448 f. und Bibl. Nr. 14.

Ebenbildlichkeit
Nur teilweise veröffentlicht (Bibl. Nr. 95). Druckvorlage ist das Typoskript, das Doderer als Grundlage für die Rede diente. Erste Entwürfe April 1947.

Rosa chymica austriaco-hispanica
Druckvorlage: Bibl. Nr. 120. Der Essay entstand im Juni 1947, hatte ursprünglich den Titel „Sonores Saitenspiel" und war als Vorwort für einen gleichnamigen Auswahlband österreichischer Lyrik gedacht, wurde ausgedruckt, aber diesem Band nicht beigebunden. Vgl.: Sonores Saitenspiel. Österreichische Lyrik seit der Jahrhundertwende. Wien (Luckmann) o. J. (1947). Ein Sonderdruck dieses Textes enthält in lateinischer Sprache den Vermerk, dies wäre nicht das Vorwort für die österreichische Lyrik, wie sie ist, sondern wie sie sein sollte. Derselbe Text auch Bibl. Nr. 117. Anregung für den Titel dürfte das in Doderers Bibliothek befindliche Buch von William Butler Yeats: Die chymische Rose. Hellerau (Hegner) 1927, gegeben haben.

Drei Dichter entdecken den Dialekt
Druckvorlage: Bibl. Nr. 138. Entstanden im Mai 1959. Für die Beziehungen Doderers zur Wiener Gruppe vgl. das Vorwort von Gerhard Rühm in: Die Wiener Gruppe. Achleitner, Artmann, Bayer, Rühm, Wiener. Reinbek bei Hamburg (Rowohlt) 1967. S. 26. Bereits 1935 hatte Doderer im Skizzenbuch notiert: „Lyrik wächst oft aus dem Myzelium des Unfugs." Vgl. auch Bibl. Nr. 133.

Athener Rede
Druckvorlage: Bibl. Nr. 194. Die erste Fassung unter dem Titel „Der Anschluß ist vollzogen" 1954 entstanden (Bibl. Nr. 104; vgl. auch Nr. 109). Größere Umarbeitung für den Atlantis-Bildband (Bibl. Nr. 126). Vgl. zu diesem Themenkomplex auch Bibl. Nr. 164. Die Rede wurde am 8. 5. 1964 in Athen in französischer Sprache gehalten. (Vgl. Bibl. Nr. 191.)

Die enteren Gründ'
Druckvorlage: Bibl. Nr. 175. Entstanden im Winter 1963. Vgl. auch „Die Dämonen", S. 594 f.

Weltstadt der Geschichte
Druckvorlage: Bibl. Nr. 195.

Ouvertüre zu „Die Strudlhofstiege"
Druckvorlage: Bibl. Nr. 184. Konzeption der „Ouvertüre" im Februar 1962. Einige Teile sind bereits früher entstanden. Vgl. „Tangenten", S. 102. Die historischen Grundlagen entnahm Doderer seiner Dissertation und folgenden Werken: Richard Groner: Wien, wie es war. Ein Auskunftsbuch für Freunde des alten Wien. Wien [3]1934; Richard Müller: Wiens räumliche Entwicklung und topographische Benennungen. 1522 bis 1740. In: Geschichte der Stadt Wien. Hrsg. vom Altherthumsvereine zu

Wien. Redigiert von Anton Mayer. IV. Bd.: Vom Ausgang des Mittelalters bis zum Regierungsantritt der Kaiserin Maria Theresia, 1740. (I. Teil.) Wien 1911; Wilhelm Kisch: Die alten Straßen und Plätze Wiens und ihre historisch interessanten Häuser. Ein Beitrag zur Culturgeschichte Wiens mit Rücksicht auf vaterländische Kunst, Architektur, Musik und Literatur. Wien 1883.

Sexualität und totaler Staat

Die erste unpublizierte, im Manuskript der „Tangenten“ erhaltene Fassung entstand 1948 nach Fertigstellung der „Strudlhofstiege“. Die Umarbeitung zu dem hier gebotenen Text erfolgte 1951. Der Traktat ist bislang unveröffentlicht. Druckvorlage: Etliche, im wesentlichen gleichlautende Typoskripte und die Fassung im Tagebuch von 1951. Die Abfassung dieser Schrift ist entscheidend für die Konzeption der „zweiten Wirklichkeit“ in den „Dämonen“. Intensive Beschäftigung mit diesem Thema läßt sich auch in den Tagebüchern von 1957 und 1961 nachweisen, wo sich einige der im Traktat ausgesprochenen Gedanken auch in anderer Formulierung finden. Einige in Aussicht genommene Veröffentlichungen – darunter eine im „Merkur“ im Jahre 1966 – kamen nicht zustande.

BIBLIOGRAPHIE

Theoretische Schriften Heimito von Doderers

1 Der Abenteurer und sein Typus. Wiener Mittags-Zeitung vom 13.5.1921.

2 Rennbetrieb im ältesten Wien. Ebda, 20.5.1921.

3 Die „neuen Russophilen". Wiener Allgemeine Zeitung vom 25.6. 1921.

4 Helene Kotanner. Denkwürdigkeiten einer Wienerin von 1440. Moderne Welt 6 (1924/25), H. 13, S. 10–12.

5 Zur bürgerlichen Geschichtsschreibung in Wien während des 15. Jahrhunderts. Dissertation Wien o.J. (1925). (Maschinenschriftlich; 2 Bde. 187 S.; 66 S.; eine Beilage mit Faksimiles.)

6 Franz von Assisi. Illustrierte Zeitung (Leipzig) 1926, Nr. 4244.

7 Wie schrieben unsere Voreltern? Reclams Universum 43 (1926/27), S. 1094–1096.

8 Der Kampf um das Weibchen. Moderne Welt 8 (1926/27), H. 19, S. 2f.

9 „Herr Kodak" auf Reisen. Ebda, H. 22. S. 4–6.

10 Berühmte Verschwenderinnen. Ebda, 9 (1927/28), H. 5, S. 4f., S. 31.

11 Musik im Kino. Der Tag (Wien) vom 3.6.1927.

12 Kodex 2908. Wiener Sturmtage von 1462 (anonym). Ebda, 29.7.1927.

13 Aus Koltschaks letzten Tagen. Ebda, 12.8.1927.

14 Geistige Epidemien. Ebda, 23.10.1927.

15 Wiener Memoiren aus dem Mittelalter. Neues Wiener Journal vom 19.9.1927.

16 Sensationsblätter und Nachrichtenwesen im 16. Jahrhundert. Reclams Universum 44 (1927/28), S. 1022f.

17 Verschlossenes Land. Hundert Autoreisen durch die Mongolei. Zeit im Bild (Prag) 4 (1928), N. 15, S. 6f.

18 Die alten Drachen leben! Das Mittelalter hat nicht gelogen. Der neue Pflug 3 (1928), H. 4, S. 35–43.

19 Bund der Starken. Die großen Konzerne in der Geschichte. Der Tag (Wien) vom 3.1.1928.

20 Gilles de Rais. Das seelische Monstrum heute und einst. Ebda, 8.1.1928. (Vgl. „Die Dämonen", S. 49.)

21 Kollektivismus. Ebda, 20.1.1928.

22 Wien von Jahrhundert zu Jahrhundert. Von Reinhard E. Petermann. Ebda, 24.1.1928.

23 Der neue Metternich. Viktor Bibls neuestes Buch. Ebda, 29.1.1928.

24 Vorlesung Heinrich Eduard Jacob. Ebda, 29.1.1928.

25 Ernst Lissauer. Ebda, 25.2.1928.
26 Wilhelm von Scholz. Ebda, 6.3.1928.
27 Albert P. Gütersloh. Ebda, 9.3.1928.
28 Franz Werfel. Ebda, 20.3.1928.
29 Dr. Martin Rockenbach sprach. Ebda, 26.3.1928.
30 Hanns Heinz Ewers. Ebda, 29.3.1928.
31 Wie entstanden die Städte? Ebda, 1.5.1928.
32 Urgeschichte der Zeitung. Anläßlich der Kölner Presse-Ausstellung. Ebda, 13.5.1928.
33 Der echte Gneisenau. Ebda, 22.5.1928.
34 Festschrift Hans Driesch. Ebda, 23.5.1928.
35 Das Ende von St. Petersburg. Ebda, 6.6.1928.
36 Die Sittlichkeits-Metaphysik Otto Weiningers. Ebda, 6.6.1928.
37 Psychologie des politischen Mordes. Ebda, 26.8.1928. (Enthält Stoff zum Roman „Das Geheimnis des Reichs".)
38 Buch und Schrift. Jahrbuch des deutschen Vereins für Buchwesen und Schrifttum (1. Jahrgang), Leipzig 1928. Ebda, 29.8.1928.
39 Frauenberufe vor 500 Jahren. Die „bevorrechtete" Stellung der Frau. Ebda, 9.9.1928.
40 C. S. Gutkind: Herren und Städte Italiens. Ebda, 12.9.1928.
41 Henry Bolingbroke. Zur 250. Wiederkehr seines Geburtstages (1. Oktober 1678.) Ebda, 2.10.1928.
42 Ein halbes Jahrtausend habsburgischer Annexionspolitik. Zur zwanzigsten Wiederkehr des Jahrestages der Annexion von Bosnien (4. Oktober 1908). Ebda, vom 6.10.1928.
43 Karl August Varnhagen von Ense. Zur siebzigsten Wiederkehr seines Todestages. Ebda, 13.10.1928.
44 Ein Kapitän als Gott. Anekdotisches aus dem Leben des großen Seefahrers James Cook. Ebda, 27.10.1928.
45 „Die Gaunerzinke." Von Theodor Kramer. Ebda, 31.10.1928.
46 Thomas Mann-Abend in der deutschen Gesandtschaft. Ebda, 1.11.1928.
47 Zwei Blutzeugen von Achtundvierzig. Zur achtzigsten Wiederkehr des Tages der Erschießung Robert Blums (9. November 1848) und C. W. Messenhausers (16. November 1848). Ebda, 11.11.1928.
48 Oswald Redlich, Präsident der Akademie der Wissenschaften in Wien. Anläßlich der akademischen Feier seines siebzigsten Geburtstages. Ebda, 16.11.1928.
49 Anton Kuh. Ebda, 20.11.1928.
50 Aus den letzten Tagen der spanischen Inquisition. Der Abend (Wien) vom 21.1.1928.
51 „Die Gaunerzinke." Ebda, 14.2.1929. (Zu Theodor Kramer.)
52 William Pitt, der Ältere. Zur 150. Wiederkehr seines Todestages (11. Mai 1778). Ebda, 11.5.1928.

53 Das Monstrum. Mißgeburten und ihre Bedeutung in alter Zeit. Ebda, 16.6.1928.
54 James Cook. Zur 200. Wiederkehr seines Geburtstages (27. Oktober 1728). Ebda, 27.10.1928.
55 Theodor Mommsen. Zur 25. Wiederkehr seines Todestages – 1. November 1903. Ebda, 31.10.1928.
56 Robert Blum. Zum 80. Jahrestag seiner Erschießung in der Brigittenau – 9. November 1848. Ebda, 9.11.1928.
57 Schuberts Liederzyklen. In verkleinerter Nachbildung der Originalausgaben; herausgegeben und eingeleitet von Heinrich Kralik (Tagblatt-Bibliothek, No. 625/633). Österreichische Illustrierte Zeitung vom 4.11.1928.
58 Lebende Drachen. Das Mittelalter hat nicht gelogen. Das Kleine vom 22.4.1928.
59 Anton Kuh. Der Tag (Wien) vom 22.1.1929.
60 Was uns die Gasse erzählt. Ebda, 23.1.1929. (Zu Referat Dr. R. Seyß-Inquart.)
61 Das Ende der Ehe. Ein Vortrag von Franz Blei. Ebda, 1.2.1929.
62 Von Fälschungen. Ebda, 16.3.1929.
63 Katharina II. Ebda, 9.5.1929.
64 Aus der Türkenzeit. Zum 400. Jahrestag des Abzuges der Türken vor Wien (15. Oktober 1529). Ebda, 18.10.1929.
65 M. Anderson Nexö. Ebda, 16.11.1929.
66 Von Moskau bis Hollywood. Ebda, 18.12.1929. (Zu Egon Erwin Kisch.)
67 Ratschläge für den Ski-Säugling. Ebda, 15.12. und 22.12.1929.
68 Die Stenographie der alten Römer. Der Abend (Wien) vom 4.1.1929.
69 Die Befreiung der Niederlande. Zum 350. Jahrestag der Utrechter Union. Ebda, 26.1.1929.
70 Jane Grey, die Königin von zehn Tagen. Ebda, 2.3.1929.
71 Atempause des Schicksals. Ein Ausschnitt aus der Geschichte des Dreißigjährigen Krieges. Zum 300. Jahrestage des „Restitutions-Ediktes". – 6. März 1629. Ebda, 9.3.1929.
72 Inflation 1460 oder: „Der größte Lump bleibt oben". Ebda, 6.4.1929.
73 Die Ketzerin von Orleans. Zum 500. Jahrestag des Einzuges der Jeanne d'Arc in Orleans am 29. April 1429. Ebda, 27.4.1929.
74 George Washington. Zur heutigen 130. Wiederkehr seines Todestages. Ebda, 14.12.1929.
75 Ausstellungen. Neues Wiener Extrablatt vom 3.4.1929.
76 „Neues Bauen". Ebda, 21.4.1929.
77 Die „Pucelle". Zum 500. Jahrestage des Einzuges der Jeanne d'Arc in Orleans am 29. April 1429. Ebda, 28.4.1929. (Anderer Text als Nr. 73; vgl. „Die Dämonen", S. 508f.)

78 Katharina II. (Zur 200. Wiederkehr ihres Geburtstages.) Ebda, 12.5.1929.
79 Hagenbund. 58. Ausstellung. Ebda, 1.6.1929.
80 Georg Merkel. Ebda, 9.6.1929.
81 Die verlästerte Galerie. Der Fall „Jehuda-Epstein". Ebda, 28.6.1929.
82 Kunstsommer. Ebda, 16.8.1929.
83 Holländische Kunstausstellung im Künstlerhaus. Ebda, 19.10.1929. (Unter dem Pseudonym „Nemo".)
84 Altrussische Kunst. Ebda, 20.10.1929. (Unter dem Pseudonym „Nemo".)
85 Secession. Schmutzer-Gedächtnis-Ausstellung. Ebda, 20.10. 1929. (Unter dem Pseudonym „Nemo".)
86 Pseudo-Amerikanismus. (Pseudonym Nemo.) Ebda, 23.10. 1929.
87 Heimkehr in die Jugend. Ebda, 25.10.1929.
88 Matinée in der Josefstadt. Wilhelm Klitsch liest Trebitsch' „Diocletian". Ebda, 18.12.1929.
89 Kleine Ausstellungen. Ebda, 23.12.1929.
90 Egon Erwin Kisch. Der Morgen vom 2.12.1929.
91 Der Fall Gütersloh. Ein Schicksal und seine Deutung. Wien (Haybach) 1930. (Neuausgabe mit Vorrede 1960.)
92 Verzauberte Welt. Phantastische Tierkunde des Mittelalters. Das Tier-Magazin. Offizielles Organ des Österreichischen Tierschutz-Vereins 1930, H. 2, S. 14–19.
93 Die entfesselte Straße. Augenblicksbilder von der Pariser Julirevolution 1830 nach den Memoiren M. Guizots. Der Wiener Tag vom 27.7.1930.
94 Dichter und Dichtung unserer Zeit. Ebda, 18.10.1930.
95 Ein Zauberer. Zum 650. Todestag Albrechts des Großen (15. Nov. 1280). Ebda, 15.11.1930.
96 Die Kaiserin. Zum 150. Todestage Maria Theresias. Ebda, 30.11. 1930.
97 Gespräch mit Ernst Zahn. Ebda, 6.12.1930.
98 Die Mädchen von 1930. Vortrag Emil Klägers im Konzerthaus. Ebda, 7.12.1930.
99 Die große Woche von Paris. Zur hundertsten Wiederkehr des Jahrestages der Julirevolution 1830. Der Abend (Wien) vom 26.7.1930.
100 Aus den letzten Tagen Maria Theresias. Nach Briefen der Kaiserin. Zur 150. Wiederkehr ihres Todestages, 29. November 1930. Der Abend (Wien) 29.11.1930.
101 Auch vor fünfhundert Jahren gab es schon Frauenarbeit. Reclams Universum 47 (1930/31), S. 879f.
102 Der Dichter und Maler Gütersloh. Der Wiener Tag vom 7.1.1931. (Auszug aus Nr. 67.)
103 Ein Zarenmord. Zum 50. Todestag Alexanders II. Ebda, 14.3.1931.

104 Ein deutscher Chronist berichtet von Jeanne. Ebda, 18.6.1931. (Zur Chronik des Eberhard Windecke.)
105 Spitalsfremde Elemente. Ebda, 12.7.1931.
106 Julius Winkler. Ebda, 3.1.1932.
107 Die Ermordung Alexanders II. von Rußland. Der Abend (Wien) vom 11.3.1931.
108 Paris rot. Zum 60. Jahrestag der Kommune. Ebda, 25.3.1931.
109 Gütersloh. Ebda, 27.3.1932.
110 Schöpferische Freundschaft. Ebda, 24.10.1932.
111 Vor dem Schafott. Hinrichtungen aus 5 Jahrhunderten geschildert von Augenzeugen. Der Abend (Wien) vom 16.8., 17.8., 18.8., 19.8., 20.8., 22.8., 23.8., 24.8. und 25.8.1932. (Unter dem Pseudonym Dr. Ottokar Stix.)
112 Die Sprache des Dichters. Der Gral 28 (1933/34), S. 208–210.
113 Vers und Werbung. Randbemerkungen eines Schriftstellers. Contact 1934, H. 3, S. 6–8.
114 Die ersten Schüsse von Belgrad. Wiener Neueste Nachrichten vom 29.11.1934.
115 Das „Wetterschwein". Ebda 16.12.1934.
116 „Josef" der Letzte. Ebda, 23.12.1934.
117 Julius Winkler. Wien-Leipzig (Doblinger-Herzmansky) o. J. (1937).
118 Der Aquädukt. In: Der Aquädukt. Ein Jahrbuch. Hrsg. im 175. Jahre der C. H. Beck'schen Verlagsbuchhandlung. München und Berlin 1938. S. 13–19.
119 Von der Unschuld im Indirekten. Zum 60. Geburtstag Albert P. Güterslohs. Plan 2 (1947/48), S. 2–14. (Unter dem Pseudonym René Stangeler.)
120 Offener Brief an Baron Kirill Ostrog. Ebda, S. 398–402. (Unter dem Pseudonym René Stangeler.)
121 Die Abtwahlformel in den Herrscherurkunden bis zum 10. Jahrhundert. Hausarbeit für die Aufnahme in das „Institut für Österreichische Geschichtsforschung". Wien 1950. (Maschinenschriftlich.)
122 Heimito von Doderer. Sonderdruck vom Biederstein Verlag. München o. J. (1951). (Enthält: Gedanken zum Selbstbildnis, Notiz über den Autor, Aus dem „Repertorium".)
123 Inmitten des Weges. Freude an Büchern 2 (1951), S. 248. (Selbstporträt.)
124 Mein Schmerzenskind. Ebda, S. 327.
125 Albert Paris Gütersloh. Ebda, 3 (1952), S. 178f.
126 Bekehrung zur Sprache. Ein Selbstporträt. Welt und Wort 7 (1952), S. 125.
127 Welches Buch nehmen Sie in den Urlaub mit? Freude an Büchern 3 (1952), S. 186.
128 Ebenbildlichkeit. Die Gegenwart 7 (1952), N. 170, S. 812.

129 Autobiographisches Nachwort. In: Das letzte Abenteuer. Erzählung. Stuttgart (Reclam) 1953. S. 119–126.
130 Literatur-Prognose 1953. Freude an Büchern 4 (1953), S. 1. (Antwort auf eine Rundfrage.)
131 „Der innere Orden". Ebda, S. 62f. (Zu: Grillparzer-Brevier, hrsg. von Christoph Meyer.)
132 Theorie des Tagebuches. Ebda, S. 111f. (Zu: Julien Green, Tagebücher 1928–1945.)
133 Roman über dich, über mich, über uns alle … Ebda, S. 235. (Zu: Hermann Wouk, Die Caine war ihr Schicksal.)
134 Zu Hermann Lienhards Gedichten. Ebda, S. 261f.
135 Friedrich Funder – ein christlicher Journalist. Süddeutsche Zeitung vom 28.2.1953.
136 Über mittelalterliche Bücher. Der deutsche Buchhandel vom 3.6.1953. S. 7f.
137 Der Anschluß ist vollzogen. Kontinente 7 (1953/54), H. 8, S. 20–23.
138 Die Sphinx. In: Bücher, Schlüssel zum Leben, Tore zur Welt. Stimmen der Gegenwart. 1. Bd. der „Bücherschiff Lese- und Literaturführer", hrsg. von Helmut Bode und Kurt Debus unter Mitarbeit von Norbert Tönnies. Frankfurt a.M. – Hoechst o.J. (1954), S. 42–44.
139 Roman – vom Leser her gesehen. Ebda, S. 61–63.
140 Die drei besten Romane des Jahres 1954. Forum 1 (1954), H. 11, S. 19.
141 Um die Wahrheit. Merkur 8 (1954), S. 793–795. (Zu: Georg Saiko, Auf dem Floß.)
142 Gegenwartsproblematik und Tradition: Aufgebaut auf Gesprächen mit Heimito von Doderer, George Saiko, Jeannie Ebner, Herbert Zand, Robert Mühlher. Kontinente 8 (1954/55), S. 5.
143 Innsbrucker Rede zum Thema Epik. Akzente 2 (1955), S. 522–525.
144 Gütersloh. Wort in der Zeit 1 (1955), S. 129–133.
145 Vom Jenseits im Diesseits. Jean Giraudoux: „Kampf mit dem Engel". Deutsch von Ilse Luckmann und Karl Strobl. Luckmann Verlag Wien. Forum 2 (1955), S. 405f.
146 Die Wirkungen des Schriftstellers. Süddeutsche Zeitung vom 24., 25., 26.12.1955. (Antwort auf eine Rundfrage.)
147 Eine junge Frau bekränzt den Tod. Ein großer Roman von Jean Giraudoux erstmals in deutscher Sprache. Die Presse (Wien) vom 8.1.1956. (Zu: Jean Giraudoux, Kampf mit dem Engel; anderer Text als Nr. 145.)
148 Freude und Blässe. Münchner Merkur, Weihnachtsnummer 1956. (Feuilleton über Budapest.)
149 Geheimnisse der Euphorie. Würdigung des Dichters Hans Flesch von Brunningen zu seinem 60. Geburtstag. Merkur 10 (1956), S. 94f.
150 Voraussetzungen österreichischer Lyrik. Die österreichischen Blätter 1 (1957), H. 2, S. 10–13.

151 Zu Hermann Lienhards Gedichten. Wort in der Zeit 3 (1957), H. 8, S. 24. (Anderer Text als Nr. 134.)
152 Kitsch und Kunst. Forum 4 (1957), S. 291. (Antwort auf eine Rundfrage.)
153 Rosa chymica austriaco-hispanica. Zeitwende. Die neue Furche, S. 605–608.
154 Eine sagenhafte Figur. Nachträgliche Niederschrift der von Heimito von Doderer zur Feier des siebzigsten Geburtstages A. P. Güterslohs im PEN-Club am 4. Februar 1957 gehaltenen Rede. Magnum 3 (1957), H. 12, S. 81 f.
155 Weihnachts-Umfrage über Kulturpolitik. Berichte und Informationen des Österreichischen Forschungsinstituts für Wirtschaft und Politik 12 (1957), H. 596/597, S. 3.
156 Gütersloh. Zum 70. Geburtstag. Arbeiter Zeitung (Wien) vom 3.2.1957.
157 „Sie blickt vom Buche auf ..." Zu nebenstehendem Bild von Wilhelm Titel ‚Des Künstlers Tochter'. Westfalenpost (Hagen) vom 15./16.6.1957, Bunte Welt am Sonntag, Die Welt der Frau.
158 Unser übernationales Nationalgefühl ... Aus Heimito von Doderers Stuttgarter Rede über „Österreich heute". Neuer Kurier (Wien) vom 14.11.1957.
159 Einleitung zu: Österreich. Bilder seiner Landschaft und Kultur. Einleitung von Heimito von Doderer. Aufnahmen von Toni Schneiders. Zürich (Atlantis) 1958. S. 5–22.
160 Die Aussage des Dichters über Pirkheimer. In: Die Verleihung der Willibald Pirkheimer-Medaille für das Jahr 1958 zu Nürnberg. Dritte Veröffentlichung des Willibald Pirkheimer-Kuratoriums im Glock und Lutz Verlag zu Nürnberg, S. 41 f.
161 The Novel Today. Death or Transmutation? A Symposium. Books Abroad 32 (1958), S. 120 f.
162 Die Ewigkeit des Augenblicks. Zeitwende. Die neue Furche 29 (1958), S. 269 f. (Zu: Marcel Proust, Auf der Suche nach der verlorenen Zeit, Bd. VI und VII, und André Maurois, Auf den Spuren von Marcel Proust).
163 Mit dem Ohre des Nachbarn. Ebda, S. 557 f. (Zu: Herbert Eisenreich, Böse schöne Welt.).
164 Comeback. Ebda, 1.3.1958. (Zu Theodor Kramer und Hans Flesch-Brunningen.)
165 Hans Carl Artmann: Ein kleines Porträt. Ebda, 29.3.1958.
166 Auf den Spuren von Marcel Proust. Ebda, 12.4.1958.
167 Akademiker an die Front! Eine Rundfrage. Die österreichische Furche (Wien) vom 5.4.1958.
168 Die spanische Hofreitschule. Enklave der Würde. Sonntagsblatt (Hamburg) vom 20.7.1958.

169 Ravennatischer Sommer. Ebda, 7.9.1958.
170 Drei Dichter entdecken den Dialekt. Vorwort zu: F. Achleitner, H. C. Artmann, G. Rühm: hosn, rosn, baa. Wien (Braumüller) 1959. (2. Aufl. 1968) S. 5f.
171 Grundlagen und Funktion des Romans. Nürnberg (Glock und Lutz) 1959.
172 Der Konservative. Dr. Heinrich Beck zum 70. Geburtstag. (Interner Druck der C. H. Beck'schen Verlagsbuchhandlung München und Berlin) o.J. (1959).
173 Die gläserne Kathedrale. Über die lyrische Kunst Heinz Politzers, anläßlich des Erscheinens seines Gedichtbandes im Bergland-Verlag, Wien. Forum 6 (1959), S. 457.
174 Die Wiederkehr der Drachen. Atlantis 31 (1959), S. 101–112.
175 Die Vision des Stiers. Zeitwende. Die neue Furche 30 (1959), S. 275f. (Zu: Vincente Marrero, Picasso und der Stier.)
176 Was ist der Mensch? Magnum 7 (1959), H. 27, S. 38. (Antwort auf eine Rundfrage.)
177 Zum 150. Mal. Neuer Kurier (Wien) vom 28.2.1958. (Zu Helmut Qualtingers und Hans Merz' satirischer Serie „Blattl vor'm Mund".)
178 Es gibt keine Orthographie. Salzburger Nachrichten vom 14.2.1959.
179 Der Nachbar und das eigene Gesicht. Die Presse vom 29.3.1959.
180 „Wie ihr den Bogen spannt, so spannt auch eure Seele." Sonntagsblatt (Hamburg) vom 29.3.1959. (Zu: Thomas Marcotty, Bogen und Pfeile.)
181 Nicht Krankheit, sondern Bestimmung. Die Zeit (Hamburg) vom 27.11.1959. (Über Georg Trakls Gedicht „Grodek"; auch in: Mein Gedicht. Begegnungen mit deutscher Lyrik. Hrsg. von Dieter E. Zimmer. Wiesbaden 1961. S. 197–199.)
182 Was hat Österreich der Welt noch zu geben? Die österreichische Furche (Wien), Weihnachten 1959.
183 Drei Fragen in der Silvesternacht. Süddeutsche Zeitung. 31.12.1959.
184 Vorwort des Verlages. In: Franz Blei: Schriften in Auswahl. Mit einem Nachwort von A. P. Gütersloh, München (Biederstein) 1960. S. Vf. (Anonym.)
185 Max Rychner. In: Die Verleihung der Willibald Pirkheimer-Medaille für das Jahr 1960 zu Nürnberg. S. 29. (Anonym.)
186 Es geht uns alle an. Die Kultur (München, Wien, Basel) 8 (1960), N. 148, S. 3.
187 Der Fremdling Schriftsteller. Rede, gehalten am 26. Januar 1960 in der österreichischen Nationalbibliothek zu Wien. Forum 7 (1960), S. 102–104.
188 Meine Caféhäuser. Magnum 8 (1960), H. 28, S. 28.
189 Ein dichterischer Balance-Akt. Zeitwende. Die neue Furche 31 (1960), S. 62. (Zu: Georg Drozdowski, Odyssee XXX. Gesang.)

190 Tarnung durch Belesenheit. Ebda, S. 129f. (Zu drei Büchern von Inge Meidinger-Geise.)
191 Die Ortung des Kritikers. Ebda, S. 165–174.
192 Der Beitrag der Künste. Die Presse (Wien) vom 15.5.1960.
193 Die zwanziger Jahre in Wien. Nicht alle zogen nach Berlin. Magnum 9 (1961), H. 35, S. 53.
194 Um eines Haares Breite. Merkur 15 (1961), S. 273–275. (Zu: Franz Blei, Schriften in Auswahl, Hrsg. von Albert P. Gütersloh.)
195 Bildnis eines Dorfes. Ebda, S. 795f. (Zu: Hans Lebert, Die Wolfshaut.)
196 Gedenkblatt für Hanns von Winter. Musikkritiker und Mitarbeiter des Forum von 1955 bis 1959. Gestorben am 22. September 1961 im 65. Lebensjahr. Forum 8 (1961), S. 382.
197 Österreichs Kontinuität im XX. Jahrhundert. Münchner Merkur vom 11.3.1961.
198 Gütersloh. In: Albert Paris Gütersloh. Zum 75. Geburtstag. München (Piper) 1962, S. 7–18.
199 Die Technik war sichtbar. Magnum 10 (1962), H. 40, S. 33f.
200 Wörtlichkeit und Wirklichkeit. Rede gehalten in der Akademie der Künste zu Berlin. Wort und Wahrheit 17 (1962), S. 542–546.
201 Eine gewichtige Übersiedlung. Notizen zu E. Alkers Geschichte der deutschen Literatur. Forum 9 (1962), S. 307f.
202 Neuland österreichischer Geschichte. Notizen zu zwei Büchern von Denis Silagi. Ebda, S. 459.
203 Dichter in Sibirien. A. P. Gütersloh zum 75. Geburtstag. Neuer Kurier (Wien) vom 3.2.1962.
204 Der Rausch der Abstrakta. Frankfurter Allgemeine Zeitung vom 1.12.1962. (Zu: Albert P. Gütersloh, Sonne und Mond.)
205 Erwin Lang. Blatt der „Wiener Secession". (Zum Tod E. Langs am 10.2.1962.)
206 Plakattext für: Kurt Ohnsorg, Ausstellung des Österreichischen Museums für Angewandte Kunst, 12.4. bis 13.5.1962.
207 Gütersloh oder Der Traktat vom Schriftsteller. In: Albert Paris Gütersloh: Gewaltig staunt der Mensch. Eingeleitet und ausgewählt von Heimito von Doderer. Graz und Wien (Stiasny) 1963. S. 5–22.
208 Die enteren Gründ'. In: Wien. Vorstadt Europas. Photos: Franz Hubmann. Zürich (Artemis) 1963. (Ohne Paginierung.)
209 Improvisation Wien. In: Beschreibung einer Stadt. Nach der Sendereihe des Norddeutschen Rundfunks hrsg. von Rainer Hagen. Hamburg (Wegner) 1963. S. 155–171. (Text vorwiegend von Dorothea Zeemann.)
210 Zur estnischen Lyrik. Manuskripte 3 (1963), H. 7, S. 16.
211 Wörtlichkeit als Kernfestung der Wirklichkeit. In: Mit der Sprache leben. Siebente Veröffentlichung des Willibald Pirkheimer-Kuratoriums, Nürnberg (Glock und Lutz), 1963 [1965], S. 7–16.

212 Ein Nichts an Quantität. Die Presse (Wien) vom 4./5.5.1963. (Zu: Elfriede Gerstl, Gesellschaftsspiele mit mir.)
213 Sachbuch eines Romanciers, Ebda, 14.9.1963. (Zu: Herbert Eisenreich, Große Welt auf kleinen Schienen.)
214 Geistes-Schicksal des Schriftstellers. Die Furche (Wien) vom 1.6.1963. (Zu: Eugen Gürster, Der Schriftsteller im Kreuzfeuer der Ideologien.)
215 Heimito von Doderer über eine Lesung bei Elwert und Meurer. In: 10 Jahre Lese-Abende im Spiegel der Meinungen von Autor und Verlag. Jahreswechsel 1963 zum Dank und Gruß. Elwert und Meurer. (Unpaginierte Broschüre.)
216 Über die Lust des Dichtens. In: Weihnachtsbücher 1963 von Ihrem Buchhändler auf der Königsallee, Düsseldorf, S. 7.
217 Ouvertüre zu „Die Strudlhofstiege". Jahresring 63/64 (1963), S. 12–21.
218 Um einem Vorurteil zu entgehen. In: Das Buch stiftet Gemeinschaft. Hrsg. im April 1964 zum vierzigjährigen Bestehen. Deutsche Buchgemeinschaft. Berlin, Darmstadt, Wien 1964. S. 21.
219 Schwierigkeiten heute die Wahrheit zu schreiben. Eine Frage und einundzwanzig Antworten. Hrsg. von Heinz Friedrich. München (Nymphenburger) 1964. S. 51.
220 Die Schule des Lesers. Notizen zu H. G. Adlers Erzählung „Eine Reise". Forum 11 (1964), S. 37.
221 Abschied von der Antike? Wort und Wahrheit 19 (1964), S. 20. (Antwort auf eine Rundfrage.)
222 Der Buchhändler. (Dr. Gottfried Berger gewidmet.) Manuskripte 4 (1964), H. 10, S. 18.
223 Literarische Umfrage (I): Große Romane, die man lesen sollte. Westermanns Monatshefte 105 (1964), H. 10, S. 50f.
224 Le renouveau autrichien. Cahiers du sud 51 (1964), Bd. 58, S. 202 bis 211.
225 Der Sieg des Lebens. Frankfurter Allgemeine Zeitung vom 4.1.1964. (Zu: Peter von Tramin, Die Herren Söhne.)
226 Schwarzes Salz. Epigramme von Josef Eberle. Ebda, 7.11.1964.
227 Österreichs Nationalbewußtsein ist übernational. Von der Wiederkehr Österreichs. Die Kleine Zeitung (Graz) vom 20.6.1964.
228 Vorwort zu: Franz Hubmann: Wien – Weltstadt der Geschichte. Zürich (Artemis) 1965. S. 5–7.
229 Der Autor und der Kritiker. In: Das Kleine Buch der 100 Bücher. Kritische Stimmen zu neuen Büchern. Hrsg. von Dieter Lattmann. 12 (1964/65), S. 3–5.
230 Qu'en pensent-ils? Enquête. Les langues modernes 4 (1965), S. 466.
231 100 Worte Sozialismus. Forum 12 (1965), S. 296. (Antwort auf eine Rundfrage.)
232 Flesch-Brunningen – ein Siebziger. Frankfurter Allgemeine Zeitung vom 5.2.1965.

233 Ohne Sexfleiß kein Literaturpreis. In: bf – Blatt für denkende junge Menschen. (Wien) o.J. (1965), S. 5f.
234 Über den Geiz. Die Presse (Wien) vom 3.4.1965.
235 Epilog auf ein Feuilleton. Ebda, 12.8.1965. (Zum Tode Franz Feldners.)
236 Aequitas. Die Furche (Wien) vom 1.12.1965. (Zum 20. Jahr der „Furche".)
237 Eisenreichs Einfälle. In: Herbert Eisenreich: Die Freunde meiner Frau und neunzehn andere Kurzgeschichten. Zürich (Diogenes) 1966. S. 7f.
238 Das Mark der Kritik. Forum 13 (1966), S. 383–385.
239 Der Schriftsteller und die Fachleute. Ebda, S. 513. (Ausschnitt aus einem Interview.)
240 „Theoretiker" und „Praktiker". Rathaus-Korrespondenz. Hrsg. vom Magistrat der Stadt Wien. Magistratsdirektion – Pressestelle vom 25.10.1966, Blatt 3103f. (Rede anläßlich der Verleihung des Ehrenringes der Stadt Wien.)

NAMENREGISTER